Ceylan

1953'te Mersin'de […]'de tamamladı. İstanbul Ü[…]esi'nde okudu. 1973 Martı'nda İstanb[…]nde bir çatışmada vuruldu, felç olduğu halde iki yıl tutuklu kaldı.

İlk yazı çalışmaları şiir formunda oldu. Daha sonra siyasal ve kültürel konular başta olmak üzere her konuda düz yazı çalışmaları yaptı.

İlk şiir kitabı, 1990 yılında Sun Yayıncılık'tan Kavga Düştü Payıma adıyla çıktı. Yayınevimiz bu kitabın genişletilmiş ikinci baskısını Nisan 1993'te gerçekleştirdi.

Yaklaşık 10 yılı bulan yazı çalışmalarından bir bölümü, 1994 yılında Varyos Yayınları'ndan Yaşama Dair adıyla çıktı.

Yazarın Yayınevimizce çıkarılan deneme kitapları: Umuda Yazılı Sözler ve Sanat ve Mücadele.

Kutsiye Bozoklar

[illegible] doğdu. İlk ve orta öğrenimini Mersin'de tamamladı. [illegible] Üniversitesi Eczacılık Fakültesi'nden [illegible] İstanbul-Sehremini'de [illegible]

[illegible]

Editörden

Yayınevimiz şimdiye kadar Kutsiye Bozoklar'ın iki deneme kitabını yayımlamıştı. "Hep aynı İnatla", yayımladığımız üçüncü deneme kitabı oluyor.

Kutsiye Bozoklar'ı makaleleriyle takip eden okurlar bilirler; yeni dünya düzeninin gerici saldırılarına karşı direnişin nirengi noktalarını anlatır. *Hep Aynı İnatla* da bu bağlamda makalelerin derlemesi. Yazarın sunumda söylediği *"tekrar ediyorum yine: hep aynı inatla"* sözleri kitabın ana fikrini özetliyor. Ama kitapta yer alan yazıları yine de üç ana başlık altında toplamak mümkün.

Birinci grup; siyasetin, kültür ve sanatın.. velhasıl makalelerin herbiri yaşamın içinde devrimcilik üstüne yazılar. Bütün boyutları ve olanlarıyla yaşamı devrimci kılmanın, deneylerden süzülerek elde edilmiş bilgisine ulaşmayı sağlıyorlar.

İkinci grup; yaşamı devrimci kılmak uğruna yaşamını feda edenleri anlatan makaleler grubu. Kişisel yaşamlarıyla toplumsal kurtuluşu gerçekleştirme eylemine katılırken yarattıkları yeni değerleri öğreniyoruz bu yazılarda.

Üçüncü grup yazılar öncekilerle kesin sınırlarla ayrılmasa da yeni dünya düzencilerinin uğursuz sadırıları, umutsuzluk tellallarının inadına insanlığın büyük ütopyasına, büyük düşlerine büyük umutlarla bağlanmayı, ince ince işliyorlar. Tarihin ve sınıflar savaşımının son bulduğu iddialarına karşı duruşun ideolojik-teorik çizgisi, birer makale formunda, özellikle genç kuşaklara geleceklerine sahip çıkmayı öğretiyor.

Hep Aynı İnatla için söyleyeceğimiz son şey kitabın edebi değeri üzerine olacak. Kutsiye Bozoklar; yazarlık yaşamında dil, uslup, kurgu ve diğer anlatım özellikleri açısından kendini tekrarlamayan, her seferinde yeni açılımlar yapan bir çizgi izlediğini gösteriyor bu kitapta. Sonuçta okur büyük bir özenle yazılmış ve "gazete sayfalarından kurtarılmış" bir eseri okumanın tadına varıyor.

Yeni kitaplarda buluşmak üzere.

Gözünüz bizde olsun!..

Kutsiye Bozoklar

Hep Aynı İnatla

Ceylan

Kutsiye Bozoklar
Tekrar ediyorum yine/Hep Aynı İnatla

Ceylan Yayınları: 56
Birinci Baskı: Mayıs 2000
ISBN 975-8426-19-2

Editör:
Mukaddes Erdoğdu Çelik

Dizgi/Teknik Düzenleme:
Songül Akbay/Fethiye Erdoğan

Kapak Tasarım Düzen:
Tayf Ajans

Teknik hazırlık/ baskı /cilt:
Ceren Basım
Tel/Fax: *(0212) 284 37 21-22*

Osmanağa Mah. Serasker Cad. No: 67/2 Kadıköy-İstanbul
Tel/Fax: (0216) 330 19 77

Yaşamayı direnme kılanlara...

İçindekiler

I. BÖLÜM

II. BÖLÜM

I. Bölüm

Aylardan Mart'tı ve Havada İsyan Kokusu Vardı

Mart, barikatlar zamanı, isyanlar ayı: Komün, Kızıldere, dövüşe dövüşe ölenler ve yaşamı uğruna ölecek kadar sevmesini bilenler... Mart şafağı anımsatır, yoldaş sıcaklığını, geleceği muştulayan fırtınaları, umudu, sevdayı, kavgayı, unutmanın ihanete denk olduğunu...

İki hafta önce Özgür Gelecek gazetesinde Mart ölümsüzlerinden Ahmet Muharrem Çiçek'le ilgili bir öykü okudum. İstedim ki bir öykü de ben anlatayım. Değil mi ki gerçekler ve öyküler hep iç içe geçiyor bu topraklarda, istedim ki, bir de benim öykümü dinleyin. Öykü yazmak yaratma özgürlüğünü kullanmaktır. Ama biyografik öğeler taşıyan öyküler gerçek üzerine kurulmalıdır. Yazanın tarihe karşı borcu ve sorumluluğudur bu. Ve bizim ölümsüzlerimiz gerçeği hakketmişlerdir, yalnızca gerçeği...

Ölülerimiz.../ Sesleri dünyamız kadar bilge/ Birazdan kalkacakmış gibi/ Uzanıp bir sipere/ koyulaşan.../ Ölülerimiz.../ Bakışları uçmaya hazırlanan bin kartal gibi çevik./ Vurgunum/ Gizleyemem/ Sen bağrımı usulca zorlayan sıcaklık /unutma/ Öldürmekten daha kuvvetlidir ölebilmek. (Nihat Behram)

Martın 19'u... Gökyüzü beyaza kesmiş tümden, sokaklar mavi. Ve o sabah güneş inadına parlıyor sanki kavga misali. Dört kişi yürüyorlar dizboyu karlara bata çıka. Ahmet -ona Apo diyorlar-, İlhan, Engin ve Ali. Adları böyle bilinmeli.

Apo, o haylaz gülüşlü, çocuk bakışlı yoldaş: "Biliyor musun İlhan arkadaş" demişti yanındakine dolmuş kuyruğunda, "daha bir otuz yıl kadar yaşamak istiyorum". "Neden otuz yıl?" diye sormuştu yanındaki. Gülüvermişti: "Eh, devrimi görmeden ölmek istemem de ondan." (Daha çitleri yıkamamış olsak da uğruna usulca dövüştüğümüz büyük fırtınadan yana esiyor günler).

Yürüdüler maviye bürünmüş sokaklarda. (Seninkisi gerilla yürüyüşü, diye takılırdı Apo İlhan'a.) Tam da Özgür Gelecek yazarının dediği gibi -Şehremini Kızılelma Caddesi- Kaşkarlı Mahmut Sokak, 16 No'lu binaya, adı Kaplan Apartmanı mı neydi, yürüdüler oraya. Görünürde anormal bir durum yoktu. Ve her zaman emniyet için kararlaştırdıkları işaret yerinde duruyordu. Ayağındaki postalın ucuyla bodrum katın sokağa bakan camına vurdu İlhan. Pencereden bakan olmadı. "Girelim" dedi Apo. "Bu toplantıyı mutlaka yapmamız lazım." Tedirgin dört sempatizan öğrenci kalıyordu evde. Bir süreden beri şikayetçiydiler, biraz da ürkmüş. Yeni bir ev arayın, denmişti onlara. Kuşatılmış İstanbul, kavgamızın şehri, içinde onuru ve ihaneti barındıran, korkuyu ve yiğitliği saklayan '73 baharı... Daha onbeş-yirmi gün önce bir arkadaşı uğurlamışlardı bu evden kırsal alana. Öğrencilerin tehlikeye yol açabilecek başkaca bir ilişki yeri de yoktu.

Dört kişiydiler. Güneşi dışarıda bırakıp aşağıya indiler. Sessizdi ortalık ve çok garip, zili her çalışta sanki kendisininkiymiş gibi karşı kapıda görünen yaşlı kadın yoktu ortalarda. Kapı açıldı. İki Thomson dayanıverdi bağırlarına. "Buyrun" dedi ölüm kadar soğuk bir ses. Buyurdular. Duvara dayadılar dördünü de. Biçimsiz bir aramaydı. Kızların sesleri yükseldi hemen "Çekin ellerinizi üzerimizden!" Ev bir meydan savaşından çıkmış gibi didik didik edilmişti. Her yer pislik içindeydi ve bütün eşyalar ortaya yığılmıştı. Yalnızca iki divanın üstü boştu, yola bakan pencerenin tam altındaki ve hafif bir kolon çıkıntısıyla gözlerden gizlenen köşedeki. Pencere önündeki divana oturtuldular. Kimlikler soruldu. En baştaki, Apo'nun hemşehrisi, söyleyiverdi adını, okulunu. Bu ilk şoktu, önce buz gibi bir sessizlik oldu, arkasından üç baş şöyle bir döndü çenesini tutamayana. "Engin" dedi, dörtlerden incecik dal gibi bir kız, "adım Engin", yürekli biriydi. Apo ve İlhan kimliklerinde yazılı olanı söylediler. "Ne öğrencisi canım, ne okulu, evliyiz biz, bu çocuklar akrabalarımızdır. Uzun süredir göremiyorduk, merak ettik, aramaya geldik. Bizi bu şekilde tutmaya hakkınız yok. İşimiz gücümüz var bizim, yaptığınız saçma bir iş". Yerler değişildi. "Çok konuşuyorsunuz siz" dediler. İki erkeği kelepçelediler, iki kız yan yana oturdu, en uca İlhan.

Beklemeyle geçen anlar, dakika, saat?.. Bekliyor ve sorulara soruyla karşılık veriyorlardı. Silahlar üzerlerine doğrultulmuştu. "Sen" dedi bir tanesi İlhan'a, "kendine çok güveniyorsun. Görüşeceğiz seninle", "elinden geleni ardına koyma" diye yanıtladı o da. Bir kravatla bağladılar ellerini sımsıkı "çok oluyorsun artık" diyerek. Aynı kavganın insanıysanız ve çoğu kez omuz omuza dövüşmüşseniz, aranızda özel bir dil oluşur, konuşmadan anlaşırsınız, kelimesiz ve yazısız... "Öff, beklemekten çok sıkıldık" dedi Apo. Orada bir sehpanın üstüne atılmış iskambil kağıtları vardı, "verin şunları bari de biraz vakit geçirelim", "sıkılıyoruz" diye devam etti İlhan. "Çözün şu ellerimi, hem çok sıktı, bakın morardı. Ne çıkar, biraz oyun oynayalım." Laflar uçuşuyordu havada, tedirgin ve şaşkındı karşıdakiler. "Yeter artık uzatmayın" dedi bir tanesi. Sıkıldık beklemekten, bizi tutmaya ne hakkınız var... Ne bu ayaklarınızdaki çamur hanımefendi, uzaklardan mı geldiniz... Sana ne... Sana neyi göstereceğim sana... Yok ya, öyle mi?.. İşte tam o sırada ateşledi elinde beliriveren silahı Apo. Onları teslim alanlar hemen fırlayıp kapı dışarı attılar kendilerini. Kapı çok yakındı zaten. Bir anda oldu her şey.

Yalnızdılar artık. Önce kelepçeye ateş edip kırdılar. Bu sırada elleri sıyrıldı Ali'nin. "Peki nasıl çıktı ortaya ateş edecek silah?" diyeceksiniz. Nazım, Benerci destanında; romanda da olsa Britanya polisine hizmet etmek istemem deyip, Benerci'nin, yazılarını hapishaneden nasıl çıkardığını söylemiyor ya hani, ben de öyle yapıp, bu konuyu burada kapatıyorum. Çok sonraları hastanede İlhan'ı bekleyen polisler silahı değil de kelepçenin nasıl kırıldığını merak edip durdular. "Ateş ettik, kırıldı" yanıtına inanamıyorlardı bir türlü, "yok canım, asla kırılmaz" diyorlardı.

Bağlı oldukları kolektifin ilkeleri vardı: Asla teslim olmamak, arkadaşını terketmemek, ele geçirildiklerinde mutlaka kaçmaya çalışmak ve çözülmemek gibi... Ali'nin elinden kan sızıyordu, kravatla ya da bir mendille bağladılar. Evi yalnızca İlhan daha önce görmüştü. Arka tarafa geçtiler hemen. Arka taraf bir aydınlığa açılıyordu, üst kat balkonunun bu aydınlığa baktığını gördüler. Aydınlığa bakan duvarın hemen dibinde dalları balkona dayanmış bir ağaç vardı. Ağaçtan aşağıya inmeye karar verdiler. Ali ve Engin fırladılar hemen. İlhan ve Apo geride kaldılar. Yanlarında taşıdıkları bir kısım dökümanlar çıktı ortaya ve yok edildi. Hızla hareket ediyorlardı ama, zaman da hızla akıyordu. Hemen işlerini bitirdiler ve üst kat balkonuna yöneldiler. Hiç konuşmuyorlardı. Balkon kapısında kucağında çocuk genç bir kadın korku dolu gözlerini onlara dikmiş, öylece donup kalmıştı. Kapıya yöneldikleri sırada geldi seslerini duydukları polisler. İlk çatışma... İlhan düştü, ateşin etkisiyle çarptı duvara, yere yığıldı. Polisler çekildiler, Apo içeri atladı. Bir an tereddüt ettiğini görünce "git" dedi, ona İlhan "çabuk, aşağı."

Yattığı yerden sesleri duyuyordu. Ali ve Engin arka tarafta yakalanmışlardı galiba. "Buradalar, buradalar... Yakaladık onları!" çığlıkları İlhan'a kadar ulaşıyordu uzaktan. İçi burkuldu birden. Ön taraftan da silah sesleri gelmeye başlamıştı. Zamanların en uzunu, zamanların en kısasıydı... Apo barikat kuruyordu pencerenin önüne, bir yandan da İlhan'a sesleniyordu. Masaları sandalyeleri götürdü. "Teslim ol!" diye bağırıyorlardı ona "teslim ol!", devrimci sloganlarla yırtılıyordu Kaşkarlı Mahmut Sokağı'nın boyun eğmiş suskunluğu. Bir an geldi ki silahlar sustu. Belli ki yeni bir taktik deneyeceklerdi. İlhan'ın yanına koştu Apo. "Nasılsın İlhan arkadaş" dedi, artık gözlerini açamıyordu İlhan, "iyiyim, merak etme beni" diye yanıtladı onu zorlukla. Devam etti Apo; "İlhan arkadaş, galiba ben burada öleceğim. Öyle görünüyor. Göreyim seni, işkenceden başın dimdik çık. Ve hakkını helal et." Bu bir veda anıydı. İri sözleri yoktu ki söylenecek. Hem sevmezdi de böylesini Apo. Paylaşılan ortak değerleri, kavgayı emanet etmeyi, birlikte dökülmüş alınterini ve yaşanılan güzellikleri sığdıracak başka sözcük bulamamıştı. Anladı ve "helal olsun" dedi İlhan. Bu bir yemindi, ömrünce karartmadan taşıyacağı.

Ali'yi getirmişler ve canlı kalkan yapmışlardı kendilerine. "AHMEEEEET! Ateş etme, beni vuracaksın!" diye bağırıyordu Ali. "ALİİİİİİ! Devrimci onuruna yakışır biçimde davran" diye yanıtlıyordu onu Apo. Marşlar ve sloganlar yükseliyordu sonra.

Sosyalizme, örgütüne inancını haykırıyordu. Nihayet camlar kırıldı, içeri dolmuşlardı. Yaralı Apo'yu öldürdüler. Kafasına ard arda iki kurşun sıkmışlardı. Humusun kalitesi yapraklarındadır, diyor kurşuna dizilmeye giderken bir Fransız rezistansçısı. Bir çiçek düşmüştü bahar toprağına, devrim andına. Türküsünü sonuna kadar gürültüsüz söylemeyi bilenlerden biriydi, yaşamayı direnme kılanlardan...

Vakit ikindiye dönmüştü sanırım İlhan'ı almaya geldiklerinde. Tam boynunun altından vurulmuştu. Yattığı yerden gökyüzünü görüyordu. Kurşuna dizilirken başını gökyüzüne çeviren Gönüllü Buncuk'u düşündü birden. Gerçekten de ne kadar maviydi gökyüzü, yaşama benziyordu! Evin içinde değildi vurulduğu yer, sırf bu yüzden sağ kaldı. Onu içeri çektiler, kadının korku dolu gözlerini gördü yine. Yediği dayak dışında fazla birşey yok aklında o andan. Sokağa karga tulumba çıkarılışını ve balkonlardan yükselen alkış seslerini anımsıyor bir de.

Sonrası hastane macerası. Kırkiki numaralı postalına bakıp gülen fakülteli kızlar, insancıl hemşire, 'niye yaptın' diyen doktor, kendisini öldürmesi için uğraşan görevliler... Ve Haydarpaşa askeri hastanesine nakledilişi. Silahların arasında giderken sedyeden hareket ettirebildiği tek organını, sol elini, usulca uzatmış ve yağmurun parmaklarının arasından akıp gidişini seyretmişti. "Sokaklar kuşatılmış / Karakollar taranır / Yağmurda bir militan ölür" diyor ya Attila İlhan. Yağmur altında bildiri dağıtmaya gittikleri, kondu yollarında çamura battıkları, alabildiğine güldükleri, hayatı sapına kadar yaşadıkları kavga günlerini düşünmüştü o da. Sofradan yarı aç-yarı tok kalktıkları, iki ekmek bir zeytine talim ettikleri, soğuktan dondukları, yazılamaya çıktıkları, gereksiz tehlikeye atıldıkları için zılgıt yedikleri günlerdi sanki parmaklarının arasından kayıp giden. "Şimdi yalnızsın kızım" dedi kendi kendine. "Şimdi yalnızsın. Bir tek inancın ve sen. Bir tek inancın. Hadi bakalım."

O Apo'ydu, yoldaş, devrimci... Daima kocaman bir gülüşü taşırdı dudaklarında. Kontrolleri o gülüşle aşar, buluşmalara o gülüşle gider, kavgaya o gülüşle atılırdı. Uslanmaz bir devrim sevdalısıydı. Sapına kadar inançtı, sapına kadar umut. Yılgınlığın zerresi olmazdı en zor anlarda, sözlerinde ve gözlerinde. Birlikte yola çıkılacak insandı sözün özü. Gittiğinde 21 yaşındaydı. Ne kadar da genç, tıpkı diğer devrim tutkunları gibi. Gençti ama uzun yaşamıştı, yanlış anlaşılmasın. Ölümün üstüne gülerek yürüyen bir insan kısa yaşamış sayılır mı hiç? Mutlu bir ömürdü onunkisi, bundan eminim. Belki biraz erken ayrılmanın hüznü, o kadar. Devrimi görmeden ölmek istemem, derdi hep. Göremedi, ona bir devrim borcumuz var, ona ve onun gibilere.

Onlar, orada tanıdıklarım, gülüşlerine ve gözlerine güneş düşmüş yiğit komünarlar... Onları düşündüğümde kendiliğinden dökülür dudaklarımdan Nazım'ın dizeleri: "Günler ağır / günler ölüm haberleriyle geliyor / Düşman haşin, zalim ve kurnaz / Ölüyor insanlarımız, / -halbuki nasıl haketmişlerdi yaşamayı- / Ölüyor insanlarımız / -ne kadar çok- / sanki şarkılar ve bayraklarla / bir bayram günü nümayişe çıktılar / öyle genç / öyle fütursuz... / Günler ağır, / günler ölüm haberleriyle geliyor. / En güzel dünyaları yaktık ellerimizle / ve kaybettik gözümüzde ağlamayı / bizi bir parça hüzün ve dimdik bırakıp / gitti gözyaşlarımız / ve bundan dolayı biz unuttuk bağışlamayı / ...Varılacak yere kan içinde varılacaktır. / Ve zafer artık hiçbir şeyi affetmeyecek kadar / tırnakla sökülüp / koparılacaktır."

O "Apo"ydu. Tıp Fakültesi üçüncü sınıf öğrencisi Ahmet Muharrem Çiçek adlı anarşistin ölü ele geçirildiğini yazdı gazeteler. Gitti. Aylardan marttı ve havada isyan kokusu vardı. Mart dirilişidir doğanın ve isyanın yeniden. Ben her bahar o kokuyu duyarım. Anıları umut olur genç ölülerimizin...

Düşlerimize ve Bize Dair

"Güz gelmiş/ oysa gönül güze giresi değil" diyor koca şair. Bürokrasinin şehrine güz geldi. Yorgun bir Kasım rüzgarı götürüyor altın sarısı yaprakları. Suskun bulutlar geç kalmış bir yağmura hazırlanıyorlar. Daktilonun başına oturmuşum "sosyalizm ve insana dair" bir yazıya hazırlanıyorum. Önümde hayran gözleriyle pür dikkat Lenin'i dinleyen emekçiler ve St. Petersburg çöplüğünde yiyecek arayan o kadının resmi yan yana duruyor. Tuşlara vuruyorum: Yeni bir bin yıla yaklaşırken, Ekim Devrimi'nin 81'inci yıldönümünü kutluyoruz. İktidar sahipleri iletişim ve medya tekellerini ellerinde bulunduranlar "Bu bir yanılsamaydı" diyorlar. İnsanlığın, geçmiş, şimdiki ve gelecek zamana dair tüm düşlerini, kazanımlarını, yaşanmışlıklarını kapitalizmin anti-insani özüne terkedelim istiyorlar... Tuşlara vurmayı bırakıyorum birden. Kağıdı eğri takmışım makinaya. Elimi uzatıyorum, çekip alıyorum yazdıklarımı. Gidip dışardaki yağmur esintisine bakıyorum. Ha yağdı ha yağacak! "Dövüşenler de var bu havalarda" diyorum usulca.

Kimbilir benim payıma düşen hep usulca söylemektir bu

türküyü. Tuşlara vuruyorum. Bir şiir dökülüyor tuşlardan birden: "Rüzgar akar gider/aynı kiraz dalı bir kere bile/sallanmaz aynı rüzgarla/Ağaçta kuşlar cıvıldaşır:/kanatlar uçmak ister/Kapı kapalı/zorlayıp açmak ister/Ben seni isterim:/senin gibi güzel/dost/ve sevgili olsun hayat.../Biliyorum henüz bitmedi sefaletin ziyafeti.../Bitecek fakat..." Bursa'da bir güz gecesi yazan adamın satırlarına yağmur düşüyor apansız. Toprak kokusu vuruyor yüzüme. Ben büyük yolculukların sabırsızlığını duyarak dönüyorum yazı makinemin başına. Sefaletin ziyafetinin biteceğine dehşetli inanarak...

Devrim fikrinin ve pratiğinin artık tarih sahnesinden silindiği varsayımı on yıl önceki gibi, gönül rahatlığıyla söylenemiyor elbette. Söylenmiş bir sözü ve gerçekleşmiş bir pratiği temelli yok saymak kimsenin harcı değildir. Bu yüzden sosyalizm, denenmiş, ama gerçekleşmesi mümkün olmayan hoş ve doğal olarak da boş bir düş olarak gösterilmeye çalışılıyor. Yaşanan devrim tutulmasından yararlanarak, insan aklına, merakına, sorgulama yetisine, üretkenliğine saldırılıyor. Saldırı insanadır. Marksizmden ve sosyalizm idealinden vazgeçmenin insanlıktan çıkmak olduğu görülüyor. Vazgeçtikçe insanlıktan çıkılıyor. İnsanlıktan çıktıkça vazgeçiliyor. Temel görev elbette sosyalizm ve insanlık ideallerine daha sıkı sarılmak, devrimci duruşta ısrarlı olmak, karşı çıkmayı bir yaşam biçimi haline getirmek. Ama bu işi hakkıyla yerine getirebilmek için, kapitalist sistemin siyasi, felsefi, ideolojik ve estetik eleştirisi olarak gelişen bir devrimin yenilgisinin bütün nedenleri üzerinde düşünmek gerekir. Eğer yeni bir toplum, yeni bir kültür, yeni bir insan idealini önümüze koymuşsak eleştirel düşünceyi geliştirmek zorundayız. İnsan, sosyalizmin en temel sorunudur. Sosyalizmin öznesi insandır. İnsanın değişebilirliğini ve gelişmesini düşünmek işimizdir.

Yeni takvime göre 7-8 Kasım 1917'de gerçekleşen ve insanın kurtuluşu yönünde atılan en devasa adım olan bu devrimin insana dair yaptıkları ve yapamadıkları üzerine düşünmek gerekiyor. Sanat bu sorunu anlamamıza yarayacak ipuçları sunuyor. Roman, insanı anlatan bir sanat dalı olarak önümüzde duruyor. Türkçe'de yayınlanmış Sovyet romanlarını gözönüne almak durumundayız. Hemen akla gelenler; Ve Durgun Akardı Don, Ana, Uyandırılmış Toprak, Don Kıyısında Hasat, Çapayef, Ve Çeliğe Su Verildi, Çimento (Fabrika), Demir Tufanı, İnsanlık Uğruna, Fırtına, Dipten Gelen Dalga, Savaşsız Yirmi Gün, İnsan Asker Doğmaz, Lapotin'in Günlüğü, Moskova Önlerinde, Teslim Olmayanlar Ölmez gibi romanlar oluyor. Bir de antistalinist külliyat var. Ve bana göre önemli fikirler edinebiliriz onlardan da. Bondarev'in, Soljenitsin'in romanları, Arbat Sokağı ve benzerleri gibi. Yıkılış sonrasının en dikkat çekici romanının ise daha önce sözünü ettiğim "Çarkent" olduğunu düşünüyorum.

Başta değindiğim romanları pek çoğumuz okumuşuzdur. Şolohov'un iç savaş sürecini anlattığı dev eseri "Ve Durgun Akardı Don"da, iki devrimci tip öne çıkıyor: Anna ve Buncuk. İkisi de rüşeym halindeki yeni insanın ipuçlarını veriyorlar. Adanmış insanlardır. Yoldaşça fedakarlıkla sevgi onlar için aynı anlama gelmektedir. Ve erken ölüyorlar. Bir başka yazar Vasil Bikov ise romanlarını erken ölenler üzerine kurar zaten. Ona göre, devrim savunucuları, inanmışlar, yürekli olan kim varsa ölür. Geriye bir avuç işe yaramaz kariyerist kalır. Devrimin sorunu da budur. Dağların Türküsü ve benzeri eserlerinde bunu anlatır, bıkmadan.

1905 devrimi yıllarını eksen almasına rağmen Gorki'nin "Ana"sında da bir "devrimcileşme" süreci anlatılır. İnsanın gerçekleşmesinin yolunun mücadele, başkaldırı ve eylemden geçtiğini gösterir bize büyük yazar. Gladkov'un Çimento'su devrimin başlangıç yıllarındaki değişime götürür. Bir kadın kahraman "Daşa" üzerine kurulmuştur roman. Daşa, özgürleşme sürecindeki bir kadındır. Aile baskısı ve ev kadınlığı ile ilgili zincirlerini kırmakta olan bir Daşa vardır karşımızda. Peki insanın değişimindeki temel unsurlardan biri, sevgi var mıdır Daşa'da? Bana göre yoktur. Ve romanın zayıf tarafıdır bu. "Zor"la doğar sosyalizm, ama gönüllülükle yürür. Gönüllü çalışma için ise insanın kavgasını ve kavgasının içindekileri sevmeyi öğrenmesi lazımdır. Daşa bunu yapamıyor. Ve yenilenmenin sınırlarında geziyor.

Sosyalist insan tipine rastlayabilmek için başlangıç dönemi romanlarına değil, kuruluşun tamamlandığı varsayılan dönemi anlatan romanlara bakmak lazım. Peki nasıl insanlar aramalıyız bu romanlarda sorusu çıkıyor karşımıza burada. Elbette kapitalist düzenin yarattığı insanın antitezi olan bir insan arayışında olmak durumundayız. Kendine güvenli, liyakatli, meraklı, sorgulayıcı, gelişime ve geliştirmeye açık, kendim için değil, başkaları için diyebilen, çalışmayı bir zevk, bir ihtiyaç haline getirmeye açık, kolektif, paylaşımcı yeni bir ahlakın insanıdır sözünü ettiğimiz. Şolohov'un Uyandırılmış Toprak ve Don Kıyısında Hasat'ının iki kahramanı: Makar Nagulnov ve Semyon Davudov yeni insan tipine en yakın roman kahramanlarıdır, bu yönleriyle.

Makar, bir dünya devrimi beklentisi içinde, emekçi kardeşleriyle anlaşabilmek için Gramaçiy Log adlı küçük bir Kazak köyünde İngilizce öğrenmektedir geceleri. Devrimin kırsal alanda yayılması için gönüllü olan "Yirmibinliklerden" Davudov, yaşamını halkına ve sosyalizm davasına adamış bir yiğit devrimcidir. İnsanın kendi yazgısına egemen olmasının yollarını aramaktadır halkıyla birlikte. Zaafları "sevgi"de ortaya çıkıyor, kahramanlarımızın. Makar'ın karısı bir "kulak"ın oğluyla ilişki kurmuştur. Ama Makar karısına tutkundur. Davudov, Makar ve kulağın oğluna rağmen tutulur Lisa'ya. Red yoktur ikisinde de. Eğer sevginin kaynağı ortaklıksa, eğer sevmek birlikte gelişmekse, Makar ve Davudov henüz yeni bir ahlak anlayışını içselleştirememişler. Davudov bunun farkına varıyor ve değişme doğrultusunda önemli bir adım atıyor. Makar ve Davudov, bireysel yaşam tanımıyor gibi görünüyorlar. Yaşamlarını devrimin başarısına adamışlar. Ama kendilerine rağmen bir bireysel yaşamları var. Ve özel yaşamları ile devrimci yaşamları çatışıyor. Sosyalizm yolunda yürüyen bir toplumda "öncü"ler olarak sosyalizmi bir yaşam biçimi haline getirememişler henüz. Bu yüzden de sevgiyi yaşamın içine içermek konusunda başarısızlar. Yeni insana varmak, bu çatışmayı çözmekten geçiyor.

Pek çok Sovyet romanında, "feda ruhu"na rastlamak mümkün. Parti için, anayurt için, sosyalizm için kendini adayabilmiş insanlardan söz ediliyor. Peki bu yeterli mi? Kesinlikle değil. Sosyalizmi bir yaşam biçimi haline getirmiş insanları arıyor bu romanlarda gözlerimiz. İkinci Dünya Savaşı sonrası yazılan tüm romanlarda, beklemesini bilmeyen kadınlar, kariyerini geliştirmeyi düşünen erkekler, parti içindeki konumundan yararlanarak kendine çıkar sağlamaya bakan yöneticiler vardır. Çoğu kez romancının tavrına rağmen sezeriz bunu. Yalnızca, İlya Ehrenburg'un iki romanında, yeni bir yaşam tarzına eğilimli –Nataşa ve babası gibi– 'tip'lere rastlarız. Ehrenburg da "Buzların Çözülüşü'nü yazarak inkar eder kendi kahramanlarını.

Devrim gündelik yaşam içinde üretiliyor. Orada kalıcılaşıyor. Aynı şeyi devrimcilik için de söylemek gerekiyor. Yukarıdan aşağı inşa edilen, başlangıçta ekonomik unsurları gelişmekte olan, ancak politik iktidarı elinde tutan bir devrim, kolektif insanın tek efendi olmasının olanaklarını yaratmak zorundadır. İnsan ruhunda bir yenilenmeye yol açmazsa başarıya ulaşamaz.

Sanat, bu yenilenmenin unsurlarından biri. Ama sanat değiştirdiği gibi yansıtıyor da. Sovyet romanında Şolohov'un "öncü" kahramanı Davudov'dan, Çarkent'in Mao Ze Dunka'sına ve de "Yuri"ye yeni insanın unsurları yok oluyor. Bir dönüşüm yaşanıyor.

Çarkent bir değişim kesitinin glasnost ve perestroykanın, bir geçiş anının romanı. Tüm bir Sovyet siyasal kültürü devlet-parti aparaçik ilişkileri günlük yaşamın içinden yansıtılıyor. Kapitalizme "yetişme ve geçme" hedefini önüne koyan, yeni bir düzen düşünü gerçekleştirmeyi erteleyen bir devletin kapitalistleşme sürecinin ürünüdür romanın kahramanı "Yuri". Kafka'nın Samsa'sı kapitalist yaşamın çarkları arasında öylesine küçülmüştür ki, bir hamamböceğine dönüşür sonunda. "Yetişme ve geçme"nin ekseninde gelişen kapitalizmin ürünü olan Yuri ise, bir sakattır. Yine de Samsa'dan farklıdır Yuri. Yuri bir seyirci olmak istemez, katılmak ister. Şiddeti bir direniş yöntemi olarak benimser. Ama yalnızca bireysel bir direniştir bu.

Revizyonizm, sosyalizm amacından vazgeçmek ve kapitalizmi restore etmek anlamına geliyor. Revizyonizmin babası Bernstein; "Sonsuzluklara hiç inanmayan ben, sosyalizmin nihai amacına da inanmıyorum" diyor. Zinovyev'in roman kahramanı Yuri revizyonizmin çocuğu oluyor. İdeolojik politik mücadelesi sona ermiş toplumsal mücadele yürümüyor. Çalışmayı yaşamın temel ihtiyacı haline getiremeyen, tüketim alışkanlıklarını değiştirmeyen, yeni bir ahlakı yerleştiremeyen sosyalizm sönüyor. Stalin'in Amerika'ya kaçan kızı Svetlana 1967 yılında Sovyetler'de yeni yetişen kuşak için şunları yazıyor: "Onlar, Avrupa'nın geri kalan bölümünün yıllardır tadına vardıkları yaşam biçiminin, eninde sonunda Rusya'ya gelmesini istiyorlar." Geliyor.

Radikal, *Komsomoloskaya Pravda*'dan bir haber aktarıyor. Haberde Kızılordu askerlerinin para kazanmak için "fahişelik" yaptığı anlatılıyor. ABD Büyükelçiliği'nden bir diplomatın evinin banyosunda çıplak bir Rus askerinin bulunmasıyla patlak veren fahişelik skandalı ile ilgili soruşturmaya göre Çavuş Sergey S. hafta sonu izinlerinde fuhuş yaparak haftada 200 dolar kazanıyor. Askerlerin anlatımına göre sistem, komutana rüşvet vererek işliyor. Eski komsomol gazetesi haberi yapabilmek için asker Sergey'e 50 dolar ve bir karton sigara veriyor. Çavuş S'ye göre Moskova yakınlarında konuşlanmış bir deniz piyadesi birliği fuhuş ticaretinde "koruma" görevi üstlenmiş durumda. "Müşterilere" askerlerin çıplak resimleri gösteriliyor. Müşteri tercihini yapınca bu asker, bir deniz piyadesinin eşliğinde gidiyor. Para bölüşülüyor. İnsan Potemkin'in ve Avrora komünist denizcilerini anımsıyor. "Onlar" diyor Svetlana; "Giyim, saç sitili, düşünce, sanat, felsefedeki son akımlar, bunların hepsini hırsla benimsiyorlar ve bizim kendi başarılarımızı, bizim Rus geleneğimizi duygusuz bir biçimde atıveriyorlar."

Kapitalizm; sosyalizmin bir ülkede muzaffer oluşuna hep düzeltilmesi gereken bir yanılgı olarak görüyor. Düzeltilmesi için çok yönlü bir saldırı yürütüyorlar. Apolitikleşen Sovyet toplumu bu saldırılar karşısında savunmasızdır. Yöneticileriyle birlikte yüzünü döndüğü "Batı"nın değerlerini benimsetmekte gecikmiyor. Sonuçta; "Doğu Bloku ve özellikle Sovyetler Birliği'nin dağılması ile birlikte kapitalist sistemin üstünlüğü ve alternatifsizliği tarih tarafından kaçınılmaz bir biçimde kanıtlanmıştır" denilerek, sosyalizmin yenilgisi ilan ediliyor. İnsan aklının medya bombardımanıyla manüple edildiği koşullarda, sorunun asıl kaynağının sosyalizm değil, kapitalizme dönüş olduğu gerçeği gözlerden gizleniyor. 1987'de artık açığa çıkan nomenklatura ya da aparaçik kapitalizmi için bugün tehlike çanlarının çalması bile bu politikanın sürdürülmesine engel olamıyor. Ancak "Independente" gazetesi Ağustos'taki ünlü ekonomik krizden sonra; "Kapitalizmin, Batı'nın ısrarıyla ve büyük ölçüde Batı'nın parasıyla dayatılmış piçleşmiş bir versiyonu can çekişiyor" diye yazıyor, "Tanık olduğumuz, muhtemelen küreselleşmenin sonu ya da en azından uzun yıllar sürebilecek bir yenilgiye uğramasıdır" diye yazıyor. Eski Sovyetler Birliği'nde toplumu bulaşıcı bir hastalık gibi sarmış olan burjuvalaşma ve Batı'yla bütünleşme histerisi giderek yok oluyor. Sosyalizmin aylası ilk doğduğu ufukta yeniden beliriyor. Hem de globalleşmenin iflasını ilan ederek. "Tarihin sonu" tezinin mimarı Fukuyama bile; "1990'ların başından bu yana ilk kez geçen aylarda, yanıldığımın kanıtlanmış olabileceğini düşündüm" diyor New York Times'ta. Yanıldığı kesin!

Ekim Devrimi'nin 81. yılındayız. Artık yeni bir toplum, yeni bir insan, yeni bir kültür için yürüttüğümüz mücadelenin birbirinden ayrılmadığının daha çok bilincindeyiz. Her gecenin iki gündüz arasında olduğunu biliyoruz. Sosyalizmin insanın en yüce düşü ve en büyük gerçeği olduğu sosyalizme benzer bir düzenin sona ermesiyle bile bir kez daha ortaya çıkıyor. İnsana ve insan olmaya ilişkin tüm değerler ayaklar altındadır. Bu insanlık dışı düzene karşı mücadele yürütenler, insana ilişkin değerleri, yeniden yükseltiyor.

"Ve hiç kimse geçirmiyor aklından/geçilmiş kıyılar geri gelebilir" diye yazmıştı bir zamanlar Nazım. Belki bu yüzden yeniden başlamak gerekiyor.

Biz büyük ve umutlu bir türkünün insanlarıyız. Kardeş, ortakçı, eşitlikçi, sevdalı ... Yıldızlar gibi, rüzgar gibi, su gibi bir türkü bu: "Bu türkü diyor ki, 'Korkumuz yok!'/İnmedi bir gün bile gözlerimize/bir kış akşamı gibi karanlığı korkunun'/Bu türkü/diyor ki/ 'Bir gülüşün ateşiyle yakmasını biliriz/ölümün önünde cıgaramızı'/Bu türkü/diyor ki/ 'Çizmişiz rotamızı/dostların alkışlarıyla değil/gıcırtısıyla düşmanın dişlerinin'/Bu türkü diyor ki 'Dövüşmek...'/ Bu türkü diyor ki 'ışıklı büyük/ışıklı geniş ve sınırsız bir limana/dümen suyumuzda sürüklemek denizi/Bu türkü diyor ki..." Söylenecek söz çok! Evrensel bir ezgi bu. Bütün dillerinde söylenir yeryüzünün. Rüzgar gibi, su gibi, yıldızlar gibi..." Zincirlerinden başka kaybedecek şeyleri olmayanların oluşturduğu, büyük bir koronun türküsü bu. Bu türkü kazanacak. Bu türküyü söyleyenler yeryüzünü en sevdikleri memleket kılacaklar.

"Bugün canım yazı yazmak istemiyor..." diye başlayacaktım bu yazıya. Çünkü bugün kulaklarımda, sirenlerden bu yana duyduğum en güzel türküsü var, insanlığın. Ve ben bugün türkü dinlemek değil, türkü söylemek istiyorum. Biz büyük ve umutlu bir türkünün insanlarıyız. Ve biz, bu türküyü hep birlikte sevdayla söyledikçe güzelleşiyoruz.

Devrimcilik Mesleği

"Bir insan bir dünya kurmak için yola çıkınca/ilkin kendinden başlar işe, yüreğindeki inançtan./Çünkü oradadır yaratma isteği ve hızı ve gücü/Önce yüreğinde bulur kuracağı dünyayı insan,/sonra başlar insanda akıl bir yol aramaya,/ Yeryüzüne bakar, ormanlara, ırmaklara bereketli toprağa/ arar orada gereken şeyleri ve bulur."

Mesleği devrimcilik olanlar bir dünya kurmak için yola çıkanlardır. Ve elbette ilkin kendilerinden başlamaları gerekir işe. Son zamanlarda tüm devrimci-sosyalist basına bir göz attığımızda, hepsinin "işe kendinden başlamanın" yolları ve yöntemleri üstünde durduklarını görüyoruz. Bütün sol dergiler, militan devrimcilik, meslekten devrimcilik, yeni insan, kurtuluşçu kişilik, devrimci ahlak üstüne art arda yazılar yayınlamaktadırlar. Görece bir durgunluk döneminin ipuçlarıdır bu. Sorunun ne kadar can alıcı hale geldiğinin de açık bir göstergesi aynı zamanda.

İnsanlığın yeni bir karanlıklar çağına girmekte olduğu, yaşadığımız dönemin yeni bir Ortaçağ'dan başka bir şey olmadığı söylenmekte sık sık. "Hem ilerlemeyi hem de düzeni birer ilke şeklinde ortaya koyarak üç yüzyıldan fazla hüküm sürmüş bir dönem sona eriyor" diyor Fransız düşünür Alain Minc. Ondan yana olanlar ve ona karşı olanlar sosyalizmin çözülüşünün insanlığı yeni bir Ortaçağ'a sürüklediği konusunda hemfikir görünüyorlar. "Komünizmin ölümünden, böyle büyük bir zelzeleden hiç kimse yara bere almadan kurtulamazdı. Komünizm sonrası, ne piyasa ekonomisinin tartışılmaz zaferi, ne ulusların intikamı, ne de varsayımsal Amerikan egemenliği şeklinde özetlenebilir. Hakim olan tek bir sonuç yoktur. Bunların hepsi doğrudur ve hepsi de yanlıştır. İşte bizi yeni bir Ortaçağ'a geri götüren de bir bakıma bu postkomünist dünyanın kurucu ilkesini keşfedememe yeteneksizliğidir". Bu düşünceler "Yeni Ortaçağ" adlı kitabın girişinde yer alıyor. Yazar elbette bir antikomünist ve serbest piyasacı. Ancak sosyalizmin çözülüşünün insanlık adına yarattığı tehlikelerin de farkında. "Gerçekten de yeni Ortaçağ: Örgütlü sistemlerin yokluğu, her türlü merkezin kayboloşu, kaygan ve silinik dayanışmaların ortaya çıkışı, belirsizlik, raslantı, bulanıklık. Yeni Ortaçağ: Zengin toplumların mafyalar ve yolsuzluklarla kemirilmesinden Rus düzensizliğine varıncaya dek, her türlü otoritenin dışında sayıları giderek artan "gri alanlar"ın gelişimi. Yeni Ortaçağ: Aklın kurucu ilke olarak, uzun zamandır kaybolmuş olduğu sanılan ilkel ideolojilerin ve boş inançların yararına silinip yok oluşu. Yeni Ortaçağ: Krizlerin, sarsıntıların ve spazmların sanki günlük yaşamımızın dekorları gibi geri gelişi. Yeni Ortaçağ: "Düzenli" evren gitgide daha küçük bir yere sahip olurken, bizim eylem araçlarımızla, hatta analiz olanaklarımızla giderek duyarsızlaşan alanların ve toplumların daha büyük bir yer kaplayışı."

Çizilen karanlık bir tablo. Ancak hiç de gerçek dışı değil. Egemenliğini ilan etmiş başıboş bir piyasa düzeninin, kendi kendini düzenleyen pazar ütopyasının gerçekleşmesinin sonuçları bunlar. Her şey Engels'in "insanın bir alçalan bir de yükselen soydalı vardır" deyişini anımsatıyor. Ve insanlığın ya sosyalizme varacağı ya da yok olacağı şeklindeki önermeyi. İlerlemenin düz bir çizgi izlemediğini, helezonik olduğunu iddia eder Marksistler. Geriye doğru büyük sıçramaların yaşanması her zaman mümkündür. Ancak bu karanlıklar çağından çıkış da iradi müdahaleyi gerektirmektedir.

Arkadaşı Bloch'a yazdığı çok bilinen mektubunda şunları söyler Engels:

"Kendi tarihimizi kendimiz yapıyoruz, ama her şeyden önce belirli öncüllerle birlikte ve çok belirli koşullar içinde. Bütün öteki koşullar arasında en sonunda belirleyici olanlar, ekonomik koşullardır. Ama siyasal koşullar, hatta insanların beyinlerine musallat olan gelenek bile, kesin son verici olmasa bile gene bir rol oynar.

Ama ikinci olarak şu var ki; tarih son sonucu, her zaman sayısız bireysel iradelerin çatışmalarının açığa çıkması sonucu gerçekleşir. Bu iradelerin her biri de, o bulunduğu haliyle, bir yığın özel varlık koşulları kalabalığı tarafından yaratılmıştır...Çeşitli iradelerin istedikleri şeye ulaşamayıp genel bir ortalamada, ortak bir bileşkede kaynaşmalarından, bunların sıfıra eşit oldukları gibi bir sonuç çıkarmaya hakkımız yoktur. Tam tersine bunların her biri bileşkeye katkıda bulunur ve bu niteliğiyle onda içselleşmiş durumdadır."

Kendi tarihimizi yaparken iradenin öneminin altının çizilmesidir bu. Ve elbette aynı zamanda bu tarihi yapmada bireysel iradenin rolünün açığa çıkmasıdır. Eğer özgürlük zorunluluğun kavranması yanında onun dönüştürülmesiyse "irade" örgütte, örgütlü mücadelede cisimleşir. Örgütlü mücadele, mesleği devrimcilik olan kişilerin öncülüğünde yürütülür. Tarihe müdahale etmenin, tekerleği hizlandırmanın büyük esinlendiricisi Lenin "Ne Yapmalı?" adlı her dönem için vazgeçilmez kitabında, bir meslekten devrimciler örgütünün nasıl olması gerektiğini anlatır. Ve orda söylenenleri düstur edinmek görevimizdir. Profesyonellik, katılımcılık, kararlılık, disiplin, ilkelilik, verilen işi eksiksiz yapmak, örgüt iradesine uymak olmazsa olmaz ilkelerdir kuşkusuz. Ancak devrimcilik mesleğinden olmak, devrimciliği kapitalist düzende bir meslek icra eder gibi yapmak anlamına gelmemelidir. Galiba içinden geçmekte olan dönemin en can alıcı özelliği de budur.

Eğer dünya bir çağı yaşıyorsa, yaşadığımız topraklar bir dönemden geçiyorsa, ona muhalif olanlar da bir biçimde yaşanılan dönemden paylarına düşeni alırlar. Dönemden etkilenmemeleri mümkün değildir. Yaşadığımız coğrafyada yerel ve global yenilgi birbiriyle örtüştü. Devrimciler, bir dönemden çıkamadan diğerinin içine düştüler. 12 Eylül, insanların yeni bir dünyayı istediği, bu amaçla örgütlendiği, mücadele ettiği, dayanışmacı ve ortakça yaşama kültürü geliştirdiği bir dönemin olduğunu belleklerden silmek için insanlık dışı yöntemler geliştirdi. İnsan iradesine ve insan aklına karşı her biçimde saldırdı. İnsanlarımıza isyanı ve reddi unutturdu. Global anlamdaki saldırının amacı da bundan farklı değildi. "Komünizm, aklı çılgıncasına kendisinde somutlaştırmak istediği için, kendisi yıkılırken onu da beraberinde sürükledi. Akıl dışılığa geri dönüşün malzemeleri zaten uzun zamandan beri hazırdı; komünizmin çöküşü bunları açığa çıkarıverdi" diye yazıyor Alain Minc. Aklın en alt düzeyde kullanılması için medyalar aracılığıyla global ölçekte bir saldırı yürütüldüğü açık. Düşlerimiz ve ideallerimiz dahil, her şey önceden hazırlanıyor ve sunuluyor bize. Bir zamanlar liberal ve narodnik ütopyayla mücadele ederken; "Hayal kurma, zayıfların alınyazısıdır" demişti Lenin. Ama şimdi hayal kurma hakkımız için bile mücadele etmemiz gereken bir çağdayız.

Ütopyamızı, düşlerimizi rehin olmaktan kurtarmamız gerekiyor. Korkunun, bireyciliğin, boş inançların egemen olduğu bir dünyada kendimize ve hayata iradi müdahale edebilme yeteneği gösterebilmemiz yaşamsallaşıyor. Bulanıklık, belirsizlik ve bulaşıklık yeni çağın özelliği. Bu özellikler, devrimci bireyi de bozuyor, yozlaştırıyor. Yalnızca düzene tepki ve öfke duymak "red" anlamına gelmiyor. Onu tümüyle inkar etmek,ondan kopmak gerekiyor. Düzeni eleştirmeyi içselleştirmeyi bir yaşam sanatı haline getirmemiz zorunludur. Tümünü istemek ve tümünü reddetmek, ilke bu olmalıdır.

Lenin, Komsomol'un Üçüncü Tüm Rusya Kongresi'nde yaptığı konuşmada; "Kendimize komünist diyoruz. Komünist ne demektir?" diye soruyor ve kendi sorusunu şöyle yanıtlıyordu: "Komünist Latince bir sözcüktür. "Communis", "Ortak" sözcüğünün Latincesidir. Komünist toplum her şeyin –Toprağın, fabrikaların– ortak mal olduğu ve insanların ortaklaşa çalıştığı bir toplumdur. İşte komünizm budur." Komünistler insanlığın ortakça yaşadığı ve özel mülkiyetin olmadığı eşitlikçi bir düzen kurmak için, ortakça mücadele eden insanlardır. Komünist düzende insanlar zorunlu oldukları için değil, ihtiyaç duydukları için çalışacaklar ve karşılık gözetmeden çalışma esas olacaktır. Gönüllü ve yaratıcı çalışma, bir komünistin en belirgin vasfı haline gelecektir. İşte devrimcilik mesleğini seçen insanın da en belirgin özelliği bu olmalıdır. Devrimcilik mesleğinden olmak, yani mücadeleye boş saatlerini ve yalnız akşamlarını değil, bütün bir ömrü karşılık gözetmeden adayabilmek...Bu hülyalı, inançlı ve sevdalı olmayı, en iyisini istemeyi gerektiriyor. Memurca davranmak devrimci olmaktan uzaklaşmaktır. Kendine bir sınır çizmek ve yalnızca verilen görevi yapmak anlamına geliyor. Düzen tebalaştırdığı insanlarda bu konumu içselleştiriyor. Devrimcileşmiş kişilerin eleştirdiklerinden farklı davranmasını beklemek gerekiyor. Yaşama itirazı olanlar, akıllarını büyütmeli ve devrimciliklerinin ufkunu genişletmelidir. Çevremize şöyle bir göz atarsak bir yorgun devrimciler kalabalığı görürüz. Bunlar için devrimci olmak, artık bir alışkanlık haline gelmiştir. Bildikleri tek yaşamı sürdürmektedirler. Uzatmaları oynayan yorgun oyuncular gibidirler. Uzatmaları oynamak sevgide, dostlukta ve kavgada sonucu geciktirmek anlamına gelmektedir, yalnızca. Ve yorgunluğun bir adım ötesi yılgınlıktır. Eski bir komünisti şöyle tanımlamıştır Nazım: "Ne umutlu ne umutsuz/ ve ela gözlerinde ölesiye bir inat". Devrimcilik ölesiye bir inat istiyor, bu doğrudur. Ama ne umutlu ne umutsuz değil, hep umutlu olmak gerekiyor, daima umutlu. Düzen umudu yok etmek için var. Umudun azaldığı yerde devrimci iş, alışkanlığa dönüşüyor. Devrimcilikse alışkanlıkları dönüştürme işidir. Sürekli yenilenmeyi, yaşamın içine sevgiyi içermeyi, başkaları için var olabilmeyi, meraklı, sevinçli ve ısrarlı olabilmeyi dayatıyor. Devrimcilik mesleği, inancı keskin, yaşamı şiddetli, iradesi güçlü olmayı gerektiriyor. Şimdi iradeye umudu, umuda inadı içerme zamanıdır. İnisiyatif, geliştirmekle mümkün olabiliyor. Yaratıcı bir inisiyatif, yürümeye ve gelişmeye yol açmaktır. Eylemde zenginleşmek anlamına geliyor. Eylemde zenginleşmek yaşamda güzelleşmektir. Gerçeğin yüzüne bakarak güzelleşmesini bilmek gerekiyor.

Sosyalizm ve Mücadele

"İlerleyen aydınlığın içindeyim/Ellerim iştahlı, dünya güzel/gözlerim doyamıyor ağaçlara/ Ağaçlar da öyle ümitli, öyle yeşil./Güneşli bir yol gidiyor dutlukların arasından/Mapushane revirinde penceredeyim./Duymuyorum ilaçların kokusunu. /Bir yerlerde karanfiller açmış olacak/İşte böyle laz İsmail,/mesele esir düşmekte değil, /teslim olmamakta bütün mesele." (Nazım Hikmet)

Sosyalizm ve mücadele kavramı arasında kopmaz bir bağ vardır. Sosyalizm mücadele kavramıyla birlikte düşünülmelidir. Çünkü sosyalizm,var olan dünyanın haksızlık üstüne kurulduğunu ve haksızlığın da yapısal olduğunu varsayar. Bu tespitten yola çıkarak sosyalistler bazı şeyler için ve bazı şeylere karşı mücadele ederler. Karşı oldukları şeyler, kapitalizm ve onun tezahürleridir. Yanında oldukları şeyler ise; özgür, eşit, adil, sınıfsız, oymaksız kardeşçe bir dünyadır. Düzenin somut görünümlerine karşı mücadele, bir sosyalist militan için daha kolaydır. En zorlu mücadele sosyalist militanın kendisiyle, kendisine karşı; zaaflarına, alışkanlıklarına, sıradanlıklarına karşı mücadeledir. Dünyayla birlikte kendimizi de değiştirmek. Amaç bu olmalıdır. "Bu, burjuvazinin devrilmesinden daha güç, daha esaslı, daha köklü, daha keskin bir devrimin başlangıcıdır. Çünkü bu, bizim her günkü hayatımızın tek düzeliğine, gevşekliğimize, küçük burjuva bencilliğe, lanet olası kapitalizmin işçi ve köylüye miras bıraktığı alışkanlıklara karşı kazanılmış bir zaferdir" diyor Lenin.

Alışkanlıkları değiştirmek, kişisel yaşamı devrimcileştirmek demektir. Sosyalist militan, özgürlük ve eşitlik mücadelesinin bir neferidir. Mücadeleye katılmakla bir "kopuş"u gerçekleştirmiştir. "Düşmesin bizimle yola:/'evinde ağlayanların gözyaşlarını/boynunda ağır/ bir /zincir/ gibi taşıyanlar'./Bıraksın peşimizi,/Kendi yüreğinin kabuğunda yaşayanlar!/İşte:/şu güneşten/düşen/ateşte/milyonlarca/kırmızı yürek/yanıyor!/Sen de çıkar/göğsünün kafesinden yüreğini;/şu güneşten/düşen/ateşe fırlat;/yüreğini/yüreklerimizin yanına at!" diyor ya Nazım, sıradanlaşmaktan vazgeçip "sıra neferi" olmayı seçmek bir ilk adımdır. Yüreğini kavganın ateşine atmakla bir arınma sürecine girer kişi. İnsanlığını, aklını ve düşlerini büyüterek devrimcileşir.

Global kapitalizm koşullarında, tekeller düzeninde bu ilk adımdır atmak da son derece radikal bir eylem kuşkusuz. Çünkü elinin tersiyle itmeyi, reddi bilmeyi gerektiriyor. Tekeller düzeninde aklın ve insan olmanın tarifi bu değil. "Akıllı" bir adam, düzene uyum sağlamış, onun nimetlerinden yararlanmayı bilen kişidir. Düzenin aklıyla var olmayı seçendir. Devrimci, düzenin aklını redden kişidir. Bu kopuştur, özgürleşmektir. Aynı zamanda iradi bir süreci başlatmak, yeni bir ahlakı seçmektir. Mücedele içinde ortaya çıktıyor, mücadele içinde gelişiyor.

Devrimci, itirazı ve isyanı olan kişidir. Ancak bu isyanın ve itirazın aynı zamanda içselleşmesi de gerekiyor. Düzene itirazı olan kişinin kendine de itirazı olmalıdır. Devrimicileşerek kendi yazgısını değiştirme yolunda bir adım atan insan, güvenli ve geleceğe açık insandır. İtirazı ve isyanı içselleştirmek, umuda ve sevgiye dayanarak mümkün olabiliyor. Umut insanı geleceğe açıyor. Sevgi, birlikte gelişmek anlamına geliyor. Gelişmek, hareket etmektir. Yüreklerin kirlenmesine engel oluyor.

Devrimcilik insanın yalnız topluma değil, toplumla birlikte kendine de müdahale etmesidir. Gelişememenin nedeni, kendine müdahale etmekte yaşanan isteksizlik ve eksik bilinçtir. Söylemlerimizde "yeni" olan ne varsa bunun sosyalizmle mümkün olacağını söylüyoruz. Doğrudur. Ama bunun böyle olması tüm değişimi ileri bir tarihe ertelemek anlamına gelmiyor. Kirli bir düzende yaşıyor olmak, düzenin pisliklerini üstümüzde barındırmanın gerekçesi yapılabiliyor. Bu kolaycılıktır, istemeyi bilmemek, kırıntılarla yetinmeye razı olmak demektir. Durumundan hoşnutluktur. Teslim olmanın bir biçimidir. Siyaseten de teslim olmaya giden yolu açmaktır. Bu düzene teslim olanlar insansa, sosyalist militan karşı-insan olmak zorundadır. Alternatif olmak, her alanda düzeni yeniden üretmeye katkıda bulunmaktır. Biz "karşı" olmak zorundayız. Kadın tersine çevirilmiş erkek rolü oynamamalı, erkek yardımcı kadın rolüne soyunmamalı. Yeni bir insan kişiliği geliştirmek için yeni yollar bulunmalı. Sosyalizm, toplumun tarihsel bir şeklidir. Ama iradi bir sistemdir de. Yukarıdan aşağıya inşa edilecektir. Öyleyse yeni bir insan kişiliği de bilinçle inşa edilebilir, edilmelidir. Yaşanan sosyalizm deneyleri bunun gerekliliğini ispat etmiştir. Lenin dışarıdan bilinci taşımanın devrimcileştirici rolünü ilk gösteren kişidir. Bilinçle müdahale kişilikleri, insanlaştırmak için de kullanılmalıdır. Bunun için kavgayı ve sevdayı yaşama sevincine dönüştürmek gerekiyor. Şairin; "Biz nasıl biliyorsak gülmesini/Biliriz öyle yaşamasını ölmesini" dediği gibi.

Devrimci mücadelenin ve bir kolektif içinde çalışmanın en yaşamsal özelliği "gönüllü" ve karşılıksız olmasıdır. Karşılıksız çalışma nasıl sosyalist ekonominin temeliyse, devrimci kolektifin de temelidir. Che Guevara Lenin'in "sosyalist cumartesiler"ini çok iyi kavradığını gösterir biçimde; "Gönüllü çalışma bilinç yaratan bir okuldur, toplum içinde ve toplum için biryesel katkı olarak harcanan çabadır ve komünizme geçiş sürecini hızlandırmamıza izin veren bilincin derinleştirilmesini ilerletmektir" derken yerden göğe haklıdır. Tek tek her kişinin gönüllü imecesi, devrimci kolektifi benzersiz kılan özelliktir. Tek tek bireysel iradeleri oluşturduğu, gönüllülükle sürdürülen bir ortak irade sözkonusudur. "Yanlış hesap yapıyorsun yoldaş,/Bir kişiye bağlı değil bu iş/ Olsam da olur, olmasam da dediğinde", "Yoldaşlar/Her biriniz lazım tek tek/lazımsınız bize/Sen, sen, sen/hepiniz/olmaz sizsiz!" dediği gibi Johannes R. Becher'in, tek tek çoğalır, tek tek eksiliriz.

Gönüllülük, devrimci işi sevgiyle yapmayı bir ahlak haline getirmektir. Mücadeleye sevinç ve şenlik katacak hayal gücüne sahip olmak demektir. Çok çalışan ve geniş ufuklu insan olmayı gerektiriyor. Tembellik bir sınıfsal hastalıktır, sevgisizliği ve düzen yanlılığını anlatıyor. Eski düzenle bağlarını koruyanlar, usulca ya da birdenbire düzene teslim oluyorlar.. Asıl hapishaneyi içlerinde taşıdıkları için, işkencede, hapishanede düzene teslim olmaları zor olmuyor. Gündelik yaşamda düzene teslim olmak, siyasal pratikte teslim olmanın yollarını açıyor.

Gündelik hayat içinde devrimcileşememenin işaretleri, çalışma alanlarındaki gündelik pratikte sığlık, kolektif yaşamda tembellik, kadın erkek ilişkilerinde ataerkillik, aşkta ve cinsellikte iki seslilik olarak ortaya çıkıyor. Kirlenmedir. Aklı kirletiyor ve küçültüyor. Tekeller düzeninin yaptığı da başka bir şey değil. Bu, beraber dövüşmek, ama beraber yaşamamak oluyor. Tükenmektir. Böylece insanlar, her biçimde kendi paylarına ölüyorlar. Gelecek güzel günler, bugün temiz ve kirlenmemiş bir bireysel devrimci pratiği gerektiriyor.

Teslim olmak, gelecek düzenin insanı olmaktan çıkıp, bu düzenin insanı olmak anlamına geliyor. Bir geçiştir. Birdenbire olduğunu düşünmemek gerekiyor. Temizlenmeyen eski düzenin tortuları, baskı, işkence, hapishane ve ideolojik saldırı koşullarında insana egemen hale geliyor. Mücadeleyi bir ahlaka dönüştürememişsek olup bitenlere şaşmamak gerekiyor. İşimiz mücadeleyi ahlak yapmak olmalıdır. İşimiz yeni düzende, çalışmayı bir ihtiyaç, mülkizyetsizliği onur, eşitliği, kardeşçe yaşamayı, ortakça paylaşmayı sevinç sayan bir ahlak geliştirmek olmalıdır. İnsanlaşmak ve yaşamak da bundan başka bir şey değildir. "Anlayarak bir usta kitap gibi/bir sevda şarkısı gibi duyup/Bir çocuk gibi şaşarak/Yaşamak/Yaşamak:/Birer birer/ve hep beraber/ipekli bir kumaş dokur gibi.../Hep bir ağızdan/sevili bir destan okur gibi/Yaşamak..." Ancak, ortakça bir dünya kurmanın yolu ortakça bir mücadele yürütmekten geçiyor. Sosyalizm için mücadele insanı güzelleştiriyor. Gelecek güzellikleri bugünden yeşertmek gerekiyor.

Eylül'de Gerçekten Düş Çıkarmak

Fransız ozan Louise Aragon, "Şairden partisine" adlı şiirinde şöyle seslenir: "Partim gözlerimi kazandırdı bana ve belleğimi/Ben ki bir çocuğunkinden fazla değildi bildiklerim/Şimdi kanım neden kırmızı böyle ve böyle Fransız/kalbim/Oysa bildiğim tek şey, karaydı gecenin rengi/Partim bir kahramanlık destanının anlamını kazandırdı bana/İplik eğiren Jeanne'ı ve boynuzdan borusunu öttüren/Roland'ı görüyorum/Bu bir kahramanlar zamanıdır ki Vercors'da yeniden/doğmakta/En yalınları sözcüklerin bir kılıç şakırtısı çıkarmakta/Partim bir kahramanlık destanının anlamını/kazandırdı bana/Partim, bana Fransa'nın renkelerini kazandırdı/Partim, partim teşekkürler verdiğin derslere/Ve o zamandan beri her şey şarkılarla geliyor bana/Sinir ve aşk, sevinç ve acı/Partim bana Fransa'nın renklerini kazandırdı."

Eylül, her şeyin şarkılarla geldiği aydır. Gerçekten düş çıkarma zamanı, düşleri gerçek kılmak için... Çoğalmak ve çoğaltmak için... Bu düzenin sürmesinden yana olanlar, gözlerimiz ve belleğimizi elimizden almanın peşindeler her yolla. Bizse, gözlerimize ve belleğimize sahip çıkmanın önemini bilmek zorundayız. Sahip çıkmanın en temel koşulu, isyanı ve sorusu olmak.

Bu, öğrenmeye aç olmak, öğrenmeyi ve çalışmayı sevinç kılmak anlamına da geliyor hiç kuşkusuz.

Paul Lafargue, Marks'ın damadıydı. Paul ve Laura, 26 Kasım 1911'de Paris'teki evlerinde intihar etiler. Paul Lafargue, Engels'ten sonra komünist hareketin en saygın isimlerinden biri olarak hareketin gelişiminin önünde engel olmak istemiyordu; ölmeyi seçti. Bıraktığı mektupta şöyle yazıyordu: "Aklım başımda ve vücut sağlığım yerindeyken aldığım bu kararla, acımasız yaşlılık hayatın tüm zevk ve sevinçlerini tek tek elimden almadan; gövdemi ve bilincimi dumura uğratmadan, irademi kırmadan ve varlığımı kendim ve başkaları için taşınması güç bir yük haline getirmeden önce, yaşamıma son veriyorum." Paul 66, Laura 69 yaşındaydı. İşte bu Paul Lafargue, yazdığı "Tembellik Hakkı" adlı kitabında, sosyalizmin, kapitalizmdeki gibi çok çalışma üstüne kurulmayacağını ve gündelik çalışma süresinin üç saate düşürülmesi gerektiğini söylüyor ve insanların tembellik hakkını savununyordu. Çalışmanın zorunluluk olmaktan çıktığı koşullarda tembellik ve çalışkanlık da anlam değiştirecektir kuşkusuz. Teknolojik değişim, emekçilerin çalışma saatlerinde sürekli bir düşüşe yol açıyorsa da bu şimdilik gelişmiş ülkelerdeki bir avuç elit çalışana yönelik bir uygulama olabilir ancak. Az gelişmiş ülkelerdeki milyonlarca emekçinin sefaleti pahasına üstelik.

Yine de kapitalizmin savunduğu bir tembellik hakkı var. Emekçilerin düşünsel olarak tembelliğinden yana. Kitlelerin genel itaatinin ve suskunluğunun sürekli kılınması için kullanılıyor teknolojinin tüm olanakları. Dilediğimizin görüntüsü, sesi, yazısı çok uzaklara gitmeksizin birkaç düğmeye basınca karşımızda olabiliyor. İletişimin yoğun ve etkin olduğu bir çağdayız. Ama bu iletişim olanakları, bazı ham tahayyüllerin aksine, kitleler için kullanılmıyor. Baş kaldıran bilincin kitlelerle buluşmamasının yolları da bu iletişim ağlarınca çoğaltılıyor. Sistem, parçalanmışlık fikri üstüne yürüyor. Bütün "post" düşüncelerin amacı bu. Parçalanmışlık ideal bir durum olarak sunuluyor. Her şey, insanların ortak çıkarları olabileceği, bunun için birlikte hareket edilebileceği gerçeğinin üstünü örtmek içn. Sistem kendisine karşı oluşabilecek her türlü örgütlü başkaldırının olanaksızlığını empoze etmek için algılama biçimlerini, tüketim alışkanlıklarını yönlendirmekte, böylece sormanın ve yanıtlar aramanın önü en baştan kesilmek istenmektedir.

Bu koşullarda bilinçli bir zihinsel tembellik ortamının yaratıldığından söz etmek mümkündür pekala. Bu tembellik ortamından düzene muhalif olanların azade olduğunu iddia etmek safdillik olur. Düzen, kendini muhaliflerinde de üretmeyi başarmaktadır sonuçta. Devrimci saflardaki en kötü hastalık, bu zihniyet tembelliğidir. Ve bu, her biçimde tezahür edebilmektedir. İşin tehlikeli yanı, bu tezahürlerin görünüşte masum biçimler almasıdır. Bu masum haller, tembelliğin ideolojik bir hastalık olduğu gerçeğinin üstünü örtebilmektedir kolaylıkla. Bu masum görünümlerden biri de "okumaya vakit bulamamaktan" yakınmaktadır. Zaman azlığı, iş yoğunluğu, mekan sınırlığı gibi pek çok haklı gerekçe gösterebilir. Hatta istersek onlarcasına daha ekleyebiliriz bunlara. Ama bulunan bahaneler gerçeğin üstünü örtemez.

Öğrenmenin olanaklarının son derece kısıtlandığı bir çağ dönümündeyiz. Yaygın internet kullanımından söz edilen günümüzde yaşadığımız bir paradoks bu. Şimdi internet aracılığıyla gazete ve dergi okumak, hatta televizyon izlemek bile olanaklı. Normal koşullarda ulaşılamayacak sayfa tutar araştırmalara deniz aşırı ülkelerdeki kütüphanelere ulaşmak da mümkün. Ama bütün bu olanaklar, gittikçe daha seçkin ve daha donanımlı hale gelen bir azınlık için geçerli olmakta. Bilgi toplumsal uçurumu, iddia edildiği gibi, azaltacağı yerde daha fazla büyütmekte. Bilginin dağıtımı öylesine yönlendirilmekte ki, ancak istenilir düzeyde ve yönde bilgiler dağıtılmakta, diğerleri ise kontrol altında tutulmakta ve kontrol altına almakta kullanılmakta. Televizyon, bariz bir araç, bu konuda. Raymond Williams yıllar önce: "Televizyon, birbirleriyle bağlantılı politik, toplumsal ve ekonomik sorunları birbirinden kopuk parçalara ayırır. En önemli olayları bile nedensiz ve sonuçsuz akan fotoğraflara indirger. Saygın haber programcıları gösterişli stüdyolarında, sokaklarda olup biten onlarca olumsuz gelişmeye rağmen her şeyin kontrol altında olduğunu sözleriyle değil varlıklarıyla da yineler" diyor. Williams'a göre medyalar, toplumsal eğilimler meydana getirmeseler de gündemdeki eğilimleri cevaplayıp karartarak statükonun varlığını sürdürmesine katkıda bulunur. Sistem, medyalar aracılığıyla gizli bir baskı ve şiddet ortamı yaratmakta, görünürdeki özgürlük ortamında gündelik yaşamın düzenlenmesini ve şekillendirilmesini koşullandırmaktadır. Okunmanın önemi, böylesi bir ortamda yaşamsallaşmaktadır. Okumanın esas güdüsü, haberli olma zorunluluğudur. İnsan bilmediği bir şeyi eleştiremez. Bilmediği bir şeyi sahiplenemez. Öte yandan okumak insanı özneleştirir. Okumak, insan olma durumunun çerçevesini çizer. İnsanın edilgen pozisyondan çıkması, siyasal ve kültürel bir varlık olabilmesinin yolu okumadan geçmektedir. Çoğumuz yazamamaktan yakınırız. Oysa yazmak, öncelikle okumaktır.

Gelişmelerin umut verici olduğunu söylemekten çok uzağız. Eğitim-Sen'in yaptığı bir araştırmaya göre, Türkiye'de üniversite bitirenlerin sayısı liseyi bitirenlere oranla dört kat artmasına rağmen, kitap okuyanların sayısı 1965'teki oranın onda birine gerilemiş. Üniversite ve dengi okul mezunları arasında yürütülen araştırmada, gençlerin önemlice bir bölümü, okumama gerekçesi olarak televizyonu göstermiş. İkinci sırayı ise geçim koşullarının ağır olması almış. Okuma oranı 1965'ten bu yana bariz bir biçimde düşmüş. 1965 yılında yüzde 27 olan oran, 1980'e gelindiğinde birden yüzde 5.7'ye düşmüş. Oran 1997'de ise yüzde 3.5. Rakamlara baktığımızda, altmışların uyanış ve kitlesel yükselişe denk düştüğünü, seksenlerin askeri faşist dönemi çağrıştırdığını düşünmek olası. Baskıcı rejimlerin en çok öğrenmeye düşman olduğunu, dile ve düşüncelere, beynin kullanımını engellemek için kilit vurulduğunu söyleyebiliriz kolayca. Ama kendi kendimize uyguladığımız baskı için söylenecek söz yok.

Kuşkusuz televizyon ve internet, bilginin kontrolü ezilenlerin eline geçtiğinde çok önemli fonksiyonlar üstlenecektir. Ama bugün internet içinde üretildiği düzene hizmet etmekte. Taşıdığı demokratik ileştim potansiyeline rağmen kullanıldığı düzeni yansıtmakta. Geçenlerde Gülay Göktürk, "İnternet Kültürü" başlıklı yazısında; "Çevreme baktığımda gördüğüm internet tiryakileri kabaca ikiye ayrılıyor. Bir, chat roomlarda geyik yapan gençler... İki, gece çocuklar yattıktan sonra porno sitelerine dalan orta yaşlı erkekler". Bizde durum bu! Fakat bir sorun daha var. Şimdilerde internetin yeni bir kültür ve yeni bir benlik yarattığı iddiaları güçleniyor. Ve haksız da sayılmaz. İnternette yer alan bilgilerin belli bir sistem izlemeden, bilgiden bilgiye sıçrayarak elde edilmesi, bilgiler arasında önemli önemsiz ayrımı olmadan sıralanması yeni benliğin oluşmasında etkin olanlardan bazılarıymış. Göktürk'ün yazdığına göre bilgisayar dünyasında "Siber uzayın ilk anropoloğu" olarak bilinen "Sherriy Turkle" son kitabında bu benliği "çoğul, dağıtılmış ve kendi kendini merkeze koymayan yeni bir benlik" olarak tanımlıyormuş. Yazara göre oluşan bu kişilik, katı oluşmuş bir kişilik değil. Değişken ve akışkan bir kişilik. Siber alemde interaktif ilişki içinde kendi kendini sürekli yeniden yaratıyor. Turkle, yıllardır ne olduğu pek anlaşılmayan postmodernizmin, internet sayesinde ayaklarının nihayet yere bastığını söylüyor. Aslında heyecanla sözü edilen, parçalanmış, kendisi olmayan kişilikler. Parçalanmışlığın ideal bir durum olarak sunulması post kapitalizmin en temel özelliği. Bir yandan bilginin ve sermayenin öte yandan yoksulluğun ve sefaletin -ki bu cehalet de demek- yoğunlaştığı bir dünyaya doğru gitmekteyiz. Ama Neruda'nın dediği gibi; "Eylem umudun anasıdır."

Umudumuzu besleyen şey, yalnızca inancımız değildir kuşkusuz. Dünyayı değiştirme yeteneğine dünyayı kavrama ve çözümleme yeteneğine sahip bilgi ve bilinçtir de. Bilgi ve bilinç, kapitalist manipülasyonu aşmanın tek yoludur. Okumanın önemi de buradan doğuyor işte. "Gözlerimizi ve belleğimizi kazanmak" için bakmasını ve anımsamasını öğrenmek gerekiyor. Bizim tek sihirli sözcüğümüz var: Öğrenmek! Yönetenlerin amacı da bellidir; öğrenmemizi engellemek. Devrimci olmak, öğrenmeyi bir yaşam tarzına dönüştürmek demektir. Yoksa düşü gerçekleştirmek mümkün değildir. Sözler öğrenmek ve maddi güce dönüştürmek için vardır. Eylem ve söz bir bütündür. Öğrenmek ve mücadeleye atılmak.... İşimiz budur.

Bilgi bizim esas silahımızdır. Bilgiye giden yollarımız bu yüzden tıkalı. Yarım yamalak ve saptırılmış gerçekleri öğrenmemize izin var. Öfkemiz, öğrenmemizi engelleyenlere yönelmeli, sevgimiz öğrenmeye açılmalıdır. Hep söylediğimiz gibi; sosyalizm diğer tüm toplumsal sistemlerin tersine, daha çok iradi bir süreçtir. O, yukardan aşağıya inşa edilecektir. Bu, öncünün ve kişinin iradesinin önemini ortaya çıkarır. Sosyalizm mücadelesi, hem bireylerin yaşam paratiklerinin değişmesi hem de toplumun dönüşmesi anlamına gelir. Kendini değiştirmeyi başaramayanının ise dünyayı değiştirebilmesi olanaksızdır. Toplumu dönüştürecek kolektif ve örgütlü bir yürüyüşün parçası olmanın güzelliği ise birlikte yürümekten geçer: Öğrenerek, değişerek. Nazım'ın dediği gibi: "Yürümek/yürümeyenleri /arkanda boy sokaklar gibi bırakarak,/ havaları boydan boya yarıp ikiye/ bir mavzer gözü gibi/ karanlığın gözüne bakarak/yürümek!../ Yürümek:/dost omuzbaşlarını/omuzlarının yanında duyup,/kelleni orta yere/ yüreğini yumruklarının içine koyup yürümek... / Yürmek yolunda pusuya yattıklarını,/arkandan çelme attıklarını/bilerek/yürümek!.../Yürümek:/yürekten/gülerek/yürümek."

Eylül'ü güzelleştiren ve umutlu kılan da, bu birlikte yürüyebilme iradesidir işte!

Olmaz Sizsiz

"Nedir Parti?/ Bir telefon mu arka odalarda çalan?/Kimdir parti?/Düşüncesi gizli, /kararı bilinmez biri mi?/ Parti biziz/Sen, ben, hepimiz/Parti senin için kardeş./Parti kafadaki düşünce./Sen nerede oturursan orası onun evi./Nerede sana saldırırlarsa/O'dur karşı koyan orada./ O'dur gösteren/bize gideceğimiz yolu. /İzleriz O'nu biz de senin gibi./Bulamazsın doğru yolu bizsiz yürüme. /Yolların en çıkılmazıdır/bizsiz gidilen yol./Bizden kopma sakın kardeş./Belki biz yanılırız, /belki sensin haklı./Öyleyse kopma bizden!/ Kafandan şunu çıkarma kardeş/Dolambaçlı yoldan daha iyidir kestirme yol./Bilirsen eğer sen bu kestirme yolu/Bilir de göstermezsen bize. /Nereye yarar bilgin senin./ Bilge kişi ol!/Ama yanyana ol bizimle/Paylaş bizimle bilgini/Kopma bizden kardeş./ Bizden uzaklaşma!" (Berthold Brecht, Nedir Parti?)

"1986'da da istikrarı sağlamak için çalışmaya devam edeceğiz... İstikrarı sağlamaktan kastettiğim, toplumu depolitize etmeyi sürdürmek. 1986 yılında da toplumu depolitize etmeye devam edeceğiz. Bunu sağlamak, Türkiye açısından çok yararlı olacaktır. İşçi sendikalarının, derneklerin depolitize edilmesi bize göre toplum açısından çok önemli." Böyle diyordu 1986 başında bugünkü hükümetin ANAP kanadının başı Mesut Yılmaz. Zaten 12 Eylül faşist darbesinin başlıca hedeflerinden biri toplumu depolitize etmek, yani onları politika dışında tutmaktı.

Depolitizasyon, politikleşmiş insanların veya politik toplum kesimlerinin politikadan soyutlanmalarını öngörür. Politika, gerek insanlaşmış birey için, gerekse sosyal sınıf ve katmanlar için bir toplumsal varoluş tarzı olduğuna göre, depolitizasyon kavramı kaçınılmaz olarak, sürekli ve artan ölçüde siyasal zoru içerir. Politikanın özel hedefi, yahut bütün politikanın etrafında döndüğü sorun, politik iktidarın ele geçirilmesidir. Her politik hareket, özel çıkarlardan bu çıkarlar etrafında yaratılmış bir genel çıkar oluşturmayı başarmak zorundadır. Bu başarılmadığında toplum egemen toplumsal sınıf tarafından politika hastalığından kurtarılmaya çalışılacaktır. 12 Eylül'de yapılan da budur.

Egemenlerin tarih boyunca sürdürdüğü ezilen ve sömürülen kitleleri politika dışında tutma çabası, 12 Eylül'den sonra bütün olanaklar seferber edilerek yürütüldü. Kitlelerin politikleşmesi ve elbette politikleşirken bilinçlenmesinin bütün araçları bir yandan fiilen yok edilirken, diğer yandan ideolojik saldırıya hız verildi. Parlamento, siyasi partiler, sendikalar, kitle örgütleri ile grev, miting, yürüyüş ve hatta dilekçe verme hakkı "suç araçları" olarak gösterildi. Yargılamalar, tutuklamalar, fesih ve kapatmalar, kitle iletişim araçlarında sürdürülen dehşetengiz suçlama kampanyaları, kitleleri politikadan uzak tutma "politikasının" bir parçası olageldi. Egemen güçlerin kitleleri politika dışına sürmekte, örgütsüz bırakmada sayısız çıkarları olduğu açıktı. "Memlekete komünizm lazımsa onu da biz getiririz" diyebilen bir gelenekten gelen Türkiye'li egemenlerin kitleleri depolitize etmek amacıyla yürüttükleri bu çok yanlı, çok araçlı saldırı "sol"dan da destek sağlayarak amacına ulaştı.

Sol işsizlikle, açlıkla, hapishaneyle, işkenceyle, ölümle yola getirildi. Kendini suçlamak moda oldu. Sol, doğmatizme karşı olmak, özgür düşünceyi savunmak adına "sola" saldırdı. Birey olunamadığından tutun da, kendimiz için yaşayamadığımız söylemine kadar bir dizi suçlamayla geçmiş sorgusuz, yargısız mahkum edildi. "Tamam" diyenlerin bir bölümü kendilerine yeni yaşam biçimleri, yeni uğraşlar buldular. Yükselen sosyal hareketin çekimine kapılıp gelenlerin bir bölümü de geldikleri yere geri döndüler. Daha sonra kendileri gibi solcu eskilerinin açtıkları barlarda ya da arkadaş sohbetlerinde büyük ihtimalle şöyle dediler: "Artık nefret ettiğim her şeyi sevmeye zorlandığım o on yıl boyunca niye mutsuz olduğumu biliyorum. Bilim denen şey onurumu beş paralık etti anlayacağın" (Latife Tekin, Gece Dersleri I. Basım s. 58) Belki de şöyle eklediler: "İnandım ben, her şeyimle inandım hem de. Bütün içimi doldurdu o inanç, bana kendime bir yer bırakmadı. Ben de sıkıldım, vazgeçtim(...) Ama bütün yaşamım boyunca hep aynı inancı, hep aynı güçle sürdürecek kadar kişiliksiz ve salak olanlardan hoşlanmam." (Sudaki İz, Ahmet Altan, Can Yay. s. 99) 12 Eylül'ün karanlık yıllarında bu pişmanlık edebiyatı, o sıralar yürürlükte olan "Pişmanlık Yasası"ndan daha etkili oldu. Kendi kuşağını aşağılayan, egemen ideolojinin topluma empoze etmek istediği devrimci prototipini, "devrimci gençlik" olarak sunan bu yazının karşısında devrimci değerleri, eşitlikçi toplum düşüncesini, sosyalizmi savunmanın fiili olanakları ortadan kalkmıştı. Taşların tutulduğu, itlerin salıverildiği bu yıllarda.

Burjuvazinin kendi söylemini politika dışında kurması ile solun, söylemini sürekli politika içinde kurmak istemesi, sınıf mücadelesinin tipik bir tezahürüdür aslında . Sol, sürekli olarak hayatın her alanına politika taşımak ve hayatı politik olarak kurmak zorundadır. Kendi sınıf çıkarlarını tüm toplumun çıkarı olarak lanse eden burjuvazi ise kendi meşruluğunu sarsacak yapıp etmelerinin teşhirini engellemek durumundadır. 12 Eylül sürecinde ideolojik ve zor aygıtları kullanılarak yapılan du budur. 12 Eylül sürecinde doğan ya da büyüyen kuşaklar, işte bu koşullarda şekillenmiş ve gelişmişlerdir. Tam da bu sırada dünyanın kuzeyinde "ideolojiler öldü" sloganı yükselmeye başlamıştır. Artık işlevini tamamlayan resmi yasakların yerini yeni yasaklar almıştır. Fiili yasaklardır bunlar. Yükselen değerler dönemidir içinden geçilen. Solculuk muhafazakarlıkla eşdeğerdir, solcularsa dinozor sayılmaktadır. İnsanların kendi seslerine sahip olmadığı medyatik bir döneme girilmiştir. Birileri hayatı kitleler adına seslendirmekte, sonra onlara "siz busunuz" demektedir. Yalnızca serbest piyasadan söz etmenin yasak olmadığı yeni serbesti dönemdir sözkonusu olan. Radikal olmanın, sorgulamanın, karşı çıkmanın tutuculuk sayıldığı, muhalif olmanın fiilen yasaklandığı bu koşulların ürünüdür genç devrimci nesil. İnsanın statüsünün markaya göre belirlendiği, dünyanın değişmesini istemenin suç sayıldığı, köşe dönmeciliğin, bireysel yırtmanın esas olduğu depolitizasyon koşullarının ürünü olan genç devrimciler içinden geldikleri toplumsal koşulların izlerini taşımaktadırlar doğallıkla.

Depolitizasyonun en kalıcı etkisi, örgütlülükten kaçış fikrinin topluma içselleştirilmiş olmasıdır. Yeni dünya Düzeni, serbest piyasa ekonomisi globalleşme ve konsesüs söyleminin egemen olduğu bu farksızlaşma ortamında marjinal karşı çıkışlara, bireysel başkaldırıyla itiraz edilmemektedir! İtiraz, örgüt fikrinedir. İtiraz ortakça karşı koymayadır. Çağımızın en can alıcı sözcükleri, örgüt ve örgütlenmektir bu yüzden. Muhalefeti, yaşamı, geleceği örgütlemek ve örgütlenmek. Örgütlenmeden değiştirilemez. Örgütlenmeden politik iktidara talip olunmaz. Bu yüzden örgütlü olmak düşüncesi sosyalistçe bir düşüncedir. Ancak örgütlü olmak ve örgütlü olma düşüncesini benimsemek yeterli değildir. Bu fikirin içselleştirilmesi esastır.

Yeni liberal ideoloji, sistemin sorunlarının ve iç çelişkilerinin üzerini örtmek için sosyalizmin geri çekilişini kullanıyor. Bunu kapitalizmin doğrulanmasının gerekçesi yapmak istiyor. Bireysel ve toplumsal bilinçaltımız, bu saldırının izlerini taşıyor. Örgüt fikrini benimseyenlerin bilinç altlarındaki bu tortular örgütlü dünyaya; disiplinsizlik, örgütlülüğü özgürlük eksekliği olarak görme, çabuk vezgeçme olarak yansıyor. Ortak karşı koyma fikrinden vazgeçmenin, hiçleşmenin başlangıcı olduğu unutuluyor. Devrimci olmak, başkaldırmak, sürece katılmaktan vazgeçmek, yeni düzende teba olmayı reddetmektir. Genç devrimciler inkar etmenin, sorgulamanın en güzel örneklerini veriyorlar. Devrimci mücadeleye katılıyorlar. Devrimci mücadele gönüllülüğün esas olduğu bir mücadeledir. Ama ortak bir iradeyi, kolektif bir disiplini kabul etmektir de devrimcilik.

Devrimciler, her an kendilerini ve dünyayı değiştirmek zorunda olan özerk ve özgür bireylerdir. Yaşamı değiştirmek ve dönüştürmek, örgütlenmeden mümkün olmuyor. Ama böyle bir süreçte de her gün yeniden üretilen bir gündelik yaşam pratiği gerekiyor. Bu da her gün yenilenen bir düşgücü ve sorgulama yetisi istiyor. Devrimci bireyin özgürlüğü buradan geliyor. Devrim için atılan her adım, yaşanan her somut an, tek tek her devrimcinin iradesinin etkili olduğu bir çatışmanın bileşkesi olarak ortaya çıkıyor. Ozan Johannes R. Becher: "Yanlış hesap yapıyorsun yoldaş/ Bir kişiye bağlı değil bu iş/ Olsam da olur olmasam da dediğinde" diyor ya, devrimci hareket her anlamdaki kişisel katılımıyla var oluyor. "Yoldaşlar/Her biriniz tek tek/lazımsınız bize/ Sen, sen, sen/hepiniz/Olmaz sizsiz!" demek gerekiyor.

Dünyayı artık değişmez sayılandan, verili kabu edilinden

arındırmaya çalışmak, değiştirmek ve yeni baştan kurmak, özgür olmaktır. İsyanı ve düş gücü olmadan özgür olunmuyor. Ama tarihe iradeyle müdahale edebilmek, disiplinli bir iradeyi de gerektiriyor. Birlikte yürümek örgütlü iradeyle mümkün görünüyor. Böyle yürüyemeyenleri, arkada bırakmak kaçınılmazlaşıyor. Birlikte yürümek bir yaşam güzellemesidir. Çoğalarak yürümek gerekiyor. Tıpkı Nazım'ın dediği gibi yürümeyenleri arkada bırakarak. Şan olsun yürekten yürüme kararı alanlara! Şan olsun karanlığın gözüne bakarak yürümesini bilenlere! Benim yüreğimin tüm gülleri onlara!...

Gündelik Hayatı Devrimcileştirmek

İstanbul'u erkenci bir bahar yağmuru vurmuştu, ben vurulmuş yatıyordum. Deniz kokuyordu bir yerlerden. Toprağa karışıyordu yağmurun sesi. Gri mavi bir sisin ardından gökyüzüne baktım, usulca gözlerimi açıp. Tomsonların arasındayım. Yağmura uzattım elimi, parmaklarımın arasından kaçıp gitti damlalar. Avucumu kapattım hemen. Elimde tutmak istiyordum kaçıp gideni. Yaşamaya benziyordu o an yağmur. İllegal bir sevinç doldurdu içimi. Gözlerimi yumdum, kirpiklerime doldu yağmur. Biz bu kenti fethedecektik. Yaşadığımız tüm güzelliklerin bedelini ödemek düşse de payımıza, bir gün bahar sabahları deniz kokan bu kentte Rozveltlerin değil, özgür insanların ayak sesleri yankılanacaktı. Yağmurlu günleri hep sevdim. Gülümsemeyi ve direnmeyi anımsattı bana.

O yağmurlu İstanbul sabahında, Cerrahpaşa'dan Haydarpaşa Askeri Hastanesi'ne nakledildiğimi anladım daha sonra. Yüzüne bakınca, insanı anımsatan bir beyaz gömlekli: "Konuş evladım. İsmini söylersen filmini çekeceğiz. İyileştireceğiz seni" diyordu başucumda. Üstüme eğildi adam, ısrarcıydı: "Hadi evladım, bak çok gençmişsin de üstelik. Adını söyleyemezsen sana bakamayız ki". Gözlerimi açtım: "Adım yok benim" dedim. "Yaz" dedi, yanındaki ere : "Adsız".

Siyahlar giyinmiş sivillerin ve silahlı erlerin arasında çıktık yola. Örümcek ağları ve lağım borularının geçtiği karanlık bir dehlizdeydik. Hırsla yere bıraktılar beni. Sanırım son durak, diye geçirdim aklımdan. Birden birkaç hoyrat el kaldırdı sedyeyi. Hemen önümde bir kapı açıldı. Karanlıkta içinde parmaklıklara yapışmış yüzler gördüm. Yalnızca sol elim hareket ediyordu, bir de gözlerim. Elimi kaldırdım, zaferi söylemek istiyordum. Sesim kısıktı. Ama değil mi ki sol elimi kullanabiliyordum hala.. Yanlızca bir sessizlik yanıtladı beni. Bir tek ses duydum: Geçmiş olsun, diyen. Yüzbaşı Orhan Savaşçı olduğunu söylediler sonra. Haydarpaşa Hastanesi'nin devrimci tutsakların kapatıldığı tecrit bölümündeydik. Sansaryan Hanı'nın "müteferikka"larına benzeyen küçük odalar vardı. Önde demir parmaklıklı bir kapı, arkada demir parmaklıklı pencere. İki tarfı açık, yanları kapalı bir uzun mekan. Tahta bir ranzaya attılar beni. Nöbetçi astsubay "anarşiste" yatak vermeyi reddetmiş.

Gözlerimle savaş halindeydim. Onlar kapanıyordu, ben açık tutmaya çalışıyordum. O karanlık ve kasvetli odada, ömürümün en hüzünlü, ömrümün en aksi yaşlı gözlerini gördüm birden. Ağızımı açmaya çalışırken dönüp gitti. Bana bir merhabayı bile çok görmüştü. En yalnızıydı günlerimin. Bir türkü tutturdum ben de: "Ölüm bizim için tozlu yol olur/Dumanlı dumanlı oy bizim eller, oturup ağlasam deli mi derler." Zaten türkünün bildiğim tek bölümü de buydu. Kızın adı Ezel'di. Ben bir marşa başlamıştım ki yanıma geldi. "Sus" dedi, "Sus, başına dert açacaksın". "Olsun" dedim, "gel birlikte söyleyelim". O gün bana katılmadı. Ama katalcağı günler de gelecekti. Sonra ameliyat edilmek üzere Haydarpaşa Numune'ye gönderildiğimde, bir yolunu bulup tek bir bahar dalı yollayan da oydu bana. Göğsümün üstünde o bahar dalıyla yatarken ölümü yeneceğimi biliyordum. Çünkü yaşamaktan ve direnmektken bıkkın arkadaşım, bana ve yaşamaya merhaba diyordu o çiçekle. Ölmek ayıp olurdu.

Yeniden Askeri Hastane'ye döndüğümde bir başka mekana verdiler beni. Bu kez güzeller güzeli N. A ile yatıyordum. Resmini gazetelerde görmüştüm. Psikolojik sorunları vardı. İlk gün: "Senin yerine eşek bağlasalardı yanıma daha iyi olurdu" sözleriyle "hoşgeldin" dedi bana. Zaman zaman kriz geçiriyordu: "Ü. Ahmet üstüme geliyor" diye bağırırdı kriz başladığında. Ü. Ahmet, Parti Cephe'nin o zamanki militan kızlarından biriydi. Her ne hikmetse bayan polislerin de korkulu rüyasıydı. Her mahkeme günü sonrasında mutlaka kriz geçirirdi N. A Ve her mahkeme sonrası, Hürriyet gazetesi sekiz sütuna manşet atardı: "Güzel N. A." Adli tutuklulardan aşk mektupları alırdı. Nazi hayranı üsteğmen, mektuplar hakkında bilgi verirdi önceden. Sadistçe bir zevk alırdı bundan. Ve başka mektuplar verilmezken, adli mahkumların mektuplarını zevkle uzatırdı kızcağıza. Her akşamüstü içli bir türkü tuttururdu N. A. Nöbeçi erler ve psikiyatri koğuşunun müdavimleri sessizleşirlerdi o zaman. "Erzurum dağları kar ile boran/ Aldı yüreğimi de`dert ile verem/Sizde bulunmaz mı da bir kurşun kalem/ Yazıp ahvalimi de yare bildirem". Kocası Kızıldere de ölmüştü. Boynunda onun yüzüğünü taşırdı.

Birgün Ü. Ahmet'le ne derdi olduğunu sordum ona. "Durmadan karışırdı bize" dedi. "Yok mahkemeye diz altında etekle çıkacakmışız. Yok makyaj yapmayacakmışız. Yok siyah çorap giyecekmişiz.Yok devrimciye yaraşır disiplin içinde olacakmışız. Düşünebiliyor musun, birgün ailemden çikolata geldi. Çikolatayı tüm koğuşa dağıttı Ü. Ahmet. Ailem bana kasayla portakal gönderiyor, komünle birlikte yenecekmiş! Neden portakallarımı paylaşmak zorunda olayım ki? Neden bana gelen parayı komünle bölüşeyim? Akla sığacak iş değil bunlar. Buraya geldim de kurtuldum. Ben şişmanlamak istemiyorum. Yalnızca yoğurt ve meyve yemek istiyorum, sonra ekmek yerine de galeta. Neden onlara uymak zorunda olayım ki? Onlar hapishane yemeği yiyebilirler. Ben yemek istemiyorum."

O gün hep o kızcağıza sırtımı dönebilmek ihtiyacıyla kıpırdamadan yattım, durdum. Ve sorgu için gelen savcı "devrim nedir?" diye sorduğunda: "Benim için özgürlük, eşitlik ve mutluluk demektir" yanıtını verdim. Neydi toplumu ve dünyayı değiştirme amacıyla yola çıkan bu insanları mutsuz ve yenik kılan? Neydi onları teslim alan. Günlerce düşünüp durdum. Sosyalizm bir bilimdi, bir ideolojiydi, toplumun tarihsel bir şeklinin adıydı. Ama bir gelecek düşü, bir inanç ve bir yaşama biçimiydi de. Sosyalist olmak, hayatı paylaşmayı öğrenmekti. Kavga etmeyi, vuruşmayı öğretmek zor olmuyordu da insanlara, zorluğu birlikte göğüslemeyi, acıyı birlikte bölüşmeyi ve en basitini; sevinci birlikte çoğaltmayı öğretmek zor oluyordu. Çünkü bu, inancı içselleştirmeyi gerektiriyordu. Düşünceleri değiştirmeyi başarıyorduk görünürde, ama gündelik yaşam pratiğine vurulduğunda hiç de göründüğü gibi olmadığı anlaşılıyordu işlerin.

Sokaktaki barikatın ardında duran insan aynı kavganın başka alanlarda da sürmekte olduğunun farkına varamıyordu bir türlü. "Bu benim özel hayatım" diyebiliyordu sakınmasızca. Sanki genel yaşantımızdan ayrı bir özel yaşantımız olabilirmiş gibi! Elbette bireye ait özel alanlar vardır. Ancak insan beyinin bir lobunda sosyalistliğine dair düşünceler, öbür lobunda da günlük yaşamla ilgili sıradan düşünceler, alışkanlıklar ve davranış biçimleri durmaktaydı sanki. Kavgayı paylaşırken, paylaşmanın güzelliğini herkes bilir az çok. Çarpışırken yalnız olmadığının farkındadır insan, kitlelerle yürürken, düşüncelerin nasıl maddi güce dönüştüğünü gözlemektedir birebir. Ama tek başınayken, inancı ve kendisiyle başbaşadır devrimci. Ve işte o noktadan sonra gereklidir hayatı paylaşmayı ne denli öğrenip öğrenmediği. Tüm alışkanlıklar bir başınayken depreşir. Dönüştürüldüğü sanılanlar, ama bastırılanlar ortaya çıkar. Ben, ondokuz yaşımın tüm gücüyle, "Bu benim yaşam biçimim. Kendini devrimci sanmış olanlara karşı da savunacağım onu" diye aşmıştım o yalnızlık duygusunu. Birlikte yürürken ya da yalnızken hep o büyük kavganın bir parçası olduğumu, bu yüzden hiçbir zaman yalnız olmadığımı düşünüp rahatlamıştım o zaman.

Şimdi yeni bir toplum, yeni bir kültür, yeni bir insan anlayışına sahip yoldaş devrimcilerin gündelik hayatı politikleştirmek zorunda olduklarını düşünüyorum. Eğer gündelik hayatı politik, yani devrimci kılmazsak, kafamızdaki şizofrenik bölünme her dönemeçte önümüze çıkacaktır. Her hesaplaşma noktasında zaaf olarak önümüze dikilecektir. Karşı oluşun, sosyalist oluşun en iyi sınandığı yerin gündelik hayatta olduğu, gündelik hayatta kendini üretmemiş bir sosyalizmin başarılı olamayacağı hep akılda olmalıdır. Sisteme yönelen eleştirimiz günübirlik hayatın dokularına yayılmalıdır. Farklılığın yolu buradan geçmektedir. Sistemin zihnimizde mutlaklaştırdığı anlayışlarla kavgalı olmalıyız. Çalışma, yeme içme alışkanlıkları ev ve aile içi düzen anlayışı, birebir günlük yapıp etmeler, devrimci bir dönüşme tabi tutulmalıdır. Aklımızda hep şu olmalıdır: "Şimdi değiştirmezsem ne zaman değiştireceğim", "Şimdi değişmezsem ne zaman değişeceğim"...

Komünist, "ortakçı" demektir. Ortakça bir dünya, ortakça bir yaşamı savunurken, ya ezen ya da ezilen olunur zihniyetinin pratik tezahürlerini de yok etmek gerekir. Hayatın her alanında inisiyatifleri geliştirmek, katılımı yaygınlaştırmak, edinilmiş ilişkileri, geçmişten gelen ilişkileri söküp atmakla devrimci olunur. Bütün sorun, gerilerde bir yerde gündelik hayatı bireyin toplumsal kaygılardan uzak, özel olarak yaşadığı bir alan olarak görmemizden kaynaklanıyor. Dolayısıyla devrimci bireyler, bu alanın kapılarını kapattıklarında, beyinlerinin içinde de kimi kapılar kapanıyor. Hayatın kendisi, özel sanılan alanla kamusal alanın iç içeliğini göstermektedir her gün bin bir biçimde. Sosyalizm son çözümlemede, insan ilişkilerinin tümüyle değişmesini gerektirir. Ve bu değişimin nerede başlayıp nerede biteceği konusunda kesin sınırlar yoktur. Kapitalizm, kendi yaşam biçimini yeniden üretmenin yollarını çok iyi bildiği içindir ki varlığını sürdürmektedir. Onun içindir ki bugün Bolşoy Tiyatrosu'nun karşısındaki Karl Marx heykelinin altında Engels'in: "İsmin ve davan asırlarca yaşayacaktır" diyen sözlerinin yanında sprey boyayla yazılmış "Michael" sözleri vardır. Toplumsal ilişkilerin sosyalistçe yeniden üretilmesinin yaşamsal önemini bilmek ve ona uygun davranış tarzları geliştirmek zorundayız. "Biz farklıyız." Bu bir saptamaysa "Peki ama neden, ne biçimde?" sorusuna da pratik cevaplar verilmelidir. Verilmediğinde devrim sandalı hep gündelik hayatın duvarlarına çarpıp duracaktır. Fransız ozan Francis Compes'in Marx'ın Mezarı adlı şiirinde şöyle diyor. Marx'ın bize ne öğrettiği hakkında: "Bize devrimci olmayı öğretmişti sadece gerçeği düşten çıkarmak değildir bu/ gerçekten gerekli/düşü çıkartmak/ve onu gerçekleştirmektir." Düşü gerçekleştirmek, onu gündelik yaşamın bir parçası yapmakla mümkün olacaktır.

Sıradaki

"Başladı işe/Bitirdi işi.../Başlarken avaz avaz bağırmadı./Bitirdi ve:/-Gelin seyredin diye/dört bir yanı çağırmadı../ O milyonların milyonda biridir/O bir sıra neferidir./Damarlarındaki bilmem hangi soyun kanı değil/O bir yarış hayvanı değil./Yüzü herkesin yüzüne benzer./Su içer ağzıyla/Ayaklarıyla gezer.../Onun için: başlıyan, biten, başlıyan iş var,/sorgu, soruş yok.../Gidiş var,/Duruş yok.../O milyonların milyonda biridir/O bir sıra neferidir."

"Bir devrimci için en büyük onur nedir?" sorusunun yanıtı, çoğumuz için sıradaki olmak değil midir? Milyonların milyonda biri, bir sıra neferi... Süssüz, sorgusuz, ünvanlardan, iri sözlerden arınmış olmak. Yani en kolayı, yani en zoru..

Koreli Kim Sun Myung'un adını duydunuz mu? Ben The New York Times'da çıkan bir yazıdan öğrendim kim olduğunu. Kim Sun Myung bir komünist. Şimdi 70 yaşında. Hapisten yeni çıkmış. Tam 43 yıl 10 ay yatmış Kore zindanlarında. O içeri girdiğinde Kore Savaşı'nın tam ortasıymış: 15 Ekim 1951. Birleşmiş Milletler patentli Amerikan işgal ordularına ve işbirlikçi Güney Kore hükümet güçlerine karşı savaşmış Kim. Savaşırken

BM askerlerine esir düşmüş, yargılanmış. Sonuçta casusluk suçundan önce idam, ardından ömür boyu hapis cezasına çarptırılmış.

Nicholas D. Kristof'un anlattığına göre: Kim'in bir çok arkadaşı sırf Kim Kuzey Kore ordusunda diye öldürülmüş. Babası ve kız kardeşi de öyle. Ailesi baskı ve tehditler yüzünden ziyaretine hiç gitmemiş. Kız ve erkek kardeşleri 1975 yılında onu resmen ölü ilan etmişler. Bu yüzden 93 yaşındaki annesi onu öldü biliyormuş.

Koreli 3597 numaralı adsız mahkum tutuklanıp işkence edilerek klozet büyüklüğünde bir hücreye kapatıldığında savaş devam ediyordu. Aradan tam 43 yıl geçti. Kim artık özgür. Eğer Kim Kuzey Kore'yi desteklemediğini söylese 20-30 yıl önce serbest bırakılacakmış. Ama işkence ve idam tehditlerine ve bir çok arkadaşının işkenceyle gözleri önünde öldürüldüğünü görmesine rağmen yapmamış bunu. "43 yıl hapis onu yolundan döndüremedi" diye yazıyor gazetede. "Bir söz vardır:" diyor Kim "Çeliği dövmek onu sertleştirmekten başka bir sonuç vermez". 43 yıl 10 ay.. Bir insan ömrü eder. "Nasılda yılları buldu/Bir mısraboyu maceram" der bì şiirinde Ahmet Arif. Kim'in macerası da öyle. Ve o hala bir komünist.

Kim besbelli bir sıra neferi. Yani milyonların milyonda biri. Kore zindanlarıyla ilgili çok geniş bilgimiz yok belki. Ama Saygon zindanları hakkında çok şey biliyoruz. Ülkemizdeki zindanları tanıyoruz. Tüm işkenceciler ve zindancılar aynı, Amerikan okulunun mezunları. Fazla bilgiye de ihtiyacımız yok zaten. Kim için "dünyanın en uzun süre hapis yatan siyasi mahkumu" diyorlar. O yıllar boyu çelikle aynı örste dövülmüş 70 yaşında bir militan. "Yeni dünya düzeni"ne, ideolojiler öldü diyenlere meydan okuyor inatçı inanmışlığıyla.

Şimdi inançlara inatla sarılma zamanı. Şimdi örste yeniden

dövülme zamanı. Yüzünü görmediğimiz, elini sıkamadığımız Kim Sun Myung sevinç ve onur veriyor bize. Örnek oluyor. Bir komünist olmanın ne demek olduğunu anlatıyor dünya aleme yeniden. O sıradakidir. Önde değil, arkada değil, yanımızdaki, yanıbaşımızdaki. Yaptığı işin büyük olduğu iddiasında değil, böbürlenmiyor, kendini yüceltmiyor. Yalnızca yapması gerekeni yapıyor o kadar!

Çok daha rahat koşullarda dönenler var, sendeleyenler var. Çok daha olumlu koşullarda kendilerini çok fazla önemseyenler var. Geçilmiş yolları yeniden geçenler var, şikayet edenler var. Kim, bir çırpıda bir kurşun gibi yatıp çıkmış 43 yıl ve hep komünist kalmış. Nazımca söylersek; güneşin etrafında 43 kere dönmüş dünya. Dünya için mikroskopik bir zaman, Kim için bütün bir ömür neredeyse. Ve O, aynı inatla tekrar etmiş içeri girdiği yıl sahip olduğu düşünceleri. Zincirlerinden başka kaybedecek birşeyleri yoktur denilenlere bağlılığını. Bize böyle yürekler gerek ve biz öyleyiz. Geri tepmelerden, ayak burkmalardan, tökezlemelerden geri dönüşlerden kuşkuya düşmeden büyük umudun yolunda yürümeye devam edenleriz. Kim gibileri o mükemmel sıradanlıklarıyla yolumuzu aydınlatan uzak ama sevdalı ışıklardır. Bizse kim ne derse desin sevdamızın ışığına doğru gidiyoruz. "Geri dön" diye çağıran seslere aldırmaya hiç niyetimiz yok!..

Hep Aynı İnatla

"Bilir misin, bitirilmemiş hesaplarda ne var,/ açılmamış kitaplarda ne var, bilir misin,/ fabrikadan yeni çıkmış makinalarda ne var?/Yarını besleyecek kaynağı görürüm ben onlarda/ Bir harita üzerinde beyaz bir yere/ yeni bir çizgi çeken kişi, / bir kitabı açan arkadaş,/ makinayı ilk kez yağlayan mutlu işçi,/ bunların hepsi bilirler ki,/ iyidir eskiden/ yeni her zaman" (B. Brecht)

Geçmiş ve gelecekle yüklü tuhaf bir Kasım geçiyor zamandan. Yeni bir binyıla doğru akıyor ömrümüz. Zaman, o insanlığın büyük soyutlaması yeni ve gizemli vaatlerle dolduruyor bizi. Ben bir avuç gökyüzünü taşıyan penceremin önünde zamana bakıyorum. Yapraklarını tüketmekte olan yaslı bir ağaç duruyor önümde. Gelecek baharda yemyeşil yenilenip meyveye duracağından habersiz gibi. Nazım misali; bir insan gözü gibi derin, bir salkım üzüm gibi serin, bir ferah, bir rahat, bir işitilmemiş şarkı söyleyeceğimiz, inanılmaz renklerle sabaha eren mükemmel bir şafağı özlüyorum birden. "Topraktan/ateşten/ ve denizden doğanların en mükemmeli doğacak bizden" diye fısıldıyorum gökyüzüne doğru usulca. Böyle bir sabaha ermek bizim inadımız, böyle bir sabah bizim düşümüz. Ve düşümüzü gerçek kılmak bizim en gerçek işimiz.

Kimilerinin "reel sosyalizm" dediği sistemin çöküşünün kaçınılmaz olduğunu söylüyordu sosyalistler. Ancak bunun bilinmesi, insanlığın büyük bir hayal kırıklığı yaşamasını engelleyemedi. Çöküş, kapitalizmin ussallaştırılıp doğrulanmasının gerekçesi yapılırken, bir başka hayat olduğu yolundaki inançları sarsılan büyük kitleler umutsuzluklarına yenik düştüler. Tarihin sonunu ilan eden kapitalizmin ideolojik saldırısı bu koşullarda daha da etkili oldu. En çok da ona muhalif olanlar üstünde.

Yaşamın kökten değiştirilmesi/ dönüştürülmesi gerektiğini söyleyenlerin; ideolojik, siyasal ve kültürel çabaları üstüne bir kez daha düşünmelerinin zamanıdır bu yüzden. Devrimci iş, toplumu dönüştürme eylemidir. Ama kendilerini dönüştürememiş, devrimcilerle böyle bir eylemi gerçekleştirmek mümkün olmuyor. Yaşamı ve kendimizi dönüştürmek bir örgütlülük işidir. Örgütlülük fikrini derinleştirmek gerekiyor. Günümüzde örgütlülük fikri can sıkıcı bir zorunluluk olarak görülüyor. Teorik olarak tersini savunanlar bile örgütlülüğü bir yaşam ortaklığı olarak görme anlayışından uzak duruyor. Sistemin ideologları devrimcilerin bu aşil topuğunu biliyor. Saldırılar bu noktada odaklanıyor. Şiddetin her türünü örgütlemiş bir düzenin ancak disiplinli bir örgütlenmeyle yenilebileceği fikri pratikte çoğu kez ihmal ediliyor. Gönüllülük ve disiplin arasındaki diyalektik bağ gözden kaçırılıyor.

Bundan aylar önce mücadeleden vazgeçme noktasına gelmiş genç bir devrimciyle konuştuklarımı anımsıyorum. "Ben isyankar biri olduğum için devrimci oldum. Aklıma yatmayan bir disiplin tanımak beni çıldırtıyor" demişti. Bu "akla yatma" konusunu tartışmak önemli kuşkusuz. Ancak düzenin bireysel isyanı olana pek aldırmadığını unutmamak gerekiyor. Sistem kendi içinde çözebileceği bireysel karşı çıkışları görselleştirmekten çekinmiyor. Gösteriye dönüşen isyanlar marjinalleştirilip sistemin kendini yeniden üretmesine hizmet etmekten başka işe yaramıyor. Sistem içi talepler elde edilebildiğinde çoğu kez nasıl sistemi düzeltmek ve iktidarı onaylamak işlevini yerine getiriyorsa bireysel karşı çıkışlar da benzer işlev görüyor. İsyanı örgütlemek, disiplinli ve kolektif bir çalışmayı zorunlu kılıyor.

Kişi devrimci mücadeleye gönüllü katılıyor. Kuşkusuz bir gönüllü katılım işidir, devrimcilik. Birlikte üretmek, birlikte yürümek ve birlikte kavgaya girmektir. Gönüllülük, aynı yolda yürüme azminin ve kararlılığının bir ifadesidir. İknaya dayalı bir disiplinse bu, yürüme azmi ve kararlılığının heba olmamasının teminatı oluyor. Vahşi kapitalizm devrimci bilinçaltımıza bir disiplinsizlik güdüsü olarak yansıyor. Devrimci disiplin kapitalist saldırı koşullarında bilinç dönüştürücü bir pratik olarak görülmelidir bu nedenle. Ama bu dönüştürme işi her gün yeniden üretilen bir yaşam ve kültür pratiğini de gerektiriyor kuşkusuz. Yenilenmenin yolu buradan geçiyor. Gündelik yapıp etmelerini örgütleyemeyen, yenilenemiyor. Yenilenemeyen kendini değiştirip geliştiremiyor. Değişemeyenin değiştirmesi mümkün olmuyor.

Devrime bir isyanı yüklenip de gelmek tartışmasız bir güzelliktedir. Ancak isyanı disipline etmek gerekiyor. Tersi kavgayı laçkalaştırıp devrimciliği lümpenleştiriyor. "Disiplin" deyince asla basit bir kurallara uyma; söylenenleri yapma sorunu getirilmemelidir akla. Disiplinli olmak, bireysel yaşamı örgütleme ve devrimcileştirme işi olarak görülmelidir. Düzenin kirliliğiyle çepeçevre kuşatılmış devrimci birey açısından, kendini savunma ve geliştirme aracıdır disiplin.

Devrimciliği ödünç alınmış bir elbise gibi taşıyanlarımızın sayısını azımsamamalıyız. Başka türlü yaşamayı beceremedikleri için devrimci saflarda kalıyorlar. Konuşurken eleştirileri kuvvetli bu tiplerin. Kavgada yapılan hataları ortaya koyarken pek kabadayıdırlar. Ancak hayat ağacı karşısında süngüleri çabuk düşüyor. Disipline gelemiyorlar. Gerekçelere sığınıp zorlukları sıralamaya başlıyorlar hemen. Eğer ahlak, "eylemde davranış kuralları" demekse, ben böylelerini ahlaksız olarak görüyorum. Devrimcinin eleştirisi keskinse ahlakı da net olmalıdır. Devrimci kendisini bilmeli, disiplinli bir iradeyle gerçeğini değiştirmeye çalışmalıdır. Yenilenmeyi, yeninin heyecanını duymalıdır.

Elbette eskiden iyidir yeni, her zaman. Biz yoldaş devrimcilerin, yeni bir ahlak, yeni bir çalışma ve yeni bir insanlaşma anlayışımız olmalıdır. Tüm kavramların içi yeni bir tarzla doldurulmalıdır.

Birkaç gün önce bir okurumuz "Çok sabırlısın" dedi bana; "gerçekten yaşamın çok zor" Öyle olmadığını biliyorum. Anlayışlarımızı yenilemektir devrimcilik. Anlayışlarımızı değiştirmek gerekiyor. Zor olan devrimci kalmak değildir. Zor olan düzene teslim olmaktır. Zor olan yoldaşını düşmanla meydanda koyup kaçmaktır. Sabır gerektiren, bu aşağılık düzenin kurallarına uyarak yaşamaktır. Neyi seçmeli insan? Yaşayarak çoğalmayı mı? Unutarak eksilmeyi mi? Vahşeti mi, insanlaşmayı mı? Düşlerini satmayı mı, onu gerçek yapmayı mı? Yaşayarak çoğalmalı insan. Düşü gerçek yapmalı. Suyu şavka çevirmeli, acıyı umuda. Kolay yol budur. Dünyayı istiyoruz, büyük bir aşkla istiyoruz. En heyecan verici serüvenimizdir bu. Ama her güzelliğin bir bedeli vardır. Bedelleri ödemek, yanıp ama tütmemek devrimci işin bir parçasıdır. Bedelsiz güzelliklerin yaşanacağı günler için kavgamız, o günler de gelecek. Yaşamımızın renklerinden biridir bedeller. Şimdi ödeyerek insanlaşacağız. En umutlu sevdamızdır kavga. Kazanmak için hayat ırmağına kafa tutmayı öğreneceğiz.

Öğrenmenin yolu gündelik hayatı devrimcileştirmekten geçiyor. Bunu bileceğiz. Slogan atmak, meydana çıkmak, barikatın arkasında durmak, sokaklarda yürümek bir sevinçtir kuşkusuz. Ama aynı sevinci tüm bunların gerisinde dururken de yaşayabilmeli devrimci: Bildiri basarken, mapusta yatarken, büro süpürürken, arkadaşlarına yemek yaparken, yoldaşlarına yardım ederken, habere giderken, yazı dizerken, alaca karanlıkta işe koşarken... Paylaşmanın ve yaratmanın kolektif emekçileri olmanın ayrıcalığıdır bu. Çalışmayı sevinçli bir ihtiyaca dönüştürmektir. Disiplinli bir örgütlenmeyi zorunlu kılıyor. Devrimcilik örgütsüz mümkün olmuyor.

Her alanda ortak iş üretebilmekteki güzelliktir devrimciliği benzersizleştiren. Yalnızca verilen işi yapıp gerisine karışmamak; arkadaşının eksiğini tamamlamak yerine yıkıcı bir üslupla üstüne gitmek, derinleşmek yerine yüzeydekiyle yetinmek, öneriler sunmak yerine suskun kalmak; paylaşmak yerine yalnızlaştırmak; öne çıkmak yerine görevden kaçmak devrimcilikle bağdaşmaz, insanı eskitir. Devrimcilikse yenilenmektir. Yeninin, umutla başlangıçların sevincini duymaktır. Devrimci olmak eskimiş ilişkileri fırlatıp atmaktır. Düşlerini büyütmek, idealleri bilime katık yapmaktır. Bazen ekmeği gözyaşına banıp da yemektir şairin dediği gibi.

Sosyalizm insanın düşlerini gerçekleştirme mekanıdır. Bu nedenle, umudu eksilen insanlığın ahlakı da eksiliyor. Bu eksiklik en çok devrimcileri vuruyor. Vurgun yemenin insanı felç ettiği unutulmamalıdır. İnsanlığımıza sarılmak, tutkulu bir sevdayla gelişmek ve geliştirmek, paylaşmayı bilmek, devrimciliğin vazgeçilmezi oluyor. Devrimciliğimizin sınandığı zamanlardan geçiyoruz. Kolayı seçmeli, insan kalmalıyız. Cüretle sevmeli, kavgayla büyümeli, sevdayla yürümeliyiz. Hep aynı inatla... Aynı inatla, aynı şeyleri yazmamızın nedeni de, bu sevdalı yürüyüşte hep birlikte çoğalma isteminden başka bir şey değildir zaten.

Yaşamak ve Ölmek Üstüne

"Her insan Promethe'nin kardeşidir" diyor Paul Eluard. Yaşamı güzelleştirmek için ölen 12 sevdalı yüreği her gördüğümde bu sözün doğruluğuna bir kez daha inanıyorum. Yeni Yüzyıl'da geçen hafta, "Kendiniz için nasıl bir ölüm isterdiniz" diye soruyor Can Dündar, "Azraille Pazarlık" adlı yazısında. Adalet Ağaoğlu'nun geçirdiği kazadan ve gene ölümlerden söz ediyor yazı. Adalet Ağaoğlu "Fol" dergisinde ölüm üstüne düşüncelerini yazmış kaza geçirmeden önce. Ağaoğlu "Ölüm düşüncesinin en çok ölümsüzleri kovaladığını, ölümsüzlerin şanlarına uygun bir ölüm arzuladıklarını" belirttikten sonra "Ama ölümsüzler çoğu zaman hiç istemedikleri bir biçimde ölürler. Asıl kepazelik buradadır." diyormuş. Çoğu kez doğrudur bu. Ölümün nereden nasıl geleceğini kestirmek zordur. Ansızın çıkagelir ölüm, yaşamın kıyısından sıkı sıkı tutmuşken hem de... Ölüm yaşayan için kaçınılmaz bir son deyiş, asıl iş hayatı onurla yaşamakta kuşkusuz.

Bizimkiler öyle öldüler ki; hiçbir şey eskisi gibi olmayacak bir daha. Şimdi şaşkınlık içindeki kimi kalemler ölümün kutsanışından söz eder oldu. Yeni Yüzyıl'ın "Perspektif" köşesinde Mustafa Erdoğan'ın söyledikleri sanki bir ortak anlayışı yansıtıyor: "Doğrusu şu ki, hangi sözde davanın adamı olurlarsa olsunlar, ölümü kutsallaştıran, öldürmeyi olağanlaştıran ve ölümlerden "inançları" için avantaj sağlamaya çalışan "kesin inançlılar", hiç şüphe yok, vahim bir yanlışın içindedirler. Çünkü, bu ölümcül ve öldürücü tutum yeryüzünde insanca var oluş çabamızın da "adil bir toplum özlemimizin de" önündeki en büyük engeldir."

Ölümü kutsama kültürü devrimcilerin inançlarına aykırıdır. Biz her koşul altında yaşamı savunuruz. Düşmana inat "bir gün fazla yaşamayı" boynumuzun borcu biliriz. Ölümü, yaşamı savunmak adına onurla kabul ederiz ama. Ölüm, işkence, yokluk, işsizlik egemenlerin devrimcileri çözmek için kullandıkları yöntemler oldu her zaman. Özellikle hapishane ve ölüm 12 Eylül sonrası inançlı bireyi çözmenin parametreleri olarak seçildi. Sığ beyinler ölümü gördüler yüreksizleştiler. Basında pek çok örneğini görüyoruz bunların. Bir zamanlar, dışardaki ilk gün batımını gördüklerinde, mapushaneye erken inen akşamları hatırlayıp "gönlümün yarısı içerdedir" diye yazanlar şimdi ölüm orucu için kandırılmışlardan, teröristle uzalaşmamadan söz ediyor.

Şaşırmamak gerek ama ben şaşıyorum. Usulca kopanlar gün oluyor dönekleşiyor. "Çözülen bir yün yumağı/geçip giden günlerimiz/mezar taşlarından suskun/telaşsız sessiz sitemsiz" diyerek vurulup ölenlerimiz için yananlar, "Bir gün el uzattınız mı/bir insana karşılıksız/hiç güzellik tattınız mı/kadeh kadeh satır satır" diye sorup "dönün dönün, köşeleri/aydınlıktan karanlığa/bu yıl uğursuzun ama/gün doğmadan neler doğar" diye gelecekten söz edenler, herşeyi ölümle yenip geleceğe çevirenler karşısında öfkeli. Dün sürgün bir insanın hüznünü anlatan, gece gelen kaçak konuklardan söz eden, yasak sınırlar geçerken geride kaybedilenleri bilen: "dudakların nasıl ürkek/ne kadar uzakta sesin/sen gece gelen konuğu/hiç kimsenin ve herkesin" diyen adam, şimdi Kazan'a sinirleniyor ama devletin aczine daha fazla. Avrupalı'lara ise ateş püskürüyor. Biliyorsunuz. Almanya'da 'Kızıl Ordu Fraksiyonu' adlı bir örgüt vardı. 70'lerin başında önderleri Baider-Meinnhof ve dört arkadaşı için özel bir hapishane: Stammheim inşa edildi. Sonra 1982 yılında bir gece 6 kişi bileklerini keserek 'intihar' etti, bu hapishanede. Oysa altı kişi tek tek ayrı hücrelere konmuştu, birbirlerini görmelerine de izin verilmiyordu. Ama nasılsa topluca intihar ediverdiler! Eski solcu, Yağmur Atsız barbar ya da uygar devletin niteliğini bilmezden gelip bunu hatırlatıyor bize işte "Çıldırmış Toplum" adlı yazısında. Tencere dibin kara.. diyor aklı sıra Avrupalılara. Aydınlardan 'öbürleri' diye söz ediyor. Dün 'düşen arkadaşlar' dedikleri içinse söyledikleri ibret verici: " Öbürleri ise başka bir alem. Bakan'a bulundukları tavsiyeye bakınız: Efendim, bilmem ne hapishanesinde 80 kişilik "münhal" kadro (I) varmış. Başka tutukevlerinden oraya genç 'elemanlar' nakledilsinmiş ki ağababaları onları "eğitip" yeni katil adayları elde etsinmiş. Bravo! "Ona göre cezaevi sorunun çözümü" için öneriler getiren aydınlar bir cezaevinden öbürüne "stajyer terörist adayı" gönderilmesini tavsiye eden aklı evvellerdir artık.

İşte ölüm cezaları ve hapishaneler bu savrulmalar için var. Ölüm cezası öleni korkutmuyor, yaşayanı çözüyor, korku topluma hücre hücre yayılıyor. Çözülme hızı değişen oranda topluma içeriliyor. Yağmur Atsız örneğinde olduğu gibi insanı insan olmaktan çıkarıyor. İşte ölüm oruçları bu korkuyu fırlatıp atmanın aracı oldu. On yıllardır açlıkla, ölümle, hapishaneyle korkutulan insanların kafalarından bir örtünün kalkmasını sağladı. Ölen 12 kişi, ama direniş kelimenin bütün anlamlarını içerecek biçimde 'kitlesel' Türkiye'de artık cezaevlerinde ve işkencede direnmemek ayrıksı bir iş, direnmekse aslolan. Bu 12 Eyül'den bu yana giderek gelenekselleşen son Ölüm Orucu Direnişi ile de Türkiye devrimcilerine özgü bir niteliğe dönüşen bir durum. İnsan için ölüm, açlık, hapishane korku olmaktan çıkmışsa başka ne korku kalır geriye? Devletin baskı organlarının ne önemi vardır bu noktadan sonra? Bu korkunun yer değiştirmesidir. Panik halinin sebebini burada aramak gerek.

Ölüm kültünü yüceltenler de egemenlerden başkası değildir bu nedenle. Ölüm cezası, yaşayanları insan olmaktan çıkarmak için vardır. Tıpkı bunun gibi ölümü yücelten de faşistlerdir. Vive La muerte/ Yaşasın Ölüm onların sloganlarıdır. Biz ne ölümü överiz, ne yüceltiriz. Sadece yarınlar adına, yaşama sevinci ve onur için gerektiğinde ölürüz o kadar. Bu ne küçümsenecek bir iştir ne büyütülecek. Bir görevdir o kadar. Ölüm tacirleri ölümün kullanılmasından söz edince durup yüzlerine bir bakmak gerekiyor. Bizim insanlarımız ölüme bir adım kala yalnız hayatı düşündüler. Ölüm orucu gönüllülerinden gelen en kolektif mesaj "Zindanda Ölmektir Şimdi Yaşamak" şiirinde : "O an geldi sevgilim/ Suskun bir vedanın alfabesindeyiz şimdi/Mutlu aşkların destanıdır artık konuşan/Al rüzgar yap onu koynundaki tere/Serin esintilere okşat hasretini/Ki sevincin gülleri açsın saçlarında/Ve yarım kalmış öpüşlerin izin silip/Dövüşken sloganlar patlasın dudaklarında" diyenler, ne kadar sımsıkı sarılmıştır yaşamaya, sevda kadar tazedir herşey, düşler kadar genç ve sıcacık, ama bir başka sevda için değişmeye hazırdır dudaklar ve öpüşler. Her şey gençtir, her şey yeni, her şey gelecek kokar. Tekrar tekrar okuyorum. Hüseyin arkadaşın son mektubunu: "Ölüm orucunda şehit düşersem eğer bedenemi Gazi'deki "Parti Mezarlığı"na gömün", yazan yiğit: "Her bahar orada kavgada olmak istiyorum. Bayraklarla, şakıyan silahlarımızla, yeri göğü inleten çınlatan şiarlarımızla adım adım devrimi orada görmek istiyorum. Kardelenlerimizin özgürce aşka durup dansettikleri güne değin... Fabrikalardaki işçinin, kan-ter içindeki emekçinin, faşizme ve kölece kapitalizme ölümcül darbeler indirip iktidara gelinceye kadar... Ve orada patlatılacak şampanyalar arasında aşkı özgürleştirinceye..." diyor son sözlerinde.

Kapitalizm ölümcül hasta, çürüyor, çürümenin kokusu her yanı sarmış, karşımıza ölümü çıkarmaları bu yüzden. Biz de son silahlarını ellerinden alıp, atıyoruz bir tarafa, hayatı kuşanarak onlara inat. Düşlerimiz gelecek kadar genç olduğu içindir ki, özgür aşkların güzelliğinden söz ediyoruz ölüm anında, sevgilinin yarım kalmış öpücüğünü anımsıyoruz. Kim bizim ölümü yücelttiğimizden söz edebilir ki? Eğer kuşkuları varsa, okusunlar, rezistensçıları, Dörtleri, 12'leri... Biz ölümü yüceltmiyoruz, fırlatıp atıyoruz yalnızca, egemenlerin baskıyı sürdürmedeki en işlevsel araçları paçavraya dönüyor. Tıpkı en güvendikleri silahları bozuk çıkmış silah tüccarı gibi şaşkın bakıyorlar. Dönekleri, saldırganlaşan liberalleri, şaşkın entellektüelleriyle bir köşeye sinmiş şaşkın bir koroyu andırıyorlar. Sözleri birbirine karışıyor. Biz genç inançlarımızla, aşklarımız kadar genç sapına kadar yaşıyoruz. Her anı direnmek oluyor yaşamanın: Kimi zaman zindanda yatmak, kimi zaman ipe çekilmek, kimi zaman zindanda ölmek, kimi zaman barikat başında, kimi zaman işkencede olmak, hep yaşamanın bir başka adıdır bizim için. Madddeden ayrı bir ruha inanmasak da kaçınılmaz yazgımızın kazanmak olduğunu biliyoruz çünkü. Yaptığımız ölümü yüceltmek değil bu nedenle ona teslim olmamak. Çünkü teslim olmayanlar ölmez. Teslim olanlar bu gerçeği hiç bilmeden yok olur giderler, şaşkın çığırtkanlara benzeyen korkulu sesleri kalır geriye. Biz ise yaşamın sahibi olmanın onurunu taşırız giderken, kararlılığımızın nedeni budur. İnsan soyunun en bireysel eylemini kolektif bir savaş aracına dönüştürmenin sırrı da buradadır işte.

Uyuyamıyacaksın

"Uyuyamıyacaksın/ Memleketin hali/ Seni seslerle uyandıracak/ Oturup yazacaksın/ Çünkü sen artık o sen değilsin/ Sen şimdi ıssız bir telgrafhane gibisin/ Durmadan sesler alacak/ Sesler vereceksin/ Uyuyamıyacaksın/ Düzelmeden memleketin hali/ Düzelmeden dünyanın hali/ Gözüne uyku giremez ki.../ Uyuyamıyacaksın/ Bir sis çanı gibi gecenin içinde/ Ta gün ışıyıncaya kadar/ Vakur metin sade/ Çalacaksın." (Melih Cevdet Anday)

Theodor Wiesengel Odorno; Nazilerin iktidara gelmesinden sonra Amerika'ya gitmek zorunda kaldı. 153 fragmandan oluşan başyapıtı Minima Moralia'yı Amerika'da sürgünken yazdı. Kitabın alt başlığı "Örselenmiş Hayattan Düşünceler"di. Odorno, Minima Moralia'nın 18'inci fragmanında; "Sözcüğün gerçek anlamıyla bir yere yerleşmek artık imkansızdır. İçinde bulunduğumuz geleneksel meskenler tahammül edilemez bir hale gelmişlerdir. Bunlardaki her bir konforun bedeli bilgiye ihanet etmek, her barınak izinin bedeli aile çıkarlarıyla küf kokulu anlaşmalara girmektir" diyen Odorno umutsuz ve karamsar, ancak yerleşmenin, uyum sağlamanın, evet demenin sunduğu ödüllere sırt çeviren entelektüelin tipik tavrıyla konuşur. Kendi halkının kolektif acılarını temsil etme, çektiklerine tanıklık etme, belleğini pekiştirme, o acıları daha derin bir insani bağlama oturtma, deneyimi başkalarının acılarıyla ilişkilendirme entelektüelin görevidir kuşkusuz. Ama aynı zamanda kendi halkının kendi kurbanları üzerinde işleyebileceği suçları, kendi etnik ve ulusal toplulukları adına yapılmış ve yapılabilecek kötülükleri görebilmesi de gerekir. Odorno'nun kasvet yüklü görüşleri aydın tavrı alabilmenin, entelektüel olabilmenin yollarına ışık tutuyor bu haliyle. Kişinin Odorno gibi gerçek bir sürgün olmasa bile öyleymiş gibi düşünebilmesi, sorgulama ve resmi ideolojiden uzak durma yeteneğini gösterebilmesi aydın tavrının bir gereğidir aslında. Şöyle diyor, entelektüelin yurdunda bir sürgün, bir yabancı, bir marjinal olabilmesi gerektiğini söyleyen Edward Said bu konuda: "Bir entelektüel için gerçekten sürgün olan biri kadar marjinal ve yabancı olmak, otorite ve güç sahibi olana değil gezgine, alışkanlığa değil, geçiciliğe ve rizikoya, otoritenin belirlediği statükoya değil yeniliğe ve deneye duyarlı olmak demektir. Sürgün soylu entelektüel, cüret ve küstahlığa açıktır. Alışılmışın mantığına değil değişimi ve hareket halinde olmayı temsil eder, olduğu yerde saymayı değil."

Nihai ve kuşatıcı bir entelektüel tanımı yapmak sorunlu olmuştur daima. Entelektüel, salt zihinsel üretim yapan kişi midir, yoksa toplum içinde belli bir işlevi mi yerine getirir hep tartışılır olmuştur. Sorun, aslında bu iki unsuru da gözeterek çözümlenebilir. Burada bizim için önemli olan, entelektüel tavrın sınanabileceği alanlara bakmaktır. Aydın sorumluluğu ve entelektüel tavrın nasıl olması gerektiği içinden geçtiğimiz şovenist histeri koşullarında her gün karşımıza çıkan kritik bir sorun. "Uygarlıktaki gerileme entelektüellerin uyanışına elverişli ortam sağlar mı? Yüzyılımızın tarihi tumturaklı bir biçimde bunu telkin ediyor. Dünyanın barbarlığın karanlığı içinde sallandığını gördüğü içindir ki, edebiyatçı-aydın (clerc) tarihin dalgalarına meydan okuma sabırsızlığı içinde, çalışma odasının sessizliğinden sıyrılıyor" diye yazmış Jean-Michel Besnier. Batı açısından da Doğu açısından da iyimser bir yorum kuşkusuz. Dünyanın hiçbir zaman olmadığı kadar profesyonellerle, uzmanlarla, danışmanlarla, asıl rolleri otoriteye hizmet etmek olan entelektüellerle dolu olduğu genel kabul görüyor. Yeni bir yüzyıla doğru yol alırken ortaya çıkan birçok meslek: Radyo televizyoncular, profesyonel akademisyenler, bilgisayar analistleri, spor ve medya alanında uzmanlaşmış hukukçular, işletme danışmanları, siyasa uzmanları, hükümet danışmanları, özel pazarlar hakkında raporlar hazırlayanlar, hatta bütün bir modern kitle gazeteciliğinin kendisi, bilginin üretilmesi ve dağıtılmasıyla bağlantılı herhangi bir alanda çalışan herkes entelektüel kapsamında düşünülebilir. Bu o kadar öyle ki, Amerikalı sosyolog Alvin Gouldner entelektüellerin mülk sahibi sınıfların yerini aldığını iddia edebilmektedir. Bu noktada akla Lenin'in "...aydınlar, tüm toplumda, sınıf çıkarlarını ve siyasi grupaşmaların gelişmesini en bilinçli, en kararlı ve en doğru biçimde yansıtan ve ifade eden bir kesimdir" sözü gelmektedir. Bu nedenle entelektüelden şovenist milliyetçiliğe, otoriteye, Sadd'in "şirketleşmiş düşünce müsveddeleri" dediği kurulu düzene ait fikirlere karşı çıkması, onu sorgulaması istenirken dikkatli olunması gerekir kuşkusuz. Çünkü bugün entelektüel; medya, hükümetler ve büyük şirketlerin oluşturduğu toplumsal otoritenin dışında düşünülemez. Özgür düşünce üreten eleştirel ve muhalif entelektüelin bunca sözünün edilmesinin nedeni de budur kanımca.

Tüm düşüncelerin pazarlanabilir, tüm değerlerin değiştirilebilir olduğu, duyguların, acıların, sevinçlerin alınıp satılabildiği, hayatın gösteriye-show'a dönüştüğü bir toplumda entelektüelin temsil edimlerinin ne olduğu sorusuna yanıt açıktır. Resmi dilin, resmi denetimin dışında reddederek yaşamak ya da kurumların, şirketlerin, hükümetlerin kısaca egemenlerin saflarına katılmak. Reddetmek, entelektüelin tedavüle dahil olmasını sağlayan "etkili iletişim araçlarını" kullanamaması anlamına gelir. Çünkü bu araçlar enformasyon sanayiinin etkili sahiplerince gasp edilmiştir. Oysa entelektüel düşünce üreten ve bunu kendine has bir dille yapan, temsil etme sanatının mensubu olan bir bireydir. Amerikalı sosyolog C. Wright Mills, çoktan gasp edilmiş iletişim araçları karşısında "bağımsız entelektüel"in takınacağı tavrı şöyle anlatıyor daha 1944 yılında: "Bağımsız sanatçı ve entelektüel, sahiden yaşayan şeylerin basmakalıplaştırılmasına ve sonuç olarak cansızlaştırılmasına karşı direnebilecek ve mücadele edebilecek donanıma sahip, sayıları gittikçe azalan birkaç kişiden biridir. Artık gerçekten yeni düşünceler gerçekleştirmek için modern iletişim araçlarının (yani, modern temsil sistemlerinin) bizi gömdükleri klişe görüş ve düşünce batağının maskesini indirme, sürekli olarak bunların etkisini kırma kapasitesi gerekir. Bu kitle-sanatı ve kitle düşüncesi giderek daha fazla siyasetin taleplerine maruz kalmaktadır. İşte bu yüzden entelektüel dayanışma ve çabaların odak noktası siyaset olmalıdır. Düşünür, siyasal mücadele içinde hakikatin değeri ile bizzat ilişki kurmazsa, yaşanan deneyimlerin bütününü sorumlu bir biçimde ele alamaz." Siyasetin her yerde olduğunu söylemek tarafsızlığın ötesine geçmektir. Bu, medya sanayiinin cisimleştirdiği 5 kitlesel temsil siyasetine, statükoya, resmi anlatılanlara karşı çıkmaktır. Bu, muhalif olmak, otoritenin karşısına dikilmek demektir. Ezilenlerin, azınlıkların, marjinal sayılanların yanında eylemli tavır almaktır. Bu, taraf olmaktır. Gerçeğin, doğrunun ve haklının yanında olabilmektir.

Bugün Batı dünyasında böylesi bir entelektüel bulmak zordur. Ünlü ABD'li muhalif Noam Chomsky, İngiliz düşünür Bernard Russel'ı Batı'nın son entelektüeli diye niteler. Russel ve Sartre gibi entelektüeller artık yaşamıyor. Yalçın Küçük, Chomsky'e Batı dünyasının en son entelektüeli derken haklı gibi görünüyor. İranlı yazar Daryush Shayegan "Yaralı Bilinç" adlı yapıtında, "Doğu" toplumlarındaki entelektüeller için şunları söylüyor: "Dindaşlarımızın birçoğuna göre entelektüel, okuma yazma bilendir; zihinsel bir faaliyet gösterendir; doktor, yazar, çevirmen, mühendis, öğretmen veya yönetici kadro; hangisi olduğu pek önemli değildir. Toplumun 'mutsuz bilinci'ni temsil eden, epistemolojik statüsü eleştiri olup ayrı bir grup oluşturan entelektüel bizim ülkelerimizde görülmemiştir" diyor. Entelektüeli-aydını otorite tarafından geliştirilen, ortaya çıkışını devlete borçlu olan coğrafyamızda aydından statükoya karşı çıkış beklemek abesle iştigaldir. Coğrafyamız entelektüeli özgür düşünce üreten, ödünsüz düşünce ve ifade özgürlüğünü savunan biri gibi görünmez çoğu zaman. İtirazı gelişmemiş, reddi az, isyanı sınırlıdır.

Önümde 19 Mayıs 1984 tarihli Cumhuriyet gazetesi duruyor. 15 yıl öncesine ait gazetede 1260 aydının o zamanki Millet Meclisine ve cuntabaşı Kenan Evren'e verdikleri "dilekçe" var. Dilekçe, aydınların cuntaya karşı giriştikleri tek eylem. Şöyle başlıyor: "Türkiye, henüz atlatamadığı en ağır bunalımlarından birini yaşamaktadır. Kuşkusuz bu büyük bunalımdan toplumumuzun bütün kesimleri, katmanları ve görevlileri ortaklaşa sorumludur. Biz, Türk aydınları, eksiklerimizin ve sorumluluğumuzun öneminin ve önceliğinin bilincindeyiz. Bu bilinç, bize toplumumuzun sağlıklı ve güvenli bir düzene geçişiyle ilgili görüşlerimizi açıklama görev ve hakkını vermektedir." Ve devam ediyor: "Var olan düzenlemeler ve 2960 sayılı yasanın suç saymadığı çerçeve içinde görüşlerimizi açıklamayı gerekli görüyoruz. Bizler, bu sınırlamaları benimsememekle birlikte, bu çerçeve içinde hareket etme durumundayız." Görülüyor, Türkiyeli aydınlar benimsedikleri çerçevenin dışına çıkmayı bile göze alamıyorlar. Cunta şefi Evren, "Ne yapayım ben böyle aydını" diyen; aydınları "vatan haini" ilan eden ünlü konuşmasını yaptıktan sonra, büyük bölümü sözlerine sahip çıkma onurunu bile gösteremiyor, imzalarını geri çekiyorlar. Yasal saydığı haklarının bile ardında duramayan aydın olur mu? Resmi ideolojiden kopamamış okumuşlar entelektüel sayılabilir mi? Soru budur.

Tüm bu soruları aklıma getiren, Ahmet Altan'ın Aktüel'in 10-16 Haziran tarihli sayısında yayımlanan yazısı oldu. Ünlü Rus romancısı Nabokov'un bir sözünden yola çıkan Altan, Türkiye'deki kutsal devletin "hiçbir şeye" dönüştüğünü yazıyor. Devletin "hiçbir şeyleşmesi"nin insanları da yanan ahırdaki atlar gibi birbirlerini çiğnemelerine yol açacak bir paniğe ve acıklı bir histeriye sürüklendiğini söylüyor. Gazete haberciliğinin pespaye bir şovenizm propagandasına dönüştüğü, her yerde hainlerin araştırıldığı, linç edilsinler diye kalabalıkların önüne atıldığı böyle zamanlarda aklın ışığının ne devlet katındakiler ne de halk tarafından görülmediğini düşünüyor Altan: "İşte böyle zamanlarda" diye yazıyor; "Özellikle geri kalmış toplumlarda hayatın manası bir kenar süsü gibi görülen, küçültücü şakalara hedef olan, bazen alaycı bir hoşgörüyle bakılan, bazen de ağır bir şekilde cezalandırılan entelektüellere hayati bir görev düşüyordu."

Peki böyle entelektüeller var mı? Altan pek umutlu değil. Gerçeği söylemenin, sayıları hiç de çok olmayan entelektüellerin çıkarına dokunabileceğini biliyor. Devlet hiçbir şeyleşti, kalabalıklar ise çıldırıyor, gerçek hiç karmaşık değil, diye düşünüyor: "Bugün entelektüeli sıradan bir hayat dolandırıcısından ayıran şey, gerçeği yalnız gerçeği söylemektir" diyor. Ve yazısını şöyle bitiriyor: "Eğer bu ülkede gerçekleri söyleyecek entelektüeller çıkmayacaksa, eğer bu ülke zor zamanlarda yardıma koşacak entelektüelleri yetiştiremeyecekse, eğer entelektüel diye ortada dolaşanlar yalancı bir sahtekar sürüsüyse, o zaman, en beklemediği elin, Brütüs'ün kendini bıçakladığını gören Sezar'ın harmaniyesini başına çekip, yıkılırken söylediğini tekrarlamak düşecek bu ülkeye: Öyleyse öl Sezar!"

Eğer medya kalemşörlerinden Ahmet Taner Kışlalı gibi profesörlere, Toktamış Ateş türü resmiyetçilere ve bilumum Amerikancı haber şarlatanlarına bakacak olursak; "Öl Sezar" demenin yeridir. Ama bu ülkeyi onların temsil ettiğini düşünmemek gerekiyor. Şimdi eleştirel, müdahaleci ve muhalif olmak yalnız "solcu" aydının onuru oluyor. Entelektüel namusu, söylediği her satırın arkasında durduğu için onyıllardır zindanda yatan bir Türk aydını, İsmail Beşikçi temsil ediyor. İsmail Beşikçi kardeş halklarımızı birleştiren, aydınlatan bir köprü oluyor. Çünkü Türklüğün aşılabilirliğini temsil ediyor. Eğer bir entelektüel tavrından söz edilecekse tanımlara değil duruşlara bakmak gerektiği ortaya çıkıyor. Ülkesinin görünür çıkarlarını hiçe sayan Sartre'ın Cezayir savaşı karşısındaki net tavrı bir örnek olarak önümüzde duruyor. Altan ve benzeri aydınları Sartre'laşmaya çağırmak gerekiyor. Sosyalist aydınların tavrı ise nettir. Onlar, statükonun yanında olmaktansa zulme maruz kalmayı; yalnızlığı, yabancılığı ve sürgünü onur sayıyor. Sezar'ı anımsamak taraf olma cüretini, inandıkları şeyleri dile getirme dürüstlüğünü gösteremeyenlere, isimsiz bir memur ya da ihtiyatlı bir bürokrat tavrı taşıyanlara düşüyor. Haluk Gerger, Fikret Başkaya, Ragıp Zarakolu aydın olarak çoğalabilmenin yolunu gösteriyor.

Ahlak ve Düşlerimiz

Etik (ahlak), etimolojik olarak eski Yunanca'dan gelme, örf ya da töre karakter ve düşünme tarzı, anlamına gelen "ethos" kelimesinden türetilmiştir. Yunanca ethica ile Latince moralitas aynı anlama gelen kelimelerdir. Ancak günümüzde moral (ahlak), insana ilişkin toplumda var olan bir pratik değerler sistemi, etik ise; bu değerleri araştıran bir felsefi disiplin sayılmaktadır.

Genel olarak ahlak; insanlar arası ilişkileri düzenleyen, kişinin toplumla ve bireyin "ötekilerle" ilişkisini sözkonusu eden ve zamanla değiştiği varsayılan, tutum, davranış, ilke ve kurallar bütünüdür.

Marksist anlayışa göre; toplumsal bilinç, maddi yaşamın üretimi ve yeniden üretimi sürecinde biçimlenir. Bu bilinci belirleyen maddi koşullar insanların yaşayış biçimlerini ve ahlak anlayışlarını da koşullandırır. Temel ahlak ilkeleri her toplumun kendi mülkiyet ve bölüşüm ilişkilerinin bir yansımasıdır. Toplumun ahlaksal gelişimi değişik aşamalarına ve nitel özgünlüklerine rağmen karmaşık ama homojen bir süreç oluşturur. Ahlakın göreliliği, onun aynı tarihi gelişimin değişik safhalarını temsil eden bir zincirin halkaları olarak ele alınmasını anlatır. Sürecin gelişimi kesintisiz geçişler, eklemlemelerle olur. Tarihsel olarak oluşmuş, genel olarak kabul görmüş ahlak kategorilerini yok sayan, sıçramalı değişikliklerle olmaz ahlaki değişim.

Sosyalizme kadar tüm zamanların ahlaki gelişimi, mülkiyet ilişkileri üzerine kuruludur. Ya soy ya soyul, ya da bırak başkaları soysun... Özgürlük, eşitlik, iyilik ve güzellik gibi tüm kavramlar kavrayışın üstünde şekillenir. Sömürü, bireysel ve sınıfsal bencillik, her biçimde estetize edilerek sunulmuştur, mülkiyet ilişkilerinin egemen olduğu toplumlarda. Kapitalizm bu tarzın şahikasıdır. Çünkü burjuva ahlak sisteminin kuralları, toplumdaki her üyenin bireysel başarılar elde etmeye dönük faaliyetlerinde eşit hak ve olanaklara sahip olduğunu varsayar. Görevler, yükümlülükler ve haklar eşittir.

Oysa mülkiyet ilişkileri yabancılaşma üretir. Yabancılaşmanın en belirgin özelliği, insanların yarattıkları toplumsal ilişkilere egemen olmaktan çıkmaları ve o ilişkilerin egemenliğine girmeleridir. Kapitalizm koşullarında yabancılaşmış ilişkiler içselleşmiş, tüm insan ilişkilerine ve toplumsal yapılara sızmıştır.

Mülkiyet, insanın ve insana ilişkin tüm değerlerin düşmanıdır. İnsan, mülkiyet ilişkileriyle yalnız kendine değil, doğaya da yabancılaşır. Toplumsal zenginliğin artması "parasal" ilişkileri geliştirince, insan ilişkileri yoksullaşmıştır. Paranın tüm değerlerin yerine geçmesi, insan ilişkilerinin de bölünmesi demektir. İnsan çalıştıkça parçalanır, bütünle olan bağı kopar. Bir araç, büyük bir makinenin küçük bir parçası olur. Görünürdeki özgürlük kölece bir bağımlılıktan başka bir şey değildir. Görece özgürlük ve eşitlik pazarın ve paranın özgürlüğüdür.

Sosyalist ahlak bir "mülksüzlük" ahlakı olmasıyla diğerlerinden ayrılır. Bu insanın "meta" olmaktan çıktığı bir durumdur. Karşılıksız çalışmanın onur olduğu, mülksüzlüğün erdem sayıldığı yeni ve başka değerler dünyasıdır, sözü edilen.

Her insanı sosyalizme götüren farklı yollar vardır. Haksızlığa karşı çıkma özlemi, umut, umutsuzluk, öfke, sevgi ve daha pek çok şey. Ama her insan "sosyalizm, toplumun tarihsel bir şeklidir, sosyalizm kaçınılmazdır" diyerek sosyalist olmaz. O işin bilimsel yanıdır. İnsan kendisi ve düşleri için sosyalist olur. Sizin düşünüz neydi bilmiyorum. Ama ben insanlık için en "iyisi" olduğuna inandığım için sosyalist oldum. Özgür, eşit, kardeşçe, mülksüz, şefsiz, iktidarsız, erksiz bir dünya... Düşünen, tartışan, birlikte üreten, birlikte tüketen, inisiyatif, söz ve karar sahibi insanların oluşturduğu bir toplum. Suç yok, suçlu yok, polis yok, hapishane yok. Sınır yok, pasaport yok, milliyet derdi yok, devlet derdi yok... Tek derdimiz belki de doğanın ölmesine engel olmak, dünyanın yok olmasına engel olmak, eğer engel olamayacaksak yıldızlara, galaksilere taşımak hayatı...

Düşünün bir, canınız kışı çekiyorsa kutuplara gittiğinizi; yazda olmak istiyorsanız ekvatorda olduğunuzu, pampaları savanaları seyrettiğinizi, Afrika'nın bir botanik parkına dönüştüğünü, hastalıksız, ama can sıkıcı da olmayan bir ömür sürüp, gürültüsüzce öldüğünüzü sonra. Anneliğin, evlatlığın gönüllülük üstüne yürüdüğünü, isteyenin toplumsal anne-baba, isteyenin fiziksel anne-baba, isteyenin hiçbirisi olabileceği bir yaşamı. Ben, yıldızlara salıncak kurmak isterim. İnsanın düşü olay yaratır, derler. İnsanın hayal edebileceği tüm düşlerin gerçek olabileceğine inanırım. Sizin de başka düşleriniz vardır belki, başka sevdalarınız... Düşlerimiz içindir tüm çabamız biraz da, kendimiz için.

Sosyalizm insanların kafasında bir ütopya olarak doğdu. Aynı zamanda ahlaki bir anlayış. Sosyalizmin bilimsel bir temele oturmasını sağlayan Marks ve Engels, bilimselliği pekiştirmek için ütopikliğe savaş açtılar. Ancak onlar da hiçbir zaman işin ütopik yönünü reddetmediler. Genel yönelimin yasalarını gösterdiler ama...

Sosyalizm özgürlük ve eşitliği; "ben"i reddetmeyen "biz"i ortaya koyan bir dünya görüşü; eşitliği ve özgürlüğü yanyana varederek işletebilecek bir sistem oluşturma amacıyla insanlığın en ciddi hedefini ortaya koyan bir düşünce tarzı olarak varlığını sürdürüyor. Hayatın ve toplumun yasaları kendi yolunda ilerliyor. Bu yüzden bizi sosyalist yapan zorunluluklar, bizim dışımızda objektif olarak var olsa da, sosyalizm "kaçınılmaz" olduğu için değil, "iyi" olduğu için sosyalist oluruz. Seçimimiz bir anlamda "etik" bir seçimdir. Kurtuluş hepimizindir, sosyalist mücadele birilerinin başkalarını kurtarması değil, ortak kavgamızdır.

Sosyalizm düşüncesi, eşitlik ve özgürlüğün insan hayatının temelini oluşturduğu bir toplum biçimi düşünmekle başlar, şimdiye dek yaşanan deneylerin empoze ettiği daralma ise bizi bağlamamalıdır.

Düşlerimiz hayatın gerçekleriyle örtüştüğü ölçüde anlamlı ve gerçekleşebilirdir. Varolan toplumun insanlarının bir anda dönüşüme uğraması, onların yerini yepyeni insanların alması sözkonusu değildir. Bu belki bilinçaltı bir beklentidir, yanlış bir beklenti. Sosyalizm elbette insanlığa yüksek bir etik standart vaad eder. Ancak yaşanan olaylar iktidara el konulmasıyla toplumsal eşitliğin ve özgürlüğün hemen gerçekleşmesinin, yaşamın bir anda yenilenmesinin mümkün olmadığını gösterdi çoktan.

Yıkılan toplumun tortularının bireylerin içinde bir tabaka oluşturduğu, binlerce yıllık egemen-ezen geleneğinin kolayca yok edilemeyeceği ortaya çıktı. Bireysel bilinçaltımıza biriken ve kökünden temizlenmesi gereken pek çok sınırlayıcı ve engelleyici katman bulunduğunu günlük yaşam içinde, durmadan sınadığımız da bir gerçek.

Yaşamın kökten dönüştürülmesi için girişilen siyasal ideolojik ve kültürel çabalar çok önemlidir elbet. Yaşamı dönüştürmek bir örgütlülük işidir.

Ancak, toplumu dönüştürecek olanlar insanlardır, kendini dönüştürmemiş bireylerle de bu değişim ve dönüşüm işi gerçekleştirilemez. Böyle bir dönüştürme süreci her gün yeniden üretilen bir yaşam ve kültür pratiğini gerekli kılıyor. Çünkü günlük yapıp etmeler çok çabuk katmanlaşıyor. Daha iyi, daha insanal ve düşlediğimiz bir dünyanın kurulması da bir hayatı her gün yeni baştan sorgulamayı, imgelemi her gün yenilemeyi gerekli kılıyor. Bilinç değiştirici-dönüştürücü pratikler yaşamsallaşıyor. Yeni bir ahlak da böylesi bir süreçte yer ediyor. Yenilenme gerçekleştiğinde geri dönüş yolları kapanıyor. Sosyalist ahlakın yerleşmesi ve çalışmanın zevke dönüşmesi böylece mümkün olabiliyor.

Bugün yapacaklarımız da geleceğe bir ayna tutuyor. Sosyalist insan konusunda bugünden söylediklerimiz kimilerine "henüz olmayanın idealizasyonu" gibi görünebiliyor. Ancak sosyalist toplum kavramı içinde sıraladığımız değerleri bu günden yaratmamız, kapitalizmin ve liberal yaşam tarzının erişilebilir tek seçenek olarak sunulduğu koşullarda daha da yaşamsallaşıyor. Çünkü yaşanan bunalım kapitalizmin ussallaştırılmasının ve doğrulanmasının gerekçesi yapılmak isteniyor. Sanki kapitalizm sonsuza dek sürecek diye düşünülüyor, devrim ve sosyalizm kabusundan kurtulunmuş olduğu varsılıyor.

Bu yükselen değerler söylemiyle derinleşen çöküntü tek tek her bireyi ve yaşamın her alanını etkiliyor. Kişilikleri bilinçaltına sızarak kendine "sosyalist" diyen insanımızı etkiliyor. İnsanal sorunlar karşısında duyarsızlaşma, kişiliksizleşme, kişiliğin tüketim kalıplarına göre belirlenmesi insanın yeni tanımları olmaya başlıyor. Yeni koşullar, iradesi kırılmış, tüketim güdülerinin tutsağı olmuş, düşünemeyen, sorgulamayan, öğrenme heyecanı olmayan insanları öğrenme ve örgütlemeyi dayatıyor. Yaratılan, boğucu, sersemleştirici ve kültürsüzleştirici ideolojik atmosfer insanları "şey"leştiriyor, boğun eğmenin ve tabi olmanın erdem sayıldığı bir dünyada, insanın ne örgütlenme ne de geleceği eline alma talebi gelişebiliyor.

İnsanın sürüleşmesinin meşrulaştığı koşullarda mücadele ve direniş yeni bir ahlak yaratıyor. Başkaldırı ve eylem bu yeni ahlakın anahtarı oluyor. Sosyalist ahlak artık bu başkaldırı eylemi temelinde yükseliyor. Sosyalist ahlakın, eylem içinde gelişmesi, başta din olmak üzere tüm arkaik ideolojilerin dayattığı ahlak sistemlerinin panzehiri oluyor. İnsanın ideallerinin onlar adına üretildiği ve tüketime sunulduğu koşullarda, insanın düzene, düzenin toplumsal ilişkilerine uyumu reddetmesi ve buna direnmesi en yeni "erdem" biçimi oluyor. Bireyselliğinden kendi rızası ile feragat eden insan olmaya "hayır" demek gelecek ahlakın da ipuçları oluyor.

Sosyalist ahlak, sorgulayan, tartışan, karşı çıkan, inisiyatif koyan özgür insanlar olabilmeyi erdemleştirmenin -adı oluyor. Sosyalist örgüt sosyalist toplum kavramı içinde sıraladığımız, sosyalist insanda görmeyi umduğumuz ahlaki ilkelerin hayata geçirildiği ana mekanlar oluyor. Bu da kültürle politikanın iç içe geçtiği çalışma tarzlarını geliştirmemiz gerektiği gibi zorunlulukları da beraberinde getiriyor. Topluma, durmadan eleştirdiği, yanlışlıklarını ortaya koyduğu, yıkmayı hedeflediği eskisinin yerine daha iyi bir yarın vaad eden bir siyasal hareket eskisiden çok üstün bir ahlaki gelişkinlik dünyasına sahip olmalıdır. Bu ahlaki üstünlük duygusunun kaybolması ya da bir biçimde sekteye uğratılması, en sonunda bir iç kurumaya yol açabilir ki; bunun toplumda ve tek tek bireylerde yıkıcı sonuçları olur. Daha iyi bir gelecek vaad eden bir toplumsal hareket düşlerimiz kadar güzel, farklı ve daha üstün bir etik yaratmak zorundadır. Dünyanın daha iyi bir dünya olabileceğine, bunun da karşı çıkmayı bilen insanların bilinçli çabalarıyla gerçekleşeceğine inananlar, sömürü tahakküm ve hegemonyanın ortadan kalkması için bugünden ödünsüz bir çaba ve özverili bir çalışma yürütmek gerektiğini bilerek, yarına giden yolları güzelleştirerek yürüyeceklerdir.

Aydınlık

"Hiçbir vakit tam karanlık değil gece/Kendimde denemişim ben/ Kulak ver dinle/ Her acının sonunda açık bir pencere vardır/ Aydınlık bir pencere/ Hayal edilemeyecek birşey vardır/ Yerine getirilecek bir istek/ Doyurulacak açlık/ Cömert bir yürek/ Uzanmış açık bir el/ Canlı canlı bakan gözler vardır/Bir yaşam vardır yaşam/ Bölüşülmeye hazır" (Paul Eluard)

Hayat için verilen savaşa küçük sevinçleri de yüklenerek katılırız. Radyoda esmer bir kadın sesi; "Hasta siempre comandante" diyor. Adanmış devrimci Ernesto'ya yakılmış bir türkü bu. "Daima seninle komandante" diyorum ben de. Sonra masanın üstünde duran kasımpatlarına bakıyorum usulca. Üstümüze üstümüze gelen şovenizm ve şiddet dalgasına karşı yaşamı çağrıştırıyorlar sanki. "Hayır" demeyi, ayakta kalmaya, reddetmeyi ve direnmeyi... Yakında küçücük inatlarıyla mor menekşeler de görünür.

Gazeteler işporta tezgahına döndü. Görsel medya çığırtkanlarla bezeli. Her yer "Ben daha mehmetçiğim" deyip kimliklerinden, kişiliklerinden ve özgürlüklerinden biraz daha vazgeçen gazeteci yazarlarla dolu. Bir postmodern cadılar şöleni seyrediyor gibiyiz. Ulusu, vatanı ve dini en çok yüceltenler, hep en büyük sahtekarlıkları yapanlar. Her nutukta biraz daha kan akıyor. Her nutukta yeni bir çeteye kapı açılıyor. Yalanla sarılı etrafımız.

Hiç kendinizi ortak bir yalanın, ortak bir seviyesizliğin bir parçası gibi hissettiğiniz oldu mu? Tam da öyle bir durum. Ben o gösterilere bakıyorum, boşaltılan altıbinin üstündeki yerleşim geliyor aklıma, ikibini aşkın faili meçhul, döve döve öldürülen özgürlük tutsakları, döve döve öldürülen gazetecileri, göçe zorlanan milyonlarca insanı, gizli cinayetler işlemek için kurulan özel örgütleri anımsıyorum birden. Kesik başlarla çektirilen fotoğraflar, minübüslerde yakılan insanları görüyorum "şaşırma ve sabrımızı taşırma" edebiyatının arkasında. Her büyük şirketin bu arada başbakanlarını da bir mafya reisi "angaje" ettiği, savaşın rantiyeci yeni burjuvalar türettiği koşullarda, hayata dilini çıkarmayı seven Bernard Shaw'un "Milliyetçilik, hainlerin son sığınağıdır" sözü takılıyor aklıma.

Ezilmiş domateslerin, çürük meyvelerin arasında bir parça ekmek, içinde yemek artığı bulunan bir konserve kutusu arayan yaşlı kadınları, birbirlerinin elinden çamurlu ve küçük bir pide parçası kapmaya çalışan çocukları gösteren "en çok izlenen kanal"lara bakıyorum. Bir programın kurgusunu ve propagandasını yapıyorlar hiç durmadan. İnsanların acıları üstüne "rating" yapanlar, şimdi de "vatanseverlik" üstüne ratinge hazırlanıyorlar. İnsanlar topraklarından edildiklerinde açlığa da sürüldüklerini bilmiyor gibiler. Sanki yaşananlardan tamamiyle habersizler. Sürülen her insanla, açlığa mahkum edilen her çocukla insanlığımızın da öldüğünü görmeleri için insan olmaları gerekiyor elbet. Eğer öyle olabilselerdi, aynaya bakın derdik onlara. Orada, içinde aç insanların yiyecek bulmak için çırpındıkları bir çöplük görürlerdi sadece.

Ama yalnızca satışa çıkarılmış onur ve insanlık var. Çeçenya için ağıt yakanlar, Bosna'da, Makedonya'da insanlık dışı Sırp vahşetini kınayanlar, Batılı aydınları suskunluklarından ötürü eleştirenler, öldürülen otuz bin kişiden söz ediyor elbirliğiyle. İnsan ellilerin sonundaki Fransa'yı anımsıyor çaresiz. Cezayir savaşının Fransız kamu vicdanında mahkum edilmesini sağlayanların başında gelen Jean Paul Sartre; "bir ulus önce ahlakı çökertilerek değil, ahlaki değerleri lekelenerek yozlaştırılır" diyordu. Yaşananlar Sartre'yi haklı çıkaracak gibi görünüyor.

Gerçeğin gizlendiğini ya da bulandırıldığını yazmıştı o zaman Sartre: "Fellahlar bir Avrupalı aileyi katlettiklerinde büyük gazeteler bizi hiçbir şeyden, parçalanmış gerçekleri görmekten bile esirgemezler. Fakat bir Arap hukukçu kendisine işkence eden Fransızlar karşısında intihar etmekten başka çare bulamadığında ise bu olayı bize duygularımızı incitmemek için üç satırla yansıtırlar." Yaratılan yapay bilgisizlik ortamının suç ortaklığını sağlamak amacı taşıdığını, yazılan parça parça doğruların toplumun ormanı içinde görünmez olarak ahlakı yozlaştıranlara hizmet ettiğini, broşürlerle anlatılan, ağızdan ağıza nakledilen ve hemen yalanlanan haberlerin inandırıcılığını yitirdiğini inandığını söyleyenlere de, "zaten daha önce de inandıkları için" önem verilmediğini söylemişti, Sartre. Çekinme, güvensizlik, aynı görüşte olanlar dışında kimseyle konuşmama: "Biraz önce elini sıkan birinde suçlu bir göz yumma keşfedebilirim: Bu adam hiçbir şey söylemiyor, bir şey söylememek onaylamak demektir. Fakat ben de susuyorum. Belki o da beni uyuşukluğum nedeniyle suçluyordur. Güvensizlik bize, yeni bir tür yalnızlık öğretiyor: küçümsememek zorunda kalmak, ya da küçümsenmek korkusuyla yurttaşlarımızdan tecrit edilmiş durumdayız. Üstelik ikisi de aynı kapıya çıkmaktadır; çünkü hepimiz eşitiz, alacağımız yanıtın, kendi çürümüşlüğümüzü açığa çıkaracağından, insanlara soru sormaya korkuyoruz. Korkusundan mümkün olduğunca çabuk kurtulmak isteyen biri, dişlerinin arasından 'peki ya fellahlar, onlar canice eylemler yapmadılar mı' diye fısıldadığında korkunun, reddedişin ve suskunluğun bizi nasıl kan davasının barbar dönemlerine geri götürdüğünün bilincine varıyoruz birden. Kısaca Fransızların vicdanı rahatsız belki de bay Mollet'nin dışında. Bizi suçlu kılan da bu işte; bilincimizin bölünmesi, kendi kendimize oynadığımız saklambaç oyunu, iyice kıstığımız lambalar, eziyet veren ikiyüzlülük-bütün bunlarda esenliğimizi değil, derin bir çöküşün işaretlerini görmemiz gerekiyor. Batıyoruz. Hakkımızda hüküm verildiğini bilmemiz bile, öfkeye kapılmamıza yol açıyor ve bu öfkemizi daha çok suç ortaklığına batırıyor: 'Amerika'nın hiçbir şey söylemeye hakkı yok. Onları karaderililere yaptıklarını biz yapacak olsak!...' Doğru, Amerika'nın bir şey söylemeye hakkı yok. Sömürgeye sahip olmayan İsveç'in de. Hiç kimsenin bir şey söylemeye hakkı yok: Bir şeyler söylemek görevi bize düşüyor. Oysa hiçbir şey söylemiyoruz. Bildiklerini her gün ya da her hafta aktaran, dürüst, yürekli haberciler var: Bunların işini bitirmek ya da hapishaneyi boylamalarını sağlamak istiyorlar, böylece dinleyenler çoğalmamış olacak...Sahte masumluk, kaçış, ikiyüzlülük, yalnızlık, suskunluk, reddedilen, ama sonuçta yeni üstlenilen bir suç ortaklığı; buna 1945'te kolektif suç demiştik. O zamanlar, Alman halkının, toplama kamplarından haberimiz yoktu demesine izin vermiyorduk. 'Hiç de değil!' diyorduk, 'Her şeyden haberiniz vardı!' Haklıydık, her şeyi biliyorlardı ve biz bunu ancak bugün anlayabiliyoruz: Çünkü biz de her şeyi biliyoruz."

Her şeyi biliyoruz... Gerçek budur. Ve bunun yarattığı kirlenme tüm toplumun dokularına sızmaktadır. Karşı çıkmazsak eğer, hayatlarımızı bir yalana kurban edeceğiz demektir. Bu toprakların karşı çıkmasını bilmeyen entelektüellerinin yaptıkları da budur.

Hayat için verilen savaşa küçük sevinçlerimizi çoğaltarak katılırız. Bu postmodern cadılar şöleninin ortasında rengarenk kasımpatları boy vermiş. Yakında her acının sonunda açık bir pencere olduğunu göstermek istercesine küçük Çin menekşeleri de açacak inadına. Kokuları ta uzaklardan duyulacak. Radyoda Hasta Siempre çalıyor.

Fıkrayı birkaç yıl önce "Ahmet Altan" yazmıştı: Küçük kutup ayısı yuvarlana yuvarlana annesinin yanına gitmiş: "Anne, senin annen kutup ayısı mıydı?", "Evet oğlum" diye yanıtlamış annesi. Yavru devam etmiş: "Baban, onun babası, onun babası da..." Hepsi kutup ayısıymış. Ufaklık babasına gitmiş bu kez: "Baba senin baban da kutup ayısı mıydı?," "Evet", "Baban, onun babası annen, onun annesi..." Yanıt hep aynı; "O da kutup ayısıydı oğlum". "Ailenizde hiç kutup ayısı olmayan var mı?." "Niye olsun oğlum?" Baba oğlunun ısrarlı soruları karşısında bir daha anlatmış: "Oğlum, ben kutup ayısıyım, annen kutup ayısı, bizim annelerimiz babalarımız, onların anneleri babaları, hepimiz, hepimiz kutup ayısıyız." Sonra durup sormuş: "Niye soruyorsun bunları böyle?" Küçük yavru yüzünü buruşturmuş: "Ben üşüyorum baba, üşüyorum."

Ben bir Anadolu insanıyım, kimbilir kaç nesildir. Tıpkı Ahmet Altan'ın yaptığı gibi sordum soruşturdum. Buhara'dan, Semerkant'dan, Kırım'dan gelenleri de var. Oğuz dedelerim de. Ve ben de burada üşüyorum, üşüyorum, üşüyorum bugünlerde, bu karakış ayazında. Ama kasımpatları rengarenk, radyoda Hasta Siempre çalıyor. Yakında küçük menekşeler açacak. Güzel baharlar göreceğiz demektir bu. Ve ben tüm büyük sözlerden uzak yüreğimde yeşerttiğim ne kadar çiçek varsa, sesimi seslerine kapı kardeş halkıma yollamak istiyorum, sevgiyle, hepimizin içini ısıtacak bir dünya kurmak inancıyla.

Ama Biz Hala

Sevgilim,/başlar önde, gözler alabildiğine açık,/ yanan şehirlerin kızıltısı,/ çiğnenen ekinler/ ve bitmez tükenmez ayak sesleri:/ gidiliyor/ ve insanlar katlediliyor:/ ağaçlardan ve danalardan/ daha rahat / daha kolay/ daha çok./ Sevgilim,/ bu ayak sesleri, bu katliamda/ hürriyetimi, ekmeğimi ve seni kaybettiğim oldu, / fakat açlığın, karanlığın ve çığlıkların içinden/güneşli elleriyle kapımızı çalacak olan /gelecek günlere güvenimi kaybetmedim hiçbir zaman...(Nazım Hikmet)

Mart'tır,bahara akıyor zaman. Mart'ta depreşir umutları öte düşlerimiz ve sınıfsız topluma dair diretmişliğimiz. Mart'ta düşen yoldaşlarla büyütürüz ihtilal çağrısı sevdalı güneşlerimizi. Sözler vurur yüreğimize öylece, inadına bir yaşama türküsü gibi, sevgiden ağır ölümden ince: "Yoksun/Mart'ın Ondokuzu/Hüzün kapıları yarı aralık/ Başkası aldı yerine çoktan nöbeti/ Efkarına dayanırım ölümün/Yepyeni bir dünya kurmak andına./ Şafaklar devralırken böyle bir sabah /Kaçtır kurşuna dizilirken özgürlük çiçeklerimiz/Bilirim inadına inançlı bir yaşama türküsüdür/ Yetmişiki dilde tek canmışcasına söylediğimiz." İnadına umutlu yaşama türküler söyleriz Mart'ta.

Mart'tı. Yıl 1973... Yaşamaya benziyordu gün. Beyaz sokaklara mavisi düşmüştü gökyüzünün. Gittiğimiz evin ölümü gizlediğini bilmiyorduk henüz. Devrimi görmeden ölmek istemiyordu yanımda yürüyen. Bense gözlerim gökyüzünün mavisine takılı karların türküsünü dinliyordum usulca.

Mart'ın 19'uydu. Romalı kahin Sezar'a; Mart'ın 17'sinden sakın, demişti. Ama Mart'ın 19'uydu. Yanımddaki otuz yıl daha yaşamıyacağını bilmiyordu henüz, bense bir daha karlara bata çıka yürüyemiyeceğimi... Adı: Ahmet Muharrem Çiçek'ti. "Devrimin dışında başka bir yaşam yoktur" diyenlerin soyundan bir devrimci nefer. Ne iri sözleri vardı söyleyecek, ne yaptıklarıyla övünürdü. Elinde silahıyla düştüğünde devrim şiarları vardı dilinde, direnmiş bir sabah akşama eriyordu usulca! Bense vurulup düştüğüm yerden daldaki küçük kuşu görüyordum, bir de gökyüzünü. Gökyüzü Gönüllü Bunçuk'un kurşuna dizildiği an kadar güzeldi. Yüreğimize yoldaş sıcaklığı, içimde erkenci gitmelerin hüznü, inançlı bir vedalaşmadan yeni çıkmıştım. Geride kalmak ne demekmiş bilmiyordum hiç. Şafaklar devralmanın ne olduğunu öğrenmek için yılları bulması gerekiyordu maceramın. Daha yarına çok vardı. Kavgamı ve kavgamın insanlarını seviyordum inatçı bir tutkuyla. Bildiğim tek şey buydu.

Mart'tır bahara açılışor zaman. Ölenler ve yaşayanlarla sürüyor kavga. Nöbeti devralanlar düşerken usulca yenileri alıyor yerlerini. Hüzünleri çoğaltarak büyütüyoruz mücadeleyi. Ben "Kelepçem bırakmıyor ki zeybek oynayayım" demeye başlayalı 26 yıl olmuş. Bana sorarsanız çeyrek asrı ömrümün, bir mısra boyu geçmiş. Yitirdiklerimiz adına koca bir yirmi altı yıl, içerde yatan için bir insan ömrü, insanlık tarihi adına mikroskopik bir zaman. Ama önemli olan tüm bunlar değil elbet. Çünkü gün ışıyacak her şeye rağmen. Ve onlar ağır ellerini kaldırımlara basıp doğrulacaklar mutlaka. "Ben içeri girdiğimden beri/ güneşin etrafında on kere döndü dünya/ ve aynı ihtirasla tekrar ediyorum yine/ ben içeri düştüğün sene/onlar için yazdığımı "Onlar ki, toprakta karınca/suda balık /Havada kuş kadar/ çokturlar/Korkak, cesur /cahil, hakim/ve çocukturlar./ Ve kahreden /yaratan ki onlardır/ şarkılarımızda yalnız onların maceraları vardır" /Ve bundan gayrisi /mesela benim on sene yatmam/lâf-ı güzâf..." diyor ya Nazım. Önemli olan, aynı inanç ve inatla o ışıklı türküyü söylemek; çoğalarak, çoğaltarak, öğrenerek, öğreterek yürümekten vazgeçmemek. Gerisi geçer gider. Gorki, Lenin'i anlatırken şu gözlemini yazmış: Ruhundaki çalkantılar karşısında çok sessiz kalabiliyordu. Buna benzer bir iradeye ve derinliğe ulaşabilmeyi amaç edinmenin yoldaş devrimciyi zenginleştireceğine inanıyorum. O zamana sade bir fırtına gibi "lâf-î güzâf"diyebiliriz kavgadan gayrisine, gönül rahatlığıyla.

Fransız direnişine gönül vermiş ozanlardan Edith Thomas: "Bütün doztların öldü/ ya da doldurdu hapishaneleri/ ve ben öylesine uzağım ki rıhtımdan/ sade bir fırtına gibi ufukta/Dünyayı kaplıyor fırtına/ tutuşmuş deniz/sıklaşan kasırga /ve ben parça parça" diye anlatır kendini. Mart ayı geldiğinde Thomas'ın şiirlerini anımsamadan edemem. Aynı üniversiteden dört arkadaştık biz: Ahmet, Zeki, Meral ve ben... Önce Meral öldü, ardından Ahmet, sonra Ankara Merkez Cezaevi'nin duvarlarına: "O duvar o duvarlarınız / vız gelir bize vız" diye yazarak özgürlüğe kaçan devrimin muzip çocuğu Zeki. Bense yaşıyorum: Sakat da olsam "Kelepçem bırakmıyor ki zeybek oynıyayım" diye öfkelensem de yaşıyorum. Gidenleri kafamın içinde ve yüreğimde kavgama taşıyorum. Kavgamın insanlarına bu yürek sizinle bin zeybek oynar diye haykırarak yaşıyorum. Çünkü bütün meselenin yürekte olduğuna inanıyorum.

"Hiçbir şey bilmeyen hiçbir şeyi sevmez. Hiçbir şey yapmayan, hiçbir şey anlamaz. Hiçbir şey anlamıyan değersizdir. Oysa anlayan kişi aynı zamanda sever, farkına varır, görür... Bir şeyin aslında ne kadar bilgi varsa daha fazla sevgi vardır... Tüm yemişlerin böğürtlenlerle aynı zamanda olgunlaştığını düşleyen kişi, üzümlere ilişkin bir şey bilmiyor demektir" demiş Paracelsusu. Bilerek, anlayarak ve şaşarak kavgayı ve kavganın içindeki insanları sevmek... Bu benim çıkardığım ders. Mücadeleyi bir yaşam biçimine dönüştürecek, kavgayı yaşama sevinci kılacak olan budur. İlkelerle, iradeyle ve inançla sürekli kılınır kavga. Ama ona sevdalanmadan olmaz. "Sevgilim,/ Yaş kemalini buldu/Bana öyle gelir ki /belki bin yıllık bir ömrün macerası geçti başımızdan./Ama biz hala /güneşin altında el ele yalnayak koşan/hayran gözlü çocuklarız..."diyor şair. Mutluluk, kavgada el ele koşmayı başaran hayran gözlü çocuklar olabilmektedir. Güzellik sevdayı sürekli kılabilmektedir. Umutlu güzellik aynı kavganın sevdalıları olabilmektedir. Yirmialtı yıl işte bunları öğretti bana..

Buralardan Geçenler

"Buralardan biri daha geçti/ Belli ki savaşçıydı/sırtında çantası omuzunda tüfeği/ Buralardan bir akşam üstü geçti/ Belli ki savaşçıydı/ Akşam karanlığı inmişti çoktan/ Saatler eski gazeteler gibi/ Yere sessizce serilmişti/Buralardan biri daha geçti/Biraz dinlendi şu ağacın altında/ Bana bir cigara verdi/ Dedi ki güneşten gerçeği sağmaya gitti kuşlar/ Ben burada onları bekliyorum/ İçimde yangın gibi bir sevinç/ İçimde denizler kadar özlem/ Buralardan bir savaşçı daha geçti/Selamlar söyledi bana giderken." (A. Timuçin)

Havada Temmuz kokusu var. Bir aşk kadar yakıcıdır Temmuz ve ten kadar sıcak. Meyveye durmuş hayattır. Temmuz'da sevda, Temmuz'da kavga, Temmuzda ayrılık ilmek ucudur. Kirletilmemiş hayaller adına ölünür Temmuz'da, yaşanmamış özgürlükler için. Ucu yakılmış bir türkü olur Temmuz; ateşe verilmiş halay. Ve kanayan bir aşk olur Temmuz, genç bir ölüm... "Hele yaşadıysanız hiç korkmayın/Ölüm el sürmez yaşayana" diyor şair. Sonsuz yaşayanlarımızın ayıdır Temmuz. Hüseyin kokar; Erkut kokar, değdiği yeri ışıtır...

Elimde Afşar Timuçin'in Savaşçı Türküleri adlı şiir kitabı. Aklımda yiğit ölülerimiz. "Bıraktığın her şeyde adın yazılı/ Kitaplarda, sokaklarda, evlerde/ Belki hiç ummadığımız yerlerde/Bile senden kalanlar büyüyor/ Şimdi tek tek ölen biz bile olsak/ Şimdi biz doğuyoruz arkadaşım/Şimdi onlar yokluğa gömülüyor/- Havada kuş sesi var-" diye seslenmiş ölen savaşçılara Afşar Timuçin. Ölenlerimizi anmanın, her ölüm yıldönümlerinde onların yiğitliğini dile getirmek olduğuna inanmıyorum. Onlardan kalanları büyütmektir asıl işimiz; hayatın düşmanlarını yokluğa gömmenin başka yolu yoktur. İnancın kızıl türküsünü söyleyenlerin anısına yakışan da budur.

Bir mektup yazmış sevdiğine Temmuz'da Demircioğlu. İki Temmuz'u anlatmış.

"Temmuz'da sahiller tatile boğuluyor. Kıyılar yağmalanmış soytarı zenginlere. Yerli ve yabancı sermaye el ele verip paylaşıyor kıyıları, yoksullar göremez oluyor doğayı, yeşilliği ve denizi. Denizler, kıyı boyunca tel örgüler ve duvarlarla kaplı, kıyılarda sosyetenin tatil köyleri, parsel parsel..."

Ve bir başka Temmuz.

"Temmuz'da yaşamak var sıcak havalarda. Temmuz kara bir sayfa bırakıyor tarih sayfalarına. Sivas'ta canlar; kapkara dumanlar dumanları tutuşturan kara yüzlere, kara düşüncelere kusuyor öfkelerini. İnsanlık utancından bir kez daha utanıyor... Temmuz'da Sivas'ta ölüm kolaylaşıyor. Ölümsüzlük sarıyor bedenleri."

Açlık grevinin kırkikinci günündeki adam, dışarıyla beraber yaşıyor. Yoksullara kapatılmış kıyıları; Sivas'ta düşenleri düşünüyor. Oysa bedenler erimektedir yavaş yavaş:

"Alyarim, kavga güzelim, canım...

Asıl işin zor olanını da düz anlatmak varsa serde, şimdi sıra ona geldi; biliyorsun ve inanıyorum ki benimle özdeş duygular taşıyorsun. Bugün grevimizin 42. günü. Başka yerler kırkbeşine girdi. Bugünden böyle yeni bir etap başlıyor maratonumuzda, bunun adı ölüm orucudur. Ben de gönüllüsüyüm bunun. Tereddütsüz, yoldaşlar bunu tartışmak vazgeçirmek istediler. 'Tartışma konusu yapmam' oldu cevabım. Fazlaca inat edemediler. Diğer gönüllüler de öyle elbet. Varacağı yer belli: Ya talepler ya doğal son."

Doğal son... İşte bu kadar yalın. Devrimciliği bu kadar yalın yaşamak düşüyor bize de. Bu kadar yalın yürümek ölümün üstüne. Geniş bir ırmak gibi gürültüsüz ve berrak akmak. Şöyle diyor sevdiğine, bedeni usulca erirken:

"Senin gözlerin, güzellik ve aşk koksun istiyorum, gözlerinde, ne mapusluğun parmaklık resmi ve ne de hüzün görmek istiyorum. Sevecen, sıcak ve bana coşkusunu veren. Gözlerinde, yalnız kendimi görmek istiyorum. Ve kendi duruluğumda berrak bir pınar olan gözlerinde. Akarsa gözyaşın sevinçten aksın, sevinç gözyaşları pınar gibi okşar coşkumuzu.

Aklıma bir başka direnişçi geliyor, Missak Manukyan. Fransız rezistansının göçmen savaşçısı. Ünlü kızıl afişin kahramanlarından biri. Ölmeden birkaç saat önce şöyle yazıyor karısına:

"Kurtuluş Ordusu'na gönüllü olarak katıldım, şimdi zafere ve hedefe iki parmak kala ölüyorum. Ardımızdan gelip, yarınki özgürlüğün ve barışın tadını tadacaklara ne mutlu. Fransız halkının ve bütün özgürlük savaşçılarının, bizim hatıramızı, şerefle anacaklarından eminim. Ölüm anında ilan ediyorum; Alman halkına, kimseye nefret duygusu yok içimde, herkes ceza ve mükafaat oarak hak ettiğini bulacaktır. Artık daha fazla sürmeyecek olan bu savaştan sonra Alman halkı ve ve tekmil halklar barış ve kardeşlik içinde yaşıyacaklar. Herkese mutluluklar... Seni mutlu etmemiş olmanın derin üzüntüsünü duyuyorum. Senden bir çocuğum olmasını çok isterdim, senin hep istediğin gibi. Onun için savaştan sonra mutlaka evlenmeni ve benim hatırım için çocuğun olmasını senden diliyorum; benim son isteğimi yerine getirmen için seni mutlu edecek biriyle evlen..."

Devrimciler için hayatla nişanlı, ölümle sözlü derler. Ölüme giderken sevdiklerinin mutluluğunu düşünecek kadar sevdalıdırlar hayata. Ve halklara düşman olmayacak kadar sağduyulu, zaferin kaçınılmazlığından kuşku duymayacak kadar inançlı:

"Zindanlardaki saldırıları püskürtmede, sokaklarda 'Özgür tutsaklara kalkan elleri kıracağız' deyip coplara ve gözaltılara göğüs gerenlerin yanında çarpışmak amacıyla başlattığımız Ölüm Orucu'nda yenik düşersem eğer, bedenimi Gazi'deki "Parti Mezarlığı"na gömün. Her bahar orada kavgada olmak istiyorum. Kardelenlerin özgürce aşka durup dans ettikleri güne değin... Fabrikalardaki işçinin, kan-ter içindeki emekçinin, faşizme ve köleci kapitalizme ölümcül darbeler indirip iktidara gelinceye kadar... Ve oradan patlatılacak şampanyalar arasında aşkı özgürleştirinceye kadar..."

Nerede olurlarsa olsunlar, birbirlerine ne kadar çok benziyor komünistler. Ve birbirlerinden ne kadar bambaşkalar. Ortakça kurulacak bir dünyanın, nasıl güzel ve doyumsuz olacağını sezdiriyorlar bize. Yaşama tutkulu ve ölüme karşı umursamaz olabilmeyi öğretiyorlar. Gösterişsiz inançla davaya bağlılığı ve kapitalizme karşı dizginsiz bir nefreti; eylemin arındırıcı gücünü. Eylem içinde arınıyorlar ve güzelleşiyorlar. Ölülerimizi değil, yaşayanları sevmemiz gerektiğini gösteriyorlar, paylaşmayı ve çoğalmayı anlatıyor yaşamları.

Şimdi yine bir Temmuz ayındayız. Sahiller yine tatile boğuluyor, yine yağmalanıyor kıyılar. Ve yine direniş kokuyor hava. Elimde Savaşçı Türküleri, Demircioğlu'nu, Erkut'u ve diğerlerini düşünüyorum, tüm direnme savaşçılarını. "Mavi Mendilin Türküsü"nü söylüyor Timuçin: "Sandığına koy bu mendili kullanma/Üstünde martılar uçuşuyor/-Her biri bir mavinin telaşçısı-/Başedilmez bir deniz demektir bu /Kimseye gösterme sandığına koy bunu/ Onu benden daha genç/Daha dirençli daha umutlu/Bir savaşçıya sakla/Kavuştuğunuz en güzel sabahta/Çıkarırsın sandıktan/ Bu deniz yıllarca seni bekledi dersin/ Söz bilmez söz anlamaz kuşlarıyla/ Seni karşıladı dersin bu mendil/Hiç ıslanmadı boş bir anıyla/ Ya da sen başka mendil ver ona/ Denizi daha mavi/Kuşları daha çılgın/ Kıyıları daha temiz ve güzel/Bu da kalsın sandığında öylece/Kimindi, nedendi, nasıldı, bilinmeden."

Kaskatı rüzgarlar esiyor üstümüzde. Temmuz günlerindeyiz. En güzel sabahları isteyenlerimiz aklımızda. Düşenlerin değil, dökülenlerin ölmüş sayılacağının bilinciyle besliyoruz anılarımızı. Direncin suyuyla yoğuruyoruz acıyı ve sevinci. Ve dupduru bir umut kalıyor geriye. Zor günler var önümüzde. Bu yüzden hayatın güzelliğini anlatmalıyız. Bu yüzden yaşamak icin dövüşmek gektiğini söylemeliyiz. Sevgilerimizden sevinçlerimizden, hiç ama hiçbir şeyden vazgeçmemeliyiz. Zamanı ellerinden tutmalıyız. Yaşam için yaşamı fırlatıp atanlardan olabilmeliyiz. Ve dövüşmeliyiz, mavi mendilleri tüketen günler için. Yorgun kuşlar dökülüyor. Korkakların sesi kayboldu. Biz ekmeğimiz aşkımız, sevgimiz adına; kardeşlik, arkadaşlık ve barış adına haykırmalıyız. Sesimiz dağlarda yankılanmalı.

Yaşamak Direnmektir!

Mart'tır, bahar içindeyiz. Ölümle yaşam kavgaya tutuşurlar her Mart'ta. Hep yaşamak kazanır. Yaşamla ölümün kavgasında bir karanfil daha düştü toprağa, bir çiçek daha filizlendi. Tepeden tırnağa sevdaydı giden, tepeden tırnağa kavga. Zincirlerinden başka kaybedecek şeyleri yoktur denilenlerin onurlu bir temsilcisi. Asırda yenenlerden, asırda yenilenlerden ve yeni asırda mutlaka yenecek olanlardan, sıranın en önünde olanlardan, ne büyük sözlere ne yaşlı gözlere gerek duymayanlardan, yaşamayı direnme kılanlardan...

Kaç türlü yaşamak vardır, kaç türlü direnmek, kaç türlü ölmek? Ne zaman yaşar insan, ne vakit ölür? Birisi için yaşamak, direnmelerden başı dimdik çıkıp, kelepçeyi "altın bir bilezik taşır gibi" taşımaktır. Bir diğeri için arkadaşını satıp, gölgesini ağır bir yük gibi ardında sürümektir. Kolaydır, mutluluktur sözünün arkasında durarak yaşamayı seçmek. Zordur bir ömür inancını satmanın utancını duymak. Geçmişsiz olmanın yüküne, ağırlığına insanlıktan çıkarak katlanılabilir ancak. Yüzleri insana benzeyen sürüngenlere dönüşerek sürdürürler yaşamayı bu yüzden. Ölümün o tiksindirici kokusu yayılır bedenlerinden!

Yaşamakla direnmek arasında sımsıkı bir bağ vardır. Direnen

yalnızca karşı koymaz, yeni bir yaşam biçiminin de dayatır karşısındakine. Bu yüzden her direnmede iki yaşam biçimidir karşı karşıya gelen, iki dünya iki sınıf. Güzel olan, kalbimizin orta yerinde patlamaya hazır bir silah gibi taşıdığımız sözlerin arasında durarak, o sözlerle haramilerin kafasına vurarak yaşamaktır. Bu yüzden sözlerini onur yapanları ortadan kaldırmanın yollarını arar düzen. Ama karşı durmayı bilen, ölümün her türünü fırlatıp atar düşmanın yüzüne. Yalnızca ölümsüzlüğe sürülür, bütün kavgaların orta yerine...

Şimdi kavganın orta yerine sürüldü Süleyman arkadaşımız, bizi bir parça hüzünlü, ama dimdik bırakarak. Ne gözyaşı ne ağıt. Bayraklar ve şarkılarla bir gösteriye çıkar gibi anımsayacağız onu. Ve zafer artık hiçbir şeyi affetmeyecek kadar tırnakla sökülüp koparılacak!...

Devrime yalnız boş gecelerini değil, bütün ömrünü veren bir yiğit daha gitti. Kafasında ışıklı bir şafak, yüreğinde yıldızlar taşıyarak, bir sevda şarkısı gibi duyup yaşayarak gitti. Nasıl yanmaz bu yürekler, nasıl kanamaz? Kanar, hem de nasıl. Ama işimiz; yaşamayı, bu inanılmayacak kadar güzel serüveni bu kadar zor, bu kadar kanlı ve o denli kepaze kılanlara karşı kavga ateşini büyüterek yanmaktır. Biraz daha umutlu olmaktır, biraz daha kararlı, her zamankinden âsi, her zamankinden disiplinli biraz daha inatçı ve çalışkan her zamankinden. Düşmüşsek kalkacağız, ayağımız kanarsa gülüp geçeceğiz, sağ elimizi yitirmişsek solumuza bakacağız, dilimizi kesmişlerse suskunluğumuz kurşunun yatağında susuşuna benzeyecek. Ve düşersek bu kavgada, biliyoruz yine yaşamaya devam edeceğiz yoldaşların yanı başında. Başkaldıran her onurlu dizede biz olacağız, muzaffer her direnişte ve meydanlarda haykırılan bütün umut yüklü kavga türkülerinde...

Mutluluğu yarınlardan koparıp almak için savaşırken koparıp aldılar içimizden birini. Gidenlerin inadı ve kararlılığı yaşamayı direnme kılmanın yolunun hiç de kısa olmadığını gösteriyor bir kez daha bize. Direnmek karşı çıkmaktan öte bir şeydir. Karşı yaşam üretmektir. Direnmek yalnızca işkence karşısında ayakta kalmak demek değildir. Esas olarak yaşamın karşısında dimdik durmaktır. Yaşam ve yenilgi iyi öğretmenlerdir. Gördük; işkence tezgahlarında tek sözcük çıkmadı ağızlarından, ama tutsaklık büktü bellerini. Cezaevlerinde teslim oldular. Cezaevleri en iyi çözücülerden biridir. Gördük; on yılı, on beş yılı sol memenin altındaki cevahiri karartmadan yatmasını bildiler, gündelik hayata çarptılar sonra. İşsizlik ve açlıkla terbiye edildiler. Gördük; meydanlarda sloganlar haykırmak, bir likte halaya durmak, birlikte dayak yemek, birlikte kurşunlanmak zor gelmedi onlara. Yapı yerini süpürmeyi, taş taşımayı sıkıcı buldular. Sıra neferi olmayı içlerine sindiremedikleri içindir ki, kızıl atlardan inip beyaz atlara bindiler. Gördük; kolektifin yaşayan bir organizma olduğunu unutup, üretmeden istemeyi seçtiler, gündelik hayatı en iyi götürmenin yolunun onu örgütlemek olduğunu unuttular. Deryayı geçip ayrıntıda boğuldular. Direnmek, devrimci yaşamı bir inat, sosyalizmi bir yaşama sevincine dönüştürme işidir. Günlük yapıp etmelerini devrimcileştiremiyenler sürekli bir direnişin insanı olamazlar. Denizleri yürüyerek aşarlar da su birikintisinde boğulurlar. İşinde ve aşkında ahlaklı olmayı beceremeyenler, yaşamın içinde devrimcileşemeyenler yenilginin, vazgeçmenin potansiyel taşıyıcılarıdırlar.

Âsi yüreklerle bir gelecek düşünü paylaşmak, yaşamı devrimcileştirmek, ortakça bir dünya adına yürütülen bir kavgayı bölüşmek umutlu bir insanlık güzellemesidir. Sözü onur bilenler, böylesi yaşamanın tadına varanlardır. Bizim yiğit kızlarımız, oğullarımız böyle yaşama için "kuvvetli bir ışık gibi dövüşüp, kasketli bir güneş gibi" düştüler. "Sıkı tut korkunun soluğunu avuçlarında/Bak yiğitlik sevdaya bir adımlık yol/Yaşamak direnmektir yangın yüreklim/Biz ki, yaşamaktan hiç korkmamışız/Ve tek bize hastır 'yaşayan biziz' /Dercesine sessizce ölmek/Celladına bırak korkuyu usul bir gülümsemeyle/Gecenin koynunda kalsın ihanet/ Merhabaları patlasın devrimci direncin/Ve onurun türküsü şavkısın yitik meydanlarda" diyor şair. Yaşayan biziz! Düşenlerimizin sevdalarıyla çoğalacağız, onurun türküsünü söyleyeceğiz. Yalnız teslim olmanın ölmek demek olduğunu hiç aklımızdan çıkarmayacağız. İnancımızı inada, inadımızı sevdaya dönüştürerek yürüyeceğiz usulca, sevinçli yarınları hazırlamaya.

Ölüm Üstüne Düşünceler

"Kıskanıyorlar hepimizi kıskanacaklar/ Güç iştir çünkü bir tarihi insan gibi yaşamak/ Bir hayatı insan gibi tamamlamak güç iştir/ Birazdan akşam olacak sevgilim/ Bütün heybetiyle akşam olacak/ Sevgilim diyorum oysa kimsecikler yok/ yanımda / Bilmiyorum kime sevgili dediğimi/ Bildiğim birşey var/ O kadar yeni bir anlamda söylüyorum ki/ bu kelimeyi / Unutup birden zamanı ve yeri / Onunla bir günü kutluyorum coşarak/ Onunla bir günü kutluyorum sanki" (Edip Cansever)

Biz ne çok öldük...

Biz her yenilgide öldük...

Biz daha çok öleceğiz...

Roza Lüxemburg, karanlık bir su kanalının kıyısında kurşunlanıp düştüğünde öldük biz.

Madrid barikatlarında karanlıkta kar yağarken umudu ve düşlerimizi savunan cumhuriyetçiler teslim olduğunda öldük.

Granada'da cinayet işlenirken öldük

Rosenbergler bir Haziran günü bir çift yanık karanfil oluverdiğinde öldük biz.

Sacco ile Vanzetti gaz odasına yollandığında öldük.

Spartaküs çarmıha gerilirken öldük biz.

Biz ne çok öldük.

Biz her yenilgide öldük.

Biz daha çok öleceğiz...

"Asılmış bir al umutta/ Karagücün korku dalında / Şu can topraktaki üç fidan öldü/ Ve artık ölmezliğin son boyutundan/ Göverir yeşil bahar yağmurlarında/ Deniz gülü, Yusuf gülü, Hüseyin gülü/ Ölümdür kimileyin kavganın tek ödülü" diyor ya şair, "inanç bir deliçay ki yeşertir bir gün çölü" diyerek tüm kan çiçeklerimizle, en çok da baharları öldük biz.

Biz ne çok öldük...

Biz her direnişte öldük...

Biz daha ne çok öleceğiz...

Erkut olup öleceğiz, Şengül öleceğiz, Özgür öleceğiz, Hasan öleceğiz, Erdal öleceğiz. "O an geldi" diyeceğiz, alnımızda kızıl bantlarla hayatı ve aşkı özgürleştirirken öleceğiz. Biz Hüseyin öleceğiz.

Stefan Zweig, bu büyük yazar, İkinci Dünya Savaşı sırasında öldürdü kendini. Zweig, karısıyla birlikte gitmişti ölüme. Bir araştırmasında sevgilisiyle birlikte intihar eden Alman ozan Kleist için şunları yazmış: "Bazan ölmeyi beceren ve ölümden zamanı aşan bir şair yaratabilen biri de bulunmalıdır." Tarihi insan gibi yaşayan, hayatı insan gibi tamamlayanlar, ölümden zamanı aşan bir şiir çıkarabilenlerdir. Biz hep böyle öldük, böyle öldü bizimkiler. Ve bu yüzden her ölümde yeniden doğduk, her yenilgide yenilendik, her direnişte yeniden dirildik. Gecenin evinde yangınlar çıkardık hiç durmadan.

Biz ne çok ölürüz. Ne çok öldürülürüz. Ne çok ölüler bıraktık ardımızda. Şarkı söyler gibi ölmediler, şiir okur gibi de değil.

Geleceği için geçmişini satan insanlar öldürür bizi. Koca bir hayatı satışa çıkardığımızda ölürüz. Brütüs, Sezar'ın en yakınıydı. Sezar'ı deviren darbeye katıldı. Sezar, kendisini hançerleyen asiller partisinin saflarında Brütüs'ü gördüğünde, şaşkın: "Sen de mi Brütüs? Öyleyse yıkıl Sezar" deyip harmaniyesini yüzüne örttü ve öldü. Brütüs asırlar boyu ihanetin simgesi oldu. "Sen de mi Brütüs?" sözü, ihanetin hep en yakınındakinden geldiğini anlattı. Sheakspeare, o dahi İngiliz, çok sonra inancı ve halkı için en sevdiği insanı öldüren dürüst bir adam olarak yazdı onu. Bütün satışların bir gerekçesi vardır bu dünyada: İnanç, doğru olanı yapmak, vatan, aşk...Bizi bütün Brütüsler öldürür her biçimde.

Korkağın sesi yoktur, korkaklar sessizce öldürür bizi, sevdiklerimiz sözlerle. Biz sevdiklerimizi öldürürüz yaralarımız, acılarımız ve pişmanlıklarımızla. Bizi yalanlar öldürür. Nazım "Elimde olsaydı bu yolculuğa/başlayıp başlamamak/ başlardım yine" diyen koca şair, yalnızlıklarını hayal kırıklarını büyüterek öldü. Sosyalizmin anavatanında, kardeş evinde yapayalnız ve insansızdı. Şöyle yazdı 1960'da: "Masam, kâğıtlarım, yazı makinam/üstüm başım kan içinde/Kan içinde kaldırımları geçtiğim şehirlerin/Duvarlarda ellerimiz kan içinde/Yarmışım göğsümü/Yüreğimi yiyoruz bir dişiyle beraber/ Mektup yaz, telgraf çek, telefon et/Geliyorum, geliyorum, geliyorum de/ Ölüm uslandır beni". En kötüsüdür kendinden önce yalnızlığını yollayan ölüm. Bizi en çok kirlenmiş sevgilerimiz öldürür. Umutlarımız tükendiğinde ölürüz biz.

Ve gözü dönmüş bir toplumun suç ortağı olmak öldürür en çok da bizi. Geçtiğimiz hafta Radikal İki'de, Yıldırım Türker tıbbın ölümü nasıl tanımladığını yazmıştı: "Etkili kalp kasılmalarının herhangi bir nedenle birdenbire ortadan kalkması sonucu kalbin çevreye kan pompalaması işlevinin durmasını takiben gelişen solunum durması ve beyin, kalp gibi organlar başta olmak üzere, doku ve organlarda oksijenlenmemeye bağlı, geriye dönüşü olmayan değişiklikler sonucu meydana gelen hadise". Bu fiziki ölümdü, soğukkanlı ve bilimsel...Ben de kaç türlü öldüğümüz ve öldürüldüğümüz üstüne düşündüm bu yüzden.

Hayatın örgütlenmesi içinde ölüm karşısındaki tavrımız da önemli elbet. Ve Doğu toplumlarında ölümle yan yana yaşarız hep. Bir kaçınılmazlıktır ölüm, bir kader. "Memleketimizde ölümün nicedir siyasallaşmış yüzüne bakıyoruz" diyor Türker. Uzun iç savaşlardan gelip geçen bir toplumda başka türlüsü mümkün mü? Yetmiş beş yıllık cumhuriyetin kurduğu darağaçlarının gölgesi duruyor henüz meydanlarda. Ve "Apo'nun iadesi için" başlatılan ceza yasasından idam cezasının kaldırılması kampanyası, meydanlarda yakılan ya da ipe çekilen kuklaların gölgesinde, bozkurt işaretleri ve ulumalar eşliğinde bir ortaçağ engizisyon gösterisine dönüşüyor. Hayatla ölüm iç içe geçiyor böyle zamanlarda, susarak ölüyoruz, onaylayarak ölüyoruz. Ve devrimciler olarak hep yaşama sevincini öne çıkarıyoruz ölüme giderken bile. Ölümü yüceltmek faşist ritüelin bir parçasıdır. Bunu en iyi İtalyan faşistleri formüle etmişlerdi: Yaşasın ölüm. Viva la Muerta, dediler İspanyollar da. Ölümü bir yandan törenselleştirirken bir yandan da günlük işe çevirmişlerdi Nazilerse. Bugün taklitlerinin yaptıkları da bu işte. "Bütün hayatını ne zaman kurulmuş olduğunu bilmediği koskoca bir darağacının gölgesinde yaşamış olan kamuoyu, devlet eliyle onay vermeye zorlanıyor" diye yazmış haklı olarak Yıldırım Türker.

Albert Camus, kırk yılı aşkın bir süre önce: "Artık toplumumuz kendini kişiden çok devlete karşı korumak durumundadır. Pek olasıdır ki, oranlar otuz yıl sonra değişecektir. Ama şu anda meşru müdafaa, devlete karşı, hatta her şeyden çok ona karşı kullanılmalıdır. En gerçekçi adalet ve yararlılık düşüncesi, kanunun kişiyi sektarizm ile kibrin çılgınlığına kapılmış devlete karşı korumasını emretmektedir: "Devlet her şeyden önce ölüm cezasını kaldırmalıdır" çağrısı, bugün bizi birleştiren haykırış olmalıdır" yazmıştı. Camus'nün durumun değişeceği öngörüsünün gerçekleşmediği ortada. Hele bizim coğrafyamız için. Ama meşru müdafaa konusunda söyledikleri bugün de dikkate değer.

Bir Kasım gecesinde sırılsıklam olmuş ıssız bahçelere bakıp, yağmurdan, aşklardan ve acılardan söz eden bir şiir yazmak istiyor insan. Belki Anna Karenina'yı anlatmak, bir Steinbeck kahramanını incelemek belki. Ama vakit geceyarısı. Ölüm gecenin içinden geçip gidiyor. Ve belki bu saatlerde yüzünü hiç görmediğim bir Roza ölüyor, cebinde ekmek kırıntıları. Bir emekçi çocuğunun hayalleri sönüyor, bir kurşun atımı mesafede. Unutmamaya yazgılıyız biz. Unuttukça bir şeyler eksiliyor bizden. Bu yüzden yaşama bu kadar sevdalı, ölüme bu kadar yakın duruyoruz. Hayatı kurtarmak için ölümden söz ediyoruz. "Asmayıp da besleyelim mi yani" anlayışının egemen olduğu bir toplumda birbirimizi kaç biçimde öldürdüğümüzü anımsıyoruz.

Hayatını hep bir darağacının gölgesinde yaşayan kitleler, kanıksıyorlar ölümü. Sonra kendi darağaçlarını farkedemediklerinden olsa gerek ölüm ayinleri düzenliyorlar. Böyle bir ortamda ölüme karşı ortak bir ses yükseltmek de görev oluyor. İspanyol iç savaşı sırasında casuslukla suçlanarak ölüm cezasına çarptırılan, ömrü boyunca bu cezaya karşı mücadele eden Arthur Koestler, ölüm cezası üstüne yazdığı kitabın önsözünde şöyle diyordu: "İdam sehpası yalnızca bir ölüm makinası değil, aynı zamanda yalnız insana özgü olan kendi ahlaki kıyımını isteme eğiliminin de en eski ve en müstehcen simgesidir." Müstehcenlik, uzun süredir medya tarafından kışkırtılıyor.

İktidarın kendini gösteriş ve debdebe içinde dışa vurduğu, bizzat bedenin acı çekmesine dayanan ve bir gösteriye dönüşmüş ceza sisteminin sona erdiği sanılıyordu. Baskıyı daha örtülü kılan ve bireyselleştiren bu modern iktidarların kamuya açık cezalandırmadan gizli cezalandırmaya doğru evrildiğinden söz ediliyordu. Şimdi medya sayesinde ölüm cezası yeniden açık bir eza ve yıldırma aracına dönüşüyor. Hergün linç etmenin ve öldürmenin yolları öğretiliyor topluma yüzsüz bir çığırtkanlıkla. Sevgiye, umuda ve kardeşliğe kan bulaştırıyorlar hiç durmadan. Bize de karşı çıkmak, karşı çıkmayı örgütlemek ve mücadeleye sarılmak düşüyor.

Eşitliksiz bir dünyada ölmeyi bilmek de bir ahlak sorunu oluyor. Her gerçek devrimci yaşamayı bilendir. Bu ölmeyi de bilmek anlamına geliyor. Korkak, güvensiz ve edilgen insan, tıpkı sevmeyi bilmediği gibi ölmeyi de bilmiyor. Geleceği olmayan, geleceği istemeyen insan yaşamış sayılmıyor. Ölüm, ancak yaşam anlamlı kılındığında güzelleşiyor. Yaşamasını, sevmesini, gülmesini öylece mücadele edip ölmesini bilene devrimci deniyor.

Bize Yakışan

"Sonsuz düşleri içinde yaşıyorum/ Mevsimlerin yılların/ Yaşamanın sonsuz düşleri içinde/ Örgüsü içinde biçimlerin/ Renklerin sözlerin işlerin/ Yaşıyorum baş döndüren güzellikte/ Bayağı çirkinlikte/ Yeni düşünce ancak istekte aydınlıkta/ Sıkıntılar acılar içinde/ Yaşıyorum ölüme karşı yeryüzündeyim işte/ Burada ne varsa benimle/ Yıldızlar gözlerimde/ Doğuruyorum bilinmeyeni/ Toprak ananın verdiğince sınır çizemez anılara umuda bilinmeyen/ Kurmalı yarını bugünden." (Paul Eluard)

Sessiz bir yazın yumağını mı diziyoruz, ölümü bir kepenek gibi çekip üstümüze. Bir mahpustan bir mahpusa mı yolluyoruz günleri. Bir gülün sesini mi savunuyoruz. Hasretleri mi sürüyoruz hoyrat bir gecenin gergefinden geçerek. Şairin dediği gibi bize en çok yakışan hüzün mü? Hüzünden mi anlıyoruz en çok? Oysa diyor ki Edip Cansever: "Dağılmış pazar yerlerine benziyor şimdi istasyonlar/ Ve dağılmış pazar yerlerine memleket/ Gelmiyor içimizden hüzünlenmek bile/ Gelse de öyle sürekli değil/ Bir caz müziği gibi gelip geçiyor hüzün/ O kadar çabuk/ O kadar kısa/ İşte o kadar./ Ahmet abi, güzelim bir mendil niye kanar/ Diş değil, tırnak değil, bir mendil niye kanar/ Mendilinde kan sesleri." Kan sesleriyle dolu diyarlarda hüzünler bile eskidi sanki, gerçeği yok, imajı var ortalıkta. Utanmanın ise sözü edilmiyor. Yalnızca ölüm kokuyor hava. Yaşamı savunanlar neredeyse ayıplanır oldu.

Çar, gizli polisine Puşkin'in nasıl biri olduğunu sormuş. "Serseriyi safımıza çekebilirsek iyi biridir" diye yanıtlamış onu polis şefi. Şimdi ortalık "iyi"lerle dolu. Eski muhalifler "devlet sanatçısı" oluyor. Eski antiemperyalistler, Amerikan üniversitelerinden "fahri doktora" alıyorlar. Fransa'nın parlak muhalif aydınlarından Henri Alleg, geçen yıl Hevi dergisinde kendisiyle yapılan bir röportajda Cezayir Kurtuluş Savaşı sırasında Fransız aydınlarının tavrı konusunda şunları söylüyordu:

"Burada iki ayrım yapmak gerekir; birincisi bir aydın durumu konsensüsü var. Bu temel düşüncedir. Devletin, özellikle toplumun üzerinde egemen, onun erki olarak oynadığı role bakmak lazım. 1954'te başlatılan Fransız-Cezayir savaşı sırasında birçok aydın 'Cezayir, Fransa'nın bir eyaletidir' diyorlardı. Devlet, kitlelere bunu empoze ediyordu. Hem gücüyle hem de aydının ağzından yapıyordu bunu.

"İşte bu durum, karşı aydının oluşmasına ve egemen düşünceyle savaşmasına neden oldu. Egemen düşünceye karşı çıkan benim Alce Üniversitesi'nden bir arkadaşım vardı. Bu yüzden işini kaybetti. Diğer bir arkadaşımız ise 1937 yılında Vietnam savaşına karşı çıktığı için paraşütçüler tarafından katledildi. Bir yandan baskı mekanizması ve refah vaadiyle kendine aydını çeken devlet, diğer yandan işi, bunu kabul etmeyen ve mazlumdan yana çıkan aydını katle kadar götürebiliyor. Oysa mücadeleye angaje olmuş geleceğin aydını sonuna kadar direndi."

Sorun, sonuna kadar direnmede. Sorun, mücadelede yer alabilmede. Fransız aydınları günümüzde aynı noktada değillerse de, çok gelişmiş bir direnme gelenekleri olduğu kesin. İspanyol İç Savaşı'nda önemli bir Fransız aydın katılımı vardır. Malraux, Saint-

Exupery, Aragon, Eluard ilk akla gelenlerdi. Alman işgali sırasındaki oluşan rezistans hareketinde ise bir avuç işbirlikçi dışında, aydınlar ve sanatçılar pratiğin her alanında yeralmışlardır. Vietnam-Fransız savaşına karşı geliştirilen kampanyanın başını aydınlar çekmiştir. Ama aynı geniş katılım, Cezayir-Fransa savaşında söz konusu olmamıştır. İspanyol İş Savaşı'nda pilotluk yapan Malraux, Cezayir'de savaş yanlısıdır. Yine de Alleg gibi, Sartre gibi yüzakı aydınlar varolagelmiştir. 1959'da 121 aydın, Fransız gençlerine savaşa gitmemeleri için çağrıda bulunmuştur.

Türk aydını ise geleneksel olarak devletçidir. Tarihindeki tüm "ilerici" girişimlere, aslında, devleti kurtarmak amacıyla başlamıştır. Teslim olmanın geleneksel olduğu söylenebilir ne yazık ki! Sanki bir eski solcular mezarlığı olan medyaya şöyle bakmak yeterli. Tüm büyük gazetelerin yönetiminde eski solcular var: Ertuğrul Özkök, Zafer Mutlu, Kemal Çalışkan, Fatih Çekirge, Ufuk Güldemir, Ali Kırca, Hasan Cemal... Saymak biraz zor. Büyük holdinglere, midelerinden bağlı bir solcu yazar sürüsünden söz edilebilir. Medya ile birlikte düşünmemiz gereken reklam sektörünün yöneticilerinin hemen tamamına yakını da eski solcular.

"Kimse Kızmasın..." diye başlayan anıların yazarı Hasan Cemal, eskiden yakınlarına yazdığı mektuplarda, "Ben bir sosyalistim, ağabey. Ve ben düşüncelerimle olduğu gibi, eylemimle de ülkedeki sömürü düzenine karşı çıkabilirsem, mutlu olabilirim. Türkiye'de bugün bütün çarklar, yeni kompradorlar ve emperyalistler için dönüyor. İyice palazlanabilmek için, bu satılmışlar, ülkeyi çeşitli anlaşmalarla uydu haline getirmiş durumdalar" dermiş örneğin. En büyük korkusu da: "İleriki senelerde konformizme kaymış klasik bir salon entelektüeli haline gelip, düşünce ve eylem çatışmasından ve yapıt çıkaramamaktan dolayı tam bir bunalıma düşmek... Veya bundan sakınmak için, gereksiz bazı hobileri olan, cebi şişkin, belden aşağısına aşırı düşkün ve şekilci bir insan haline gelmek"miş!

Eh, korktuğu başına gelmiş. Artık, eski Hasan Cemal'i bir düşünce diktatörü olarak görüyor. Bütün döneklerin kendini koruma yolları vardır! Bugünkü hali için uzun söze gerek yok zaten.

Ya, 1969'da yayınlanan 69 deniz subayının bildirisini kaleme alan Ali Kırca'ya ne demeli? O bildirinin son sözleri, genç devrimcilerin dillerinden düşmemişti yıllarca: "Ne değişir; kesilsin devrimcilerin başları birer birer. Oysa bir yasadır bu, mümkünü yok, devrimciler ölür, devrimler sürer." Bireysel kurtuluş adına insanların nasıl kimlik değiştirebildiklerinin tipik örnekleri bunlar. Parayı en çok bastırana giden kibar fahişelere benziyorlar.

İnsan ister istemez karşılaştırmadan edemiyor. Yüzbir yıl önce büyük Fransız yazarı Emile Zola'nın L'aurore (Şafak) gazetesinde bir mektubu yayımlandı. "İtham Ediyorum!" başlıklı tek sayfalık yazı, zamanın cumhurbaşkanı Felix Faure'e yazılmıştı. Emile Zola mektubunda, belki de kendinin dışında hiç kimseden destek görmeden, haksız yere mahkum edilen Yahudi asıllı, subayı yüzbaşı Dreyfus'u savunuyordu. Askeri mahkeme Fransız ordusunun ilk Yahudi asıllı subayı Dreyfus'u, Almanlar hesabına casusluk yaptığı gerekçesiyle yargılamıştı. Yüzbaşının kılıcı kırılmış, rütbeleri sökülmüş ve pranga mahkumu olarak "Şeytan Adası"na gönderilmişti. O şovenist histeri ortamında yükseldi Zola'nın sesi. Zola mektubunda; kanıtları saklayan, sahte kanıt üreten ve suçu Dreyfus'a yükleyen subayları bir bir teşhir etti ve ithamda bulundu. Başına gelecekleri biliyordu. Bir yıl hapse mahkum edildi, linç edilmek istendi ve İngiltere'ye kaçtı. Ancak Zola'nın deyişiyle "gerçeğin ilerleyişi durdurulamadı". Gerçek suçlu Esterhazy adında bir Fransız subayıydı. Dreyfus aklandı. Zola bu tavrıyla yalnız Fransız aydınlarının değil, Fransız halkının da onurunu savunmuş oldu.

Bizde ise, aydınlar, gazetelerin köşe başlarında, özgürlük düşmanlığı ve ölüm çığırtkanlığı yapıyorlar. Halleri, bana yıllar önce gördüğüm bir çizgi bandı hatırlatıyor. Behiç Ak, "Kim Kime Dum

Duma" köşesinde yolda yürüyen karı-kocayı çizmişti. Bir cinayet işleniyor, polis gençleri dövüyor, birisi ipe çekilmiş, diğeri intihar etmek için silahı şakağına dayamış, sokakta insanlar vuruluyor, karıkoca hiçbir şey olmamış gibi yollarına devam ediyorlar. Tam o sırada yoldan kör bir ihtiyar geçiyor, ikisi de heyecan içinde birbirlerine dönüp: "Kör'ü gördün mü?" diye bağırıyorlar.

Haluk Şahin'in, "Sonunculuk Özlem"i başlıklı yazısı da aynı o vurdumduymaz karıkocanın halini anımsatıyor. Eğitimli iletişimci Şahin, Radikal'deki yazısında çağımızın istatistik çağı olduğunu vurgulayarak giriyor söze. Ve kendisinin her yıl bir rakamı korkuyla beklediğini söylüyor; Türkiye'de hapiste bulunan gazeteci sayısı. Diyor ki "Merkezi New York'ta bulunan Gazetecileri Koruma Komitesi (Comittee to Protect Journalists - CPJ) her yıl dünya ülkeleri için böyle bir rapor yayınlıyor. Ve ne yazık ki, Türkiye son beş yıldır 'dünyada en çok gazeteci hapsedilen ülke' niteliğini kimseye bırakmıyor." Şahin'in derdi hapsedilen gazeteciler değil, Amerikalıların ne diyeceği. "Her şeyi basitleştirmekten yana olan Amerikalılar için bu türden yaftalar önemlidir." "Ha! Türkiye mi? Şu an en fazla gazeteci hapsedilen ülke değil mi?" deyiverirler. Bu damganın kara mürekkebini ne yapsanız, çıkaramazsınız. CPJ'nin rakamlarına da itirazı var Şahin'in. Bir düşünceye angaje olmuş gazetecileri "gazeteci" saymama eğiliminde. CPJ'ye göre Türkiye hapishanelerinde 27 gazeteci var. Türkiye Basın Konseyi'ne göre 12. "Öyle anlaşılıyor ki, CPJ'nin listesinde aslında gazeteci değil, terör örgütü militanı olan ya da başka suçlardan hapse düşmüş gazeteciler de var." Devrimci gazetecileri, "devrimcilik kariyerlerine bir süre için de gazeteci sıfatıyla devam edenler" olarak görüyor. Baskıyı meşrulaştırmak isteyen tipik bir zihniyet dünyası. Tüm bu atraksiyonlardan maksat, hapisteki gazeteci sayısını 12 göstermek. Farkedermiş gibi. Ünlü 8'inci madde gözümüzün içine bakadururken. Ve düşünceyi söylemek en büyük suçken.

Diyor ki Şahin; "Gazetecinin haber karşısındaki temel refleksi 'Ben bununla ilgili temel doğruları en objektif olarak nasıl yansıtırım?' sorusuyla özetlenebilir. Gazeteci kendisini bu sorudan yola çıkan bir etik çevçeve içinde tanımlar. Farklı reflekslerle hareket edenleri belki takdir edebiliriz ama gazeteci de sayamayız." Doğru söze ne denir? Öcalan yargılamaları sırasında Türk medyasında gazeteci sayılacak adam olmadığını gördük. Gazeteci "etik"inin ise esamesi okunmuyordu. L'aurore gibi bir gazete ve Zola gibi sanatçıların, bu görmeyen, duymayan, konuşmayanların ülkesinde ortaya çıkması zor gibi görünüyor. Bu elleriyle yüzünü kapatmış ülkenin ellerini özgürleştirmek gerekiyor.

Toplumun içine kapandığı sağlıksız bir kısır döngü döneminden geçiyoruz. Şovenist histeri, resmi ideolojinin iç ve dış düşman edebiyatını nesnelleştirdi. Bu süreçte ülke aydınlarının büyük kısmının resmi görüşün aracı olmasının büyük payı var. Ve asıl sorun aydınların bu rolü, zorla değil rızayla benimsemeleri. Tüm toplumu gerçeklikten arındıran bu psikolojik ortamın ideolojik ajanları ise teslimiyetçi eski solcular. Politik bir linç jeneratörü gibiler. Toplumun bu sağlıksız marazileşmeden kurtulabilmesinin yolu birleşik devrimci muhalefetin yükselmesinden geçiyor. Toplumun sahip olduğu entelektüel ve eleştirel potansiyeli geliştiren de bu olacaktır. Büyük burjuva devriminin, 1848 ayaklanmalarının, Komün'ün ülkesidir Fransa. Zolaları, Sartre ve Allegleri yaratan bu ortamdır. Geleneği değiştirmek yeni gelenekler yaratmakla mümkündür. Bu topraklarda direnmiş bir aydın damarı, devrimci mücadele içinde doğdu. Oradan gelişecek. İçimizde arkamızda bıraktıklarımızın asi hüznünü de büyütsek, devrimci yolumuzun zeminine döktüğümüz cüruflar olarak kalacak direnemeyenler. Biz isyanı büyüteceğiz. Çünkü her isyan kendi aydınlarını çoğaltır. İnsanlaşırken aydınlaşır, aydınlaşırken insanlaşırız.

Bize Bağlı

"Bu akşam da gönlünüzce bitmediyse gün/ Suçun yarısı bizim yarısı günün/Sanki yapının tuğlası bizsek harcı o/Onun da iyi olması lazım/Onun da aklı kalbi namusu/ Ya masmavi aydınlık ferah/ Ya dikenli huzursuz bir uykusu/Gününü gün etmekten korkması lazım. xxx/ Bu akşam da gönlümüzce bitmediyse gün/Demek tümü bizim omuzlarımızda yükün/Gelin buna bir çare bulalım/Bunca olduğumuz gayri yetmiyor/Yarın daha iyi adam olalım/Yarın daha sağlam daha akıllı/Yarın daha sevdalı daha haklı/Günün bize bağlı olduğunu bilelim." (M.C.Anday)

İçimde usulca büyüyen bir tohum gibi duruyor Eylül. Yaz bitiyor. "Eylül'de aşk, eylülde acı, eylülde yalnızlık zordur, eylülde her şey zordur, ben eylülü onun için severim" diye yazmış Ahmet Altan. Dışarda hüzünlü bir güz büyüyor. Ben Eylül'e bakıyorum, kanayan bir aşka ya da genç bir ölüme bakar gibi değil ama. "Güz gelmiş/Oysa gönül güze giresi değil" diyen ozan gibi. Yağmurun düşmesini, tohumun rengarenk çiçek açmasını bekler gibi. İçimde sımsıcak bir baharı taşıyarak... Ve bir sabah tazeliğinde öfkemi büyütüp yeni sevinçler arıyarak. Hayallerimi, umutlarımı, sevdalarımı biriktirerek, "asi ve mavi" bir türkü mırıldanarak, hayatı taze bir çiçek gibi yakama iliştirmekten vazgeçmeyerek...

Güz gelmiş. Yaşamak sessiz ve serin. Geçmişi anımsatan bir kitap okudum bugün. Genç bir devrimciyle konuştum. Yüreğimi dolduran bu yağmur kokusunda geleceği merak ettim. Heyecanını, neşesini, coşkusunu düşündüm geleceğin. Bütün hayatları tanımak istedim birden, bütün ezgileri dinlemek, bütün kitapları okumak; "saatlerce gökyüzüne, denize bakmak, ne kadar kavga varsa ortasına dalmak, bütün şiirleri bilmek, tutkuyla koklamak bir çiçeği. Ve sevinçli sevdalar yaratmak sevgilerden...

Sanırım '67 seçimlerindeydi. O zamanların 'marksist' yazarı Çetin Altan, demokrat gazete "Akşam"daki köşesinde seçim yasaklarının başladığı bir günde "Bugün canım yazı yazmak istemiyor" diye yazmıştı. Günlerdir oyların neden TİP'e verilmesi gerektiğini anlatıyordu. Sonra; "Dostlarım, işçiler emekçiler.." diye söze girip tüm ezilenlere "Nasılsınız?" diye sormuştu. İşte ben de Çetin Altan gibi "Dostlarım, yoldaşlar nasılsınız?" diyen bir yazı yazmak ve size yoldaşça yaşamın insana sunulmuş bir armağan olduğunu söylemek isterdim. Kucaklamak isterdim herbirinizi tek tek...

Güz gelmiş. Acıyı, kederi ve sevinci namusluca paylaşmanın, "Merhaba"larla çoğaltmanın zamanı; "Sana selam olsun/Sürgünler, mahkumlar, hastalar! /Alacağın olsun/Seni İstanbul seni/Seni Bursa, Çankırı, Malatya /Sizlere selam olsun üniversiteler!/Öğretmenleri alınmış kürsüler/Öğretmenler!/Sizlere selam olsun/Hürriyeti yazan eller, dizen eller!/ Sizlere selam olsun makinalar/Entertipler bobinler!/Bu gülünç, aşağılık/Namussuz şeyler dışında, /Sana selam olsun/Zincirin zulmün kâr etmediği,/Büyük tahammül!" diyen bir şiir söyler gibi hayatı selamlamanın zamanı...

Şimdi Eylül sonu. Güz gelmiş. "Neden sıkılıp sıkılmadığımı soruyorsun? Devrimcilerin hayatı zaten hep biraz sıkıcı değil midir?" diyor, konuştuğum genç devrimci. Düşünüyorum. Aklıma okuduğum kitap geliyor hemen. Eski THKO'lu Atilla Keskin anılarını yayınlamış bu yakınlarda. Kitabın adı: "Anılara Yenilmeyen Gülümseyişler". Politik anılarını yazmamış A.Keskin. Daha çok gündelik yaşamda paylaşılanları, ayrıntıları anlatmış. Kendisi zaman zaman şikayetçi olsa da, devrimcilerin hiç de sıkıcı ve asık yüzlü kişiler olmadığını kanıtlıyor yazdıkları. Tersine, yaşama sıkı sıkı tutunmuş, en zor anlar da bile sevinci ve gülümsemeyi unutmayan bireylerden söz ediyor.

Gündelik yaşam içindeki devrimcileri takip etmek, o dönemin politik havası hakkında önemli gözlemler yapma olanağı veriyor genç devrimcilere. Cezaevleri, polis ve askerle ilişkiler, aydınların tavrı gibi konularda yaşanan evrimi görmek açısından okunabilir kitap. Cezaevi koğuşlarında istenildiği an görüş yapabilme olanağı, yol gösteren polisler, aramaları haber veren albaylar.. Bugünkü kuşakların yabancısı olduğu görüntüler. Devrimcilerin son derece saygın, düşmanın deneyimsiz, antiemperyalist duyguların yüksek olduğu bir "devrimci" dönemin anıları yazılanlar.

Yine de benim için önemli olan; hapiste, işkencede, celladın karşısında hayata umursamaz bir bakış fırlatmasını bilen o büyük direnç. 12 Mart'ın genç devrimcileri için, "ipi gördüler, tanımadılar. Tanıyanlarsa korktu" diye yazmıştı Yalçın Küçük. Onlar hakkında her yeni şey öğrendiğimde, tanıdıkları kanısına varıyorum ipi. Ama bedelleri umursamadıkları kesin. Yoksa 18 idamın verildiği gün ölümle nasıl dalga geçebilirlerdi ki? Atilla Keskin "Garson Ayhan" kimliğiyle yakalanıyor. Deniz'le birlikte mahkemede savunmayı okuyanlardan biri. Deniz ve Yusuf "kellelerinin istendiğini" biliyor. Hücresinde ak libaslar içinde, idama giden bir Pir Sultan posteri asılı Yusuf'un. "Biz gidiciyiz, bu kesin.. Kendinizi sıkı tutmalısınız" diyor Keskin'e. İpi tanımamak için bilincin eksik olması gerekir. Heyecan kavga heyecanı, umut devrim umudu, bilinçse yüksek. "Belli ki maphusluk süreci bu kez uzun olacak sizin için. Biz gittikten sonra üstünüze çok geleceklerdir. Kendinize bir uğraş bulun, bol bol okuyun, hatta ikinci bir dil öğrenmeye çalışın. Yoksa zamanı tüketmeniz kolay olmayacaktır..." diye uyarıda bulunuyor. Ama ölümle dalga geçmeyi de ihmal etmiyorlar. İdam alan Keskin arka hücrelere getirilince: "Vay Garson Ayhan, ben sana savunmayı okuma demedim mi? Yine yedektesin işte, heriflerin kafası kızıp sayıyı yükseltirlerse sıra bu kez sana gelecek" diye takılıyor Deniz arkadaşına.

Ölüme çeyrek kala, idareyle onların "nedamet getirme" istemleriyle apansız dalga geçen, bu konuda "mavra" yapan bir Deniz ve Yusuf var karşımızda. Hayatı, aşkı, devrimi yürekten seven bir Sinan; ciddi, disiplinli, çalışkan, eylemci, ama arkadaşları Yusuf'a takılmak istediğinde fare "Abdulrezzakı yakalayıp onlara veren bir Hüseyin İnan var. Şarkılarla, türkülerle şenlendiriyorlar ölüm mekanlarını. Hiç ölmeyecekmiş gibi kitap okuyorlar, kendilerini gizli kulaklarla dinlemeye çalışan cezaevi yönetimini küfürlü sloganlarla protesto ediyorlar. Acılarında bile direngen bir gülümseyiş gizli. Eğilip bükülmeden dosdoğru bakmışlar hayatın yüzüne. Böyle bir yaşamı ve mirası devralmış devrimcilerin hayatının sıkıcı olduğunu iddia etmek mümkün mü? Zor, evet! Ama asla sıkıcı değil! Zorluklar değil midir zaten hayatı renklendiren?

Genç arkadaşımın aslında devrimcinin yaşamının kolay olmadığından söz etmek istediğini, ancak kendini iyi ifade edemediğini tahmin ediyorum. Hiç kimsenin sıkıcı bir yaşamı ısrarla sarılması mümkün değil çünkü. Sonra geriye dönüp bakıyorum ve hiç tereddüt etmeden: Yeniden yaşamam gerekseydi aynı yoldan giderdim, diyorum ikircimsiz. Bizim kuşağın kendini mutlu eden bir hayat yaşadığını düşünmüşümdür hep. Bizden sonra gelenlerinse; yaşamı daha akıllı, daha haklı, daha sevdalı kılmak gibi bir yükümlülükleri olduğu söylenebilir. Sıkılmaya hiç fırsat bırakmayan bir iştir bu da.

Şimdi Eylül. Yaz bitiyor. Her bitişin yeni bir başlangıç olduğunu söylüyor hayat. Ölüm bizi çepeçevre sardığında hayatı düşünmemiz bu yüzden. Gün akşama dönüyor. Bulutlar hayallerimle yürüyüp geçiyor sanki üstümden. Tıpkı bir yazı, bir sevda, bir isyan gibi. Hayallerim daha güçlü acılarımdan, sevinçlerim daha umutlu kederlerimden, sevdam daha tutkulu hüzünlerimden. Ve hayat bir şiir gibi geçip gidiyor içimden. Bir şiir bırakıyorum yoldaşlarıma "giderken": Avuçlarımın içinden akıp gidiyor yaşam/ Bir tutabilsem kaçanı/Her şeyin sonu yakın, biliyorum/ Ardımda yüzbin öz lem, yüzbin umut/ İlkyazda çiçeklenen ak umutlarım/sizi seviyorum/Ve başlayıp bitmeyen, hiç başlamamış/ Bir nice şey bırakıyorum.

Canlarım, yoldaşlar!/Sizlerle birlikte, yaşayamadıklarımı YAŞANMIŞ Sayıyorum/ Geride bıraktıklarıma MERHABA/Sizlere arkama bakmadan/HOŞÇAKALIN diyorum. İçimde usulca büyüyen bir tohum gibi duruyor Eylül. Yaz bitiyor. "Eylül'de aşk, eylülde acı, eylülde yalnızlık zordur, eylülde her şey zordur, ben eylülü onun için severim" diye yazmış Ahmet Altan. Dışarda hüzünlü bir güz büyüyor. Ben Eylül'e bakıyorum, kanayan bir aşka ya da genç bir ölüme bakar gibi değil ama. "Güz gelmiş/Oysa gönül güze giresi değil" diyen ozan gibi. Yağmurun düşmesini, tohumun rengarenk çiçek açmasını bekler gibi. İçimde sımsıcak bir baharı taşıyarak... Ve bir sabah tazeliğinde öfkemi büyütüp yeni sevinçler arıyarak. Hayallerimi, umutlarımı, sevdalarımı biriktirerek, "asi ve mavi" bir türkü mırıldanarak, hayatı taze bir çiçek gibi yakama iliştirmekten vazgeçmeyerek...

Firari Bir Yazı

Fırtınayla, borayla gelen bir günde denizi seyrediyorum. Ortalık yağmura kesmiş. "Deniz gözyaşlarımla taştı" diyor ya bir Şili halk türküsü. Deniz yağmurla taşıyor sanki. Dalgalar kıyıyı dövüyor ısrarlı bir inatla, kavgamız gibi tıpkı. Kıyıda bir ağaç var. Tek başına duruyor dalgaların önünde, sessiz ve sakin. Melih Cevdet'in "Rahatı Kaçan Ağaç" şiiri geliyor aklıma ağacı görünce. "Tanıdığım bir ağaç var" diye yazıyor şair; "Geceyi gündüzü biliyor/ Dört mevsimi, rüzgârı, karı/ Ay ışığına bayılıyor/ Ama kötülemiyor karanlığı." Deniz rüzgâr gibi köpürürken ağaca bakıyorum. Karanlığı kötülemediği kesin. Önünde dört mevsim ay ışığı. "Ona bir kitap vereceğim/ Rahatını kaçırmak için/ Bir öğrene görsün aşkı/ Ağacı o vakit seyredin" diyor Melih Cevdet. Bu ağaç aşkı öğrenmeli, durup bekleyen her şeyin ve herkesin rahatı kaçmalı, kimse hayata razı olmamalı, diyorum kendi kendime.

Firari bir yazı bu. Size kitaplardan, sanattan, romanlardan ve okumaktan söz edecektim. Olmadı. Ansızın bir rüzgar geçti önümden. Aldı götürdü beni ıslak mavinin tadı. Şehri yağmur tutmuştu. Bulutlar büyüyordu gökyüzünde, şimşekler kırılıp dökülüyordu. Ve sırılsıklamdı deniz. Romanları unuttum birden. Ama okumaktan vazgeçemediğim için olsa gerek, ağaçları rahatsız etmeye kalktım sonunda. Ülkenin karanlık yıllarında yazdığı "Düzenli Dünya" şiirinde: "Bayılırım şu düzenli dünyaya/ Kışı yazı/ Baharı güzü/Gecesi gündüzü sırayla/ Ağaçların kökü içerde/ Bütün ağaçların kökü içerde/ Dağların başı yukarda/ İnsanların aklı başında/ Bütün insanların aklı başında/ Beş parmak yerli yerinde/ Baş işaret orta yüzük serçe./ Diyelim kalksa da serçe/ Orta parmağa doğru yürüse/ Ne haddine!/ Yahut akasyanın biri/ Başını toprağa daldırdığı gibi/ Bir gezintiye çıksa/ Merhaba kestane merhaba çam/ Selamün aleyküm, aleyküm selâm/ Kimsin nesin nerelisin derken/ Laf açılır mı bizim akasyanın kökünden.../ Bir uğultudur başlar rüzgarda/ Kökü dışarda, kökü dışarda!/ Yahut ne olur koca bir dağ/ Başaşağı gelsin... / Aman Allah göstermesin./ Bayılırım şu düzenli dünyaya/ Altta ölüler/ Üste diriler/ Gel keyfim gel" diye anlatır ya dünyayı. Gel keyfim gel diyenlere inat kökü dışarda akasyaya özendim ben de. Düşlerimin kıyılarını döven dalgalara bakıp firari renklere daldım.

Bir söyleşide okumuştum. Ufuk Uras'ı anlatmak için: "Ufuk Uras klasik fedakar, hayatından feragat etmiş, kendini davasına adamış, gecesi gündüzü olmayan büyük adam rolüne hiç bürünmemiş" diyordu gazeteci. Ufuk Uras ise bir soruyu, "Dünyayı değilse de kendimizi değiştirdik" diye yanıtlıyordu. Düzenli Dünya şiiri Uras'ı anımsattı bana. Gündüz Vassaf bir üniversite psikiyatri polikliniğinin bekleme odasının duvarındaki bir yazıdan söz eder "Delilikten Kurtuluş" adlı makalesinde, "Dünyayı değiştirme gafletine kapılacağına kendini değiştir" demektedir duvar yazısı. Uras tam da öyle yapmış görünmektedir. Altta ölüler, üste diriler, gel keyfim gel... Biz tam da dünyanın düzenini değiştirme gafletine düşmeliyiz, kendimizi dünyayı dönüştürebilmek için değiştirmeliyiz. Başımızı toprağa daldırıp ağaç ağaç dolaşmalıyız, kökü dışarda sevdalara tutulmamıza yol açmalı okuduğumuz kitaplar. Hayata şaşmalı insanları şaşırtmalıyız.

Değişimden ve yeniden çokça söz edilen bir dünyada yaşıyoruz. Ancak bu vahşi yüzyılda razı olma ve dünyayı olduğu gibi kabul etme üstüne kurulu tüm söylemler. Bilim, medya, teknoloji hep bu işe koşulmuş. Aslolan dünyayı değiştirmektir, diyordu Marx klasik Alman felsefesini eleştirdiği kitabının onbirinci tezinde. Bu devrimci olmaktır. Benimle aynı yılda doğmuş bir Fransız ozan Marx için; "Bize devrimci olmayı/ öğretmişti sadece/ gerçeği düşten çıkartmak değildir bu/ gerçekten gerekli/ düşü çıkarmak/ ve onu gerçekleştirmektir" diye yazmıştı. Gerçekten düş çıkarmak şimdi her zamankinden daha çok fedakarlık istiyor, daha fazla adanma, daha fazla gayret. Bize devrimciliğimizi unutturmak isteyenler dün sıradan özelliklerimiz olan değerleri kirletmek peşindeler bu yüzden.

Ufuk Beyden söz etmemin nedeni onun gelişmiş bir tipoloji olması. Solculuk açısından, normali, makulü ve isteneni temsil etmesi. O "çağdaş" bir devrimci. Düzen burada ve her yerde Ufuk Beyin ufkuna sahip olan devrimcileri tercih ediyor. Biliyorlar ki, o ve benzerlerinin talepleri düzen çitinin ötesine geçmiyor. Bugünü istemek ve yarından söz etmeye kimsenin itirazı yok. Düzen sınırlarını aşmayan her yeni düzenlemenin düzeni yeniden üretmeye hizmet edeceğini en iyi yönetenler biliyor. Sorun yalnızca itirazı olanda değil isyanı olanda, yalnızca bugünü değil yarını da isteyende. Ve gerektiğinde yarın için bugünden vazgeçmesini bilende.

Lenin, Ampriokritisizm kitabında felsefi kategorilerden söz eder. Kendinde şeyler vardır, kendisi için şeyler vardır. Örneğin proletarya başlangıçta kendinde bir sınıftı, sınıf bilinci gelişip de kavgaya girdiğinde kendisi için bir sınıf haline geldi. Tıpkı bunun gibi, düzenin "kendinde" ya da en uygun deyimle "kendine devrimcilere" bir dediği yok, hatta lüzumlu bile görüyor böylesi devrimciliği. İstenmeyen "kendisi için" devrimcilik. Kendisi için devrimcilik örgütlü devrimciliktir. Kabul değil reddir, istemek değil almaktır. Uzlaşmak değil, karşı çıkmaktır özü.

Kendine devrimcilik ille de örgütlü olmamak değildir. O balıklar ki derya içindedirler denizi bilmezler, sözünü bir kez daha doğrularcasına günümüzde kolektif devrimcilik içerisinde gelişmiş egolarıyla sayısız çeşitlemelerine rastlamak mümkündür. Düzen bir paradoks gibi görünse de en çok ona muhalif olana yansıyor, muhalif olan düzene itirazı seslendirdiğinden kendini eleştirinin dışında tutuyor. "Medyalar rıza üretiyor, düzen insanı ben merkezci yapıyor, birey artık tekelci kapitalist sistemde umursamazlık denizinde boğuluyor, yalnızlaşıyor" dendiğinde, bu görüşleri dile getiren ya da söylenenleri kabul eden önsel olarak kendini 'farklı' görüyor. Bu da düzene yöneltilen eleştirilerin içselleştirilmemesi tehlikesini doğuruyor. Böylece düzene isyanı olduğunu varsayan, kendini başkalarından farklı hisseden, pek çok düzen çocuğu devrimci saflarda kendileri için yaşamaya devam ediyor. Adanma, fedakârlık, geceyi gündüze katan çalışkanlık sözde savunulsa da eskimiş değerler olarak bir köşede unutulmaya terk ediliyor. Kişi kendisine "kendimi nasıl geliştiririm"; "karşımdakini nasıl değiştiririm" gibi soruları rahatlıkla sorabiliyor da; kendimle birlikte başkalarını nasıl geliştiririm, karşımdakiyle birlikte nasıl değişirim demekte zorlanıyor. "Birlikte" kolektif bir sözcüktür. Devrimci savaş birlikte yürümektir; aşka, kavgaya, sosyalizme. Kapitalizm bireysel kurtuluş düşünün şahikâsıdır. Hiç kimse kendini değiştirmeyi başarana itiraz etmez bu düzende. Hatta o Amerikan psikiyatri kliniğinde olduğu gibi bunu aklı korumanın bir yolu olarak görür. Çünkü kişisel değişme çoğu zaman insan aklına aykırı bu düzenin vahşetini, kıyıcılığını görmeme ya da umursamama anlamına gelmektedir.

Le Monde Diplomatique'de "Her halde pek farkında olmadığınız bir istatistik: Dünyanın en zengin üç insanının varlığının toplamı, en fakir 48 ülkenin, yani yeryüzündeki ülkelerin dörtte birinin, milli gelirinden daha yüksek" diye yazdığında bunu çoğu kimse anormal bulmuyor. Bu dehşet verici gerçek kimseyi sarsmıyor da. Dünyanın neredeyse yarısı aç. Ama iktisat kitapları arz ve talebin ihtiyaçtan farklı bir şey olduğunu yazıyor. Milyonlar açlıktan kırılırken gelişmiş kapitalist devletler çiftçilerine en verimli arazileri ektirmiyor fiatları düşürmemek için. Ya da talep fazlası olduğundan binlerce ton tahıl, kahve, patetes ya da balık imha edildiğinde, iktisat bilimi ve düzen adına bu gayet mantıklı karşılanıyor. Türümüzün mantıklı düşünme yeteneğine hiç halel getirmiyor bunlar. Ama, 1 Mayıs '96'da gencecik bir militan kız belki de yalnızca birkaç lale fidanını ezdiğinde ya da tekmelediğinde o genç kızın içindeki öfke ve kin üstüne onlarca psikolojik çözümleme yapılıyor. Dünyayı ve insanlığı yok oluşa sürükleyen tüm sorunlara sahip çıkmak, söz gelimi, çevre kirliliğine, nükleer felakete sürüklenmeye, kadınlara karşı işlenen her cinsel şiddete ve ayrımcılığa karşı çeşitli biçimlerde mücadele etmek bir tür egzantriklik olarak görülebiliyor. Tıpkı laleleri tekmeleyen kız figüründe olduğu gibi, anormal sayılıp marjinalleştirilmeye çalışılıyor. Bu yüzden evcilleştirilmiş bir gösterinin ardından çevreyi temizleyen Uras ve arkadaşları çağdaş ve normal yüzler olarak takdim edilirken, öfkeyle vitrinlere yürüyen aç eller bir anomali sayılıyor. Serbest pazarın doğurduğu sonuçlar, yoksullaşma, milyonların verimlilik dışı sayılıp dışlanması, açlık, işsizlik normal, ama o sonuçlara isyan anormal. Düzen böyle işliyor. Kapa gözlerini ne akasya kestaneye yürüsün ne bir ağaç sırılsıklam aşık olsun!..

Bugün benim gönlüm firarda. Tıpkı yazım gibi. Hızla alçalan bulutlar karanlık gibi çökerken ortalığa kirletilmemiş duygulara, eskitilmemiş sevgilere ve kullanılmamış düşlere sarılmayı öneriyorum. Sizi düşünürken, tıpkı şiirdeki gibi bir çakıl taşı ısınıyor içimde, bir kuş gelip yüreğimin ucuna konuyor, bir gelincik açılıyor ansızın. Ama herkesin rahatını kaçırmak istiyorum. Romanlar okuyun sevdaya tutulun, şiirler okuyun adanmışlık koksun, bu yaşanılan, bu yaşanılası dünyada hayata ve devrime sarılın dört elle. Ve umut... Her yenilgide bizi bir menzilden diğerine taşıyan güzellik gözlerinizden hiç eksik olmasın diyorum.

John Steinbeck, Amerikalı büyük romancı "Gazap Üzümleri" adlı romanında Amerika'da kapitalist tarımın gelişimini ve sanayileşen kapitalizmin küçük çiftçileri nasıl emekçileştirdiğini anlatır. Amerika'nın geçirdiği değişim, topraklarına finans kapital tarafından el konulan "Joad ailesinin" şahsında anlatır. Göç, geçici işçilik, çalışma kampları, emeğe ve insana yabancılaşma, baskı, aşağılama ve dayanışma duygularının yok edilmesidir bu kapitalizm. Joad ailesi topraksızlıkta umuda yolculuk ederken yavaş yavaş çözülmektedir romanda. Fakat Steinbeck romanını çarpıcı bir sonla bitirir. Joad ailesinin genç kadınlarından biri açlığın, göçün ve felaketlerin içinde doğum yapar. Selden kaçarken sığındığı kulübede açlıktan ölmek üzere olan bir adamla karşılaşır. Her şeyini yitirmiş bir kadındır o. Çaresiz gibi gelir okura. Ama bu çocuğunu yitirmiş ana, adama elindeki doğurganlığının, üreticiliğinin simgesi olan tek şeyi sütünü sunar. Adamı emzirir ve kurtarır. Adamın emdiği umuttan başka bir şey değildir. Steinbeck yayıncılarının tüm itirazlarına rağmen romanından bu bölümü çıkarmaz. Umudu emzirmeyi bilenlerin yenilmeyeceğinin çarpıcı bir simgesi olur roman.

Malraux'nun Kanton'da İsyan romanından Çan Kay Şek'in ordularına esir düşen genç devrimci elindeki siyanür hapını arkadaşına uzatır. Al iç bunu, der sen dayanamazsın. Bir trenin yanmakta olan kazanına atılacaklardır.

Düzenin normal bulmadığı işler bunlar. Ben de sizi normal olmamaya çağırıyorum bu firari yazıda zaten...

Sen Alacaksın İktidarı

Geçtiğimiz hafta bir okurumuz, yayın kurulu üyelerimizden birine "çok uzun yazdığım" konusunda eleştirilerini iletmiş, daha kısa yazmamı önermiş.Uzun ya da kısa yazma konusu teknik açıdan tartışılabilir elbet. Ve yazının uzun olduğu yolundaki eleştiriler sayfa sekreterlerinden gelirse çok da haklıdır.Onların başka sayfalar taşan yazılar konusundaki sıkıntıları analaşılabilir. Köşe yazarlarının sorunun bu yanını gözetmelerinin gereği de ortadadır. Ama eleştiri okurdan geldiğinde orada durup düşünmek gerekiyor. Yazının uzun olmasınnı onlar açısından ne zararı olabilir? Eğer gazete okumayı zaman kaybı olarak görmüyorlarsa, ya da yazarın boş gevezelik ettiğini düşünmüyorlarsa..

Bir haftalık makale altı üstü, üçbuçuk daktilo sayfası tutuyor. Eğer okuyucu üçbuçuk sayfalık bir engeli aşamıyorsa, devrim yolundaki engelleri nasıl aşacak merak ediyorum doğrusu. Çünkü bu sorunun okuma alışkanılğı eksikliği değil de doğrudan doğruya "tembellik" olduğuna inanıyorum. Ve her zaman tekrar ettiğim gibi tembellik kesinlikle ideolojik bir hastalıktır. Kendini masum bir "az okuma" şeklinde dışa vurduğu gibi çok dramatik sonuçlara yol açacak biçimler de alabilir. Ve gerileme daima masum hatalarla başlar.

Burjuvazi proleterya arasındaki en önemli mücadele alanlarından biridir "bilgi tekeli" konusu. Burjuvazi bilinçli bir şekilde bilgi tekelini elinde tutar. Çünkü bilgi kimin elindeyse iktidar da onun elindedir. Bu yüzden biz bugün bilginin burjuvazinin tekelinden çıktığını ve ucuzladığını söyleyenlere karşı; bilginin yine burjuvazi tekelinde olduğunu, ama bilgi iletiminin hızlandığını ve kolaylaştığını, çelişkinin karakterininse değişmediğini söylüyoruz.

İletişim teknolojilerinin çok gelişkin olduğu bu çağda, bilgi aktarılıyor ve her şey çabuk eskiyor; insanlar, yüzler, ideolojik bilgiler, her şey... Ancak biz yine de egemenlerin bize ögretmek istediklerini, açıklamak istediklerini öğrenebiliyoruz. Bilginin özgürce aktarılabileceği her alanda önce engelliyici kanallar devreye giriyor, sonra bilgi akışı sağlanıyor, o çok özgür "siber uzayda" bile böyle bu. Neo-liberal kapitalizm dönemi, yani global düzen bir yanılsamalar çağı. Bilginin en hızlı aktığı bir zaman kesitinde cehalet daha hızlı büyüyor. Küçük bir azınlık üstün teknoloji ve bilgiyle donatılırken, geniş yığınlar bilgisizliğe ve sefalete mahkum ediliyorlar. Devletin daraltılması ve deregülasyon politikaları, aslında onlarca yılda kazanılan sağlık, eğitim, sosyal güvenlik hizmetleri gibi kamusal alandaki hakların daralması, devletin silahlı bürokratik bir aygıt olarak yetkinleşip güçlenmesi demek. Eğitimin özelleştirilmesi kitlelerin cahilleştirilmesi planının bir parçası. Aslında "bilgi çağı", "bilgi toplumu" bu koşullarda bir safsatadan başka bir şey değil. Tekelci burjuvazi bilginin denetimini elinde bulundurmanın kendine sağladığı gücün öylesine farkında ki, Türkiye'de bile her büyük holding bir medya kuruluşunun sahibi olma peşinde. Parası olan azınlığın öğrenebileceği, olmayanın ise köleleşeceği bir dünyaya doğru yol alıyoruz hızla.

Üstelik öğrenme şansına sahip olanların da nasıl ve hangi biçimde öğrendiği önemli. Neo-liberal düzen soran ve sorgulayan akıldan, meraktan ve öğrenme aşkından ölesiye nefret ediyor. Onlar verili olanı tartmadan, karşılaştırmadan kabul edeni, seçme ve ayırma yeteneği olmayanı tercih ediyorlar. Orwel'in "Büyük Birader"inin aratmayacak yöntemlerle yürüttükleri kafa yontma mekanizmaları gönüllü kabule dayalı yöntemler geliştiriyor hiç durmadan. Eğitimin amacı da bu.

Yaygın eğitim başlangıçta gelişmiş teknolojileri kullanacak işgücü gereksinmesinin sonucu olarak burjuvazinin etkisiyle gelişti. Ama öğrenme her zaman onların çıkarlarıyla sınırlandırılmaya çalışıldı. Kitlelerin okuması ve aydınlanması gibi yan sonuçlardan da kaçınılamadı. Bugün yapılmak istenen eğitimin ve öğrenmenin sınırlarının daha da daraltılması. Öğrenimin ve eğitimin amacı geniş emekçi yığınların bilgi ve becerilerini, sınıfsal çıkarlar adına da olsa, geliştirmek değil artık. Finans gücüne, rantiyelere ve sınırlı sayıdaki sanayiciye gerekli uzman kadro ihtiyacının karşılanması.

Gündüz Vassaf geçenlerde: "Tarihin çeşitli dönemlerinde avcılığı, hatipliği, dindarlığı ve bilgeliğiyle değerlendirilen insan, günümüz egemen kültüründe uzmanlığı ve ondan da çok kazandığı para ile ölçülüyor" diye yazıyordu. Amsterdam'da bir barda, konularında dahi sayılacak üç Amerikalı bilgisayarcı ile karşılaşmış. Konuları dışında son derece cahil ve saf olduklarını gözlemiş. Kapitalist yolcu Deng Xiaping söyle demişti: "Önemli olan farenin peşinde koşan kedinin siyah ya da beyaz olmasi değil, fareyi yakalamasıdır." Vassaf haklı olarak "Amerikan üniversiteleri durmadan Nobel ödüllü fare yakalıyıcıları yetiştiriyor. İşlerinde iyi, konuları dışında hiçbir şey bilmeyen, saf dünya kültüründen yoksun uzmanlar" diye yazıyor. Barda tanıştığı bilgisayarcıları; "teknolojik donanım açısından 21. yüzyılda hayat kültürleri açısından Ortaçağ'da yaşıyorlardı" diye tanımlıyor. İşte neo-liberal düzenin yetiştirdiği "bilgi çağı" insanı tam da bu. Günlerini bilgisayar ekranları başında geçirip, sürekli karlılığı ve verimliliği artırmanın yollarını arayan, bunun karşılığında yükek ücretler alan, kafası departmanlara bölünmüş, dünyayı anlama ve açıklama cahili, çağdaş "seçkin" köleler.

Amerika'da "Silikon Vadisi"nde çalışan böyleleri için Douglas Coupland, feodal sistemin köylülerine atıfta bulunarak "mikroserfler" diyormuş.

Yeni düzenin özelliği üniversiteleri şirketlere kalifiye eleman sağlayan meslek okullarına dönüştürmesi, ABD'de üniversiteler şirketler gibi yönetiliyor, öğrencilere "müşteri" gibi bakılıyor. Akademik özgürlük yerini karlılığa, ranta ve şirketlere bağımlılığa terketmiş çoktan. Her şeyin sorgulanabilir olmasına dayalı özerk üniversitenin yok olması klasik aydınların da yok olmasına neden oldu. Türkiye'de yapılmak istenen de bu. Sonuç eğitimden yoksun milyonlar ve eğitilmiş serfler oluyor. Çağı yakalamak, bilgi çağına yetişmek, savlarını kazıyın, alttaki amaç açığa çıkacaktır.

Paranın dışında hiçbir şeyin anlamlı olmadığı bu karanlık süreçte, hızla yayılan ve ucuzlayan teknolojilerle her yere ulaşan bilgi "nasıl" bir bilgi olacak ve bilginin hızlı aktarılması neyi değiştirecektir ki? Yaratıcılığı, özgür düşünceyi geliştirecek mekanizmalar zincire vurulduktan, yığınlar cehalete mahkum edildikten sonra. İşte çelişki burada. Bilmenin ve öğrenmenin önüne sayısız engeller konulduğunda, insanlığın gelişiminden beklentisi tükendiğinde umutsuz kitleler yeni kanallar açıyorlar kendilerine, gizemciliğe, bilinmeyene, fala, büyüye, ruhlara, uzaylılara, cemaatlere ve tarikatlara dayalı yeni bir kültür boy veriyor. Araştırma, keşfetme ve öğrenme sevinci denizlere ulaşmayan ırmaklar misali boş uğraşlarla sönüp gidiyor.

Bireyin sürüleştiği bir çağ bu. Öğrenme sevincinin yerini serf ruhu almakta. Böylesi bir dünyada öğrenme isteksizliği ve zihinsel tembellik en tehlikeli ve yaygın hastalık olarak ortaya çıkıyor. En çok da, dünyayı sorgulayan ve onu değiştirme mücadelesine katılan insanları etkilemesi şaşırtıcı gibi görünüyor. Ancak birey yaşadığı toplumdan soyutlanamaz. Toplum bir dönemi yaşıyorsa onu reddeden bireyler de ondan bir şekilde etkilenir. Bundan kaçınılamaz, ancak, bilinçli bir biçimde giderilebilir. Öğrenmeyi, sorgulamayı kimliğimizin bir parçası kılarak ,onu bir aşka ve sevince dönüştürerek.

Kuşkusuz ülkemiz ve coğrafyamızla ilgili pek çok gerekçe geliştirilebilir: Okuma alışkanlığının olmayışı, okumanın ve okuyanın tehlikeli sayılması, aileden ve toplumdan gelen geleneksel baskı, köyle bağlarını koparmış bir toplum olmamızdan da beslenen bir zihinsel tembellik ve ufuk darlığı, eğitim düzeyinin düşük oluşu... Daha pek çok şey söylenebilir. Deniz Gezmiş, Ankara Kapalı Cezaevi'nde Erdal Öz'le konuşurken, 1950 ve daha sonra doğanları, yani "yetmişbirde" mücadeleye katılanları göstererek: "Bu kuşak, bizden oldukça değişik, bambaşka özellikler taşıyor" diyor. Daha tartışmadan, uzun boylu düşenmeye bile fırsat bulamadan mücadeleye atılmak zorunda kaldıklarından söz ediyor. "Suç bu çocukların mı? Değil, hiç değil, geçmiş kuşakların sorumluluğunu da bu kuşak yüklenmiş", "Bak bizim kuşak başka türlüydü." böyle diyor.

Ellili yıllarda doğan, 1971'lerde mücadeleye atılanların edebiyatla bile maphushanede tanıştıklarını, uzun boylu düşünce tartışmaları yapmadıklarını, yapamadıklarını söylüyor. Dahası da var:

"Sonra bu yeni kuşak, kültürden de nasibini alamadı. Örneğin, Beethowen'ı doya doya dinleyemedi. Eisenstein'ın, Pudovkin'in filmlerini bile rahatça tad alarak izleyemediler.

Düşünsene bir resim sergisini bile şöyle sindire sindire gezip görme olanağı bulamadılar.

Büyük eksiklik bunlar. Bu eksikliklerin onlara çok zararı oldu.

Marksizm-leninizm, nasıl insanlığın bir ürünüyse bu dediklerim de insanlığın uzun yüzyıllar sonunda yaratıp biriktirdikleridir, ürünleridir.

Bizden sonra gelen bu kuşak, insan olarak bütün bunlardan yoksun kaldı. Hiç de iç açıcı bir durum değil bu."

İşte Türkiye devrimcilerine, seçkin önederler yok edildikten sonra böylesi bir miras kaldı. Var olan birikim ise, hep küllerinden yeniden doğmak zorunda kalan devrimci hareket tarafından yeni kuşaklara taşınamadı. Yetmişlerden seksenlere, olumsuzluk baskı koşullarında gelişerek aktarıldı. Olumlu şeyler de oldu elbet. Ancak hem nicelik hem de nitelik olarak yetersizdi bu tür gelişmeler. Yeni dünya düzeni koşulları ve onun getirdiği cahilleştirme sürecinden de beslenen olumsuz gelenek bugünde iç karartıcı bir tarzda devam ediyor.

Ama doğrusu, gerekli saptamalar olmakla birlikte söylenenlerin hiçbiri, artık bizler için mazeret olamaz. Kişi kendine "ortakça-devrimci" bir rol yüklüyorsa, kendini öyle tanımlıyorsa gereklerini de yerine getirmek zorundadır. Yaşadığımız çağda bilgi ışık hızında yayılıyor, hızla eskiyorsa; daha çok öğrenmemiz, kainatın altında olup biten her şeyin bilgisine sahip olmaya çalışmamız gerekiyor. Bilmek okumakla başlar. Bilmeyenin değiştirme yeteneği olamaz. İktidar isteyense bilgi sahibi olmak zorundadır.

Üstelik zihni tembellik çoğu kez zihniyet tembelliğine yol açar. Kolaycılık, adam sendecilik, oluruna bırakma hastalığı aynı zihniyetin teazhürleridir. Biri oldu mu, diğerleri de onu izler bir biçimde. Öğrenmeden yenilenmek mümkün değildir, yenmek ise hiç. Dönemin özelliği bilginin en önemli silah olması. Okumaktan kaçınmak gönüllü bir teslimiyetten başka bir şey değil kanımca. Düzen bizi binbir biçimde kuşatıyor. Bilgiyi ideolojik bir silah olarak en iyi biçimde kullanmanın yollarını buluyor. Bizse değil öğrenmek, üç sayfa makale okumaktan kaçınıyoruz. İdeoloijk saldırılara esir düşmektir bu yoldaş devrimciler!

Yazılarımı genelde Pazartesi günleri yazıyorum. Güncelin peşinde olmaktan ötürü değil, zaman zaman tam da tartışmalarımıza denk düşen konular yakalayabilme kaygısından kaynaklanan bir durum bu. Biraz önce Kanal D haber bülteninde Hürriyet gazetesine yapılan saldırı haberi vardı. Özgür Ülke'nin dört yıl önce attığı başlığı düşündüm önce: "Bu Ateş Sizi de Yakar!". Ancak onların ateşi ve düşüncesi başkaydı. Hürriyet Gazetesi Genel Yayın Yönetmeni, eski solcu ve Türkiye'deki döneklerin son "büyüğü" Ertuğrul Özkök saldırıdan Çiller'i sorumlu tuttuğu konuşmasında, Çiller'in "Sağda Birlik Mitingi"ndeki üslubunu kastederek: "Heyecan dolu, 1960 modeli marksist üslup" değerlendirmesini yaptı. İşte bilgi böyle terörize ediliyor. Sözde Tansu Çiller'in konuşması eleştirilirken marksizme ağız dolusu küfür fırsatı kaçırılmıyor. Burada sola karşı şiddet ve düşmanlık sözcükleri içeriliyor. Böyle bir dönemde her türlü tembellik görüntüsü bizim açımızdan masum değil, vahim bir hata oluyor.

İşçilerin, emekçilerin, öğrencilerin, her okurun ve taraftarın, geleceğe talip olan herkesin öğrenmeyi bir aşka dönüştürmesi gerekiyor. Berthold Brecht'in "Öğrenmeye Övgü" şiirinde söyledikleri hala güncelliğini koruyor: "Öğren en basiti. Zamanıdır./Sakın geç deme./Öğren abeceyi, çok birşey değil gerçi/Öğren ama, başla./Koru kendini yılgınlıktan/ Herşeyi öğrenmelisin/ Çünkü sensin artık yönetecek olan/ Köprü altındaki öğren!/Öğren demir parmaklıklar ardındaki!/Ev kadını, öğren!/Öğren altmışındaki!/Kimsesiz çocuk, okul ara kendine/Bilim ara soğuktan kıkırdayan./Sarıl kitaba aç insan. Silahtır o./Çünkü sensin artık yönetecek olan./Çekilme soru sormaktan yoldaş!/ Enayi yerine koydurma kendini/Alınteri dökmeden bellediği şeyi/Biliyor sayılmaz insan/Geçir gözden hesap pusulasını/Unutma sana ödetilecek faturası/Parmak bas üstüne her rakamın/Nereden çıkmış sor bakalım/Çünük sensin artık yaratacak olan." Son dizeleri şöyle de okuyabiliriz: Çünkü sen alacaksın artık iktidarı! Ama yol zorlu, menzil ırak, o halde bilime ve kitaba sarılmalı silah olarak. Ama önce abece", bizim yaptığımız da bu. İkiyi, üçü bire indirmek kolay da, birin ikiye bölünmesini öğrenmek zor. Bunu yapabildiğimizde çoğalmayı da öğreneceğiz demektir. O zamana dek herkes işini yapmalı. Yazar da okuyucu da...

Edebiyat Neye Yarar?

Bir Aralık akşamı... Karanlıkta kar yağıyor. Ürkek, gizemli ve soğuk ortalık. 1937 yılında Madrid barikatlarında dövüşen savaşçıya şöyle sesleniyor Nazım: "Bu akşam/ bir sokak şarkıcısıyım, hünersiz bir sesim var sana,/ senin işitemiyeceğin bir şarkıyı söyleyen bir ses/ Karanlıkta kar yağıyor/ Sen Madrid kapısındasın,/ Karşında en güzel şeylerimizi:/ ümidi, hasreti, hürriyeti/ ve çocukları öldüren bir ordu./ Kar yağıyor/ ve belki bu akşam/ ıslak ayakların üşüyordur?/ Kar yağıyor ve ben şimdi düşünürken seni/ şurana bir kurşun saplanabilir,/ ve artık bir daha/ ne kar ne rüzgâr ne gece..."

Karanlıkta kar yağıyor... Sıcak bir pencere kenarından yağan karda Nazım'ı ve ayakları üşüyen yeryüzünün tüm özgürlük savaşçılarını düşünüyorum. "Halbuki biliyorum/ bu soğuk ve karlı havalarda/ iki çıplak çocuk gibi üşümektedir/ Madrid kapısını bekleyen ıslak ayakların./ Biliyorum,/ ne kadar büyük, ne kadar güzel şey varsa,/ insanoğulları daha ne kadar büyük/ ne kadar güzel şey yaratacaklarsa,/ yani o korkunç hasreti, düasılası içimin/ güzel gözlerindedir,/ Madrid kapısındaki nöbetçimin,/ Ve ben ne yarın, ne dün, ne bu akşam/ onu sevmekten başka bir şey yapamam." Nazım'la Madrid kapılarındaki nöbetçinin arasında denizler, dağlar, hapislik ve "Adem-i Müdaheli Komitesi" var. Ya bugün gönüllerinde ve beyinlerinde görünür görünmez prangalar taşıyanlar? Özgür yürekli Nazım sevmekten başka bir şey yapıyor aslında. Bir özgürlük savaşımını dünden bugüne ve bugünden yarına taşıyor. Ve şiirin o mükemmel gelecek aşılama gücüyle en güzel şeyleri: ümidi, hasreti, hürriyeti savunmaya özendiriyor insanları.

İşte hep akla gelen edebiyat neye yarar sorusunun cevabıdır bu. Eğer bakmasını bilirsek, uçsuz bucaksız bir dünyadır edebiyat. Bir şeyi başka türlü anlatabilmeyi, dünyaya yeni bir gözle bakabilmeyi, görünenin ardındaki görünmeyeni, yüzeyin arkasındaki derinliği keşfetmeyi başarmak mümkündür edebiyat aracılığıyla.

Victor Hugo, 1793 günlerine götürür sizi. Antole France, 1789 savaşçılarının ruh hallerini anlamanıza yardım eder. Danton, Marat, Saint Just oturur bir masa başında. "İki Şehrin Hikayesi"nde, zamanların en iyisi ve zamanların en kötüsü üstüne bir şeyler anlatır Charles Dickens size. Proust'la zamanın peşine düşersiniz. O akıllı Balzac, yükselen burjuvaziyi ve insanlık komedyasını anlatır size. Bireyin gelişimini Stendhal'dan iyi kim sergileyebilir? Julien Sorel'i bilmeden kim söz eder burjuva bireyden? Malraux, Kanton'da isyanı anlatır ve iç savaşın İspanya'sını. Ve tam o sırada Eluard'dan bir şiir takılır dilinize belki de: "Kapılar tutulmuş neylersin/ Neylersin içerde kalmışız/ Yollar kesilmiş/ Şehir yenilmiş neylersin/ Açlıktır başlamış/ Elde silah kalmamış neylersin/ Sevişmezsin de neylersin".

Turgenyev, Rus aydınlanmasına götürür sizi. Bazarov'un trajedisine tutulursunuz. Tolstoy'la hayatı keşfedersiniz. Nasıl unutulur o olağanüstü "Harp ve Sulh"? İnsanı, Napolyon'u, Rusya'yı ve savaşı anlamayı deneyebilir kişi o romanda. Dostoyevski, ölümsüz Raskolnikov'un suçu ve cezası; Goethe ve genç Werther'in intiharı; Faust, Dorian Gray'in portresi ve Wilde, Gide ve Pastoral Senfoni, Hemingway ve Çanlar Kimin İçin Çalıyor; Steinbeck; Gazap Üzümleri, Cennet Yolu ve o güzelim küçük hikayeler; Tatlı Perşembe, Sardalye Sokağı; Şolohov ve Durgun Don; Ehrenburg ve Fırtına; H. Böll ve Seghers; yorgun devrimcilerin ve faşizm altındaki Alman ulusunun ruh hallerini anlatan Seghers. Tanpınar, Yakup Kadri ve Reşat Nuri ve Yaşar Kemal. Saymakla bitmeyecek bir hazinedir edebiyat dünyası: Istrati, Gorki, Puşkin, Zweig, Kazancakis, Jorge Amado, Asturias, Vargos Llosa, Paul Nizan, Coestler, Kafka, Camus, Isabelle Allende, Garcia Marquez... Nazım, Neruda, Mayakovski, Vaptsarov, Eluard, Aragon, Hugses ve Brecht. Dünyaya ve halklara açılan kapılardır hepsi.

Norveç'li Knut Hamsun'ın Açlık'ı okunmadan yazma tutkusunun ve açlığın ne olduğu zor bilinir, Amerikan kapitalizminin gelişiminin emekçiler üstündeki etkileri Sinclair okumadan anlaşılamaz, ya Jack London, Don Passos. Ve Remarque, Mann, Gogol, Hardy, Lorca, Whitman, Jimenez, Alberti... Liste uzayabilir. Seghers, bir konuşmasında şu soruyu soruyor: "Sanat, bize sürgünde, savaşta ya da hapishane hücresinde dayanabilmemiz, hatta olup bitenleri anlayabilmemiz için yardımcı oldu mu?" Neruda'nın, Uluslararası Tugaylar'ın ilerleyişi üstüne yazdığı bir şiirle yanıtlıyor bu soruyu sonra. Tıpkı Nazım gibi, İspanyol iç savaşını, Neruda'nın, Alberti'nin, Antonio Machado'nun şiirleriyle daha iyi anladık. Sürgünler, ölümler ve acılar, insanlık dersleri ve direniş onlarla ölümsüzleşti. İşgal Paris'inde Desnos'un, Aragon'un, Eluard'ın şiirleri elden ele dolaştı. Ve Eluard'ın "Özgürlük" şiiri gibi her yere yazıldı. Bu yüzden Seghers: "Yazarın gücü çok şeye yetebilir; öğüt vermeden başlayıp, yaşamın aydınlık kılınmasına değin uzanabilir. Bu güç, insana yardım edebilir. Aynı güç çok kişinin yaşamına umut getirebilir ve onların yıkılış karşısında direnmelerini sağlayabilir" derken abartmamaktadır.

Nazizmin yükselmesinden sonra ilerici Alman yazarlarının çoğu sürgüne gittiler. Seghers de bunlardan biriydi. Seghers Paris'e gittiğinde onu karşılayan Jean Richard Bloch şöyle demiş: "Belki de bizim sizde neler olup bittiğini güçlükle anlayabilmemizin sorumlusu yine sizsiniz. Bizde Fransa'da, Rusya'da, İngiltere'de, Amerika'da yaşamın anlaşılmasına yardımcı olan büyük toplumsal romanlar, sizin Alman edebiyatınızda eksik." Yazılı söz ile yaşam arasındaki bağın gerektiği kadar gelişmediği coğrafyamızda, bu gelişme tamamlanmadan medyatik kültürün egemen olduğu düşünülürse, hem yazmak ve hem de okumak açısından Bloch'un sözlerini değerlendirmek oldukça dirimsel doğrusu.

Dünyayı bilmenin ve değiştirmenin araçlarından biridir edebiyat. Bu yüzden: "Sanatın belki de hiçbir alanında ideolojik çatışma, edebiyattaki kadar keskin değildir. Karakterlerin iç dünyaları ve politik görüşlerinin yansıtıldığı bir yazar, sempati ve antipatisini saklayamaz ya da gözlerden gizleyemez, ideolojik inancını okurdan saklaması mümkün değildir" diyen Şolohov'un söylediklerine dikkat etmek gerekir. Ancak Plehanov'un dediği gibi: Edebiyat imgelerin sanatıdır ve her türlü çıplak düşünce ile "kaba" propaganda yapıta uğursuzluk getirir. Gerçek bir sanat yapıtında yaşam, bazen yazara rağmen yankı bulur ve eser gerçeğin yeniden ve daha yüksek biçimde kurulmasına yardım eder.

Sosyalistler sınıf mücadelesini yaşamın her alanına yaymak zorunda olduklarından, sanatı ve edebiyatı da bunun dışında tutamazlar. Kapitalizm koşullarında sınıf mücadelesi de, örgütlü-kolektif mücadeledir. Sosyalizmin bir kendiliğindenlik değil, iradi bir inşa sorunu olması, devrimci çalışmanın tüm eylem alanlarında "partizanlık" ilkesinin uygulanmasını zorunlu kılar. Sanata ve edebiyata bir eğlenme aracı ve yaşama sevinci gibi değil, bir yaşama sevinci ve dünyayı değiştirmeye hizmet eden bir araç olarak bakmakta yarar vardır, bu yüzden. Ve sanatçıları, "insan ruhunun mimarları" sayan görüşten vazgeçmemek gerektiğinin bilincinde olunmalıdır.

Nazım Hikmet: "Ben yazarların, en başta da komünist yazarların, yaşamın tanınmasının zorunlu kaynaklarından biri durumuna gelecek bir edebiyat yapmaları gerektiğine inanıyorum. Krupska-ya'nın Lenin Üzerine Anılar'ında Rus edebiyatının, Lenin için gerçekliği tanıma kaynaklarından biri olduğunu belirttiği bir tümcesini hep anımsarım. Halkım için başka halklar için en yenisinden, en yüksek yöneticisine kadar partimin tüm üyeleri için bu erdemi taşıyan şiirler, romanlar, tiyatro oyunları yazmak isterim. Ama bunun için doğru olmayı, öz sözle belirsizlikten uzak yazmayı, sağ kulağını sol elle göstermeye kalkmamayı bilmek gerek. Bu sorun her türlü öncü için hatta gelecekte de kendini gösterecek sürekli bir sorundur" diye yazmıştı. Kalıcı sanat eseri, güncelin içinden geleceğe açılanı yakalayandır. Bizim okumalarımızda da seçmeci davranmamız, ama yine de bir tutkulu okuyucu olabilmemiz gerekir.

Marks'ı tanıyanlar ve yakınında bulunanlar: Paul Lafargue, Wilhelm Liebknecht, Franz Mehring ne büyük bir okuma ve edebiyat tutkunu olduğunu anlatıyorlar onun. Goethe, Lessing, Dante, Cervantes ve tutkunu olduğu Shakespeare, Balzac, Sir Walter Scott ve hatta baba Aleksandra Dumas. Mehring, tam bir kitap kurdu olduğundan söz ediyor: "Edebi yargılarında bütün politik ve toplumsal önyargılardan uzaktı. Shakespeare'i ve Walter Scott'u sevmesi bunu gösterir. Ama, çoğu kere politik kayıtsızlıklarla hatta uşaklıkla yan yana giden 'Sanat için sanat'ın, 'katıksız estetikçilik' fikrine kapılmadı. Bu bakımdan da aklı, hiçbir kalıplaşmış formülle ölçülemeyecek kadar bağımsız ve diriydi. Aynı zamanda okuduğu şeyleri seçmekte hiç titiz değildi ve bilimsel estetleri dehşete düşürecek şeyleri de okumaktan kaçınmazdı. Darwin ve Bismarck gibi yutarcasına roman okurdu; serüven, mizah hikayelerine çok düşkündü. Bunları ararken Cervantes, Balzac ve Fielding'den Paul de Kock'a ve vicdanında Monte Kristo Kontu'nu taşıyan baba Dumas'ya kadar inerdi."

Alman edebiyatı, Yunanca aslında Aeskhilus, Fransız ve İngiliz edebiyatı, Rusça aslında Rus devrimci demokrat yazın. "Kendi bilimsel eseri nasıl bütün bir dönemi yansıtıyorsa, edebiyatta da dönemlerini yansıtan eserleri severdi" diyor yine Mehring. Aydınlanma Çağı'nın çocuğuydu Marks. Bir entelektüel deha, bir kitap tutkunu olması doğaldır. Şimdi aklın kayıt altına alınmaya çalışıldığı bir dönemden geçerken, "edebiyat neye yarar ki" diye soranlar çıkabilir. En azından akıl tutulmasının panzehiri olduğu söylenebilir. Dünya bir büyük show'a-gösteriye dönüşürken, aklın kurtuluşunun yollarından biri de yazılı kültürlerdir çünkü.

Sosyalizm ve Hasat

İkinci Dünya Savaşı'nı anlatan bir belgeseli anımsıyorum. Stalingrad savunmasından sonra Almanları önlerine katan Sovyetlerin iki ordusunun buluşmasını gösteren muhteşem bir sahne vardı. Kızılordu askerleri karların ortasında birbirlerine doğru koşuyorlardı. Bu, inancın zaferiydi. Herkes Hitler ordularının komünistleri dize getirmesini beklerken, Stalingrad'da bir adım gerilemeyen kızıllar, nihayet Almanları püskürtmüşlerdi. Derinlerden bir ses Konstantin Simonov'un güzelim şiir "Bekle Beni"yi okuyordu: "Geleceğim bekle beni/ Bütün gücünle bekle/ Soğuk akıntılarla ağırlaşan/ Yağmurlar içinde bekle beni/ Karlar tozarken bekle" O an Simonov'un 1941 yılında yazdığı bu şiirin ne demek istediğini ilk kez çok canlı bir biçimde anladığımı hissettim. Ne zaman Sovyet direnişini anımsasam o şiir de aklımın orta yerinde oldu hep.

Ceylan Yayınevi'nce yayımlanan Alyoşa'nın Bayırı adlı Sovyet romanının ilk sayfalarını okuyunca yine o şiir takıldı aklıma. Savaşta öldüğü sanılan kolhozcu Vasilliy Bortnikov, iki yıl sonra evine döndüğünde yatağında bir başka adam bulur. Karısı yeniden evlenmiştir. Ne diyordu şiir: "Bekle beni geleceğim/ İyilik dileme bizi unutmak/ Unutmak gerektiğini düşünenlere/ Eğilme önlerinde bekle/ Bırak anamı/ Çocuğumuzu bırak/ Öldüğümü sansınlar benim/ Bırak beni beklemekten usanmış bütün dostlarım toplansın/ Evde ocağın çevresinde/ Şarap içsinler birlikte/ O acı şaraptan/ Acı/ Anılar gibi acı/ İçme sakın o şaraptan/ Beni bekle." Avdotya; iyi, sade, çalışkan ve güvenilir kadın, beklememiştir Vasilliy'i. Yıl 1946'dır. Savaşta 20 milyon Sovyet yurttaşı ölmüş, üretici güçler ve üretim araçları tahrip olmuştur. Vasilliy'in üyesi olduğu 1 Mayıs Kolhozu da savaştan payını almıştır.

İşte Galina Nikolaeva, romanında bu kolhozu ve aslında Sovyet halkının savaştan sonra yaşamı yeniden örgütlemek için yürüttüğü mücadeleyi anlatıyor. Kitabın editörünün dediği gibi: "Üretim, dolaşım, parti örgütlenmesi, parti ve aile yaşamı; her şey savaştan olumsuz yönde etkilenmiş, üretim gerilemiş, aileler parçalanmış, kalifiye işgücü azalmış, partinin en yetkin kadroları, en seçkin komünistler savaşta yitirilmiştir. Üstelik emperyalistlerin yeni 'Soğuk savaş'ının baskısı da başlamıştır."

1946 yılında Churchill ünlü "Demir Perde" konuşmasını yapıyor. Bu, soğuk savaşın başlaması demek aslında. 1947 yılında Truman Doktrini ilan ediliyor. Türkiye ve Yunanistan emperyalistlerin ileri karakolu rolünü üstleniyor. Marshall planı yürürlüğe sokuluyor. Marshall planı ile Batı Avrupa'nın ekonomik olarak güçlenmesi, komünist tehdide karşı durması öngörülüyor. Sovyet sosyalizminin daha fazla yayılmasını durdurmak, Sovyetler Birliği'ni 'kuşatmak' ve Sovyetlere karşı topyekün mücadele hedefleniyor. Antikomünist histeri başlıyor.

Sovyetler Birliği'nde neler olduğunu ise Marcuse şöyle yazıyor: "Stalinist cevap, genellikle Jdanov'un adına bağlanan 'iki kamp' doktrini ve 1947-'48 yıllarının agresif stratejisi oldu." 1946'dan '48'e Jdanov'un zamanıdır. Jdanov, Leningrad savunmasının kahramanı ve bir parti örgütçüsüdür. Ölümünden önce partinin ikinci adamı olduğu söyleniyor. Yalçın Küçük, "Jdanovism, Jdanovisme veya Rusçası ile Jdanovşina, teori ve sanatta Batı değer ve yargılarından arınmayı ve parti görüşüne bağlılığı anlatıyor" diye yazıyor. Ve devam ediyor: "Jdanovşina, çok basit olarak ifade edilecek olursa, şudur: Kültür Devrimi. Jdanov, ikinci savaş boyunca, Amerika Birleşik Devletleri ile ittifak ve birlikte savaşmanın bazı sonuçları olduğuna inanıyor; bu en çok aydınlar üzerinde etkili oluyor. Aydınlar arasında, 'Çağdaş burjuva Batı kültürüne tapınırcasına övgü' yarışı görülüyor ve Jdanov, bunların kökünü kazımayı üstüne alıyor." Jdanov, gençliğin Bolşevik ülküleri doğrultusunda siyasal eğitimine önem veriyor. Tarımda kapitalist kalıntıların hala temizlenemediğine dikkat çekiyor. "...Jdanov'un çözülmenin nereden başlayacağını gördüğüne kuşku duymamak gerekiyor; küçük meta üretimi ve aydınların Batı ve burjuva değerleri hayranlığı Jdanov hareketinin temel kaygıları oluyorlar."

İşte Galina Nikolaeva'nın kitabı, partinin bu ideolojik netleşme ve küçük meta ekonomisine karşı mücadele dönemini konu ediyor. Vasilliy'in 1 Mayıs Kolhozu'nda, kolhozun babası olarak kabul edilen Aleksey Lukiç öldürülmüştür, parti örgütü dağılmış, kolektif ruh kaybolmuştur. Küçük üreticilik yeniden gündemleşmektedir. Vasilly, karısına sormadan yeni eş traktörcü Stephan'ı kovuyor, karısına ve kolhoza "el koyuyor". Yeniden savaşıma koyuluyor.

Bütün bu görünüme rağmen bu romanın kahramanı kadınlardır aslında. Mühendis Valentina, Vasilliy'in karısı Avdotya, öğretmen Lena, Vasillisa; yiğit ve yaratıcı kadınlardır hepsi. Kolhoz yeniden örgütlenir, eski düşüncelerin yeniden kökleşmesinin önüne geçilir. Yeniye ve ileriye doğru bir yürüyüş başlatılır.

Ben kitabı okurken iki veriyi gözönünde bulundurduğumu

söylemek istiyorum. Stalin'in "Son Yazıları"nda dile getirdiği Sovyetler Birliği'nde artık komünizme geçildiği yolundaki saptama ve 1956 yılında yapılan II. Kongre. Romanda ideal partililer ve ideal ilişkiler, büyük bir feda ruhu var kuşkusuz. İlçe Parti Sekreteri Andrey, karısından yedi yıldır ayrı olmasına rağmen Valentina'yı hiç tereddüte düşmeden partinin ihtiyaç duyduğu alana yolluyor. İnsanlar, partinin ve halkın çıkarı sözkonusu olduğunda babalarını, kardeşlerini, kocalarını hiçe sayabiliyorlar. Vasilliy babasını teşhir ediyor, delişmem Froşya, yeni evlendiği eşini. Ancak bunlardan başka ilişkilerden çıkarmak zorunda olduklarımız var. Kadın ve erkek ilişkilerinde devrimden 30 yıl sonra büyük bir değişiklik olmadığını görüyoruz. Roller aynı; kadın, ev kadını, eş ve annedir. Anneler çocukları dövüyor. Komünist erkek, kadına yazgısı hakkında karar verirken danışmıyor, yemeğini önüne istiyor, karısının kolhozda bile olsa çalışmasını istemiyor, genç gelin eziliyor. Savaş, ehliyetsiz tiplerin parti içinde yükselmesine neden oluyor. Bunun böyle olduğunu arkadaşlarının "Andrey'e-Petroviç"e takılmalarından çıkarabiliyoruz: "Birinciler arasında bulunman kolay; seni kara toprak yükseltiyor" diyorlar. Kitlelerle parti arasındaki mesafe tümüyle kapanmamış. 1 Mayıs Kolhozu'nda üç komünist savaşta ölüyor ve parti örgütü kalmıyor. İlçelerden köylere "partili" yollanıyor. Bir hücre üç kişiden oluşuyor, ama Vasilliy'den başka partili yok, kolhozda.

Sosyalistçe çalışma zihniyeti oluşmamış, çalışma bir gaile olarak görülüyor. Hala bir ihtiyaç değil, zorunluluk. Kırla kent arasında muazzam farklılıklar var. "Şikayet" mekanizması işliyor. Planı gerçekleştirmek ve üretim her şeyin üstünde. Kolhoz başkanı, yetişme ve geçme sözü veriyor: "Ya sözümü yerine getiririm ya ölürüm." İhtiyar kolhozcu Pimen Yasnev, kolhozun savaş yüzünden tahrip olduğunu söylüyor. "Önümüzde tek görev vardı: Buğday, buğday, buğday. Vatan için buğday, ordu için buğday!" diyor. "Her şeye gücümüz yetmedi ve en önemlisi, böyle ağır bir zamanda kötü bir kolhoz başkanına düştük." Vasilliy haklı olarak "Niye savaştan söz edip duruyorsunuz canım" diye yanıtlıyor onları, "Yoksa sen Pötr Matveiç ve sen Pimen İvanoviç, kolhozumuzun sahipleri değil misiniz?" Herkesin hem ressam hem de balıkçı olabileceği o sınıfsız düzene varabilmek için başkanlara, öncülere gereksinim kalmaması doğrultusunda olmalıdır ilerleme. İnisiyatif ve yaratıcılık gelişmelidir. Ama savaş arasında küçük üretici zihniyetin geliştiği görülüyor. "Şimdiden iyi para kazanıldığından kolhozcular sık sık kolhoz işlerini aksatarak ormana gidiyor, körpe ıhlamur fidanlarını kesiyor, kabuğunu soyarak ıhlamuru suya batırıyor ve liflerden sicim örüyorlardı" diye yazıyor romanda. Pazarda mal satma, kolhoz içinde bile yeni bir "orta köylü" statüsü geliştiriyor. Stepenida bu girişimci köylünün örneği romanda.

Özellikle işin örgütlenmesi ve yürütülmesi konusunda hantallık örnekleri, sarhoşluğun 1987'lerde olduğu gibi, 47'lerde de sorun olduğunu gösteren ipuçları var kitapta. Parti içinde sonradan egemen hale gelecek "aparaçik" tavrı burada da kendini gösteriyor. İlçeden bir parti yöneticisi geliyor: Travnitski. Romandan anlatılan hal, tavır ve tarz Travnitski'nin halka yabancı biri olduğunu anlamamızı sağlıyor. Yoksul kolhozdan üç kuzu istiyor rüşvet olarak. Başkan tarafından kovulunca da tehditler savuruyor. Tehdidini gerçekleştiriyor da. Aydınlar ve halk arasında hala belirgin çelişkiler var. Teknisyenlerin ayrıcalıklı bir kast oluşturabilecekleri yolunda bir eğilimi sezmek olanaklı. Kendilerini çok önemsiyorlar. Kitle de onları ayrıcalıklı öngörüyor; "Farklılar". Devrimden tam 30 yıl sonra iyi yönetici-kötü yönetici, iyi partili-kötü partili tavrı, ilerlemenin yönelimini etkiliyorsa durup düşünmek gerekli. Otuz yıl sonra sosyalizmin içselleştirilmesi beklenir. Bu konumda sınıfsızlığa doğru ve giderek elbette devletsizliğe nasıl yürünecektir? Romanda 1 Mayıs Kolhozu'nun hedefi en kötüler arasından çıkmak ve en iyilere yetişmek, plana uymak olarak konuyor. Hedefle insan arasındaki bağı düşünmeden edemiyor kişi.

Ama sorunun özünün ne olduğunun farkında olanlar var. Kolhoz Parti Sekreteri Valentina bunlardan biri. Valentina ve yeğeni genç Alyoşa, yeni insan tipinin ön örnekleri. Özel yaşamlarıyla partili yaşamları aynı sadelikte. Alyoşa, çavdar yetiştirmeye öncülük ederken ölüyor. Yaşamın en ince ayrıntısını örgütlüyor, inisiyatif sahibi. "Beş yıllık planlarla yüz yıl ilerisini planlamışsın" diyor arkadaşı Pötr ona.

Kitapta, "Paha Biçilmeyecek Kadar Değerli" adlı bölümde bir parti hücresinin toplantısı anlatılıyor. Bence en dikkate değer bölümlerden biri. Valentina, Buyanov ve Vasilliy'den oluşan kolektifin nasıl işlediğini gösteriyor. Nasıl çalışmak gerektiği konusunda örnek oluyor. Üç hata yapabilen insan, eleştirel bir yaklaşımla en iyi çalışma yöntemlerini üretebiliyorlar. Valentina, Vasilliy'e zor yerine nasıl iknayı seçmesi gerektiği konusunu anlatıyor. "Senin en büyük yanlışın, neşesiz, fazla sert çalışmandır" diyor ona: "Hüzünlü halin neden ileri geliyor? Çevrendeki insanlara inancını kaybetmenden ileri geliyor" diye ilave ediyor. Sorunları çözümleyememesini buyrukçu tarzına bağlıyor. "Sen ya yönetim binasında oturuyor, ya uyarılar yazıyor, ya da en kötüsü, ev ev dolaşıp halkı işe 'kaldırıyorsun'. Kolhozcularla birlikte tarlaya ve ormana sık sık gittiğin var mı?" diye soruyor. Gençliğini hatırlatıyor. "Madem parti toplantısının kararı bu, yapılacak şey yok. Gençleşmem gerekiyor" sonucuna varıyor Vasilliy de.

Üretim planı dışında ekilmiş olan keteni işlemek için buldukları yol, sosyalist çalışma yöntemi konusunu gündeme getiriyor.

Lenin ölmeden "sosyalist subbotnikleri" ekonomideki tek komünist yan olarak değerlendirmişti. Valentina, ketenin mutlaka ortak işlenmesini örgütlemek gerektiğini söylüyor. Ketenin kapalı bir yerde neşe ile şarkılar söyleyerek ve gönüllü olarak işlenmesi gerektiğini savunuyor. Valentina sosyalizmi biliyor ve istiyor. Buradan Galina Nikolaeva'nın da sosyalizmi bildiği ve istediği sonucunu çıkarıyorum. "Bunun çok önemli bir önlem olduğunu nasıl oluyor da anlamıyorsun Vasilliy Kuzmiç? İşin birlikte, neşeli ve hoş olması için her şeyi yapmak lazım. İnsanlarda birlikte çalışma arzusunu yeniden uyarmalıyız. Bu keten işini, böyle örgütleyebilirsek, büyük başarı elde etmiş oluruz. Eğer yapamazsak her şey boşa gider" dedirtiyor Valentina'ya. İş çok güzel örgütleniyor, "Valentina ile ben, bir tek omuzluğun iki kovasına veya bir dingilin iki tekerleğine benziyoruz; biri olmayınca ötekiyle gidilemez, ikisiyle ise kilometrelerce yol alınabilir" diye düşünerek Valentina'ya yaklaşıyor işin sonunda Vasilliy, kocaman sıcak avcunu minnetle onun omuzlarına koyuyor. "Sanki, biraz temiz hava aldık... hem de bugün 500 ruble kadar kazanacağız" diyor. "Binden fazla çıkaracağız Vasilliy Kuzmiç. Sen kolhozcuların 'biz', 'bizde', 'bize' diye konuştuklarını bir dinle hele. Bu sözler bizim için binlerce rubleden değerli" diye yanıtlıyor Valentina onu.

Roman 1948 yılında bitiyor. Kolhozda parti örgütü gelişiyor. Tarımda kolektif çalışma ve makinalaşma artıyor. Vasilliy, ilçe sekreteri Andrey için, "Bazen insanlara aldırmadığını, hedefine varmak için her şeyi ezmeye hazır, bir tank gibi hareket ettiğini sanıyorsun. Ama biraz derinden içine baktın mı, herkesi hatırladığını ve insanın başına bir felaket çöktü mü, bana olduğu gibi, herkese de yardıma hazır olduğunu anlıyorsun. Plana dair söyledikleri ise biraz abartılı ama işe yarayacak" diye düşünüyor. Bu, aslında halkın partiye bakışını yansıtıyor. Romanın sonunda;

"Vasilliy şimdiye kadar yaptıklarını içindeki güç ve olanakla karşılaştırdıkça onları çok az buluyor, sürekli daha fazla yapmak hırsı içinde yaşıyordu" diye yazıyor. Karısı ile arası düzelmiştir, kolhozdakilerin bireysel yaşamları daha iyileşmiş ve hayat standartları yükselmiştir. Yine de roman bir üretimi artırma sözü ile bitiyor. Okuyucu, insana ilişkin iyileştirmelerin öne çıkmasını bekliyor. İnsanın başarısını ya da başarısızlığını plan hedefleri belirliyor. Üretimle yaşama sevincini birleştirebilen yeni bir kuşak yetiştiği okunanlardan seziliyor. Ancak bu kadar.

1948 yılında edebiyatta, felsefede ve toplum bilimlerinde partizanlık ilkesinin tutkulu savunucusu Jdanov ölüyor. Büyük olasılıkla öldürülüyor. Jdanov'un ölümüyle birlikte, Leningrad olayı patlak veriyor. Bu, yeni bir başlangıçtır. Stalin'in ölümüne beş, antistalinist 20. Kongre'ye ise sekiz yıl vardır. Romanda Vasilliy, ilçe komitesinden Travnitski için şöyle düşünüyor: "Herif kolhoz kuzularını istiyor. Böylelerini çok gördük. Başına bir kürk giymiş, kendini buraların çarı ve yaratanı sanıyor." Adam yoksul kolhozun üç kuzusunu istiyor ve kolhoz başkanı; böylelerini çok gördük, diye düşünüyor. Galina Nikolaeva, romanını 1949'da yazıyor. Kitap 1950'de Stalin Ödülü kazanıyor. Bu nedenle bizim okuyucumuz eleştirel olmak zorundadır.

Editörün de dediği gibi, özveriyle yürütülen büyük yaşamın kuruluş mücadelesinin ve bu mücadeleyi sürdüren insanların bireysel trajedilerinin öyküsü var kitapta. İnsanlar değişiyorlar. Mücadele ev kadını Avdotya'yı bir komünist, delişmen Efronsiya'yı, serkeş Pötr'ü birer genç öncü yapıyor. Çalışmayı bir eğlenceye dönüştüren bir iş ahlakı ortaya çıkıyor. Ama kapitalist ilişkileri üreten "ödüllendirme" mekanizması işliyor. Ucunda "ödül" olunca tüm yarışlar sosyalistçe olmaktan çıkıyor. Romanın bitimine birkaç sayfa kala, kocasıyla birlikte gezintiden dönen Avdotya, ilçe parti sekreterini kolhozda iş yaparken görüyor ve şaşırıyor. "İlçe komitesi sekreterinin kapının üst tahtasını çakması Avdotya'nın tuhafına gitti" diye yazıyor. Peki niye tuhafına gidiyor? 1 Mayıs Kolhozu'nda kuruluştan otuz yıl sonra, sosyalistçe ilişkiler filiz veriyor. Savaşı, savaşın hem partide hem de üretim güçlerinde yaptığı tahribatı gözönüne almak, ama bunları da sorgulamak gerekiyor. Vasilliy'in Travnitski'yi yaka paça kolhozdan atmasının üstünden çok zaman geçmeden Travnitski gibilerin günü geliyor. Peki o kötü ünlü 20. Kongre sonrasında kitlelerin inadı ve itirazı nereye gidiyor?

Galina Nikolaeva'nın kitabı Bulgaristan baskısında: "Hasat", savaş sonrası Sovyet edebiyatında kolhoz konusunda yazılan önemli yapıtlardan biridir. Roman, Sovyet kolhozcularını savaştan sonra uğraştıran birçok sorunu ele alıyor. Bu sorunların başlıcaları şunlardır: "Miçurin bilimsel yöntemlerinin kolhozlarda pratik şekilde uygulanması, modern sosyalist tekniğin üstünlüğü, kolhozların iyileştirmesi vs." Bu bir bakış açısını yansıtıyor. İnsanın değil, planın başarısı üstüne kurulmuş bir bakış açısını... Romanın, insanın ve sosyalist ilişkilerin geliştirilmesi üstüne yazıldığını düşünmek gerekiyor. Kitap yeniden özel mülkiyet düzenine dönen bir sosyalizmin yaşanmış deneyleri üstüne bir kez daha düşünmemize neden oluyor. Yeni bir sosyalist "Hasat" yenilgilerden öğrenmeden gerçekleşemeyecektir. Yeni mücadelelerin ve yeni hasatların başarısı, eleştirel bir öğrenme sürecini zorunlu kılıyor. Hasat'ı bu durumu gözeterek okumak gerekiyor.

Hasat ve Yeni İnsan

Dayanışma gazetisinin 63'üncü sayısında "Hasat" romanını editörü Mukkades Çelik'le yapılan bir söyleşi yayınlandı. Söyleşide kitabı tanıtırken: "bu kitap bir kolhozu anlatıyor" diyor M. Çelik, "kolhoz, 2. Dünya Savaşı yıllarında yıkıma uğramış, en iyi yöneticiler savaşta ölmüş ve üretim hedefleri düşmüş. Hedeflerin düşmesi bir yana, geçimini sağlayamaz hale gelmiş. Üstelik eski dünyaya ait tüm kalıntılar bu boşlukta yeniden yeşerme olanağı bulmuş. Geçim sıkıntısı çeken köylüler yeniden, hızla bireysel kazanç getirecek işlere dönüyorlar. Aile ilişkileri sarsılıyor insanlar arasında. Sovyet değer yargılarına göre kurulan yaşam bozuluyor." Kanımca iyi bir özet bu. Üretim hedefleriyle ayrılmaz biçimde bağlı bir yeniden inşa romanı çünkü *Hasat*.

Romanı kuruluşun unsurların görebilmek açısından olduğu kadar çözülüşünün ipuçlarını yakalayabilmek amacıyla da okumak mümkün. "Proletarya Diktatörlüğü Döneminde Ekonomi ve Politika" başlıklı çalışmasında: "Sosyalizm, sınıfların ortadan kaldırılması demektir" diyor Lenin, "sınıfların ortadan kaldırıbalimek için ilk büyük toprak sahiplerinin ve kapitalistleri alaşağı etmek zorunludur. Görevimizin bir kısmı yerine geterilmiştir, ama bu görevimizin yalnızca bir kısmıdır, üstelik zor olan kısmı da değildir. Sınıfları ortadan kaldırmak için gerekli olan ikinci şey, fabrika işçisiyle köylü arasındaki farkı ortadan kaldırmak, hepsini işçi yapmaktır. Bu bir çırpıda yapılamaz. Bu ilkine nazaran çok daha çetin bir görevdir ve ister istemez uzun zaman alacaktır. Bu, bir sınıfın devrilmesiyle çözülülecek bir sorun değildir. Ancak tüm sosyal ekonomiyi yeniden örgütleyerek, bireysel, dağınık, küçük meta üretiminden büyük ölçekli sosyal üretime geçerek çözülebilir. Bu geçiş dönemi zorunlu olarak çok uzun sürecektir. Acele ve sıkıntısız yasama ve yönetim önlemleri bu geçişi ancak geciktirir ve köstekler. Onu hızlandırmanın tek yolu, köylüye yardım sağlayarak tüm tarım tekniğini baştanbaşa ve yeni bir biçimde yeniden düzenlemeyi güvence altına almaktan geçer." Roman, bu Leninist yöntemin uygulandığını gösteriyor. Tarımda kolektivizasyon gelişmiş, teknik istasyonlar kurulmuş, devlet çiftlikleri faaliyete geçirmiştir. Ama hala küçük üreticilerin var olduğunu, romanın sonunda onların da kolhoza dahil olmak istemelerinden anlıyoruz. Pazar mevcut, üretim araçları kolektif mülkiyet altında oldukça belirleyici değil elbet. Ancak küçük meta ekonomisi tümüyle yok edilememiş. Keten lifinden urgan yapıp satan köylüler, kolhoz başkanı Bortnikov'un üvey annesi ya da delişmen kız Efrosinya'nın annesi gibi kadınlar "sınıfsallaşmanın" unsurları olarak ayırd ediliyorlar.

Lenin "Sol komünizm" adlı broşürünün, "Bolşeviklerin Başarısının Temel Koşullarından Biri" başlıklı bölümünde şöyle diyor: "Proletarya diktatörlüğü, yeni sınıfın, daha güçlü düşmana karşı (tek bir ülkede de olsa) yıkılışla direnişi on kat artan ve gücü sadece uluslararası sermayenin gücünden burjuvazinin uluslararası ilişkilerinin güç ve sağlamlığından değil, aynı zamanda alışkanlığın gücünden, küçük işletmenin gücünden da kaynaklanan burjuvaziye karşı en amansız, en acımasız savaşıdır. Çünkü küçük işletme dünyada hala ne yazık ki çok fazla var; küçük işletme ise durmaksızın, her gün her saat, kendiliğinden ve büyük hacimde kapitalizmi ve burjuvaziyi üretir. Bütün bu nedenlerden ötürü proletarya diktatörlüğü zorunludur ve burjuvazi üzerinden zafer, uzun süreli, inatçı, amansız bir ölüm kalım savaşı olmadan imkansızdır." Burada küçük işletmenin gücü uluslararası ilişkilerden gelmiyor yalnızca, alışkanlığın gücünden ve direngenliğinden geliyor. 1 Mayıs kolhozu yalnız kapitalizmi değil, bir zihniyeti de üretiyor.

Kolhozda, yaşayan tek bir komünist kalmış; Bortnikov. Parti hücresi dışardan iki insanla tamamlanıyor, parti ruhu hemen hemen yaşamıyor. Ve devrimin üstünden otuz yıl geçmiş! Kitap "Paha Biçilmeyecek Kadar Değerli" adlı bölümünde bir parti kolektifinin nasıl işlediğini çok güzel anlatıyor. Yanılabilir ve hatalı insanlar, eleştirinin dönüştürücü gücünden yararlanarak ve kolektif aklı kullanarak en doğruyu bulabiliyorlar. Bu güzel. Ancak parti örgütünün temel hedefi, plana yetişmek ve geçmek. Burada insanı dönüştürmek konusundaki eksiklikleri görmek gerekiyor. Dikkat edilirse parti ile kitle arasındaki gerilim sezilebilir. Anderey'i herkes sayıyor, güveniyor da, ama sevgi? Korku demeyelim, çekinme ve ürkme gözle görülür biçimde. Andrey, kolhoz kapısını tamir ettiğinde Avdotya şaşırıyor. Yanlışlıkla bir yaban hayvanı vuran genç komsomol adayının uykuları kaçıyor. Bu inatçı ve amansız savaşta parti en temel silah, o zaaf gösterdiğinde işler aksıyor. Bu durumda sosyalizmin kitleye içselleştirilmesi ve yeni bir yaşama alışkanlığının geliştirilmesi sorunu ön plana çıkıyor.

Parti kolektif yaşamı ön plana çıkarmaya başladığında işler değişiyor, insanlar yeni bir çalışma ve yaşama ahlakı edinmeye başlıyorlar. Sorun şurada yatıyor kanımca; devrimden otuz yıl sonra Sovyet kırında sosyalist çalışma ve yaşama ahlakının gelişmiş olması gerekirdi. Ama gelişmemiş. Bu da bizi, restorasyonun ipuçlarından birine götürüyor. Küçük meta ekonomisinin varlığı ve yeni bir yaşama ahlakının yerleştirilmemiş olması geri dönüşün dayanıklarından biri oluyor. Bortnikov komünist, kolhozuna, partisine ve halkına bağlı. İyi de ne kadar komünist? Gündelik hayatın içinde ahlaklı bir küçük köylü gibi. Kadına bakışı dar, yoldaşlarına bakışı sekter. Buyanov komünist, ama halkın yaşamını küçümseyen bir teknokrat-aydın görünümünde.

Tarımın kolektivizasyonu gerçekleştirilmiş ama düşüncelerin, yaşama alışkanlıklarının kolektivizasyonundan söz etmek mümkün değil. Küçük meta ekonomisti bireyciliği üretiyor. Bireycilik, yarışma ve ödül mekanizmalarıyla pratik olarak desteklenmiş oluyor. Maddi özendirmeninin eşitlik ilkesinin nasıl zedelediğinin örneklerini kitapta görmek mümkün. Eşitsizlik, sosyalist insanın ve sosyalist ahlakın gelişimini engelliyor. Karşılıksız çalışma sosyalizmin özüdür. Partili genç Velentina bunu görenlerden, karşılıksız çalışmanın yeni bir çalışma ahlakının temeli olduğunu kavratmak için ketenin ortak işletilmesini örgütlüyor.

Ancak kitapta az sayıda "yeni insan" örneği var. Sekreter Andrey iyi bir komünist, adil bir yönetici. Avdotya'ya: "Kişisel mutluluk Avdotya Tihonova, tıpkı işte olduğu gibi kendiliğinden gelmiyor. Onu da yaratmak lazım" derken, üretimin olduğu kadar yaşama tarzlarının da örgütlenmesi gerektiğini bilen biri gibi konuşuyor. Ama yine de kitaptaki yeni insan örnekleri genç Alyoşa ve partili Valentina. Karşılıksız verebilen, yeni ve yaratıcı insanı temsil ediyor ikisi de. Alyoşa, kişisel mutluluğuyla toplumsal mutluluğu arasındaki farklılıkları ortadan kaldırarak daha özgül bir örnek oluyor. Çavdar ekiminde öncülük, yani işi Alyoşa'nın yaşama sevinci de oluyor. Ama genel olarak çalışma hala bir gaile olarak görülüyor, bir ihtiyaç değil. Kentli komünist-teknokrat Buyanov, kolhozda bir "yabancı"dır. Kolhozcular, ona ve karısına kibirli tavırları ve hep soba dibinde oturmaları yüzünden "soba dibi prensleri" adını takmıştır. Sovyet kırsalında devrimden otuz yıl sonra yeni insanın ve yeni kültürün örnekleri ve temeli var ancak. Sosyalizm, eşitlikçi ve ortakça bir düzendir, diyor ki Lenin: "Komünizm öyle bir sistemin adıdır ki, bu sistemde insanlar görevlerini yerine getirmek için özel bir zorlama aygıtına gereksinmezler, bunu gönüllü olarak yapmayı bir alışkanlık haline getirirler ve kamu yararı için ücretsiz çalışmak yaygın bir olay halini alır." Bu sözler "komünizmi" anlatmak için safedilmiştir ve amaç komünist subbotnikleri tanımlamaktır. "Aslında gerçek komünizm yalnızca bu küçük olayda belirmeye başlamıştır" der, gönüllü ve ücretsiz Cumartesi çalışmalar için Lenin. Bu anlamda 1 Mayıs kolhozundaki tek komünist olay da "Gönüllü keten işleme" olayıdır. Ücretsiz emek ve toplum için karışılıksız çalışma... Komünist olan budur. Yeni bir insan tipini geliştirecek olan da budur.

Yeni insan sorunu, Ekim sonrası en çok tartışılan konulardan biridir. Ekim Devrimi sırasında beklemek ve eldekilerle devam etmek kavgası biçimini almıştır. Lenin ikinci yolu seçmiş ve yeni düzeni eldekilerle kurmaya çılışmıştır. Kapitalist uzmanların kullanımı bu tartışmaların merkezi haline gelmiştir çoğu kez. Lenin "Sovyet Hükümetinin Başarıları ve Zorlukları" başlıklı yazısının büyük bir kısımını bu soruna ayırmıştır. Tartışması, "proletcult'cülerle, yani parti içindeki önemli bir politik eğilimlidir. Tartışma yeni değildir. 1905 yenilgisinden sonra felsefede "Tanrı arayacılığı", politikada "otsovizm" olarak beliren eğilimle, Lenin arasında sürdürülen mücadelenin devamıdır".

Lenin, yeniyi eskinin bağrından çıkarmak gerektiğinin bilincindedir. Rus devriminin koşulları bunu gerektirmektedir. "Eski ütopik sosyalistler sosyalizmin yeni tip insanlarla kurulabileceğini hayal ediyorlardı, önce iyi, saf ve çok iyi eğitilmiş insanlar yetiştirilecek, sonra da bunlar sosyalizmi kuracaklardı. Biz buna her zaman gülüp geçtik ve bunun oyun oyanmak olduğunu, ciddi politika değil, küçük hanımların vakit geçirmeleri için bir sosyalizm olduğunu söyledik." Sosyalizmin kapitalizm altında yetişmiş işçi ve köylülerle kurulması gerekiyordu, bu açık. Bu insanlar "soy ya da soyul", "kölesi sahibi ya da köle ol" zihniyeti ile yetişmişlerdi. Öte yandan: "Ekonomiye gelince tüm tarım uzmanları, mühendisler ve okul öğretmenleri varlıklı sınıflardan gelmeydi." Komünist toplum, kapitalizmden devralınan bu malzemeyle kurulacaktı. "Bilim ve teknoloji ancak zenginler için, varlıklı sınıf için vardır; kapitalizm ancak azınlığa kültür götürür. Sosyalizmi bizim bu kütlür içinde kurmamız gerekiyor, başka malzememiz yok" diyordu Lenin ve haklıydı. Sovyet hükümetinin elinde sadece burjuva uzmanlardan oluşan bir malzeme vardı. Kapitalizmin kendisi gibi, kendi iç çelişmeleri ve tehlikeleri olan bir görevdi başarılması gereken. Bu yeni ve zor yolda yüründü.

"Kapitalizmin arkada bıraktığı bütün kültürü ele alıp, sosyalizmi bu kültürle kurmamız gerekiyor, kapitalizmden kendi bütün bilimini, teknoloji, bilgi ve sanatını almalıyız. Bunlar olmaksızın komüninst toplumu kuramayız. Ne var ki, bu bilim, teknoloji ve sanat da uzmanların elinde ve beyninde yatıyor" saptamasını yapıyordu Lenin. Pratiğin dayattığı bu sorunlar nedeniyledir ki kültürü yaygınlaştırmak düşüncesi yeni bir kültür yaratma düşüncesinin önüne geçmiş, oldu. Lenin bu görevin zorluluğunun farkındaydı: "Tekrar ediyorum zafere ulaşmış proleter devrim ile bugüne kadar ancak birkaç kişiye açık tutulmuş burjuva kültürü, burjuva bilim ve teknolojisini birleştirebilme işi, zor bir iştir. Burada her şey, işçi sınıfının ileri kesimlerini örgütlenmesine ve disipline bağlıdır" (Lenin). Parti, kendiliğindenliğin anti-tezidir. Parti, ideolojik netliğini ve disiplini kaybettiği ölçüde burjuva uzmanların ve aydın kesiminin bir bölümünün kapitalizmin unsurları haline geleceği açıktır. "Emekçi kitleleri peşinde sürükleme gücüne sahip örgüt" inandırıcılığını yitirdikçe, kırdan başlayarak, sosyalizm davası çıkmaza girdi. 17 Nisan 1919'daki konuşmasıyla bunun olabileceğinin uyarısını yapıyordu Lenin.

Emek üretkenliğini arttırmak, yeni üretim hedeflerini gerçekleştirmek, ama aynı zamada yeni düzeni kafalarda içselleştirmek gerekiyordu. Sovyet emekçi sınıfı kendi düzenine tümüyle sahip çıkacak bilinç düzeyine çıkarılmış/çıkabilmiş olsaydı, savaş bittiğinde Bortnikov kolhozunu öyle yıkık dökük bulmazdı. Bortnikov'un partisi yine de 20 milyon ölüye rağmen kitleleri yeniden inşa için harekete geçirmeyi başardı. Ama burada öne çıkan "anavatan savunması" oldu. Yaşanan deneyler ve yenilgi, yeni insan ve yeni kültür sorununun yaşamsallığını gösteriyor bize. Kuruluş coşkusunu anlamak elbette önemli. Ama yaşamı kolektivize etmedeki eksikler, üstünde düşünmeyi en az coşkuyu aksettirmek denli hakkediyor. Eşitlik, ortak mülkiyet, yeni bir çalışma ve yaşama ahlakı, yeni bir gündelik hayat tarzı yaratmak üzerine düşünmek gerekiyor. Savaş toplumu genç Alyoşa'dan, Zinovyev'in nihilist "Yuri"sine bir günde gelmedi. Alyoşa'dan Yuri'ye katedilen mesafe üzerinden düşünmek, yeni bir bakış açısıyla okumayı da gerektiyiyor. Roman için: "Yeni insanlar yalnızca üretimin kolektifleşmesine katılmıyor, üretimin planlanmasına ve hayatın düzenlenmesine de kolektif katılım sağlıyorlar" diyor kitabın editörü. Katılım ve paylaşma, yaratıcılık ve inisiyatif yalnızca öncülerin değil, bütün emekçilerin yaşamı olduğunda geriye dönüşsüz dünyalar kurulabileceğini anımsamak zorundayız sanıyorum. Paylaşım, katılım, yaşama sevinciyle yüklü bir yaratcılık, eşitlikçi bir gündelik yaşam pratiği kendiliğindenliği reddeden bir örgütlü tavır alış sosyalist yeni insana giden yolun yapıtaşlarıdır. Yeninin ve yenilenmenin yolu, eleştirel bakmaktan geçmektedir.

İsimleri Şakıyan Kuşlar

"Yönetmeye hazır olanları değil, fakat boyun eğmeye daha da hazır olanları suçluyorum. –Thucydides"

"Gururlu aldırmaz kadınlar/ bekleyen ısrarlı ve/ tehdit eden kocaların/ kendi kader yüzüklerinde hapsettiği/ arzularını rüzgarın yaydığı/ yalnızlığın çılgın sevgisiyle sarhoş olan kadınlar......... Narin yapılı, tövbesiz kadınlar/ denizden kabuklar toplayan/ İrma, Aliki, Athena, Luisa/ boyun eğmeyenler, hayal kuranlar...... Reneula, Popi, Titika, Melpo/ İsimleri şakıyan kuşlar/ sabah parlaklığı ve akşam sefaları/ zalim bir tanrı onları karanlık çirkin maskelere dönüştürmüştü/ onlara kaba giysiler giydirmişti/ haki çadırlar, haki zeytin ağaçları/ haki deniz ve haki gökyüzü/ etrafta tek bir çiçek kalmamıştı/ vahşi saçlarına takacak kan kırmızı bir kurdeladan başka."

"Yunanlı" deriz, onlara "İyonyalı" anlamına gelir bu. Onlar kısaca "Elen" derler kendilerine, kardeşlerimizdirler bizim, karşı yakadaki komşularımız ağları attık mı, acılar tutarız, onlar da, biz de..

Bize benzerler, onlara benzeriz dehşetli; kavgalarımızla, tutkularımızla, tepkilerimizle, zaaflarımızla. Çoğu kez şu ünlü "kriz" günlerinde hatırlarız birbirimizi, o da eksik olmaz ya zaten. Şimdi size onlardan söz etmek istiyorum İç Savaş'ın yiğit Elen kızlarından, şarkısı şakıyan kadınlardan.

"Yoldaşlar beni sorarlarsa sana,/ Bir kurşunun beni durdurduğunu söyleme onlara" diye başlar bir Yunan partizan türküsü. Yunanlılar Avrupa'da İkinci Dünya Savaşı'nın bitiminden sonra bir sosyalist devrimin zaferi için elde silah vuruşan son ve tek halktır. Trajedileri de büyük olmuştur sırf bu yüzden.

Pek çoğumuz Thomas Kornaros'un "Fırtına Çocukları" adlı kitabıyla az çok biliriz bu mücadele içinde çelikleşmiş devrimcilerin destanını. "Eleni Fourtini" ise "Yunan İç Savaş'ında Direnen Kadınlar" adlı derlemesiyle direnmenin kadınlar cephesini anlatıyor. Direnmenin kadınlarını öğrenmek, kavgayı öğrenmektir çoğu kez.

Yunanlı kadınlar, savaşmışlar, tutsaklık koşullarında ölümüne direnmişler ve yaşananları bir daha unutulmaması için "günlük"lere dökmüşler. Bu günlüklerin önemi yalnızca işkenceleri ve akıl almaz zulmü anlatmasında değil; dikenli teller arasındaki kamplarda, bir direniş ve toplumsal örgütlenme deneyimi olmasında yatmaktadır. Kadınlar direnişleri kırılsın diye ıssız adalardaki kamplara atılmışlardı. Sarı humma ve tifüsün istila ettiği, resmen insanlara uygun olmadığı ilan edilen yerlerde ilk olarak kamp kuranlar, günlüklerden birinin yazarı Victoria Thedorau'nun da bir şiirinde anlattığı gibi ölülerini gömdüler, şarkılar söylediler, atelyeler kurdular, Cilalı Taş Devri koşullarında, kök çıkarmak için toprakları kazdılar, kamıştan müzik elde ettiler, kaplumbağadan lir yaptılar.

II. Dünya Savaşı Yunanistan'ı genelde tüm Balkan ülkelerinde olduğu gibi, faşist rejim altında yakaladı. Metaxas, Hitler ve Mussolini ile aynı idealleri paylaşmakla övünüyordu. Yunanistan 1828'de bir ayaklanma ile Osmanlı'dan bağımsızlığını almıştı. Ayaklanma bastırılmış, İngiliz desteği ile bağımsızlık kararı Osmanlılar'a onaylatılmıştı. Ülke1832'de kurulan monarşi sayesinde hem ekonomik hem siyasal olarak İngiltere'ye bağlı idi.

Ekim 1940'da Mussolini savaşın Yunan cephesini açmaya karar verdi. Bu durum üzerine Hitler, 6 Nisan 1941'de Nazi kontrolü altında bulunan Yugoslavya üzerinden, müttefiki Bulgaristan aracılığıyla Yunanistan'ı işgal etti. Yunan cephesi birkaç hafta içinde çöktü. Kral İngiltere'ye, İngiliz askerleri Orta Doğu'ya geçti. Atina 27 Nisan 1941'de işgal edildi, Mayıs sonunda Alman Hava Kuvvetleri ateşkese rağmen direnen Girit'i ele geçirdi.

Mihver Devletleri Yunanistan'da bir kukla hükümet kurdular. Kukla hükümet Güvenlik Taburları'nı oluşturdu: Almanların kontrolünde işbirlikçilerden ve Yunanlı subaylardan oluşan bir güvenlik örgütü. Zulmün hedefi "Anti-milliyetçi Hareket"lere katılanlardı. Yani başta komünistler, demokratlar ve bir biçimde işgale karşı direnişi destekleyen herkes.

"Anti-milliyetçi hareket" gerekçesiyle yapılan misillemelere rağmen direniş tüm Yunanistan'da hızla yayıldı. Onsekiz yaşındaki bir öğrencinin, Akropol'daki gamalı haçı indirerek yerine Yunan bayrağını çekmesi direnişin simgelerinden biri oldu.

İşgal, komünistlerin bir bölümünü hapishanede yakaladı. Ama dışarıda kalanlar yılmadılar. KKE (Yunanistan Komünist Partisi) kendiliğinden gelişen direnişi örgütlemeye başladı. EAM (Ulusal Kurtuluş Cephesi) ve ELAS (Ulusal Kurtuluş Ordusu) kuruldu. Yunanlı genç kızlar ve oğlanlar EPON (Birleşik Panhelenik Gençlik Örgütü) saflarında mücadeleye katıldılar.

İşgal altında ilk toplama kampları Temmuz 1941'de kuruldu, ilk gerilla mücadelesinin başlamasıyla yaklaşık aynı tarihlerde. Mihver Devletleri temcilsileri direnişi kırmak için misillemelere başladılar. Demokratları, yurtsever ve aydınları rehin aldılar. Öldürülen her Alman askerine karşılık 40 Yunanlı diziliyordu. Bulgar ve İtalyan işgal bölgelerinde yüzlerce kişi idam edildi.

Almanların yıldırma kampanyası Haydari Tevkif Merkezi'nde tutuklu bulunan ikiyüz rehinenin öyküsüyle doruğa ulaştı. Kornaros bunu "Haydari Kampı" adlı romanında anlatır. Gerillalar eylemini durdurdu. Rehinelerse bir yolla dışarıya haber iletmeyi başardılar. Eylemlerin sürmesini istiyorlardı. İdamdan önceki son geceyi bir şölene çevirdiler, türküler ve halaylarla karşıladılar ölümü.

Nisan 1942'de işgal altındaki Avrupa'nın ilk grevi Yunanistan'da örgütlendi. 22 Şubat 1942'de ise Atina'nın ünlü Syntagma Alanı'nda ilk kitle gösterisi düzenlendi.

Yunan halkı Hitler'in Berlin'de ilan ettiği ve 16-65 yaş arasındaki tüm Yunanlıları zorunlu çalışmaya mecbur eden "Emek Seferberliği" kararını tanımadılar. Gösteri kanla bastırıldı ama direnişi bitiremediler. Yunanlılar, köle işgücü olmamakta kararlıydılar.

Almanlar 12 Ekim 1944'te Atina'yı boşalttılar, yenilmişlerdi. Ama zafer törenlerinde gerillalar yoktu. Yalta Konferansı toplanmış ve Balkanlar'la ilgili kararlar alınmıştı. Tarihin en trajik dönemlerinden birine girilmişti, soğuk savaş dönemi başlıyordu ve uzlaşmalar yapılmıştı. Stalin, ELAS liderlerine uzlaşma öğütledi. Karara uydular. ELAS kendi kuvvetlerini İngiliz General Scobie'nin emrine vermeyi kabul etti. Sol, müttefiklerle işbirliği yapma konusunda bütün İkinci Dünya Savaşı boyunca istekli davranmıştır.

Yeni Yunan hükümetinin lideri George Papandreou idi. EAH'dan da üyeler bulunmasına rağmen, İngiltere yanlısı hükümet, işbirlikçileri cezalandırmak, Güvenlik Taburlarını dağıtmak, liderlerini yargılamak, ELAS'ı Ulusal Ordu'ya dahil etmek gibi sözlerinde durmadı. General Scobie ELAS'ın 10 Aralık'ta terhis olması gerektiğini, yoksa yasadışı sayılacağını açıkladı. ELAS buna 4 Aralık'ta bir kitlesel gösteri çağrısı yaparak yanıt verdi. İç savaş başlamıştı. ELAS Atina'ya girdi. İç savaşın ilk belirleyici çapışması o gece Onnia alanında yapıldı.

Yunan ayaklanması soğuk savaşın ilk başkaldırısı idi. İspanyol İç Savaşı nasıl, Hitler için bir deney alanı ve sivil halkı enterne etmek provası ise; Yunanistan İç Savaşı da ABD emperyalizminin ilk deney alanı oldu. İngilizler yerlerini Amerikalılar'a bıraktılar. ABD'in gözetiminde o tarihte solculara uygulanmaya başlayan sistematik baskı 1974'te "Albaylar Cuntası" devrilene kadar devam etti. 509 sayılı Olağanüstü Durum Yasası, sola yönelik tüm baskıları yasallaştırdı. "Kolektif Sorumluluk" teorisini savunan bu yasa, anti-milliyetçi eylemlere girişebilecekleri gerekçesiyle solcuların yakınlarının gözaltında tutulmasını ve tutuklanmasını haklı çıkarıyordu.

Aynı yasa ile tüm işbirlikçiler; Metaxas faşist rejiminin üyeleri gizli servis ve polis içindeki yerlerini korudular, bağımsızlık savaşçılarını "anti-milliyetçi" ilan ederek bir sürek avı başlattılar.

Yasayla politik tutuklular için toplama kampları kurulması da yasallaştırıldı. Amerikalılar ve Yunanlı işbirlikçiler Almanları örnek aldılar. Bütün Yunanistan'da askeri mahkemeler kuruldu. Anti-milliyetçi eylemlerden ötürü çoğu Alman faşizmine karşı savaşmış 75 bin kişi idam edildi. Direnişçi köyler napalmlarla bombalanıyor, toptan esir alınıyor, toptan yok ediliyordu. Partizanları eşleri, çocukları, anne-babaları 'rehin' alındı. Kendini kurtarmanın tek yolu "Pişmanlık Deklarasyonu" imzalayıp sözünü geri almaktı. Kişinin inançlarını, yoldaşlarını inkar ettiği, krala, hükümete ve Ortodoks kilisesine sadık ve yasalara uyan bir yurttaş olmaya söz verdiği önceden hazırlanmış bir belgeydi bu. Pişman olmayanlar, Kornaros'un Fırtına Çocukları'nda anlattığı ünlü Makronisos'a gönderiliyorlardı. Onların deyimiyle "tedavisi mümkün olmayanlar", orada "ikna" ediliyorlardı. Makronisos bir yeryüzü cehennemi, anti-komünist deney laboratuvarı oldu.

Yunanistan'da İç Savaş 1949'da bitti. *"Demokratik ordu her cephede devrim ve sosyalizm için savaştı. Ama Sovyetler Birliği ve Demokratik Cumhuriyetler tarafsızdı, en ufak bir yardım gelmiyordu, dağ yolları kapatılmıştı. Halbuki krala, orduya Amerikan yardımı yağıyordu, eşitsiz bir savaştı bu. Belki tarihsel zorunluluk, belki Sovyetler Birliği'nin kendini emniyete alma kaygısı, yenildiler."*

Toplama kampları insan doluydu. Savaşan partizanların aileleri, büyük anneler, eşler, kız kardeşler içeri atılmıştı. Rehine olarak tutulup öldürüldüler önce. Evlatlarını, kardeşlerini inkar etmeleri istendi onlardan. Onlara da "Pişmanlık Deklarasyonu" imzatılıyordu. Kolektif sorumluluğa kolektif ceza..

Amaç tüm Yunan toplumunu "ıslah" etmekti aslında. Makronisos Rehabilitasyon Organizasyon'u sırf bu amaçla kuruldu. Tüm bir toplumu paralize etmeyi başarmak istiyorlardı. Pişmanlık Deklarasyonu şöyleydi: *"Tamamen kendi irademle ve hiçbir baskı altında kalmadan, bütün ruhum ve nefretimle yabancı teşvikli ve yönetimli isyanı ve onun temsil ettiği her şeyi reddediyor ve bundan böyle kanuna bağlı bir yurttaş olacağıma söz veriyorum."* Direnişçiler, partizanlar, yakınları, direnişçi olduğundan kuşkulanılan herkes bu belgeyi imzalamaya mecbur edildi. Yunanistan büyük bir toplama kampına dönüşmüştü. İşte Eleni Fourtouni'nin derlediği kitap bu direnişin kadınlar cephesini anlatıyor.

Kitaptaki, "günce"lerde anlatılan tanıklıklar Yunanistan'da ancak '74'lerde legal yoldan yayınlanabiliyor. Çünkü bu toplama kamplarından artan kalmış direnenler '68'lerde Albaylar

Cuntası'nca yine tutuklanıyor. Cuntanın iki numaralı adamı İonides Makronisos'un ikinci komutanıydı.

Bu kitap sözde kadınları anlatıyor. Ama onların özelinde faşizmin insanlık dışı yüzünün zorlu bir teşhiri var. Benim hayal gücüm, bu faşist cellatlar çetesinin yaratıcı yeteneklerini kavramaya hiçbir zaman yetmemiştir. Her seferinde şaşırır kalırım. Ama aynı derecede şaşırtıcı olan, insan soyunun direnme ve her koşul altında ayakta kalabilme yeteneğidir. Binlerce kadının, kanımca komünistlerin direnme kararında olması normaldir, ama; erkek kardeşini, torununu, kocasını, oğlunu reddetmeyi kabul etmeyen binlerce kadının "Pişmanlık Deklarasyonu"nu imzalamamak için ölmeleri ve tarifsiz zulme katlanmaları olağanüstü önemlidir. Çünkü onlar imzanın basit bir şey olmadığını, boyun eğmenin yarını da reddetmek olduğunu biliyorlardı. Pişmanlık belgesini imzalamak zorunda bırakılanlar da dahil, Yunan halkı onurla çıktı bu kavgadan. Bu kitabı okuyunca neden insanları kategorize etmediğimi anlayacağınızı umuyorum.

Kimlerden söz etsem size? Birinden söz edip, diğerini bırakmak haksızlık gibi geliyor bana. O nedenle genel gelişmeleri anlatmak istedim.

Girit'te Almanlar'a karşı elde silah savaşan ve sonra "antimilliyetçi" eylemlerinden ötürü idam edilen yiğit Levonda Katerina'yı mı? 18 yaşında idam edilen Eresmina'yı mı? Partizan müfrezesinin yiğit kadın savaşçılarını mı? Nuisika, Diamondo, Demetra ve diğerlerini mi? Haber taşıyan, aç çocukları kurtarma merkezleri örgütleyen bu küçük kızları mı?

Ya *"Beni her tutukladıklarında ağzımdan bir şey alabilecekleri endişesini taşımıyordum. O kapıdan geçtiğimde hafızamı, işitme, konuşma, acı çekme duygularımı yitirirdim. Bütün geçmişimi unuturdum"* diyen yiğit komünist Electra'yı mı?

Atina sokaklarında, partizan savaşlarında vuruşan, yiğitliğini elde silah ölerek kanıtlayan fütursuz Thiella'yı mı?

Ama kuşkusuz en önemlisi, çoğu yalnızca Pişmanlık Bildirisi imzalarsa salıverilecek sıradan pek çok kadının faşizme karşı yaşamı yeniden örgütleme yürekliliğidir. Teslim olmamak yalnızca belge imzalamamak değildir. Yaşama ve mücadeleye devam etme gücü, yaşamı üretme yeteneğidir. En zor koşullarda eğitim yapma, müzik, tiyatro çalışmaları yürütme, işlikler ve atelyeler kurma becerisini gösteren, yaşananları belgeleyerek geleceğe bırakacak tarih bilincine sahip olan bu kadınların başardıkları az şey değildir doğrusu.

Makronisos deneyini herkes dikkatle okumalı bence. Orada faşist Hitler'in yöntemleriyle demokrat ABD ve işbirlikçilerinin yöntemleri arasında hiçbir fark olmadığını söylemek en kaba ayrıntıdır. Makronisos "bilimsel" çalışılan bir yerdi. Önemli olan, yapılan akla hayale sığmayacak işkenceler değildi. Makronisos Günlüğü'nü yazan Aphrodite Mavroede'nin belirttiği gibi *"Cinayet, Makronisos'un bir yönüydü. Diğeri çok daha kötüsü, bilimsel olarak tasarlanan, uzmanca yürütülen belirsizlik ve zihin karıştırma atmosferiydi. Falaka ve kamçı, alfamitler (eski partizanların da yer aldığı muhafızlar-1.K), hoparlörlerin tiz, mekanik sesi, sarhoş muhafızların ulumaları, nazik görünümlü propaganda, baş teröristler İonnides ve Kastritsis'in gece baskınları, hatta adanın rahibi-hepsi, kişiyi insan kılan her şeye acımasızca saldırıyordu."*

Makronisos komutanı kadınlara "Makronisos'u tek bir yasa yönetir. Tövbe etmek ya da ölmek" diyorsa da; asıl amaç direnenlerin kişiliğinde tüm bir toplumu sindirmek ve paralize etmekti. "Ölmeyi tercih ederiz" diyen bir kadına bir subay "ölmeyi tercih edermiş" diyor alaycı bir sesle *"sanki burada kaderini tercih etme hakkı size aitmiş gibi. Öyle olsaydı kahramanlar Makronisos'tan çıkardı."* Ölü kahramanlar değildi onların istediği, yaşayan sürüngenlerdi. Makronisos, komünizme karşı bir kale, anti-milliyetçi düşünceyle zehirlenmiş herkesin getirilip Yunanistan'ın temiz, değerli bir çocuğuna dönüşeceği bir yerdi, yönetenlere göre yönetenler "demokrat da sayılsalar, milliyetçi de, uygulamada ve düşünce sistematiği hep aynı kaldı, bu kampta."

Kadınlar direndiler ve sahiplendiler: *"Kim şarkısını söyleyecek/ benim başıma geleni/ kaybettiğim ve/ uğrunda vurulduğum şeyi"* diye soran Elna'nın şarkısını anlattılar bize.

Makronisos'ta tüm Yunanlıların, tüm insanlığın onuru için haykıran Skevofilaka'yı; *"Neyi reddetmemi istiyorsunuz, erkek kardeşimin kanını mı? Hiçbir şeyi reddetmiyorum. Hiçbir şey için pişman değilim. Adım Skevofilaka. Evet. Onyedi yaşındayım. benden ne istiyorsunuz faşistler? Devam edin, vurun vurun, faşistler, vurun"* diyen kızı anlattılar bize.

Yiğit Elen kadınları ve erkekleri, insanlık yürüyüşünün yeni bir dönüm noktasında başkaldırdılar, kaybettiler. Onları yenilmiş saymak zor, insanlık için sosyalizm adına, soylu yalnız bırakılmışlıktan doğan biraz da trajik bir destan yarattılar. Soğuk savaşın ilk oyunları orada oynandı. Vietnam'ın provası orada yapıldı. Kanlı bir hesaplaşmaydı. Faşist Almanları püskürten kahramanlar, İngiltere, ABD ve onun işbirlikçilerine karşı yitirdiler. Kaybetmeye yazgılı değillerdi.

Resmi tarih direnişi, Almanlar'a karşı kazanılan zaferi ve İç Savaşı uzun yıllar hasır altı etti. 509 sayılı yasa 1974'e kadar yürürlükte kaldı. Şimdi her şey ortaya çıkıyor bir bir. Pişmanlık Deklarasyonu'nu imzalamadığı için, 1952'ye kadar kamplarda kalan Victoria Thedoru: *"Pişmanlık Deklarasyonu'nu imzalamamamızın birçok nedeni vardı"* diyor. *"Birincisi mücadelemize inanıyorduk ve ona sadıktık. Utanç duyacak hiçbir şey yapmadık. Ayrıca onların deyimiyle 'inatçılık' kişisel bir gurur mesele-*

siydi. Nihayet bazılarımız direnişin sembolleri olmaya karar vermişti. Devir, şiddet ve ihanet devriydi. Direniş hareketinin tamamen yok olması düşüncesine izin vermezdik, ne olursa olsun onu canlı tutmalıydık."

İsimleri şakıyan kuşlardı onlar; Vgenia Papa Datou, Tasia Skoufi gibi. Soufi hapishanesinde gardiyanların futbol oynamak için partizanların kesik başlarını kullandıklarını, sonra da kesik başları yakınları onları teşhis etsinler diye pencere eşiklerine koyduklarını görmüşlerdi. Boğulmuş, parçalanmış ve bağ budamakta kullanılan el baltası ile kafa derileri yüzülmüştü.

Gruplar halinde idama götürülmüşlerdi. *"Gözlerimin gördüğünü dudaklarım anlatamaz"* diyerek Mercene Lianopoulu'nun ince sesi hapishane koridorlarından bugüne yansıyor sanki, söyleyecek söz bırakmıyor bize.

Bu kitabı okuyup kapattığımda olduğum safta olmaktan, bir kez daha onur duydum. Ancak direnenlerin sesi ulaşır bize ve hiçbir zulüm insan onurunu yenemez. Belki bir gün her şey bitecek, hafızanın buzları çözülecek ve renkler geri gelecek, evlerin, hapishanelerin ve yasaların kapıları açılacak, yanlışlar düzelecek, yalanlar silinecek, o zaman huzur bulacak tüm şarkısı şakıyan kuşlar. İşkencesiz, baskısız, eziyetsiz bir dünyada bütün kapıları çalıp, bütün ırmaklarda akacağız. Karanlık sona erdiğinde.. *"Bir daha asla"* bu günlüklerin yazılış nedeni bu. Bir daha asla! Bütün direncimiz bunun için.

Yarısı Buradaysa Kalbimin

Nazım, Bursa hapishanesinin revirinde yürek vurgunu yemiş yatarken yazar şiiri: "Yarısı buradaysa kalbimin yarısı Çindedir doktor/Sarı nehre doğru akan ordunun içindedir/Sonra her şafak vakti doktor/Her şafak vakti kalbim Yunanistan'da kurşuna diziliyor." 1948-49 yıllarıdır. Kalbi er uzak yıldızlarla birlikte çarpan adam, Bursa hapisanesinde yatarken Yunan İç Savaşı en kanlı dönemine girmiştir. Alman işgaline karşı savaşmış ve ülkelerini yabancı boyunduruğundan kurtarmış yiğit direnişçiler, infaz mangalarının önüne çıkarılmaktadır bölük bölük. Hayatta kalanlar ise fişlenmektedirler: kamu düzeni ve güvenliği için tehlikeli hainler... Tıpkı yaşlı bir direnişçi anasının dediği gibi: Güneş değildir bu üllkede doğan. İçinden kan akan bir yürektir.

Ne vakit Yunan İç Savaşı ile ilgili bir şeyler okusam Nazım'ın dizeleri gelir oturur içime. Kalbimin kurşuna dizildiğini hissederim. 10 yıl önce okumuştum, Dido Sotiriu'nun Buyruk adlı romanını. Roman demem sözün gelişi aslında. Bir tür belgesel anlatı demek de mümkün. Yazar da farkında zaten durumun. "Kağıdın üstüne lav dökmen, ellerini, yüreğini, hatta sanatını yakmaman olası mı?" diye sorar okuyucusuna. Unutturmamaktır onun amacı. İmralı yargılamaları Sotiriu'nun kitabını anımsattı bana. İç Savaş'ın yenik ama direnen, komünist savaşçılarını, özellikle kadınları, İç Savaş'ın ardından yakalanarak yargılanan Yunan Komünist Partisi Merkez Komitesi üyesi Nikos Beloyonnis ve sevgili yoldaşı Elli İoannidu'yu anlatır Sotiriu.

Size Nikos Beloyannis'ten daha önce söz etmiştim. 1950'de yakalanır Beloyannis, eşi ve yoldaşı Elli ile birlikte tam 200 gün işkence görür. Elli'nin sorgusunda Robert Driskal adlı bir Amerikalı da vardır. Beloyannis ve Elli'den istenen fikirlerini terketmeleri ve ideolojilerini reddetmeleridir. Onlardan, herhangi birini ele vermeleri bile talep edilmez, işbirliği ederlerse serbest bırakılacaklardır. Beloyannis ve arkadaşlarının şahsında yargılanan tüm dünya halklarının özgürlük, eşitlik ve bağımsızlık kavgasıdır. Onlar bunun farkındadırlar. Tüm aşağılık teklifleri reddederler. Yargılanan 92 kişiden 12'si ölüm cezasına çarptırılır. "İftiralar, entrikalar, tüm çirkin şekilleriyle baskılar, askeri mahkemeler, infaz mangaları, halkça benimsenen, amacı halka hizmet etmek olan bir partiyi yok edemez. Halkın bugün istediği nedir? Barış, salt barış.... Sekizyüz bin seçmen, barıştan yana çıktı, reyini o amaçla kullandı. Bizim yüzümüzde bu barış politikası yargılanıyor. Askeri mahkemelerinizin belirli amaçları vardır, kararlarını önceden vermişlerdir. Şefaat dileğinde bulunmayacağım. Metanetle ve başımı eğmeden kabul edeceğim kararınızı. İnfaz mangasının önüne cesaretle çıkacağım. Ekleyecek başka birşeyim yoktur" diye bitirir savunmasını Beloyannis. Konuşma sırasında ağzı kuruyan tutsak, mahkeme heyetinden bir bardak su vermelerini ister, vermezler. Konuşmanın sonunda yerine döner. Elli, bir kırmızı karanfil tutmaktadır elinde. Beloyannis'e uzatır. Beloyannis, susamış dudaklarına değdirir karanfili ve gülümser. "Hayatını ve gençliğini verdiği insanlığın geleceğini, umutlarını düşünerek gülümsedi" der yazar. Ve flaşlar patlar. Gazeteciler o anı tespit ederler. Fotoğraf çok kısa sürede dünyaya yayılır. Amerikan planı geri tepmiştir. Tüm dünya barış savaşçısı karanfilli adamın arkasındadır artık. "Elinde karanfille gülümseyen yiğidi faşizmin pençesinden kurtarın", "Barış güvercinini katletmeyin" çığlıkları sarar dünyayı. Guernica'yı yaratarak Alman faşizmini teşhir eden Picasso, "Karanfilli adamı" ölümsüzleştirir fırçasıyla. Ve Nazım Hikmet Beloyannis'in kurşuna dizilişinden sonra şöyle yazar: "Seher karanlığında,/projektörlerin ışığında,/kurşuna dizilen beyaz karanfilli adamın/fotoğrafı/duruyor üstünde masamın./Sağ eli/tutuyor karanfili/bir ışık parçası gibi Yunan denizinden./Karanfilli adam/ağır kara kaşlarının altından/bakıyor cesur çocuk gözleriyle,/hilesiz bakıyor./Türküler ancak böylesine hilesizdir/ve ancak komünistler and içer böylesine hilesiz./Dişleri bembeyaz:/gülüyor Belonnyanis/ve elindeki karanfil,/bu yiğit/bu rezil/günlerde/söylediği sözlerden biri gibi insanlara.../Mahkemede çekildi bu fotoğraf./İdam kararından sonra."

Ama, sıradan bir dava değildir Beloyannis davası. Kitaptaki eski bir komünistin dediği gibi; soğuk savaşın prömiyeridir. Tepkiler üzerine idamı gerçekleştiremeyen emperyalistler ve işbirlikçileri, bu kez yeni bir oyun sahnelerler. Yeni komünist tutuklamaları başlar. Bir "casusluk davası" tezgahlanır. Dönemin Yunan İçişleri Bakanı "20 komünisti kurşuna dizdirmekle övünen" Rendis, Strasbourg'ta Ağustos 1950'de toplanan İnsan Hakları Konferansında bir konuşma yaparak şöyle demiştir: "Komünist partiler, politik birer parti olarak ortaya çıkıyorlarsa da gerçekte bunlar, Kominforma bağlı askeri örgütlerdir. Amaçları casusluktur." Bakan konuşmasını Atlantiğin öte yakasındaki büyük patronun görüşlerini yansıtarak bitirmiştir: "Diyeceğim, düşman ordusuna bağlı kişilere anayasal haklar tanımak, devletin güvenliği açısından zararlı olacaktır. Bunlar, devletler hukukuna göre, düşman bir devlet hesabına çalışan casuslar olarak nitelendirilmelidirler." Rozenbergleri yargılayan da aynı zihniyettir.

Beloyannis ve 29 arkadaşı bu kez casusluk suçundan yargılanır. Partinin entellektüel taraftarlarından biri; avukat Baçis çözülür. Bu kez daha sağlam yürümektedir emperyalistler ve hempaları. New York Times gazetesi şöyle yazar davayla ilgili olarak: "Bu dava bir kişi ya da grupla ilgili değil. Dava, bir uluslararası komplo ile ilgilidir. Özgürlük düşmanlarının kullandıkları metodları gün ışığına çıkaran Yunanistan, hepimize büyük hizmette bulunuyor. Yunanistan şunu ispatlamıştır: Özgürlük için verilecek savaşta çok güçlü olmak gerekir."

Bu kez 8 idam kararı çıkmıştır mahkemeden. Çözülmesine karşın, avukat Baçis'te vardır aralarında. Bir genelkurmay yetkilisinin Albay Papatanasiu'nun şöyle dediğini yazar kitapta: "Baçis gibi adamlar, Beloyannis'den daha tehlikelidir. Çünkü Beloyannis, hiçbir zaman nelere inandığını, neyi amaçladığını gizlemedi." Elli İoannidu'nun hapishanede bir oğlu olmuştur. Hükümetten "İnfaz, insan duyguları için utanç verici bir olaydır. Özellikle, küçük çocuk sahibi kadınlar söz konusu oldu mu..." biçiminde bir açıklama gelmiştir. Elli söz alır son duruşmada, haberleri duymuştur: "Ben hem kadınım, hem de küçük bir çocuğum var. Bu nedenle bu can sıkıcı ayrıcalığı kabul etmeyeceğim"der. Sözde iyiliği mahkum eder. Ve ölüm cezası verilir ona da.

Yunan halkının dramını en iyi anlatan Casusluk Davası'nın sanıklarından er Taki Lazaridis'in söyledikleridir:

"Dokuz yıl önce, vatanın özgürlüğü ve bağımsızlığı için savaşma yürekliliğini gösteren bir kişi, bu salonda aynı yerde, Alman askeri mahkemesi tarafından yargılanmış ve ölüme mahkum edilmişti: Bu kişi babamdı. Aynı dönemde, Trakya'nın Bulgar faşistlerinin eline geçtiği sıralarda, Bulgar askeri mahkemesinde, ülkesinin kurtuluşu için savaştığı gerekçesiyle bir kadın ömür boyu hapse mahkum edildi. Bu kadın da benim annemdi."

"Kurtuluştan sonra, direnişçilerin verdikleri savaşım değerelendirilecek, tanınacak, diye bekledik. Ama tam tersi oldu. Annem hala hapishaneden hapishaneye, sürgünden sürgüne sürükleniyor. Oysa hiçbir somut suç yöneltilmemişti ona."

"Bugün, tam dokuz yıl sonra, demek sıra bana gelmiş. Büyük bir suçtan yargılanıyorum şimdi. Vatana İhanet suçundan... Tezgahlanmış bir oyun olan bu casusluk suçunu reddediyorum çünkü. Çok iyi biliyorum, Yunan Komünist Partisi, casuslar ve hainler partisi değildir. Babam hain olsaydı, Bulgarlar tarafından kurşuna dizilmeyecekti. Anam hain olsaydı, Bulgarlar tarafından ömür boyu hapse mahkum edilmeyecekti. Ve sadece onlar değil. Binlerce Elen komünist hayatını vermiştir bu uğurda."

Alman işbirlikçilerinin "gerçek milliyetçiler", faşizme karşı elde silah savaşanların "hain" ilan edildiği bir iç savaş dönemiydi yaşanan. Çörçil'in Fulton'da "Demir perde"yi açıklayışından sonra başladığı varsayılan "Soğuk Savaş" ın ilk sıcak çatışması. Bir Amerikalı gazetecinin dediği gibi: "Yunanistan, diğer ülkelerde uygulanacak politika üzerine bir deney labaratuvarı" idi. Ülkeyi Alman işgalinden kurtaran ELAS(Yunan Halk Kurtuluş Ordusu)ve EAM(Yunan Halk Cephesi) çok saygın ve iktidara sahip olacak güçteydi. Ne pahasına olursa olsun komünistlerin önderliğindeki bu gücün dağıtılması gerekiyordu. İkinci Dünya Savaşı denilen emperyalist barbarlıktan sonra, komünist partiler, iktidarı istemekte ve almakta gerekli kararlılığı gösteremediler. Sovyetler Birliği ise, tüm gücünü sosyalist anavatanı korumaya yöneltti. Birleşik Devletler önderliğindeki emperyalist güçlerin amacı ise, büyük direnme örgütlerini ve halk ordularını ortadan kaldırmaktı. Yuguslavya'da tüm oyunlarına rağmen bunu başaramadılar, Arnavutluk'ta da öyle. Ama Yunanistan'ın kaderi Yalta'da belirlenmişti. Yalnız kaldılar. Ekim ayaklanmasında, "dün erkendi" diyordu Lenin "yarın çok geç", parti savaşma kararı aldığında çok geçti, yenildiler. Roosevelt'in oğlu; "Direnme örgütlerinin güçlü oldukları ve yönetimi ele geçirme kararında oldukları ülkelerde -örneğin Fransa- biz direnişçilerin ağzına kaşık soktuk, arkalarına da silah dayadık." diyordu. Mittefikler bir işgal gücü gibi girdiler Yunanistan'a. İngilizlerin yerini Ameriklılar aldığında savaşın sonu belli olmuştu.

Eski komünist Nikitas: "Yalta'da, büyük güçlerin, dünyanın yetki alanlarını yeniden düzenledikleri doğru mu, değil mi? Ülkemiz, anlaşıldığına göre Batılılara kalmış. Bir Yunanlı olarak acı duyuyorum, öfke duyuyorum. Ama sorumluluğu Stalin'e yüklemek doğru olmaz. O, sosyalizmi uluslararası satranç masasının üzerinde oynuyor. Bir yerde bir asker yitirecek, başka bir yerde bir kale kazanacak. Sorun bizim ne yapacağımızdır. Dost ve düşmanlara karşı staratejimiz, taktiğimiz ne olacak?" der arkadaşı Katerina'ya. Eğer kaybedilen bir askerse, önemli bir askerdi. Direnişçi Elen köyleri napalmlarla bombalandı. Toplu kurşuna dizilmeler oldu. Tam 120 bin insan "pişmanlık dilekçesi" imzalamak, yani geleceği, yani onuru ve güzellikleri reddetmek zorunda kaldı. Beloyannis Davası, Yunanistan açısından perdenin kapanması idi. Beloyannis, teslim olmayarak bir kuşağın yenilgisini yengiye çeviren bir savaşçı oldu.

O yiğit kadınlardan biri Aleksandra, şöyle yazmıştı arkadaşı Elli'ye (Anna) cezaevinden gizlice, neden kendisinin ve diğer birçok kadının pişmanlık dilekçesi imzalamaktansa ölümü ve hapishanelerde yatmayı tercih ettiklerini anlatmak için : "Özveri, bizim için bugüne ve geleceğe karşı sorumluluktur, özsaygısıdır.(...) Salt yeryüzündeki hayatı güzelleştirmektir amacımız... Zaman ne de kötü Anna! Ne denli zor! İnsanlar acaba bizi nasıl yargılayacaklar dersin? Kendimiz için hiçbir şey istemedik. Tek bir karşılık bekliyoruz; Mücadelemizin ve özverimizin hakkı verilsin o kadar" Komünistler için mücadelenin hakkını vermek mücadeleyi aynı özveri ve karalılıkla sürdürmektir. Nikos Beloyannis ve üç arkadaşı kurşuna dizildiğinde 30 Mart 1952'ydi. Sabaha karşı dördü on geçe. Aydınlık bir gelecek uğruna namusu ve onuru korumayı bilerek gidenler ölümsüzlüğe sürülürler. Dünyanın neresinde olursa olsun ölümleriyle kavgamızı çoğaltır onlar. Ne mutlu Beloyannis gibi, gitmesini bilenlere! Ne mutlu, dünyanın dört bir yanındaki nice Beloyannis'e, "yoldaş" deme onuruna sahip olan bizlere!

Bir Kitabın Düşündürdükleri

"Belki de siz/ mutlu günlere/ inancımı/ benim/ yıkmak istersiniz/ inancımı,/ daha güzel/ daha anlamı olacağına/ gelecekteki yaşamın/ Söyleyin lütfen, neyle saldıracaksınız?/Kurşun?/ Hayır!/ Yararsız!/ Durun!/ Kurşununuz beş para etmez!/ İnancım/ zırhla kaplıdır göğsümde/ bu zırha işleyecek/ kurşun/İcat edilmemiştir henüz!/ İcat edilmemiştir!" (N. Vaptsarov)

İnancımızdan alırız gücümüzü. Gelecek günlerin daha güzele, daha anlamlı olduğuna inanmak umutlu ve direngen kılar bizi. Ama inancı ve umudu besleyecek başka şeyler de gerekir militan devrimciye. Kanımca bunların en önemlisi, sosyalizmin yalnızca bir toplumsal şekillenme olmayıp aynı zamanda bir yaşama ve mücadele etme biçimi olduğu fikrini içselleştirmektir.

Size geçtiğimiz hafta Dido Sotiriu'nun Buyruk romanından söz etmiştim. Cezaevindeki partili kadınların ve direnişçilerin anlatıldığı bir bölüm var kitapta. Muhtemelen belgesel. Bildiri dağıtırken yakalanıp arkadaşlarını ele vermediği için hemen infaz edilen Liako'yu; ölüme giderken geleceğe gülümseyen ve bir direnme şarkısı söyleyerek giden Teodara'yı; sanki pikniğe gidermiş gibi eline bir ceket alıp arkadaşlarıyla neşe içinde vedalaşarak idam mangasının önüne koşan Elli'yi; oğullarını, kızlarını, kardeşlerini reddetmedikleri için, ölümü ve ömür boyu hapsi göze alan nineleri anlatıyor.

Statula'yı idam edilmeden bir gün önce çıkarıyorlar hücreden. Ölüm mahkumları infazdan önce ayrılıyor diğerlerinden ve isterlerse arkadaşlarıyla birlikte geçiriyorlar son gecelerini. Pireli dokuma işçisi avludan geçerken arkadaşlarına ve hayata bir selam veriyor. "Uykunuzu kaçırmayın, nöbet tutmayın. Sabah olur olmaz şarkımla uyandıracağım sizi" diye bağırıyor. Ve sabah hapishanedeki tek ağacın altında şarkı söyleyip dans ederek uyandırıyor arkadaşlarını. "İnletmeyene yiğit mi denir diz vurup da yere/kavrayıp da yaşamı yaşamayana yiğit mi denir", diyen Elen şarkısındaki gibi tıpkı.

Her kadının ayrı bir öyküsü var. Dramatik ama yiğitçe, yiğitlikle ihanetin arkasındaki sınırın ne denli ince olduğunu gösteren. Pişmanlık dilekçesi imzalamayanlar, suçları bildiri dağıtmak, bir direnişçinin yakını olmak bile olsa kurşuna diziliyorlar. Direnmeyenlerin zaten hiç şansı yok. Göstermelik bir yargılamayla en kısa yoldan idam mangasının karşısına çıkarılıyorlar. İnsanın yüreğini ve beynini paralize etmeye yönelik bir yöntemdir uygulanan. Amaç geleceği teslim almaktır. Herkesin kendinden utanç duymasını sağlamaktır.

Maraki ve Yeorgia'nın öyküsü var kitapta. Direnişçi genç öğrenci kızlar. Özgürlük uğruna dökülen kanın leke olarak gösterilmeye başlandığı koşullarda insanlık onurunu savunuyorlar. Kurşuna dizilmeden önceki gecelerini arkadaşlarıyla eğlenerek geçiriyorlar. Maraki, "Çok az yaşadım" diyor arkadaşlarına, "Ama zararı yok. Bildiğimce yaşadım..." Sonra Makrosinos'daki rehabilitasyon merkezine gönderilen nişanlısına yazıyor: "Sana kalbimi ve tüm hayallerimi bırakıyorum. Sev beni. Bir de dolmakalem bırakıyorum. Başka bir şeyim yok..." Askeri taşıt onu infazların yapılacağı yere götürmeye geldiğinde, bir taşa vurarak sek sek oynamaya başlıyor Maraki ve böylece arkadaşlarının hücrelerinin önüne kadar gelip onları selamlamıyor tek tek. İdam cezası aldığı gün annesine şunları yazıyor; "Oğlunu Almanlar öldürdüler. Beni Yunanlılar öldürüyor. Bir kızın daha var. Bizim için sevecek seni. Bu seni avutabilir. Sakın ağlamıyasın anne!.." Ağlamıyor annesi. Yeorgia'nın nişanlısı ise pişmanlık dilekçesi veriyor. "Sen yiğit bir kadın olarak ölmek isteyebilirsin. Ama annemin bana gereksinmesi var" diyor ona. Ama gerekli formaliteler gecikiyor ve ölüm mangasının önünde karşılaşıyorlar.

Genç ve güzel bir zengin kızıymış Niki. Ölesiye sevdiği genç yüzünden direnişçi olmuş. Onun inancını inancı bilmiş. Asıl bağlı olduğu sevgilisiymiş. Tutuklanınca ailesinden yardım istememiş. Onlar da biraz ders alması için arayıp sormamış. Ölüm cezası vermişler Niki'ye. "İnfaz sırasında Andoni'nin elini tutacağım, korkmayacağım" demiş giderken. Gurur dolu korkusuz bir göz atmış geride kalanlara. Herkesi sevgiyle sarılıp öpmüş. "Mücadelemizi şimdi çok iyi anlıyorum" demiş "Hoşçakalın". Onun yürekliliği kurşuna dizilmeye giden orta yaşlı bir işçi kadına da güç vermiş. İnfaz yerine gittiklerinde Andoni yokmuş getirilen erkekler arasında. Ailesi çok güçlüymüş. Andoni pişmanlık dilekçesi imzalamış. Son anda infazı engellemişler. İnfaz mangasının önünde fotoğraf çektiriyormuş gibi dimdik durmuş Niki. Nişanlısı yerine ölümden korkan o işçi kadının elinden tutmuş. Kendisinde hiç korku belirtisi yokmuş.

Sonra Matina var. On genç öğrenciyle birlikte yakalanan kalp hastası yoksul kız. Her gün kriz geçiriyor. Ailesi pişmanlık dilekçesi imzalaması için ısrarlı. Her krizin ardından zorluyorlar. İnfazdan bir gün önce onlara boyun eğiyor Matina. Direnişçiler yalnız bırakıyorlar onu. Ama yoksulların devlet katındaki işleri yavaş yürür. İnfaz emri yine de geliyor. Rahatlıyor Matina. Soğukkanlılıkla karşılıyor haberi. Tek isteği onu götürürlerken kalp krizi geçirmemek. Giyinmiş taranıyor. Tek başına ayakta durmayı başarıyor. Herkesi sevgiyle selamlayıp, "Hoşçakalın" diyor. Ve infaz yerinin yolunu tutuyor. Sabaha karşı yapılıyor infazlar. Türk dağları tarafından ilk yoğurtçu sesi duyulduğunda. Ölümler hep sabahı karşılıyor. Matina'nın kurşuna dizilmemesi yolundaki tebliği aynı gün sabah onda geliyor. Ana babası kızlarının eşyalarını almaya geldiklerinde, acılı bir sesle durmadan aynı sözü yineliyorlar: "Temiz hayatını biz karaladık, buna biz neden olduk." Cezaevinde yaşananların tanığı savaşçı kadın; "Matina hayatını karalamadı. Bunu kimse ileri süremezdi" diyor, "Ama... ama ne ki hapishane, cephedeki ön saflar gibidir. Cephede hiçbir geri çekilme bağışlanmadığı gibi, bizde de bağışlanamaz" diyor.

"Sinema kameraları Hitler'in Avrupa'dan geçişini, örgülü saçlardan, çocuk ayakkabılarından, taşbebeklerden, yaşlıların takma dişlerinden oluşan tepelerin de üzerinde durarak görmemizi sağladı... 'Müttefiklerin' Yunanistan'dan geçişlerini kurşuna dizilen bu kızlar gösterecek" diyor Sotiriu. Bu doğrudur. Ama daha fazlası var. Bu genç direnişçilerin yaşamları da ölümleri de öğretiyor bize. Hapishanede yaşananların anlatıcısı "partili" Aleksandra şöyle diyor: "Hapishanedeki deneyimlerimden şunu anladım: İnsan yaşadığı büyük anlarda cesur olabiliyor. Oysa günlük hayatın önemsiz anlarında çok küçülüyor. Bir yandan ölüm karşısında çok yiğitleşiyor, öte yandan yanındaki fazla yer işgal etti diye, yanındaki ranza kendi ranzasının fazla yanına geldi diye, su fıçısında, avluda, uykusunda şunu bunu yaptı diye kavga çıkarmaktan çekinmiyor."

Aleksandra'nın söyledikleri bizi yiğitliğin anlamı ve gündelik hayatı devrimcileştirme konusunda düşünmeye itiyor. İnsanın insan tarafından sömürülmesine dayalı ilişkiler çerçevesinde şekillenen birey, içinden çıktığı düzenin tüm pisliklerinden kolayca arınamıyor. Reddettiği değerler onda içselleşmiş olarak varlığını koruyor. Bu durum en çok gündelik yapıp etmeler sırasında ortaya çıkıyor. Şeytan ayrıntılarda gizlidir, derler. Aleksandra'nın sözünü ettiği "hayatın önemsiz anları", ortakça bir yaşam içerisinde yiğitlik ve cesaretin anlamını değiştirebiliyor. Sınırlı bir an için gösterilen tepki, birebir karşı karşıya gelmelerde alınan tavır isyanın rıza ile bastırıldığı koşullarda anlamını yitiriyor. Sosyalist militanın, verili düzenin koşullarını ve bunun kendi üstündeki kaçınılmaz yansımalarını, hatalı davranışlarını hafifleten bir gerekçe olarak kullanmasına gündelik hayatta sık sık tanık oluruz.

Sosyalizm yeni bir ahlak, ortakça bir paylaşma ve üretme anlayışıdır. Birlikte üretmeye ve birlikte paylaşmaya dayalı bir yaşam tarzı, sosyalistlerin var olduğu her alanda pratiğe geçirilmelidir. Yeni, eskiyi ancak bu biçimde kovabilir. Sosyalizm anlayışı bu biçimde içselleştirilir. Sosyalistlerin var olduğu her alanda ortakça davranma sıradanlaştırılmalı, çalışma bir angarya değil, herkesi çoğaltan bir zevk, bir ihtiyaç haline getirilmelidir. Yoksa bir doğallık saydığımız düzenin pislikleri bizi esir alır. Bu usulca teslim olmadır. Ve asıl en kötüsü budur. Karşısında görünür bir şiddet uygulanmayan kişi her gün biraz daha çok teslim alındığının farkında da değildir üstelik. Kolektif davranabilme yeteneği geliştirilmedikçe bireysel yiğitlik de aşınır ve giderek yok olur.

Ölüm karşısında direnmek değil, bizi teslim almaya çalışan hayat karşısında direnmektir aslolan. Düzenin ideolojik mekanizmaları silahsız şiddetiyle gündelik hayatın içinde dayatır kendini bize. Genlerimize sinmiş bir mülkiyet ahlakı kaytarmacılık, bencillik, bireycilik, sözde kurnazlık biçiminde yansır paylaşıma.

Gönüllülük; disiplinsizliğin, adam sendeciliğin duvarlarına çarpar. İlkesizlik, dedikoduculuk bozar birlikte üretme ahlakını.

Sosyalist insan her şeyden önce düzene teslim olmaya direnen bir bireydir. O bir ön kabul olarak düzeni "red" etmiştir. Ama topluma daha iyi, daha ahlaklı bir dünya vadeder. Bir anlayışın sahibi olarak savundukları önce kendi yaşamına uygulayabilmelidir. Sosyalist birey örgütlü yaşamına ve günlük yaşamında sosyalizme özgü değerleri ve ilkeleri uygulamaya zorunludur. Kavganın ateşinde yanmasını bilen militan devrimci kendi kendisiyle de kavgalı olmak zorundadır. O kendi kafasının içinde de kendisini teslim almaya çalışan bir zor aygıtı olduğunu bilmeli ve mücadelesini ona göre yürütmelidir. Direnme hayatın içine yayılmadıkça teslim olma tehlikesi mevcuttur. Sosyalizm bir yönüyle iradi bir süreçtir. Yukarıdan aşağı inşa edilecek tek toplumsal devrimdir. Bu yüzden kendisini değiştiremeyen bir militan, dünyayı değiştirmeye hiç soyunmamalıdır. Farklı bir dünya kurmayı düşleyenler, farklı bir gündelik hayat pratiği sergileyebilmelidirler. Aşklarında, sevgilerinde, eğlenmelerinde, yemelerinde, içmelerinde ve çalışmalarında ortakça bir dünya anlayışına uygun bir farklılık, sosyalistçe bir güzellik, örnek bir tarz ayırt edilebilmelidir her an. İnsanın kendini, devrimciliğini ve yiğitliğini sınayabileceği en temel alan gündelik yaşamdır. Gündelik yaşamı devrimcileştirmek, yiğitliği de kolektifleştirmekten başka bir şey değildir.

Hayatı Paylaşmak

Ekim Devrimi'nin yıldönümünde Atılım'da Aleksandr Zinovyev'in Çarkent adlı romanından söz ettiğimi anımsayanlarınız vardır. Roman, 21 Eylül 1991'de Rus şehri Çarkent'te eski adıyla Partikent, bir üst düzey bürokratın öldürülmesiyle başlar. Öldürülen Evdokya Timofeyevna Elkina, halk arasındaki adıyla Mao Zedunka, cinayetinin soruşturulması çerçevesinde, aslında tüm eski Sovyet yaşamı ve 'Perestroika' sorgulanmış olur. Romanın baş kahramanı Yuri Çernov, Stalin döneminde sürülmüş babası bir atom kompleksinde çalıştığı için, radyasyon yüzünden sakat doğmuş biridir.

Size yeniden romanı anlatmak niyetinde değilim. Ancak ne zaman sosyalizm ve insan üstüne kafa yorsam romanın kimi bölümleri aklıma takılıyor. Komünist-kolektivist bir toplum kurmak amacıyla yola çıkmış bir halk ve elde edilen sonuç üstüne düşmeden edemiyorum.

Rus devrimi gelişimi ve sonuçları itibarıyla, yeni bir dünya yaratmak isteyen hepimiz için zengin deneyler içermektedir. Perestroikadan hemen sonra ortaya çıkan partili zenginler, gölge ekonomisi sayesinde trilyonluk servetlerin sahibi olan kirli parababaları.... Sovyet sosyalizminin türedi bir kapitalizmi nasıl ürettiği kuşkusuz çok önemli ve kitapta pek çok ipucu bulabiliyoruz sorun üstüne.

Benim burada sözünü etmek istediğim sorunun bir başka yönü. Elbette kafamın içinde dönüp duran bir düşünce okuduğum her satırda peşimi bırakmıyor: Eğer sosyalizm bir 'inşa' sorunuysa, kabahati onu 'inşa' edemeyenlerde aramak gerekmez mi? Bu durumda işin ideolojik-politik yönü ekonomik yönünün önüne çıkmaz mı?

Kitabı okuyunca görüyorsunuz ki, giderek iki 'sınıf' ayrışmaya başlıyor Sovyetler'de; teknokratlar ve emekçiler. Teknokratların içinde parti yöneticilerini de saymak gerekir doğal olarak. Çünkü bir yönetici ile teknokrat çoğu kez aynı kişi. Şöyle diyor Zinovyev: "Alt katmanların üstüne çöp boşaltılır gibi ideoloji ve propaganda boşaltılırken, üst katmanlar her türlü üçkağıdın üstüne balıklama atlıyor ve çocuklarının, sıradan insanların çocukları yapacak olsa sert biçimde cezalandırılacak davranışlarda bulunmalarına göz yumuluyordu. Bunlar, karşılığında hiçbir ceza görmeksizin yasak kitapları okuyor, batı radyolarını dinliyorlardı. Sovyet toplumunun ahlaksal ve ideolojik bakımdan çözülmesi bu ayrıcalıklı katmanlarda başladı. "Benim dikkatimi çeken sorun da bu. İnsanlar nasıl iki sesli, iki dilli, iki dinli hale geliyor? Hangi mekanizmalarla? Buna yanıt bulmak pek çok soruyu ve sorunu çözecektir gibi geliyor bana.

Halka kendi inanmadıkları bir ideolojiyi boca edenler, gerçekte ideolojiyi öğretmiyorlar elbet. Kendileri batı radyoları dinleyen, evinde hizmetçi çalıştıran, çocuklarına blue-jean'ler giydiren ayrıcalıklı bir grubun "sizin için işte doğru!" dediği şeye halk inanır mı, neden inansın? Çernov'un bir öğretmeni marksizme gerçekten inanmış Makarov, Çernov'a şöyle diyor: "Bugün neredeyse herkes marksçılığı eleştiriyor, ideoloji cephesindeki emekçiler, propagandacılar dahil. Tabii ki, bunun nedenleri var. Sorun şu ki, bugünkü kuramcılar dahil hiç kimse marksçılığı entelleküel olay boyutuyla kavrayamıyor. Kulağına çalındığı kadarıyla biliyor, o konuda çekilen söylevlere parti kadrolarında kaleme alınan yazılara ya da kötü yetişmiş profesörlerin söyledikleri şeylere göre yargılıyor. Köy papazlarını dinleyerek Hristiyanlık hakkında fikir sahibi olmaya çalışmak gibi bir şey bu."

Kitabı yazan da bir marksçı değil, insan hakları, kapitalizm ve demokrasi gibi kavramları 'batı' ile özdeşleştiren, cemaat eğilimlerini esas gördüğü 'Doğu'lu Rus toplumunun karakterine en uygun rejimin komünizm olduğunu düşünen, kapitalizmle Rus hayatını bağdaşmaz bulduğu için Rusya'nın şansını ' komünizm'de gören, gelen vahşi kapitalizmin gideni aratacağını söyleyen biri Zinovyev. Ama onun 'içerden' bakışı yaşadığı toplum hakkındaki sözleri önemli; "Dev boyutlardaki propaganda ordusu, teknik ilerlemeyi ideolojinin gerekleriyle birleştirmeye çabaladıkça, ideoloji bütünlüğünden, inandırıcılığından çok şey yitiriyordu. Gerçekten de ideolojik aygıtın yetkinleştirilmesinin, bir yandan doğma öte yandan da toplumun ilerlemiş kesimlerinin edindiği düşünce yapısı arasında giderek artan uçurumun kapatılmasına yetişemeyeceği görülüyordu. Stalin'den sonra, Sovyet ideolojisi, yalnızca Marks karşıtı, komünizm karşıtı ve Sovyet karşıtı öğelerin ideolojiye pompalanmasıyla modernleştirilmeye çalışılmıştı. Marksçılığın etkisinden kurtulan Sovyetler, aslında her türlü ideolojiden kurtulmuş olmuyordu. Bu kez de Marks karşıtı, komünizm karşıtı, Sovyetler karşıtı batı ideolojisinin etkisi altına giriyordu."

Düşünceleri, kitabındaki kahramanlardan birine söylettiği gibi: "Batıyı kapitalizmle özdeşleştirmek ideolojik bir masal. Batı çoğulculuktur, demokrasidir, sanayi toplumudur. " Olan, bir başka roman kahramanına "Sovyet insanlarıyla kapitalizm kurulamaz" dedirten Zinovyev, bir tür kültürel farkçılığı savunuyor aslında. İstediği, yine bir sakata, ayakları olmayan Gorev'e dedirtiği gibi, köklerini kendi değerlerinden alan, Batı'dan bağımsız bir ulusal direnme. Ama romanda her zaman olur, kahramanlar kendi yollarından giderler çoğu kez. Yazara rağmen Sovyet yaşantısını, Batılı iki yüzlülüğe karşı savunanlar hep emekçiler, dürüst, iki yüzlülükten uzak Sovyet yurttaşları oluyor: Bir eğitimcinin söylediklerinden kimi bölümler aktarmak istiyorum:

"Batı'nın iyiliğinin yeryüzünde ete kemiğe bürünmüş biçimi olduğunu, SSCB'ni ise bunun tersi olduğunu söylemek aptallıkların en büyüğüdür."

"Batı'ya giden Sovyet vatandaşları, mağazalardaki bolluğa takılıyorlar, ama oradaki insanların, kendilerine sunulan bu binlerce mala nasıl sahip olabildiklerini düşünmüyorlar."

Batı'ya giden Sovyet yurttaşları; aydınlar, sanatçılar ve yönetenler. Batılı fikirleri, Sovyetlere onlar taşıyor. Bu yaşam tarzını onlar yüceltiyor. İkiyüzlülük işte burada. Kendi inanmadıkları bir ideolojiyi halkın başına boca ettiklerini sananlar, aslında Batılyı, Batılı yaşam tarzını el altından propaganda ediyorlar halka, muhalifler iktidarın öbür yüzü. Hem muhalifler, hem düzen savunucuları aslında toplumun egemenleri. Devam ediyor öğretmen: "Batı bize Ruslara, yalnızca kendi tarihinin değil, bizim kendi tarihimizin yorumunu da dayattı. Batılılar, Amerikan kızılderililerine nasıl davrandılarsa, bize de öyle davrandılar. Tapon mallar vererek bizi satın alıp kötü yanlarını bulaştırdılar. Batı'nın bu bozucu etkisine bağışıklık kazanamadık. Çiklet karşılığında, blujean, rock müziği, kendini orospulaştırma özgürlüğü ve kendi halkını talan etme olanağı karşılığında devrimimizin ve Sovyet tarihinin gerçekleştirdiği büyük şeylere ihanet ettik."

Komünistleri çoğu kez "beyin yıkamakla" suçlayan, kapitalist

Batı'nın tarzını doğru koyuyor öğretmen. Batı, beyin boşaltma işlevini mükemmelen yerine getirirken, Sovyet yöneticileri özellikle Hruşov (Kruşçev) darbesinden sonra hem kendi beyinlerini hem de Sovyet insanının beynini küçültme işlevini başarıyla yerine getirmişlerdir. Peki ama, inananlar komünistler neden Sovyet insanının aklını ve yüreğini değiştirip büyütememişlerdir? Kendi düzenine inanmayan, paylaşmayan, çoğalamayan, bürokratik bir insan tipi nasıl gelişmiştir? Romandaki tüm tipler, bir-iki yeni düzene uymuş yiyici dışında, eskiyi arıyor. Yeni daha kötü olduğu için çoğu kez. Komünizm sıradan insanın aklını ve düşlerini zenginleştirmek değil midir?

İkinci dünya savaşı sonrası yazılmış tüm Sovyet romanlarını gözümün önünden geçiriyorum. Ortak çamaşırhaneyi, tuvaleti, mutfağı paylaşamadığı için sürekli didişen kadınları, birbirinin ayağını kaydırmak için numaralar çeviren görevlileri buluyorum hep. Bu romanda aynı evi paylaştıkları komşuları Çernovlar hakkında sürekli şikayet ve ihbar dilekçeleri yazıyor. Aslında bir 'matematik dahisi' olan Çernov'un gelişmesini engellemek için öğretmenleri, yöneticiler ve iş arkadaşları herşeyi yapıyor. Hep dar bir dünyanın içine hapsolmuş insan sürüleri var. O büyük hülyamızı şair en iyisinden ifade etmişti: Yaşamak bir ağaç gibi tek ve hür/ve bir orman gibi kardeşçesine. Sapına kadar birey olup, kolektif bir dünyayı paylaşabilmek olmalıydı sonuç. Bu olmadı, olamadı. Zenginin ve yoksulun olmadığı bir dünya yaratmaya koyulunduğunda pratikte yapılan yoksul çoğunluğun yaşamını yukarı itmek zengin ve daha az zengin olanların yaşamını aşağı çekmektir. O halde ilk iş bireye gerçek anlamda 'paylaşmayı' öğretecek bir eğitim ve ahlak anlayışı yerleştirmek olmalıdır. Paylaşmak ve hayalleri özel mülkiyet dünyasının ötesine taşımak, tüketim kültürü yerine üretim ve çoğalma kültürünü yerleştirebilmek.

Deneyler, ders alınması için vardırlar. Kolektif bir hayatı savunan devrimciler; yüreği, aklı ve düşleri büyütmek için önce hayatı paylaşmayı öğrenmelidirler. Çok basit gibi görünüyor aslında. Ama "şeytan ayrıntılarda gizlidir" derler. Sahi hayatı paylaşmayı ne kadar becerebiliyoruz dersiniz?

Mendilimde Kan Sesleri

"Cellat uyandı yatağında bir gece/ 'Tanrım' dedi 'Bu ne zor bilmece:/ Öldükçe çoğalıyor adamlar/ Ben tükenmekteyim öldürdükçe.'

Dostları özlemle kucaklamayı unutma/ Çocuk sevmeyi çiçek koklamayı unutma/ En zorlu anındayken bile kavganın/ Gökyüzüne bakmayı unutma" (A. Behramoğlu)

Rosenbergler'le ilgili bir yazı yazdım bugün. İki Amerika'nın varlığından söz ettim ve sıradan devrimci olmanın güzelliğini anlatmak istedim. Amerikan faşizminin iki kurbanıydı Julius ve Ethel. Kulaklarımda bu yasal linç girişimini teşhir eden Julius Rosenberg'in ölüm evinden karısına yazdıkları vardı. Onlar sıralarını beklerken sırf derisinin rengi yüzünden bir ABD'li siyah idam edilmiş ve Julius öfkeyle karısına şöyle demişti:

"Ethel, Willi McGee'nin idam edildiğini okuyunca beynimden vurulmuşa döndüm. Bu gibi olaylar beni nasıl etkiler bilirsin... Yüreğim buruk ve gözlerim yaşla dolu. Utan Amerika! diye bağırmak istiyorum. Bu iğrenç hareketi yapanlar utansın! Bana öyle geliyor ki, Federal Mahkemeler Güneyli Bourbonlar'ın Ortaçağda uyguladığı yöntemleri geliştiriyor. Zencileri yasal yollardan linç ediyor ve bizim davamızda olduğu gibi bu yöntemi siyasal tutuklulara da uygulamak istiyorlar. Bak canım, bu sözlerime mim koy, hakkımızda verilen acımasız karar, halkın siyasal tutuklular için ağır hapis hatta ölüm cezaları verilmesini doğal karşılamalarını kolaylaştırmak, insanların zihnini insan zihni olmaktan çıkarıp onları hayvanlaştırmak için başlatılmış olan atom savaşının bir parçasıdır. Bu, ilerici Amerikalılar arasında bir korku felci yaratmak gibi alçak bir amaca da hizmet etmektedir. Yurttaşlarımız vakit çok geç olmadan uyandırılmalı, insan kanından oluşan nehirleri, çağdaş, yetkin ve bilimsel yollarla akıtmaya giden bu faşist yasaları yürütmeye başlayan savaş ağalarının sinsi planları su yüzüne çıkarılmalıdır. Bu işe hemen başlamalıdır. Şimdi! Bugün!"

Yazıyı bitirip dışarı çıktım. Akşam kızıllığı çökmüştü ortalığa. Yeşillikler ortasında bir deniz vardı önümde. Irmağa çekilmiş sıra sıra balıkçı teknelerine takıldı gözüm. Birden kocasına: "Ah sevgilim, yaşama ve yaşamaya karşı duyduğum açlık öyle büyük ki. Ansızın görülecek ne varsa görmek, duyulacak ne varsa duymak, bilinecek ne varsa hepsini öğrenmek, olunabilecek ne varsa hepsinden olmak isteğiyle kıvranıyorum." diye yazan ve soylu insanlığın türküsünü haykıran kadının gözleriyle baktım sanki uzaklara. Sonra bir telefon sesi bozdu sessizliği. "Haberleri dinledin mi" dedi çok üzgün bir ses. Dinlememiştim. Julius gibi: "Utan Türkiye!" diye haykırmak istedim birden. Diğer politik hedefleri bir yana, bizim savaş ağalarımız da insan zihnini insan zihni olmaktan çıkarıp onları hayvanlaştırmak ve halkı ölümleri doğal karşılamaya alıştırmak istiyorlardı. Her ABD'li büyük başın Türkiye'ye gelişinin ölümlerle karşılandığını görmüştük. Şimdi gidenler için de ölüm törenleri düzenlemeye başladılar. Devrimci tutsaklara karşı aylardır bir saldırı tezgahlandığı bilinmeyen birşey değil, iletilmek istenen mesaj ve hedef çok yönlü. Zamanlama ise son derece dikkat çekici. Halkın terörize edilmek istendiğiyse çok açık. Bize; "burjuvazi savaşa davet etti bizi/ davetleri kabulümüzdür" demek düşüyor.

Bütün şiirler sustu birden içimde. Sözcükler yarım kaldı. Yepyeni bir sabah kurmaya sevdalı yiğit savaşçılardı onlar. Gittiler. Korkuyu dipsiz kuyulara ittiler. Umudu ve direnci bıraktılar bizlere. Bu yüzden çaresizlik yasak bize. Bocalamak yasak, yasak umutsuzluk. Anlaşılan "ölüm orucu" eyleminin rövanşını almaya hazırlanıyor düzen. Bizse sükunet içinde olacağız. Ve kendimizi, "tıpkı bir namlu gibi dosdoğru çizeceğiz." Mezarsız ölüler adına, titreyen kirpikler ve yarım kalmış sevdalar adına...

Işık denize vurdu yumdum gözlerimi. Yarın yeniden başlayacağız her şeye. Suçsa suç, sorguysa sorgu, hapisse hapis. Şimdi yüreğimde akşam, ömrümüzün karanfil sabahı ölülerimizi düşünüyorum. Biz inatçıyız. Yaşamak gezin gözün arpacığın ucunda biliyoruz. Ama direngen ateşler yanıyor içimizde.

Şimdi şiirler sustu birden. Türküler yarım kaldı. Ama tam zamanı işe başlamanın doğan günle. Daha güçlü söyleyeceğiz türkümüzü, daha yüksek sesle haykıracağız şiirlerimizi. Bir adım da gidenlerin yerine atacağız, bir slogan da onlar için patlayacak geceye karşı. Bu bir dönüm noktası, biraz da onlar için hazırlıklı olacağız gelen savaşa.

Onlar savaşçılardı. Türküleri yarım kaldı, kitapları açık, işleri tamamlanmamış. Geçen doğum günümde bir armağan yollamıştı bana Abuzer: "Ah sözlerin senin/ söyleyemediğin sözlerin/ yarın arkadaşların söyleyecek hepsini, arkadaşların" yazıyordu üstünde. Onun sözlerini de biz söyleyeceğiz mutlaka. Ve tüm ölülerimiz adına sevinçler yeşerteceğiz mezarında bir gün. Evet Ankara'ya yağmur yine kirli düştü sevgili arkadaş, yine kirli düştü söylediğin gibi.

Gözüm gökteki ilk yıldızlara takılı. Renkleri mavi, biliyorum. Yüreğim ağrıyor usul usul. Bu ülke koca bir hapishane şimdi. Ve herkesin yüreğinde çepeçevre tel örgü. Şimdi tüm namuslu insanların ayağa kalkma zamanı. Ses olmalılar, ışık olmalılar, çabuk olmalılar, karşı çıkmalılar bu toplu kıyım hazırlığına. Bu topraklarının gelecek isteyen, özgürlük isteyen, aydınlık isteyen çocuklarının başında alıcı kuşlar dolaşıyor. Ve suça her ortak oluş, tahkim yasası, çalışma yasası, emeklilik yasası, yeni vergiler, yeni depremler ve yeni enkazlar olarak dönüyor onlara. O halde ayağa kalkmalı insan olanlar. Bu kurşunlar herkesedir, bu bombalar herkese.

Rüzgar uzak karanlıklara götürüyor yıldızları. Gül kokuları geliyor bir yerlerden. Biz daha çok uzağız bahçesinde ebruli hanımeli açan dünyalara. Telaşlı karanlıkta gizlenmiş yarasalar gibi saldırıyorlar sevinçlerimize, sevgilerimize. Ama biz yılmayacağız. Gecenin ırmağında karanfiller yüzdüreceğiz bir gün, rengarenk güller kokacak, unutulmuş yaseminler, her biri bir direnç çiçeğinin adı. Yürüyüşümüzü durduramayacaklar. Yılgınlığın zerresini görmeyecekler gözlerimizde ve sözlerimizde. Biliyoruz: "Yaşamak bir yürek işçiliği günümüzde/ Ölümün anlamı değişti birden/ Eskiden yataklarda beklerdik/ Ders mi sınav mı görev mi belli değil/ Gelecekse ayakta bulsun dimdik/ Açılan bir sorumsuz yaylım ateş/ Bir top karanfildir göğsümüzde" Biz acılardan inançlar öreceğiz. Ve hep geleceğin türküsünü söyleyeceğiz. Asla vazgeçmeyeceğiz. Anıları onurumuz olacak

II. Bölüm

Devrimi Seviyoruz

Geçmiş hakkında konuştuğumuzda, bugün bulunduğumuz konumdan geleceğe bakarız aslında. Günlerdir süren '68 tartışmalarında da yapılan budur. Herkes nasıl bir gelecek düşü kuruyorsa 'hal'den geçmişe öyle bakıyor. Zamanı tüketmişlerle, düşlerini yitirmişler nostaljiyle avunuyor. '68 efsanesi uzun süredir, dünyayı isteyenlerle, değişim adına statükoyu sürdürmekten yana olanlar arasında sürmekte olan kavganın ideolojik arenalarından bir sayılıyor.

Bugünün globalleşme yanlılıları: "68 gerçeği diye bir şey yok. Herkese bugün kendi bulunduğu noktadan baktağında gördüğü bir '68 hikayesi var yalnızca...." diyorlar tıpkı eski '68'li Gülay Göktürk gibi. Oysa bir tek '68 hikayesi var ve elbette herkes onu kendi konumlanışı bakımından yorumluyor. Neoliberal sistemin ideologları, bir yandan tüm devrim ideallerinin sona erdiği, sosyalizmin geri dönüşsüz biçimde yok olup gittiği propagandasını yayarken, isyanı ve kurulu düzeni 'hemen şimdi' değiştirmek isteyenlerin umutlarını anımsatan ne varsa tarihten silmek istiyor. Burjuvazinin en radikal eylemi Fransız Devrimi bile yeniden yorumlanıyor. Neredeyse keşke hiç olmasaydı diyecekler. Ama oldu ve insanlığın güzelliğidir, tıpkı dünyanın ve Türkiye'nin 68'i gibi...

Tüm dünyada emperyalizme ve kapitalizme karşı bir başkaldırı hareketidir 68. Öğrenci eylemlerinin öne çıkması ve tarihin 68 Mayıs olması, hareketin yükselme dönemine denk düşen bir simgedir yalnızca. 10 Mayıs 1968'de Fransız öğrenciler üniversitelerini işgal ettiler. Komün yengisinden beri duvarlarına yazı yazılması yasak olun, Paris sloganlarla donandı: Dünyayı istiyoruz, hemen şimdi istiyoruz; Gerçekçi olan imkansızı isteyin, 68'i ifade eden sloganlar oldular. Akşam Gazetesi'nde Can Kolukısa'nın aktardığı duvar yazılarından en hoşuma giden: Kırmızıdan korkmayı boynuzlu hayvanlara bırakalım, olmuştu kuşkusuz.

Egemen düzenin ideologları 68'i hoşlukları olan, ama daha sonra çığrından çıkan bir öğrenci harekti olarak göstermek eğilimindedirler. 68 barışçıllığıyla, müziğiyle, felsefi tartışmalarıyla, çicek çocuklarıyla günceleştirirlirken, onun kurulu düzene ait ne varsa sorgulayan ve reddeden yönü, sosyalizmi bir yaşam tarzı ve bir seçenek olarak öne çıkarması yok sayılıyor. Halbuki 68 tüm dünyadaki devrimci kalkışmadır, ezilen halkların emperyalizme karşı savaş açmasıdır, kadınların özgürlük mücadelesidir, gençlerin kurulu düzeni reddetmesidir, aydınların sosyalizmin yanında yer almasıdır. Bugün vazgeçilmez kabul edilmesi için hiç durmadan teoriler üreten sermaye düzenin topyekün reddidir. Bugün 68'i; Woodsfak'a, Jim Harison'a mistisizme, Uzak Doğu hayranlığına ve naif öğrenci hareketine, bir sapkınlık düzeyine indirmek isteyenlerin korkusu işte bu topyekün reddin anımsanmasından başka birşey değildir.

Dünya 60'ların ortalarında başlayan ve 70'lerin sonunda sönen bir devrimci yükselişe sahne oldu. Paris'te öğrenciler ayaklandılar, işçiler revizyonist sendika yöneticilerini yok sayıp grevler ve işgallerle sarstılar Fransa'yı; Almanya, tarihinin en radikal gençlik eylemlerine ve kutsal mülkiyet düzenine silahla başkaldırmayı tasarlayan örgütlenmelere sahne oldu; İtalya 'kızıl'ın egemen olacağı korkusuyla tüm dikkatleri üstüne topladı; Amerika'da siyahların Vaşington'e dek yayılan ayaklanmaları, işçilerin, öğrencilerin savaşı ve ekonomik sıkıntıları protesto eden gösterileri plütokrasiye korku saldı. Afrika'nın her yerine özgürlük ateşleri yanıyordu. Latin Amerika'da, gerilla eylemleri, Küba Devrimi'nin başarıları, Filistin'de ve Vietnam'da bağımsızlık hareketlerinin yükselmesi genel kalkışmanın işaretleriydi. Tüm dünya kendilerine dayatılanı reddediyor, işçiler, köylüler, emekçiler, gençler, kadınlar ve tüm ezilen halklar güçlerinin bilinçlerine varıyorlardı.

Ortaklıkta yeniden başkaldırı ve sosyalizm hayaletinin dolaşmasını istemeyenler '68 hikayelerinden hoşlanmıyorlar bu yüzden. Dünyayı istiyoruz "hemen şimdi" istiyoruz, sözüne müthiş alerjileri var. "Hemen şimdi" bir kararlılık belirtisidir. Başlayalım bir kez ve var gücümüzlü savaşalım" demek gibi. Onlarda "hemen şimdi"nin bir acelecilik belirtisi olmadığını biliyorlar, ama değişimden bolca söz ettikleri halde, yüzünü cilayıp cilayıp sondukları bu düzenin köhneleşmiş kurumlarına savaş anlamına gelen bu sözün içeriğini boşaltıp saptırıyorlar. Yaşadığı ülkeyi hemen değiştirmeyi aklına koyanların yolunun bireysel terörizm ya da cuntacılktan geçtiğini söylüyorlar. Ve bize şu örümceklenmiş "herkes kendi evinin önünü süpürse dünya tertemiz olur" deyişini anımsatan, çocukca önerilerde bulunuyorlar. Küçüklere masal anlatırmış havasındalar.

Vazgeçmişlerin en tipik örneği; devrimcileri değişsin dedikleri köhne dünyadan daha küçük köhne dünyalar kurmakla itham eden Gülay Göktürk gençlere, şöyle sesleniyor:

"Bu yüzden de ben, bugünün değişim isteyen gençlerine, işe kendi hayatlarından başlamalarını öneriyorum

Onlara kendi dünyanızı değiştirmek için, meçhul bir gelecekte gerçekleşecek olan "devrimi" beklemeyi bırakın; hemen şimdi alın elinize bir süpürge, kendi dünyanızdaki pislikleri temizlemeye başlayın diyorum.

Azınlıkta kalmaktan korkmadan; geleneklere, göreneklere, sevmediğiniz ilişkilere, doğru bulmadığınız fikirlere başkaldırın; kafanızdaki ve yüreğinizdeki tabuları kırıp özgürleşin diye seslenmek istiyorum"

Radikal devrimciler de ayrı sorgulamayan akıldan, gönüllü kulluktan şikayet ediyorlar, bugünden değişmeye başlamayı öneriyorlar, hemen şimdi . Fark bireyselliğini yitirmemiş bir toplumsallıktan yana olmalarında, fark 'hep birlikte' demelerinde; fark pisliklerin kaynağının verili koşullar ve kurulu düzen olduğunu bilmelerinde. "Kurtuluş yok tek başına, ya hep beraber, ya hiç birimiz, diyen anlayışla, gemisini kurtaran kaptan anlayışı arasındaki uzlaşmaz çelişkide fark.... Sınıfsız, sınırsız, ezensiz, ezilensiz, eşitlikçi bir dünya tahayyülü ile; geniş emekçi yığınlarının üretemeyen sömürücü çoğunluğa dönüşeceğini, az sayıdaki uzmanlaşmış eleman grubunun sömürülen azınlık olacağını iddia eden ve sömürünün yön değiştireceği yalanını pompalayan Yeni Düzen ideolojisi arasındaki uzlaşmaz karşıtlıkta gizli tartışmanın esası. Sözün özü yaşamsal, ya insanlık kazanacak ya vahşet. Gençler büyük insanlıktan yana olacaklar.

İki dünya iki uçtan bakacak '68'e. Egemen ideoloji bir sapmaydı bir yanılgıydı diyecek, eşitlikçi bir dünyadan yana olanlar; hayır tüm dünyanın eşitliksizliklerine karşı bir baş kaldırıydı diyecekler.

Türkiye'ye gelince eşitlikçi bir toplum tasavvurundan yana olmak bu ülkede her yerde bir inat işidir. Geçtiğimiz yıl, harçlarla ilgili öğrenci eylemleri patlak verdiğinde 3 Mart günü oğluna açık mektup yazan 68'li baba akıllardadır. Oğluna vergi ödemenin ve devletin kutsallığı üstüne kısa bir söylev çeken eski 68'li Mehmet Yıldırım mektubunu şöyle bitiriyordu.

"1968 yılında doruğa ulaşan gençlik hareketlerinde neyin kavgasını yaptığımızı asla anlamış değilim. Çünkü gerçekte bahane edilen üniversite sorunlarımız o günlerin olağanüstü hoşgörü ortamında anında çözümleniyordu. Ama kavga hergün bir şeyler bahane edilerek daha da şiddetleniyordu. Sanki birileri dışardan senaryolar yazıyor, bizler de figüran olarak rolümüzü oyunuyorduk, ama filmin tamamını asla bilmiyorduk. Bugün de aynı senaryorlar tekrarlanmaya çalışılıyor. Sevgili oğlum, sana 68 kuşağından bir baba olarak bulunabileceğim bir tavsiyem var:

Tamamını görmediğin bir senaryoda asla figüran olma."

Mehmet Yıldırım gibi pek çok 68'li var Türkiye'de. Hadi o, hasbelkader o yıllarda üniversitede okumuş bir baba. Ama gençlerin bilinçle katıldığı toplumsal mücadelenin dönekleri, şimdi medyada, ekonomi yönetiminde yer alanlar da farklı değil 68'li babadan.

Geçtiğimiz cuba günü bir haber programında 68'lileri dinledim. Geçmişi inkar etmeseler de, onu geliştirerek bu güne taşıyamayan pek çok 68'li, 68'li babadan daha az dürüsttüler. Burjvazinin bile ayırmadığı '68-71 dönemi arasına setler çektiler. Barışçılıktan, kitlesellikten, demokratiklikten dem vuranlar, "71"i bireysel terörizm dönemi saydılar. Kendi örgütlenmelerini 71'de tamamlayan şöven milliyetçiler, "silahlı mücadele başlatma" denemelerini hasıraltı edip: İki Deniz var; 71'deki Deniz yanlıştı dediler. Ama gerçek 68'li biziz" demekten de geri durmadılar. 68'in bir baş kaldırı olduğunu söyleyenleri de vardı. Onlarda 'Sayın Demirel'in hoşgörüsünden" dem vurmaktan geri durmadılar. O Demirel ki rövanşçı sınıf mantığıyla, yönetimde olmadığı halde, kanunsuz idam hükmünün meclisten en kısa sürede geçirebilmesi, mecliste fire verilmemesi için partisinin milletvekillerinin tek tek takibe aldıran adamdı. Başkası bir yana, ellerinde boyun eğmedikleri için asılan üç gençin siluetleri dolaşıyor, o elleri ne kadar yıkasa faydasız, tıpkı Mackbeth gibi.

O zamana dek, düzenle birlikte yürüyen, ancak örgütlenme, yönetme ve mücadele deneyimi olan öğrenci gençlik hareketinin anti-emperyalist temelde kitleselleşmesi ve işçi-köylü hareketiyle birleşerek düzenden radikal bir kopuşu gerçekleştirebilmesi olarak gelişmiştir bizde 68. Türkiye'de toplumsal muhalefet kitlesel, örgütlü ve devrimci nitelik kazanmıştır bu süreçte. Batı'yla özdeşleştirilerek öğrenci hareketinin öne çıkardığı bu dönemde, gerici ve anti-komünist güçlerle, yolu sosyalizme açık kitleler arasında yükselen bir mücadele söz konusudur. TİP'in 1965 seçimlerinde 'sosyalist' olduğunu ilan ederek 15 milletvekili çıkardığı unutulmamalıdır.

Türkiye'de kitlesel bir düzen muhalifliği kitlesel bir resmiyetten kopuş dönemidir. 68. Siyasallaşmış bir gençliğin yaşamın her alanına müdahale edebilmesidir. O dönemde Türkiye tarihinin görüp göreceği en kitlesel köylü eylemleri gerçekleşmiş, fındık, tütün ve fıstık mitinglerine yüzbinlerce köylü katılmıştır. İşçi eylemleri için de aynı şey söylenebilir. Toprak işgalleri ile fabrika işgalleri atbaşı gitmektedir. Öğrenci eylemleri 'sağ yok, sol yok, boykot var' gibi masum isteklerle başladı. Sonra düzen tarafından saptırılarak ortalık karıştı demek bir altmacadır. Öğrenci eylemleri hep siyasaldı ve anti -Amerikan gösterilerle yükseldi.

Kuşkusuz piyonlarda vardı, tıpkı Vedat Demircioğlu'nun ölümünde olduğu gibi, karanlık güçler de. Ama antiemperyalist fikirlerden koparak; Bağımsızlık, demokrasi, sosyalizm bayrağını yükseltenler bilinçli kişilerdi. Ve 68'in en önemli özelliklerinden biri kitleselliği ise diğeri insanların kendi anlayış tarzlarına göre de olsa kurtuluşu sosyalizmde görmeleri idi. Halk kitlelerin örgüt fikrini benimseyerek katılımcılaşması ise ülke tarihinde o zamana dek rastlanmayan bir durumdu. Öğrenci hareketinin önemi işçi -köylü hareketiyle paralel yürüyebilmesinden geliyordu. Öğrenci hareketinin düzen açısından tehlikeli hale gelmesi esas olarak bu yüzdendi. 68 o zamana dek Türkiye tarihinde görülen en katılımcı devrimci dönem oldu. Bir daha tekrarı olmayacak özgün bir dönem. İhsan Çaralan: "Kanımca şöyle ifade edebiliriz 68 gençlik hareketin temel özelliğini: Bir yeniyi arama, eskiyen değerlere karşı çıkma. Ve bu yeniyi en azından istem olarak sosyalizmde bulma idi. Yani sosyalizm adına hareket ediyordu. Sosyalist bir dünya özlemi içindeydi. Kendisini eski değerlerden kurtarmak ve toplum için savaşan insanlar olma isteği ağır basan bir dünyaydı" diyor. "Bir arayışı dönemi, bir yeniyi bilinmeyeni arama bir anlamda. Bu aslında 68'in önde gelen isimlerinden de temsil olunur kanımca. Belki de ne yapacaklarını tam bilmiyorlardı. Neyi kuracaklarını tam bilmiyorlardı. Ama var olanı yıkmak ve yeni bir dünyayı yaratmak düşüncesiydi egemen olan".

Bu arayışla gerçekleşen resmi ideolojiden kopuş bağımsızlık, demokrasi, sosyalizm düşüncesinin ilk kez eskilerin deyimiyle kuvveden fiile çıkması karşıdevrimi de güçlendirdi. Yenildiler. İpi, kurşunu, işkenceyi onurluca göğüslediler;adları Deniz'di, Yusuf'tu, Hüseyin'di, Mahir'di, Ulaş'tı, Cevahir'di, Taylan'dı, Sinan'dı ve Kaypakkaya'ydı. Kimileri 'yitik kuşak' dedi onlar için, kimileri kandırılmış, sevimli çocuklar. "İpi gördüler tanımadılar" diye yazdı Yalçın Küçük 70'lerin sonunda. Tanıdılar hem de nasıl! Bilinçle ve onurla öldüler bu yüzden. Yol ehliydiler, yollar açtılar. Zorun zorla ama şu ama bu şekilde altedileceğini sezdiler. Başkoydular, baş verdiler. Yeni ilişkilerin, yeni bir ahlakın, yeni bir kültürün ilkleriydiler. Aydın Çubukçu'nun dediği gibi; '68 Türkiye devrimci hareketinin köklerini ve gelişme eğilimlerini önemli ölçüde etkilemiş ve bugün hala pek çok özelliğiyle yaşamakta olan bir sürecin adıdır", ve "Denilebilir ki, işte bu çatışma noktasında Türkiye'nin 68'i devam etmektedir."

Daniel Cohn Bendit; 68'in Kızıl Dany'si, "Biz devrimi çok sevmiştik" diyordu, aynı adlı kitabında. Bizimkiler, hain tuzaklarda kan uykularda ve işkencelerde öldüler devrimi sevdikleri için. Kimi zaman yaşayarak kimi zaman da can vererek gösterilir sevgi. 1947 doğumlular, yani 68 kuşağının öncü insanları alışılmadık, ölçüde sorguladılar dünyayı. İlk toplumsal kıvılcımlardan yangınlar çıkarmak istediler. Köz duruyor, yangın yeryüzüne doğru gelmekte. Korku bundan, bireysel kurtuluş söylemleri bunun için. Bizim coğrafyamızda "mişli" geçmişle anlatılamayacak kadar genç öyküler yazılıyor. Ve biz devrimi çok seviyoruz. Yılmadan, yeni başlangıçlar yapma gücümüzden belli değil mi her şey. Bu öykünün sonu güzel olacak. Işıklı günler, yıldızlı geceler kadar güzel ve benzersiz. Ve inanın üzülen, biz olmayacağız bu kez asla!

Mesleğimiz Umut Bizim

2 Mayıs akşamı Kanal 6 televizyonunda 68 kuşağı üzerine bir tartışma programı yayınlandı. Başta 68'liler Vakfı başkanı olmak üzere pek çok 'eski' 68'li katıldı programa. Geçmişten konuşmak çoğu kez bugünden söz etmek değilse nedir? Vakıf Başkanı Haşmet Atahan "68 Türkiye'ye çok lazım" dedi. '71 bireysel terörizmdir". Katılımcıların hemen hemen tamamına yakınının görüşlerinin en kısa yoldan özetiydi bu sav. Dün devrimcililik etmiş, bugün görüşlerinin inkar edenler ya da hala sosyalist olduğunu söyleyenler aynı noktada birleştiler. Ayrım radikalizmle reformizm, resmi ideolojiye bağlılıkla kopuş çizgisi arasındaydı aslında. Dün devrimci 'zor'u savunanlar bugün farklı düşünüyorlardı. Açıklık yerine kıvrım kıvrım kıvrandılar çoğu kez.

Aslında bugün konumuz '68'i tartışmak değil, tüm mayıs çiçekleriydi. ancak Hasan Yalçın'ın bir konuşması üstüntünde birkaç şey söylemeden geçmek istemedim.

Hasan Yalçın "Aydınlıkçı'dır. Doğrusu şimdi de, önce de aynı görüşleri savunuyor olmak, insanların günebakan çiçeği misali görüş değiştirdiği bir ülkede erdem sayılmalıdır. Ama işte

Yalçın'ın erdemi de yalnızca bu kadarcık! Kanal 6'daki programa telefonla katılan Yalçın: 68'i kendilerinin temsil ettiğini, söyledi. Ona göre 68 kitlesel, barışçıl ve demokratikti. 68'liler silaha başvurmamışlardı. Bir soru üzerine; "İki Deniz Gezmiş vardır" dedi. "'71'in Deniz Gezmiş'i yanlıştır. 71'i 68'e katmak yanlıştır." Oysa muhafakazar Cevizoğlu bile 71'in 68'in bir sonucu olduğunun farkındaydı soruyu sorarken. Günümüzün ehlileştirme politikası insanları ne gülünç durumlara düşürüyordu!

Tartışmayı sabahın dörtbuçuğuna kadar seyrettim. Galiba en iyisini Cemil Gezmiş söyledi: "Ben 82 yaşındayım ve kendimi 68'li sayıyorum." Engels'in çok güzel bir sözü var: "Önce siz ateş edin mösyö burjuvazi!" Ancak bizim tartışmacılar gençlerin nasıl da silahlanmaya zorlandığını, nasıl provoke edildiğini, "sağ yok, sol yok, boykot var" diye başlayan masum öğrencilerin nasıl siyasal şiddete itildiğini anlatmaya çalışıp durdular. Oysa Fransalı '68'lilerin bir sözünü hep unuttular: Eylem bir tepki değil, bir yaratış olmalıdır. 68 doğal seyrinde gelişiyor ve yaratıcı bir kopuşu gerçekleştirme yolunda ilerliyordu.

Gece yarısından çok sonra geceye benzeyen kurbağa gözlü Baki Tuğ çıktı sahneye. "Mahkemeye karşı saygısız bir tutum sergilediler" dedi." "Eğer saygılı davransalardı. 59'uncu madde uygulanırdı ve idam edilmezlerdi." Aklıma Halit Çelenk'in "İdam Gecesi Anıları" ve Erdal Öz'ün "Gülünün Solduğu Akşam" adlı kitaplarında okuduklarım geldi. Ve birden bir devrimciyle, sözünün arkasında duramayan sözde devrimci arasındaki farkın kimi zaman pekala da 59'uncu maddeyle tarif edilebileceğini düşündüm. Kuşkusuz mahkemeye saygılı olmak diye bir tavır da sözkonusudur. Bunu Leipzig Duruşması sırasında Dimitrov, eylemiyle çok güzel kanıtlar bize. Ama Denizlerden beklenen pişmanlık ve nedamettir. Başkaldırıcılar için boyun eğiş bir kader sözcüğüdür oysa, uymaları eylemlerine aykırı.

Olayın hukuksal boyutunu ise bilmeyen yok.

Avukatları, 13 Mart 1972 günü ölüm hükümlüsü üç yiğit devrimciyle son kez görüşür. Deniz hepsinin adına sözlü vasiyetlerini bildirir Halit Çelenk'e. "Başbakan Nihat Erim'in konuşmasını dinledik, gazetelerden de okuduk. Bizim af dilememizi, yaptıklarımızdan pişmanlık duyduğumuzu belirtmemizi istiyor. Af dilemeyi düşünmüyoruz. Ölüme, bir devrimciye yakışır biçimde gideceğiz. Biz bu yola, halkımızın yararını düşünerek baş koydu. Af dileme sözkonusu olamaz. Böyle birşey yapmayacağız. Siz de analarımıza, babalarımıza, dostlarımıza söyleyin, bizler adına kimseden af dilemeye kalkmasınlar; küçüklüktür bu; bunun yapmasınlar, bizleri küçük düşürmesinler."

Erdal Öz'ün kitabını 1986 yılında okumuştum. "Bu kitabı yazarken" başlıklı giriş bölümünde yazdığı bir kaç husus çok öfkelendirmişti beni. "Bütün inançları, olanca sevimlilikleri içinde, ellerini kana bulamaktan özenle kaçınan; hele 'kır gerillası' serüveninin sanki dağda kamp kurmuş korkusuz bir izci topululuğu olarak yaşayan bu gözüpek çocuklara karşı büyüklerin çok acımasızca davrandığını da öfkeyle belirtmekten kaçınmadım." diyordu kitabı için. Kitabın yarı belgesel niteliği olduğu tartışılmaz. Önemli bir tanıklık çünkü. Ama eski notlarını yeniden okurken "Pal Sokağı Çocukları" adlı çocuk romanını yeniden okuyor gibi hissetmiş kendini! O zamanın solcusu şimdinin yeni solcusu Öz'e "Bizi sen yazacaksın" demiş oysa Deniz; "bizim şu anda tek görgü tanığımız sensin" demiş; "Yanımıza sokulan tek yazar sensin". Böyle durumlarda sözcükler çok önemlidir, sözcükler öldürür, sözcükler diriltir. Ve ihanet hep sözlere içerilir. Dil beynin en önemli foksiyonu. İnsan diliyle ihanet eder. Ve böyle zamanlar da insan diliyle bazen tek sözcük ihanettir. "Bu sevimli çocuklar"mış...

Yanlız bununla kalmıyor elbet. "Bir avuçtular, ama bir başına değillerdi" diyor yazar. "Oyuna getirildiklerini, yalnız bırakıldıklarının acısını, sanırım öldürülmekten yakayı sıyırıp yaşıyor olanlar hala duyuyorlardı". Hep söylüyorum pişmanlık yaşayanlara has bir duygudur. Ve birilerine hizmet etmeye çalışanlar hep bu kullanılmışlık duygusunun kompleksini taşırlar. 12 Mart darbecilerinin anıları çok sonraları yayınlandı. Yazar, 12 Mart'ı gerçekleştiren "karşıt güçlere" tepkili sözde. Kitabın son bölümünde Nokta dergisinin kendisiyle yaptığı söleşiyi de yayınlamış. "Bu çocukları hiç tanımamış gibiydiler. Oysa Denizler içerde, uzun süre, 12 Mart'ta yenik düşen 'radikal' askeri kesimin toparlanacağı umuduyla beklediler. Ve o kesimin sözcüleri nedense bu çocuklara verdikleri desteğe değinmediler bile. Bu kitabı yayınlamaya kalkışımın nedenlerinden biri de, bu davranışa bir tepki olabilir mi dersiniz."

Doğrusu ben de hep düşünmüşümdür. Erdal Öz, bu kitabı tam da 12 Eylül karanlığının orta yerinde neden yayınladı diye. Yoksa bu sözleri bizde örneği bol iki yüzlü entellektüellerin hep yaptığı gibi, bir doğruyu yazabilmek için, birkaç yaranma cümlesiyle söze girme geleneğinin bir devamı mıdır? Ne olursa olsun ihanetin rengi karadır. Zamanlama ise ilginç. Kitabın içindekilere gelince, her genç devrimcinin mutlaka okuması gereken şeyler. Ve ben yazarın "beklentiyle" ilgili saptamasını çağrıştıran tek söze rastlamadım, onların anlattıkları içinde.

Bu yola yeni başlayanlar ve geçmişlerini anımsamak isteyenler okumalı anlatılanları,. İlk olmanın zorlukları, kararlılık, feda ruhu, deneyimsizlik içinde ustalık, paylaşmanın güzelliği... Öğrenilecek çok şey var. İlk işkenceler, yükseliş dönemlerindeki genel hava. Devrimcinin romantik, düşmanınsa deneyimsiz olduğu bir dönem vardır, mertliğin bozulmadığı çağ... Silahlı bürokrasi içindeki yarılma, düşmanın hızla olgunlaşması ve ölüme gidiş.. "Bir devrimcinin ölümü bile normal eyleminden soyutlanamaz" diyen bir Deniz; sakin ve kararlı Yusuf; bilge, sessiz, çalşıkan Hüseyin... Ölüme çok az bir zaman kala "dışarda yaprak kımıldasa" haberli olmak, cezaevi yönetimini, zamları ve hükümeti protesto için girişilen ölüm orucu eylemi...

Erdal Öz'e kızmıştım. Ama o en azından kendine anlatılanların hiçbirini çarpıtmamış. Tek satır bile yok sırıtan, ekleme yapıldığını hissettiren. O zaman bir hata olan, bugün bir belge olmuş. Mustafa Yalçıner'in "Gerilla Günlüğü", Hacı Tonak'ın anlattığı Nurhak, "çocukca bir oyun" sözüyle sunulan Mehmet Asal'ın anlatı ve gözlemleri bile çok öğretici. Çünkü parçaları birleştirince, başlangıçtaki hayal gücü, cesaret ve öngörü ortaya çıkıyor, bugün yaşananlar dünün üzerinde yükseliyor. Kardeş halk çocuklarının yoldaşça başlattıklarından.

Yirmidört yaşındaki Deniz, ellili yıllarda doğup mücadeleye katılanları ne kadar genç ve deneyimsiz buluyor... Eylemin yoğunluğu zamanı kaça katlar? "Biz edebiyattan geldik reis" diyor; "Geçmiş kuşakların sorumluluğunu da bu kuşak yüklenmiş" diyor; "Doğru dürüst aşık bile olamadılar", "edebiyatla bile cezaevinde tanışmak durumunda kaldılar" diyor ve daha pek çok şey... Sanki binyaşında... Eksikliği görüyor, üzülüyor. İki Deniz yok! Tek Deniz var, Deniz bir simge burada. Bethoven'ın Yedinci Senfonisi'ni en iyi bir devrimcinin anlayacağını söyleyen, Neruda'yı, Lorca'yı, Einsenstein'ı, Podovkin'i seven, "İnsanlığın büyük kültür mirasını, en iyi bir devrimci anlayabilir, en iyi onlar değerlendirebilir. Bilime inananların ötekilere üstünlüğüdür bu" diyen Deniz'le; çatışma anında ikiyüz, üçyüz yıl sonra neler olalbileceğini düşünen, bilimdeki gelişmeleri hayal eden Deniz aynı kişi.

Ama, yine de bir simge olarak alırsak iki Hasan Yalçın var. Ortak savunmada; "Başta 30 Aralık 1971'de İsrail Sefareti'ne bomba atarken ölen yoldaşları İsmet Dişbudak" olmak üzere, faşizme ve emperyalizme karşı silahlı mücadelenin tüm şehitlerini saygıyla anan Hasan Yalçın'la; bugünün 71 devrimcilerini 'bireysel terörist' gören Hasan Yalçın'ı farklı. Değişmenin belirtileri, şu ve bu eylemde, ya da davranışta vardır gerçi.

İkinci Kurtuluş Savaşı vermek düşüncesiyle yola çıkanların bir kısmı sosyalizme ulaşarak büyüdü, halkların kardeşliğini ve "marksizm-leninizmin yüce ideolojisi'ni överek öldü. Yeniden "Kuva-yı Milliye" ruhundan söz edenler aynı nehre iki kez girilmeyeceğini pekala da bilirler. Dün devrimci gelişim açısından bir aşama olan düşünceler bugün gerici sayılabilir. İki Deniz'den söz etmeleri, gericileşen düşünceleri içinde Denizleri bir yere yerleştiremedikleri içindir. Aynı şey globalleşmeciler, medya plazaların yeni patronları, ekonominin üst düzey yöneticileri olan kimi eski 68'liler ve eski "Yuppie"ler için de geçerli. Eskiyi inkar etmeseler bile, yeni kimlikleri, eski düşüncelerine denk düşmüyor. Onlar da 68 ve 71 arasına bir ayırım çekmekte buluyorlar çareyi. Her zaman değişimden yana olduklarını ve çağın değiştiğini söyleyenler de var, yaptıklarını çocukluk olarak görenler de. Bir eski "Yuppie"; "Devleti yönetmeye soyunan kişileriz biz. Bir şirketi mi yönetemeyeceğiz" demişti bana. Henüz yeni "yükseliyordu".

Bir tür de var ki, onlar da 68'in aristokrasisi. Çoğu geçmişlerini reddetmeyi onursuzluk sayıyorlar ama, onlarınki yalnız hayal ettikleri bir geçmiş. Radikal sol yoldan geldikleri halde 68'den yola çıkıp resmi ideolojiyle hesaplaşan arkadaşlarını nereye koyacaklarını da onlar bilemiyor. "Önceleri barışçıydılar, yanlış yola saptırıldılar" diyorlar Haşmet bey gibi. Bildirilerle belgelerle kanıtlamaya çalışıyorlar görüşlerini. Ama Baki Tuğ'un karşısında da "onurlarıyla öldüler" deme gereğini hissediyorlar. Bir onursuzluk var kuşkusuz. Ama kim de ve nerede?

Deniz Sarkışla'da sıkıştırıldığı sırada tam da çatışmanın orta yerinde Mayakovski'nin dizelerini geçirmiş aklından: "Susun artık konuşmacılar/Siz savdınız sıranızı/Söz sırası mavzer arkadaşta/ Şimdi o konuşacak". Ekleyecek ne var ki? Mavzer gibi kişiler olmak gerektiğinden ve dünü bilmeden geleceği yaratmanın mümkün olmayacağının hatırlatılmasından başka. Tarih bizim tarihimiz, yoz ağızlarda çarcur edilmeyecek kadar da değerli

Bir İhtilalcinin İzleri

"Çok uzaklardan geliyoruz.../Çok uzaklardan.../Kaybetmedik bağımızı çok uzaklarla.../Bize hala konduğumuz mirası hatırlatır/Bedrettin Simavi'nin boynuna inen satır. /Engürülü esnaf Ahilerle beraberdik./Biliriz /hangi pir aşkına biz/sultan ordularına kıllı göğüslerimizi gerdik.../Çok uzaklardan geliyoruz. /Alevli bir fanus gibi taşıyoruz ellerimizde/ihrak binnar edilen Galile'nin /Dönen küre gibi yuvarlak kafasını/Ve ancak/Bizim kartal burunlarımızda buluyor/layık olduğu yeri/ materyalist camcı İspinozanın gözlükleri.../Çok uzaklardan geliyoruz.../ Çok uzaklardan..." Böyle diyor Nazım, Kablettarih şiirinde. Eğer gecenin evinde yangın çıkarmaya sevdalıysak nereden geldiğimizi, kimlerden olduğumuzu, mirasımızın yerel ve enternasyonal köklerini bilmemiz gerektiğini anımsatıyor bize haklı olarak.

Ancak bugünün devrimcilerinin aynı hassasiyet içinde olduklarını söylemek mümkün değil. Toplumumuzun her kesiminde olduğu gibi devrimcilerde de sonuçları son derece sakıncalı olan bir tarih bilinci eksikliği sözkonusudur. Geçmiş hakkında konuştuğumuzda bugün bulunduğumuz konumdan geleceğe bakarız aslında. Ve geçmişin içinden çıkarıp yaratırız geleceği.

Gelecekle ilgili olduğu savında olanların tarihlerini bilmeleri, sahiplenmeleri ve yerleşmiş bir tarih bilincine sahip olmaları gerekir.

Her 30 Mart'ta, her 6 Mayıs'ta, her 18 Mayıs'ta törenler düzenler, anma yazıları yazarız. Rüzgar kanatlı atlılardır onlar. Sloganlarımızı haykırırız, anıları mücadelemize önder olsun, deriz. "Ateş fitiller gibi dimdik ayakta/Barut ortasında"dırlar. Sonra...yeni anma günlerine dek yerli yerine koyarız onları. Yeni anma günlerinin yeni sloganları haykırılana dek...Oysa belleksizlik öldürücü bir hastalıktır. Ve unutkan devrimciler, devrimsiz devrimciler olurlar. Belleksizliğin toplumsal, siyasal ve tarihsel nedenleri var elbet. Dildeki sadeleşmenin yol açtığı yazılı tarihe ulaşma zorluğu, her on yılda bir yaşanan kırımlar ve yok etmeler gibi, ama kuşkusuz tüm bunlar tarih bilinci edinme açısından bir mazeret olmaktan uzak. Yeni kuşakların devrimcileri; soran sorgulayan, araştıran, öğrenme sevinciyle dolu kişiler olmak zorundalar. Ve her birimiz ölenlerin güneşe gömüldüğünden söz etmek yerine onları var eden tarihsel koşulları, toplumsal ve siyasal gelişimi bilmek zorundayız.

Deniz, Yusuf ve Hüseyin'in ölümlerinin 26'ıncı, '68 Mayıs'ının ise 30. yılı. Düne bakmanın tam sırası. Turan Feyizoğlu'nun "Deniz: Bir isyancının izleri" adlı kitabını okurken aklımdan tüm bunlar gelip geçti işte. Kitabın adını gördüğümde tepki duyduğumu söylemeliyim. Çünkü bir isyancı değil, bir ihtilalciydi o. Yalnızca başkaldırma sevdalısı değildi, daha güzel bir Türkiye, daha adaletli bir dünya tutkunuydu. Yıkmak değildi yalnızca istediği, yerine yenisini koymaktı. Hep bunun arayışı içinde oldu. Feyizoğlu, gerçekten de izini sürüyor Deniz'in; içinden çıkıp geldiği tüm gençlik eylemleri, gazete küpürleri, kitaplar ve Deniz'in birlikte çalıştığı arkadaşları...Kitap, anımsamanın yollarını açıyor önümüzde. Deniz'i okumak, devrim tarihimize bir göz atmak gibi.

1960'lı yıllar dünya solu adına başarılarla dolu bir dönemdir. Çin devrimi, Küba devrimi zaferle bitmiştir. Ernesto Che Guevara devrimci feda ruhunun, evrenselliğin simgesidir adeta. Vietnam'da halk savaşı zafere ilerlemektedir. Kuzey Amerika'da ve Avrupa'da gençlik, işçilerle birlikte yeni bir düzen arayışındadır, tüm dünyada ulusal kurtuluş savaşları ve emperyalizme karşı kavga yükselmektedir. Türkiye'de ise 27 Mayıs sonrası yaşanan nispi özgürlük ortamında bir sorgulama ve bilinçlenme dönemine giriliyor. Gençlik başta olmak üzere kitleler resmi ideolojiden kopuyorlar ve düzene, emperyalizme tavır almaya koyuluyorlar. Deniz bu ortamın ürünü.

Arkadaşı Nurettin Demirdöven, birlikte okudukları kitapları sayıyor: Jack London'ın Martin Eden'i, Gazap Üzümleri, Çanlar Kimin için Çalıyor, Wels'in Kısa Dünya Tarihi ve Amerika Birleşik Devletleri Tarihi, Plehanov'un Marksist Düşüncenin Temel Meseleleri, Ali Faik Cihan'ın Sosyalist Türkiye'si, Niyazi Berkes'in Yüzyıldır Neden Bocalıyoruz, John Strachey'in Sosyalizm Nedir'i. Daha lise öğrencisidir. Bir yandan kitap okuyor, bir yandan ders çalışıyor, diğer yandan TİP Üsküdar örgütüne gidip geliyor. "Çıkan bütün kitapları hemen alıp okuyorduk. Dergi olarak 'Yön' alıyorduk, gazete olarak Cumhuriyet alıyorduk. Akşam gazetesi ve o dönem bir ara çıkan Tanin adlı gazeteleri de bulunca okuyorduk" diyor Demirdöven. Yükseliş dönemleri öğrenme tutkusuyla doludur insanlar. Öğreniyorlar ve öğrendiklerini uygulamak istiyorlar. Bakıyorlar ve sorguluyorlar. Osman Arolat: "O dönem şiir, edebiyat merakı vardı. Bayazıt'ta Beyaz Saray denilen binanın altında yeni kitapevleri, sahaflar açılmıştır, oraya gider, orada bulunan kitapçılarla, sanatçılarla sohbet ederdi" diyor Deniz için. O dönem çok tartışılan bir dönemdi. Gruplar farklı olsa da, birbirinden farklı da düşünseler tartışmalar genellikle Çınaraltı'nda geçerdi. Aynı şekilde sahaflarda, sahaflar'ın yanındaki kahvede konuşulurdu. Hukuk Fakültesi'nin çay ocağının yanında insanlar otururlar, tartışırlardı." Deniz, dört Amerikalı askeri sakladıkları ve daha sonra serbest bıraktıkları apartmanı terkederken 8 Mart 1971 günü arkasında şu kitapları bırakmıştı: Moskova Önlerinde, Emperyalizm-Tekelci Kapitalizm ve Türkiye, Sosyalist Parti, Silah Arkadaşları, İnsan Asker Doğmaz.

Kitaptan ilk işgal eylemini, ilk boykotu, Deniz'in önderlik ettiği öğrenci eylemlerini, TİP'le ilişkileri, FKF'yi, DÖB'ü ve TİP'ten ayrışmaların başlamasını, 6. Filo'ya karşı yükseltilen anti- Amerikan, antiemperyalist gösterilerin seyrini öğrenmek mümkün. Tüm bunlar hep Deniz'in katılımı çerçevesinden anlatılıyor. Belli bir tarih sırası gözetilmiyor. Ancak dönemin ortamını çıkarsamak mümkün yine de. Tam bir anti- emperyalist bilinç egemen. Bir yandan resmi ideolojiden kopuluyor, diğer yandan "İkinci Kurtuluş Savaşı" verilmekte olduğu öne sürülüyor. 27 Mayıs geleneğinin izleri sürerken, gençlik yavaş yavaş ayrışıyor ve düzenin yedeği olmaktan muhalifi olmak pozisyonuna doğru kayıyor. Öğrenciler katılımcı ve demokratik bir üniversite talep ediyorlar. Direniş ve İşgal Komiteleri gibi özgün eylemlilikler yaratıyorlar.

Türkiye'de antiemperyalist gençlik eylemlerinin yükselmesi 1968'lerden gerilere gidiyor. Ama '68, hem özerk ve demokratik üniversite mücadelesinin hem de antiemperyalist eylemlerin doruğu oluyor. Öğrencilerin okulları işgal eylemini işçilerin fabrika, köylülerin toprak işgalleri izliyor. Yönetenler yönetemez durumundadır. Elmalı'da yoksul köylüler toprak işgal ediyorlar, Derby Fabrikası'nda işçiler fabrikalarını.

Ordu içinde radikal hareketler gelişiyor. Komünizmle Mücadele Dernekleri, İmam-Hatip okulları solcu gençliğin karşısına çıkarılıyor. Solun kitlesel yükselişinin düzenin ve devletin legal olanaklarıyla durdurulamayacağı ortaya çıkmıştır. 1968 Ağustos'unda albay eskisi Türkeş'in MHP'si ilk "Komando Kampları" nı kuruyor. Çünkü 1968 yılında Türkiye'nin sokakları özgürleşiyor, gençlerin ve emekçilerin ellerine geçiyor.

Baştan beri ilericilik-gericilik kavgası var. Gelişimi Harun Karadeniz anlatıyor. Sonra kavga sağcılık-solculuk kavgası oluyor. Ancak 'din' solculuğun karşısında aydınlığı engelleyici ve şiddet uygulayıcı rolünü hiç bırakmıyor. Bütün antiemperyalist gösteriler sırasında gençliğin karşısına çıkan dinciler oluyor. Amerikalıların koruması gibiler.

15 Temmuz 1968'de, Deniz'in öncülüğündeki devrimci gençlik 6. Filo'nun Amerikalı Bahriyelilerini Dolmabahçe'de denize döküyor. Tam bu süreçlerde Mustafa Kemal hala bağımsızlık sembolüdür. Olayın ardından Teknik Üniversitesi yurdu toplum polisleri tarafından basılıyor ve Vedat Demircioğlu polis tarafından pencereden atılıp, yerlerde sürükleniyor, öldü sanılıp bırakılıyor. 24 temmuzda ölüyor. Harun Karadeniz anılarında Vedat'ın "pencereden atıldığını" yazıyor. Ancak Harun Karadeniz'den pek çok alıntı yapan Feyizoğlu nedense Vedat'ın ya atıldığını ya da telaştan pencereden düştüğünü yazıyor. Belki objektiflik adına, burada yanlış bilgi veriyor.

1968 sonunda ABD'nin Vietnam'da yetişmiş destabilizasyon uzmanı CIA görevlisi Kommer Türkiye'ye geliyor. Deniz arkadaşlarıyla protesto eylemindedir. 6 Ocak 1969'da Kommer'in arabası ODTÜ ziyareti sırasında yakılıyor. Buna karşın ABD 6. Filo'yu yeniden Türkiye'ye yolluyor. Dinci Mehmet Şevket Eygi "Cihada hazır olunuz" çağrısında bulunuyor gazetesinde. İstanbul'un değişik yerlerinden gelen yobaz takımı 6. Filo'ya karşı gösteri yapan gençlere saldırıyor. Duran Aydoğan ve Ali Turgut Aytaç ölüyor. Cihan Alptekin davasında yargılanan Oktay Kaynak "İlk silahlanma kararını Kanlı Pazar olayından sonra aldıklarını" açıklıyor.

Egemenlere gelince; 13 Nisan 1969 Pazar günü yayınlanan Tercüman gazetesi bir başyazı ile "iç savaş" tespiti yapıyor: "Savaş günlerinde, tavizsiz, çıkarsız ve tam imanla SİLAH BAŞINA koşar gibi bütün vatandaşların, partilerin, üniversiteler ve diğer kuruluşların, MESULİYET BAŞINA koşacakları günler gelmiştir" diyor, "Ciddi olunuz, sağlam durunuz sayın devletliler, liderler, rektörler, profesörler ve gençler! İÇ SAVAŞ BAŞLAMIŞTIR".

Deniz, Yusuf, Hüseyin ve diğerleri bu iç savaşın çocuklarıydılar. Tam bağımsızlıkçılıktan yola çıkıp, "Yaşasın marksizm - leninizm" diye haykırarak öldüler. O dönemi bilmeden onları anlamak mümkün değildir. Türkiye'de kitlesel bir düzen muhalifliği, kitlesel bir resmiyetten kopuş dönemidir o yıllar. Ama aynı zamanda mirasçısı olduğu geleneğin 'Kemalist' bakışıyla malul olmaktan da kurtulamamışlardır henüz. Kemalist sol cuntaların Doğan Avcıoğlu gibi ideologlarının antikapitalist yol teorilçri ürettiği koşullarda, sosyalizme bakmakta ve her 'tarzı' denemektedir genç devrimciler: Mao Zedung, Che Guevara, kır gerillası, şehir gerillası... Onlar yol ehliydiler, yol arıyorlardı, yol açıcı oldular. Yeninin ve doğrunun "sosyalizm" olduğunu biliyorlardı henüz. Daha ilerisini değil, sonrası izleyenlerin işiydi.

Feyizoğlu'nun kitabında başvurduğu insanların çoğu türküsünü tüketmiş insanlar. Feyizoğlu'nun kendisi de, şu mahut "değişim"den söz edenlerden: "Bu değişimin ana itici gücü, bilimselteknik devrimden gelmektedir. Çağımızda artık, bilimsel-teknik devrim ile, 'yeni bir tarihsel dönemin' başladığı öne sürülmektedir" diyor kitabı bitirirken. Mahcup bir bilgi çağı ve globalizm savunusudur bu. Kitabı da elbette düşüncelerinin ürünü. Araştırmada, Deniz'in izini sürerken, karşı cephe hep ihmal edildiğinden olaylar içinde gericiliğin rolü anlaşılamadığı gibi, Deniz ve arkadaşları işleri tırmandıranlar olarak gösteriliyor niyetten bağımsız olarak. Bunu yaparken de, Harun Karadeniz'in anılarına başvuruluyor. Yaşayanların çoğu, yani Deniz hakkında bilgi almak için referans alınanlar, 'vazgeçmişler.' Hani şu: iki Deniz var; '68 ve '71'deki diyenler gibi. Bugün durdukları yerden düne baktıkları için nesnel olmaları olanaksız.

1968'lerde Türkiye Devrimi'nin yolu tartışıldı. Tartışmada Deniz'in de içinde bulunduğu genç devrimciler Milli Demokratik Devrim (MDD) çizgisini savundular, TİP'liler ve destekleyicileri ise Sosyalist Devrim (SD) yanlısıydılar. Sosyalist devrimciler parlamenter mücadeleyi, MDD'ciler devrimci şiddet yolunun geçerli olduğunu söylediler. Bütün siyasi örgütlenmeler bu ana hattın etrafında oluştu. Radikal sol yolu seçenler ve sosyalist devrimciler kavgayı; toplumsal, ekonomik, siyasi gerçeklerden çok pasifizm ve fokoculuk ekseninde yürüttüler o sıralar. Kitap bunun izlerini de taşıyor. Bugünün Demirel hayranı iki Deniz savunucularından Osman Saffet Arolat: "Deniz, o zamanın gençliği içinde baştan beri Mustafa Kemal'ci, ama kendini yer yer marksist zanneden birisiydi. Olaylara sürekli olarak 'İkinci Kurtuluş Savaşı' açısından bakardı" diyor. "Özellikle Deniz, Che'den çok etkilenmişti. Aynı biçimde Ho Chi Minh'den etkilenmişti. Ho Chi Minh'in filozof tavrını, Che Guevara'nın aktif tavrını birleştiren bir yapıyla hareket ederek, konuşma türü, olaylara bakış açısı, sürekli bu yönde oldu." Deniz'e yöneltilen "cuntacılık" suçlamaları da hep bu çevreden geliyor.

Ama 1971'e gelindiğinde bir devrimci efsanedir Deniz ve gericiliğin can düşmanı. '68'de rektör Egeli ile görüşerek onu okuldan attıran Demirel ile Cüneyt Arcayürek arasında şu konuşma geçiyor. 7 Mart 1971 günü:

"7 Mart 1971... Eğer, Deniz Gezmiş ve arkadaşları bulunup yakalanabilirse olaylar yatışabilir, dedim.

Onayladı.

Sonra acı acı güldü. "Geçen gün, arkadaşlara 'Şu Deniz Gezmiş'i bulsam, Ankara'ya Emniyet Müdürü yapacağım' dedim de arkadaşlar bu sözümün arkasındaki anlamı kavrayamadılar."

Arcayürek akıl veriyor. Demirel hayıflanıyor. Deniz bir simge artık.

Deniz, 16 Mart 1971 günü yakalanır Gemerek'te. Yusuf yaralıdır. Sağlık ocağına götürülürken; "Ben kimseyi öldürmek istemedim. Hep havaya ateş ettim. Öldürmek isteseydim, çoğunuzu öldürebilirdim" der çevresindekilere. Deniz, kurşunla eli sıyrılan astsubay İbrahim Fırıncı'nın eşinden özür diler. Yenilmiş devrimcilerle rövanşçı gericiliğin mücadele arenası olur yargılanmaları. 8 Nisan 1972 günü Rauf Tamer, Tercüman'da "İptal" başlıklı bir köşe yazısı yazar:

"İPTAL

İdamlara dair kanun iptal edildi.

Ne demek iptal?

İsterseniz gelin kelimelerin menşeini arayalım

İptal/ İpta/ İpt/ İp.

Gördünüz mü, sonunda yine ip çıkıyor."

Yeminli gericiler, Deniz'le birlikte bir inancı, inadı ve eşitlikçi bir dünya talebini ipe çekmek isteğindeler.

Deniz ise, İçişleri Bakanı Haldun Menteşoğlu'nun sorularına net yanıtlar verir:

Menteşoğlu- Nereye gidiyordunuz?

Deniz- Devrime.

Menteşoğlu- (Eliyle duvardaki haritada Sivas'ı işaret ederek) Devrim o tarafta mı?

Deniz- Devrim'in o tarafı bu tarafı yoktur. Her taraftan gelir.

Yaşamın kendisi gösteriyor coğrafyamızda devrimin her yerde olduğunu. Onlar bir büyük inattılar. Bize bıraktıkları en önemli miras dünyayı değiştirme kararlılıkları ve inatları oldu.

Öğrenmek zorundayız. Kendi tarihimizi yazmak, okumak, sorgulamak zorundayız. Öğrenmemize hizmet edecek her kaynağa başvurmak zorundayız. Anlatılanın içinden 'bizim hikayemiz'i çıkarıp bulmak zorundayız. Bu noktayı gözeterek eleştirel bir gözle okumanızı önerdiğim bir kitap Feyizoğlu'nun "Deniz"i. O isyancıdan söz etsin. Biz ihtilalciyi arayacağız.

Giden

"Gidenin bir resmi kalır, asarlar duvara/ Yavaş yavaş duvarda unutulur" deyişi hiç aklımdan çıkmıyor A. Kadir'in. Çok unutkan bir toplum olduğumuzu düşünüyorum. Belki de en çok sözünü ettiklerimizi unutuyoruz. Yaşanan onca zulüm de unutturmak adına değil mi zaten. On yıllık kesintilerle yürüdük hep. Bir kuşak diğerinin macerası hakkında çok az şey bilir oldu. Anı yazma, deneyim aktarma gibi bir gelenekten de fazla nasiplendiğimiz söylenemez. Ve unutuşun karanlığına terk ederiz çoğu kez yaşanmışlıklarımızı. Yavaş yavaş bizden uzaklaşır anımsadıklarımız...

Ağır posta paketini neyin nesi belirsiz, telaşlı, kuşkulu, sevinçli açmak... İçinden ne çıkacağını az çok bilsem de hep aynı sevinçli telaşla açarım kitap paketlerini. Son kez bir eski sevinç çıkıverdi karşıma. Yirmi yıl önce yitirdiğim bir kitabın yeni baskısı yapılmış. Ne kaçıncı baskı olduğunu yazıyor, ne basım tarihini. Çok özenli bir baskıdan da söz etmek mümkün değil. Nihat Behram'ın "Ser Verip Sır Vermeyen Yiğit" adlı kitabı, Bir Komünistin Biyografisi adıyla basılmış bu kez. Kapağı şöyle bir açtım. Filistinli ozan Mahmut Derviş'in şiiri çıktı karşıma *"... Ölüm-*

lerden geliyorum şarkı söyleyerekten,/ geliyorum yaşamak için,/ bırak ışıldayan bir yara/ bağışlasın bana sesini... / yaramın üstünde yürümeyi öğretti bana/ celladın bıçağı,/ Yürümeyi, hem de yorulmadan./Direnmeyi öğretti. Direnmeyi..."

Bize direnmeyi öğretenin yakalandığı haberini Şubat başında öğrenmiştik. Soğuk bir İstanbul sabahında "Kaybımız çok büyük" dedi haberi getiren, omuzlarında asırların ağırlığı vardı sanki. "Ne yapalım devam etmeliyiz" dedim iyimserlikle. "Şu an hiç konuşmak istemiyorum" diyerek ayrıldı yanımdan. Sona doğru bir adım... Eski bir dostla buluşmanın sıcaklığıyla okudum kitabı yeniden. Yirmi yıl aradan sonra sanırım her şeye biraz daha 'dışarıdan' bakabiliyor insan. Ve yine de duygular peşinden geliyor insanın; onur, umut, direnme ve yoldaş sıcaklığı...

"İlk açık eylemi yazdığı bir bildiriyle başladı. Çetin Altan, bir gezisinde gericilerin saldırısına uğramıştı. İbo 'devrimciler bu türden saldırıları anında yanıtlamazsa, gericilik sinsi sinsi yaygınlaşır, işi kan dökmeye vardırır' demiş ve arkadaşlarını eylem için uyarmıştı." diye yazıyor Nihat Behram: "Hemen bir bildiri yazarak saldırıyı lanetlemiş ve ardından okulda bir imza kampanyası açılmasına önayak olmuştu. Bu onun hayatında kendi imzasını taşıyan ilk açık eylemiydi. Ve onun eylemci ruhu kendini taşırarak, günbegün sıçraya sıçraya gelişti."

Altmışsekizlerin en önemli karşıdevrimci üsleri Komünizmle Mücadele Dernekleri'ydi. Ülkü Ocakları daha sonradır. Komünizmle Mücadele Dernekleri'nin pek çoğunda "şeriatçı"lar egemendi. İbrahim, ilk aktif eyleminde gericilerle kıyasıya bir kavgaya girdi. Şeriatçılar püskürtüldüler. Bugünlere gelen yolun kilometre taşlarını görmek açısından ilginç.

Bazen eskilerle yeniler arasında bir karşılaştırma yapmam istenir. Bu haksızlık gibi gelir bana. Farklı dönemler farklı tavırlar gerektirir çünkü. Ama, sanırım İbrahim'i ve bazı arkadaşları diğerlerinden ayıran bir yön vardı. "Halklaşmışlardı". Sade ve açık... Toprak işgallerinde, fabrikalarda ve öğrenci eylemlerinde mücadelenin bir neferi olmayı bilen "İbo"yu görürdünüz hep. Ayrılıp pekişme yılları ve de açlığın, karanlığın, zulmün yanıbaşında yepyeni bir yara: İhanetler... İhanetlerden geçerek döşeniyordu kolektifin yolları. *"Kolektif çalışmaya alabildiğine önem veriyordu. Ve tasarladığı şeyi ilkin kendisi uyguluyordu. Yoldaşlarına sürekli olarak kendisinin yanlışlarını soruyor, onların eleştirilerine her şeyden fazla değer veriyordu. Bir işte hatalı olduğunu anladığı an, hatasını hemen açık yüreklilikle kabulleniyor ve tekrar etmemesi için özeleştirisini yapıyordu. Özellikle yoldaşları tarafından eleştirilirken asla küçük burjuvaca bir hırçınlığa kapılmıyordu."* diye yazıyor Nihat Behram. Sanki sıradan bir açıklama gibi. Ama derin bir halka bağlılığı ve özgüveni gösteren yüzde yüz doğru özellikler bunlar. Ve sanırım "İbo"yu en iyi anlatan şu sözler: *"Kişiliğini, düşüncelerini, rüzgarın, taşın ve kitle ilişkilerinin içinde pişirmişti. Aydınlara özgü bilgiçlikten, kuru, coşkusuz bağlılıklardan, kararsızlıklardan, hantallıklardan kusarcasına iğreniyordu. Bir dal, bir akarsu gibi doğaldı her şeyi."*

Ataol Behramoğlu, bir zamanlar ne güzel şiirler yazardı. Ne güzel şiirler! *"... Elbette vardır bir diyeceği, bir haberi,/ Bir kaçağa çay sunan Kürt kadınlarının/ dağlar dilsizdir, yalçındır./ Ama gün gelir bir diyeceği olur onların da/ Ve dağlar ıssız tarlalar başladı mı konuşmaya/ Susmazlar bir daha söz artık onlarındır."* Dağlar konuşmaya başlamıştı. Malatya'da, Tunceli'de. İsyanlar zamanıydı, bir yandaysa ihanet... İlk cezalandırma eylemi böyle bir zaman diliminde yapıldı. İbo *"Türkiye'nin geleceği çelikten yoğruluyor; belki biz olmayacağız ama bu çelik aldığı suyu unutmayacak..."* diyordu. Haklıydı!

24 Ocak 1973'te kuşatıldılar. Haydaran'ın asi çocuğu Ali Haydar Yıldız öldü, İbrahim yaralandı. Hüseyin, Süleyman ve Muzaffer kaçtılar. İbrahim'in yeni macerası başlıyordu artık. Ümit sapına kadar namuslu ve kar altındaydı ve el ayak buz tutmuş. Dört gün kaçtı. *"Bütün gericiler ve ajanlar dağda ve taşta bu 'kana bulanmış ekmeği' arıyorlardı". Bir slogan çok söylenirdi eskiden: "Fehmi Altınbilek! Eli kanlı köpek!"* Kan! Devrimci kanı ve nainler.. Mirik Köyü'nde yakalandı İbrahim. Yaralıyd yürüyemiyordu, açtı. Bir jipin arkasına bağlayıp götürdüler on Yürüdü mü, sürüklendi mi, bilinmez. Ayakları donmuştu. İşkencecilerin yöntemleri yeniydi, devrimciler "yeni". Çoğumuz yalnız Dimitrov'u biliyorduk. Doğrusu bir de "Şafakçılar" tarafından yayınlanan "Poliste ve Mahkemede İhtilalci Tutum" adlı broşürü okumuştuk. Broşür'de özetle düşüncelerin hiçbir biçimde gizlenmemesi, ama ilişkiler hakkında hiçbir şey söylenmemesi öğütleniyor, Dimitrov'dan örnekler veriliyordu. Ortada bir reçete vardı. Şu ünlü "somut koşulların somut tahlili" söz konusu değildi. Ne öğrendiysek orada öğrendik. Ama o mekanik tarzdan da zaman zaman nasibimizi aldık. İbrahim'in 6 aya yakın süren direnişinde ödün vermez tutum yanında bu broşürün, tarzın izleri vardır. Zordur, yol açıcı olmak, öğrenerek öğretmek.

"Canımdan damıttım/ seni ey zulüm/ sancısını inceden kum gibi taşıdığım/ kasığımda Amerikan kemendi/ bağıra bağıra/ geceler boyu/ kaskatı kesilip kan işediğim" diyerek anlatır işkenceyi Ahmet Arif. Sağ ayağı yarıya dek, sol ayağının ise serçe parmağı hariç tüm parmakları kesilmiştir İbo'nun. Vücut paramparçadır, yürek direnir. Diyarbakır işkence evinin 3 no'lu hücresi bir direniş destanının adıdır, kulaktan kulağa yayılan. Oğlunu bulmaya çalışan Ali Kaypakkaya'ya halktan birileri şöyle bir tarif yapar: *"Diyarbakır'a gelirken sağda cami var, solda askeri birlik; caminin orda hücreler var, oğlun ordadır..."* Bu coğrafyayı en iyi tanımlayan cümle olsa gerek söylenen. Halkın tanımlarındaki

sağduyu şaşırtıcı olur bazen. Kışla, cami ve işkence evi..

'72 bir dönüm noktasıydı ülke açısından, Pentagon'da kotarılan Ulusal Güvenlik Doktrini Latin Amerika ile birlikte Türkiye'de de yürürlüğe sokuldu. Amerikalıların gözetiminde işkencelerden geçirildi; devrimciler, yurtseverler. TİKKO davasının iki numaralı sanığı, Harbiye işkencehanesinde kendine yapılanları anlatırken şunları söylüyor: *"... Çırılçıplak soyarak, ayaklarıma zincir bağlayıp havadan astılar. Ve buzlu su dökerek demir çubuklarla devamlı dövdüler. Bacaklarım morarıp şişince, kollarımdan asarak aynı şekilde demir çubuklarla dövüldüm. Vücudumun her yerinden kırmızı şeritler halinde kan sağıldı."* Ayrıntılar var. Şimdi inancın ve inadın çemberinde sınanan herkes biliyor yapılanları ve yapılabilecekleri. Ama o zamanlar uygulamanın bu türü yeniydi. "Burası kontrgerilla" deniyordu "tezgaha çekilenlere". Sarsanyan tabutlukları tarih olmuştu artık. *"Harbiye'de dikkatimi çeken bir husus da, kollarım ve bacaklarımdan zincire vurulduğum sırada, işkenceyi uygulayanlardan birisinin, başucumda duran uzun boylu sarışın bir Amerikalı'ya izahat vermesiydi"* diye anlatır işkence gören.

Nisan Mayıs'a çevrilir. Mayıs yarılanır. Sorgucular sürekli sorar. İbo sürekli aynı yanıtları verir: Bilmiyorum, görmedim, tanımıyorum. Ustura gibi bir susuştur onunkisi zindanı delip geçen. Duruşuyla yeni bir geleneğin başlatıcısı olduğunu tahmin edenler ölümüne karar verirler hemen. Askeri savcı ve işkenceci başı Yaşar Değerli, ölüm buyruğunu uygulattırır ve "intihar etti", diye açıklarlar sonra her zamanki gibi. "Oğlun öldü" derler babasına, "Öldü işte" Kurşunlarla delik deşik edilmiştir, paramparçadır cesedi. Bütün oğullarımız ve kızlarımız adına görülecek bir hesap kalır geriye. Bir de; eylemle teoriyi birleştirmeye çalışan, içerdeyken, işkence altındayken bile örgüt fikrini, halkçı özünü kıskançlıkla korumasını bilen, geleceğin harcında sağlamca yer tutan örnek alınası bir değer.

Nihat Behram'ın kitabı anımsamanın yollarında dolaştırıyor bizi. Nazi işkencehanesinde hücresinin duvarına "Unutma ki, sen bir komünistsin" diye yazarak zulme direnen Dimitrov'ların yolundan yürüyen bir devrimcinin hayatından kesitler aktarıyor. Bir başlangıç. Anıları, anımsamaları, belgeleri gereksindiğimizi ortaya koyuyor. Örneğin o davanın tutanaklarının yayınlanabilmesinin ne kadar öğretici olabileceğini akla getiriyor.

Tarih bizim için ibret alınınca tekerrür etmeyecek bir öyküler yığını değildir elbet. Tarihin kitlelerin eseri olduğunu bilmezden de değiliz. Geçmiş hakkında konuşurken hep geleceği göz önüne alırız bizler. Tarihi devrimci eylemin bir parçası saydığımız içindir ki, geçmiş hakkında bilgi sahibi olmaya çalışanlara kaynaklık edecek, toplu bilgi aktaracak, derli toplu belgeler, tanıklıklar, gelecek kuşaklar açısından çok önemlidir diye düşünürüz.

Geçmişe bakmadan gelecekten konuşulamaz. Bu nedenle, tanıklıkları, anıları, belgeleri genç kuşaklara aktaracak bir yol izlemek görevi acil olarak önümüzde duruyor. Doğrusu aynı duyguya "Bir Ölüm Orucunun Anatomisi"ni okurken de kapılmıştım. Doktor Şükrü'nün kitabı ölüm orucunun tıbbi yönüyle ilgili paha biçilmez katkıları bir tarafa, sıcağı sıcağına aktarıyor yaşananları. Oysa geride onlarca cezaevi ve yüzlerce direnişçi var. Deneyimlerin aktarılması ve tarihe kayıt düşülmesi, eğer bir gelecek tasarımından söz ediyorsak mutlak gereklilik. Direnmenin ve kararlılığın simgesi yeşil gözlü, kızıl saçlı gerillanın yaşamını yeniden okurken aklımdan gelip geçenler bunlardı işte. Güzel olan, onur veren direnenlerce yazılan tarihin bir parçası olmak kuşkusuz. Tıpkı İbrahim Kaypakkaya gibi. Evet, erdemleri rehberimiz, anıları yolumuzu aydınlatan ışık olsun.

Hayatı Savundular Söz Dinlemez Şafaklarda

"Koşullar yalnız ölümün önünde eğilenler için zordur."

"Eli bıçaklı lanetliler uyuyamayacaksınız/ Pençeleri karanlık kanlı kargaları gecenin/ Hüzünlü gecelerin karanlık alçakları/ Ölü tasallutçuları/ Uyuyamayacaksınız." (Rafael Alberti)

12 Eylül günlerinde okumuştum "Hayatı Seviyorlardı" adlı kitapçığı. Fransız rezistansçılarının son mektuplarıydı sözü edilen. Kaç kez yeniden okudum o mektupları! Dilimde bir partizan türküsü vardı, erken ölenlere dair söylenmiş. Mektupları yazanlar, bazen birkaç saat, bazen birkaç dakika sonra ölüme gitmişlerdi. Yılgınlığın zerresi yoktu sözlerinde. Ne elleri titremişti, ne korku dolmuştu yüreklerine. Çoğu komünistti. 1939-1944 yılları arasındaki o insanlık dışı işgal yıllarında Nazi barbarlığına karşı, ülkelerinin ve halklarının onurunu savunmuşlardı. Zafere, partilerine ve ülkelerine inançlarını söylemişlerdi tümü de. Ölümü gözlerini kırpmadan kabullenmişlerdi. Çünkü ölüm, onlar için mücadelenin yükselmesi anlamına geliyordu. Metal işçisi Maurice Lacazette, demiryolcu Pierre Semard, 17 yaşındaki lise öğrencisi Guy Maquet, edebiyatçı

Jaques Decour, göçmen işçilerin önderi Michael Manouchian, sonra hepimizin Gabriel Peri...

Ne; "...kendimi, biraz, ağaçtan düşüp humus olan bir yaprak gibi görüyorum. Humusun kalitesi yapraklarındadır" diyen J. Decour'u unutuyorum, ne "Hayatıma yeniden başlayacak olsaydım, yine aynı yoldan giderdim", "Birazdan sevinçli yarınları hazırlayacağım" diyen Peri'yi, ne de; idam sehpasında; "Ben ölüm korkusunu çoktan yendim, ama benden sonra siz öleceksiniz. Canımı alabilirsiniz, mutluluğumu asla" diyen Geroge Wodli'yi... Manuchian, Alman halkına nefret duymadığını ilan etmişti giderken, komünist işçi Jean Pierre Timbaud; "Yaşasın Almanya Komünist Partisi" diye haykırmıştı idam mangasının yüzüne. Onlar, büyük Fransız sosyalisti Jean Jaures'in, 1789 devrimcileri için söylediklerini tekrarlarsak, fırtınada ayakta kalmışlardı ve büyük kasırgaların şimşeğinde korku izi göstermemişlerdi. Gelecek inancının, mutluluğun, insan kalabilmenin anlamıydılar, onurun kızıl karanfilleri. İşte, Hayri Argav'ın 12 Eylül idamlarını anlattığı "O Şafağın Atlıları" adlı kitabı okurken de aynı şeyleri hissettim. Jean Grandel'in; "Her şeye rağmen yeneceğiz" yazan elleri, Necdet'in sloganlarına karıştı, Hıdır'ın türkülerine, Mustafa Özenç'in şiirlerine, Veysel'in 'merhaba'sına, Aktaş'ın Maviş'ine yazdıklarına, Mehmet Kanbur'un karısına söylediklerine: "Biz ki yarınıyız halkın/ Umudu, yüz akıyız./ Hıncı, namusu/ Taa şafakları/ Hey canım/ Kalbim dinamit kuyusu" diyen sese.... Halklarımızın şafaklarıydı giden. Ve gidenlerdi koyunlarında yıldız misali umutlarla şafak bekleyen. Analardı, babalardı, oğullar, kızlar, sevdalılardı en çok şafakları ağlayan. Ve bizimkilerdi, söz dinlemez şafaklarda hayatı savunan...

Agustino Pinochet, her gün yeni bir cinayeti ortaya çıkan faşizmin sarsak generali geçtiğimiz günlerde İngiltere'de tutuklandı. Bu, anımsamanın ve inadın bir zaferiydi. Şili'de faşizmin bilançosu 12 bini komünist olmak üzere 30 ila 40 bin arasında ölüdür ve işkenceden geçirilmiş yüzbinler ve cezaevlerine atılan 200 bin insan. Ve emperyalist kapitalizme peşkeş çekilen koca bir ülke...

Generalin 11 Eylül günü devirdiği Şili'nin seçilmiş 'Marksist' başkanı Salvador Allende, silah sesleri arasında radyodan halkına sesleniyor ve: Tarih bize aittir, diyordu, tarihi halk yaratır. Seçilmiş başkan, faşizme karşı elde silah vuruşarak öldü. Allende yoktu 12 Eylül günü. Ve bundan tam yedi yıl sonra Türkiye'de işbaşına gelen faşist güruh, direnmeyi ve bir büyük inadı yok etmek için darağaçları kurdu ülkenin dört bir yanında. "Asmayalım da besleyelim mi yani, netekim" diyordu apoletli başkan.

Bir korku jeneratörüydü işkencehaneler, askeri mahkemeler ve darağaçları. Ama onlar; sol yolumuzun adanmış insanları, direnme güçleriyle, inançlarıyla, geleceğe ve mücadeleye olan sonsuz güven, yüksek bilinç ve kararlılıklarıyla, özgürlük, eşitlik ve sosyalizm kavgasının bugünleri aydınlatan ışığı oldular. Eğer bugün, boyun eğmenin değil, başkaldırmanın esas olduğunu söyleyebiliyorsak, onların esirgemesiz yiğitlik ve özverileri sayesindedir. Tarihsiz ve belleksiz bırakılmak istenenlerin zaferinin adıdır onlar. Bu yüzden herbirinin adının ve öyküsünün tek tek bilinmesi, ortaya çıkarılması devrimci bir görevdir, ertelenmez bir görev.

Tam 17 kişiydiler, 17 sevdalı yürek: Necdet Adalı, Erdal Eren, Veysel Güney, Serdar Soyergin, Ahmet Soner, Kadir Tandoğan, Mustafa Özenç, İbrahim Ethem Coşkun, Necati Vardar, Seyit Konuk, Ali Aktaş, Ömer Yazgan, Mehmet Kanbur, Ramazan Yukarıgöz, Erdoğan Yazgan, İlyas Has, Hıdır Aslan'dı adları... "Bütün dostlar uyanık/ şafağı karşılıyor/ yan hücre kapıyı çalıyor/ Kalk gidelim sıradakini bekletmeyelim" diyordu kendisi de idamlık olan Ozan Nevzat Çelik bir şiirinde. Sıradakini hiç bekletmediler giderken. Ve gidenlerin ilkiydi Necdet Adalı.

12 Eylül öncesiydi. Bir akşam eve dönüyordum. Duvara "Necdet Adalı'ya özgürlük" yazıyordu iki delikanlı. "Şu çocuğu kaçıra-

madılar da bir türlü" dedi, yanımdaki Devrimci Yol'cu arkadaş. "O olayın suçlusu Necdet değil". Eylül karanlığının ilk gideni Necdet Adalı'yı düşünürken hep o sözler gelir aklıma. Ankara'da Altındağ'da bir kahvehane tarama eyleminden yargılanmıştı Necdet. Kendi yasallığını bile çiğniyordu egemenler. Ülkeye darağaçlarının gölgesi düşsün istiyorlardı. Mamak'tan Ankara Merkez Kapalı'ya gidiyordu ölüm arabası. Tarih 8 Ekim'i gösteriyordu. "Sizleri ve ezilen halklar uğruna mücadeleyi erken bırakmak zorunda kaldığım için üzgünüm, ama bundan ve içinde bulunduğum durumdan dolayı hiçbir zaman pişmanlık duymadan ve şu kısa yaşamım içerisinde hiçbir şahsi çıkar gözetmeden ezilen halklar uğruna verilen mücadelede yerimi almaya çalıştım ve bundan dolayı gurur duyuyorum" diye yazdı ailesine. Necdet, ailesine bu mektubu yazarken savcı: "Biraz çabuk ol" diyordu ona. Sakince "tabi" dedi. Saat 03.30'du. Mamak, ezilmiş Mamak kıpırtısız uyuyordu. Ve genç bir adam devrimci onuru korumak adına şafağın koynuna atlıyordu. Koşarak çıktı sehpaya, ipi boynuna geçirmeye çalıştı. Ama elleri arkadan bağlıydı. Gür bir sesle slogan atıyordu. "Yaşasın Türk ve Kürt halklarının kardeşliği", "Kahrolsun faşizm!", "Kahrolsun faşizm!", "Kahrolsun faşizm!" ve tereddüt etmeden tekmeledi sandalyesini. "Hüzünlü gecenin karanlık alçakları..." uykudaydılar Çankaya'da. Bir gece uyanacaklardı, bir gece... ve, "ben en çok şafakları ağlarım" diyordu şiir.

Bütün öyküleri öğrenmeliyiz, bütün türküleri dinlemeliyiz aslında. Olağanüstü mahkemede bir çırpıda yargılanıp hüküm giyen "Sarı Serdar"ınkini, 17'sinde giden Erdal'ınkini. Serdar Adana'da yargılandı. İdama giden süreç, asılmaktan daha fazla zulümdü onun için. Ama boyun eğmedi. Pişmanlık duyduğunu açıklarsa, Konsey'in bu durumu dikkate alarak idamı bozabileceği anlatıldı kendine, ama teslimiyeti reddetti Serdar. İşkenceler karşısında ölümün daha kolay geldiği anlarda ölümü tercih etmedi Erdal.

Che'nin sözlerini haykırdı Serdar: "Ölüm nereden ve nasıl gelirse gelsin/ Savaş sloganlarımız elden ele dolaşacaksa,/ başkaları mitralyöz sesleriyle/ savaş ve zafer naralarıyla/ cenazemize ağıt yakacaksa/ bu uğurda ölüm hoş geldi sefa geldi." Veysel, Adana Cezaevi'nde asılmaya giderken kardeşine haykırdı bu sözleri. Mustafa Özenç, arkadaşlarına yazdığı mektubu bitirdi o sözlerle. Ramazan Yukarıgöz, ailesine seslendi Ernesto'nun dilinden. Bolivya dağlarından Anadolu steplerine esti isyan ateşi, bütün diller aynı kavganın narına yandı.

Bir üsteğmeni öldürmekten hüküm giydi Veysel Güney. Silahlı çatışmada yaralı ele geçirilmişti. Üsteğmen'i öldürmediği delillerle ortaya çıkmıştı aslında. Ama onu öldürmeye kararlıydılar. Tedavi edilmedi, yatak verilmedi, görüşe çıkarılmadı. Bir kez bile banyo yapmasına izin verilmedi, ölüme doğru yürüdüğü altı ay boyunca. Ama o kararlıydı. "Denizlerin 1972'de yaktığı meşaleyi daha yükseklere çıkarabilmek en onurlu görevlerden biridir" diyordu. Marşlarla, sloganlarla, türkülerle, şiirle kırmaya çalışıyordu Antep Özel Tip Cezaevi'nin yılgınlık zincirlerini. Tarihin, köhne düzenin cellatlarını affetmeyeceğini bilmenin rahatlığıyla gitti. Arkadaşlarını teselli eden oydu. Sloganlarla uğurladılar onu. "Duyduğu bu slogan sesleri, belki onun en mutlu anlarıydı" yazıyor kitapta. Öyle olduğuna yürekten inanıyorum...

Ahmet Saner ve Kadir Tandoğan, MLSPB üyesi iki emekçiydiler. ABD'li görevlileri öldürmekten hüküm giymişlerdi. 'Milliyetçi' cunta, bir ABD heyeti Türkiye'ye geldiği gün 'jest' olsun diye astırdı onları. Tarih 24 Haziran 1981'di. Bir gerilla marşı söyleyerek yürüdüler sehpaya. Şöyle anlatıyor Kadir'in gidişini İdamın Günlüğü adlı kitap: "Saat 04.55'te bu kez avluya Kadir Tandoğan getirildi. O da marş söylüyordu. O da sehpaya çıktığında slogan attı. Avlu; 'Yaşasın Türkiye halkının kurtuluş mücadelesi! Kahrolsun oligarşik diktalar! Türkiye Cumhuriyeti Anayasası hiçbir zaman emekçilerin ve halkın hizmetinde olmamıştır' diye çınladı. O da elleri titreyen cellada 'Heyecanlanma be kardeşim!' dedi. O da sehpasını kendi tekmeledi. İp boğazını sıkarken o hala 'Katil oligarşi!' diye bağırıyordu. Kadir ve Ahmet'in hücre arkadaşıydı Ahmet Erhan. O raslantıyla kurtulanlardan Eylül fırtınasından. Kadir ve Ahmet'in infazından sonraydı. Hiç unutmam, iki tane asker vardı. Bir tanesi geldi. "Kadir ve Ahmet'in boşalan hücrelerindeki yatakları üzerine birer tane gül bıraktı ve bir tane de bana verdi. Sonra karşıya geçti. Baktım, gözlerinden yaş geliyor" diye anlatıyor infaz sabahını. Sonra yeni günle iki karanfil konuyor boş hücrelerdeki yataklar üstüne, bir tane de Ahmet'e veriliyor. Karanfil mi, Ahmet miydi, yoksa Kadir miydi giden, koynuna yıldız doldurmuşlardan biri mi? Yıldızları mı asmışlardı yoksa Haziran şafağında...

"Şunlara bakın hele, tir tir titriyorlar. Korku sizinle her gün yaşayacak! Cellatlardan ve onun devletinden er geç hesap sorulacaktır" diyordu ilmek boynuna geçirilirken Seyit, "Benim bu düzenden istiyeceğim hiçbir şey yoktur" diyordu son arzusunu soranlara Ali Aktaş; "Ben insanların mutluluğu için çalıştım. Mutluluğu için de ölüyorum. Kahrolsun askeri faşist diktatörlük! Yaşasın devrim/Yaşasın sosyalizm!" Sandalyeyi tekmelediği an, son ve en bilinçli eylemindedir devrimci. Hepsi bu son görevi coşkuyla yerine getirmesini bildi. Hayatı seviyorlardı, evet! Daha iyi bir yaşam adına ölmesini bilecek kadar. Tebessüm hiç eksilmedi gözlerinden.

"Ben, halkımın mutluluğu için savaştım. Adım hüzünle birlikte anılmasın" diye yazdı ailesine Ramazan Yukarıgöz. İşçiydiler, öğrenciydiler, sendikacıydılar, subaydılar, bekçiydiler... Devrimci yükselişin bir göstergesi gibiydi geldikleri yer. "Beni hayat devrimci yaptı" diye yazdı karısına bekçilikten gelme Mehmet Kanbur. Şiirlerle anlattı gerçek duygularını: Öyle bir ufka vardık ki artık/Yalnız değiliz sevgilim/Gerçi gece uzun, /Gece karanlık/Ama bütün korkulardan uzak, /Bir sevdadır böylesine yaşamak, /Tek başına, /Ölüme bir soluk kala, /Tek başına/Zindanda yatarken bile/Asla yalnız kalmamak". Bilimsel sosyalizme inancının söyleyen bu genç devrimci, yalnız olmadığını bilinci ve gücüyle yürüdü ölüme. "Benim bıraktığım yerden oğlum, oğlumun bıraktığı yerden oğlu devam edecektir" dedi inançla.

Anne ve babasına ölüm karşısındaki duygu ve düşüncelerini anlatan mektubunda Erdoğan Yazgan: "Bence yaşam, bir idealle birleşince güzelleşir. Benim idealim halkımın mutluluğu, yurdumun bağımsızlığıdır. Bu ideallerin gerçekleşmesi için canımı ortaya koyarak mücadele ettim. Bencil duygulardan kendimi arındırmaya çalıştım. Başarılı olduğumu sanıyorum" diye yazdı. Gözyaşlarını düşmana göstermemelerini istedi. 12 Eylül sonrası bir kamulaştırma eyleminde yakalanmıştı Erdoğan ve üç arkadaşı. Ömer Yazgan, bir subaydı. "Ordu içindeki devrimci demokrat olan subayların listesini bize ver, biz de senin idamını durduralım" önerisi yapıldı ona. Ömer yalnızca güldü bu öneriye. Ocak ayının 28'i doğum günüydü Ömer'in. Doğum gününde idam edildi, şafağın dört atlısı. İzmit Kapalı Cezaevi'nde infaz edildiler. İnfazdan avukatları haberdar edilmemişti. "Gecenin soğuğu insanın içine işliyordu. Demir kapı bütün şeylerin üstünü örtmüştü. Onlar, ölümün soğuk yüzüne her gün bakarak yaşamışlardı. Bu nedenle içeride neler olduğu bilinmese de bilinen, onlar ölümü çoktan eskitmişlerdi" diye yazıyor Hayri. Ölüm, eskimiş ve yenilmişti.

Mehmet'in eşi Zeynep, Ramazan'ın annesi Aysel Yukarıgöz, başları dimdik, gözleri yaşsız uğurladılar sevdiklerini. Aysel ana, devleti yıkmaya kalkışanların başına gelecekler konusunda nutuk çeken albaya: "Benim dört oğlum daha var; onları da aynı onun gibi yetiştireceğim" diye bağırdı. Ağlayanlara "Bu köpeklere gözyaşınızı göstermeyin" diyerek kızdı. Kavganın ortasında çarpan kalpler, kavganın en onurlusunda susmuştu. Ardlarında kalanlara onuru ve direnci bırakıp gitmişlerdi.

12 Eylül idamları, burjuvazinin kendi hukukunun bile yok sayılmasının bir ürünüydü. Dünyadaki bütün adaletsizlikler ortadan kalksın diye savaşanlar biliyorlardı bunu. 17 yaşında sehpaya dimdik yürüyüp giden, durup oradan avukatına göz kırpan Erdal: "Biliyorsunuz ki bu ceza, işlediğim iddia edilen suçtan verilmedi. Asıl amaçlanan, böyle bir olayla gözdağı vermek ve mücadeleyi engellemek hedefine dayalıdır" diye yazdı ailesine. Darağaçlarının gölgesi, toplumu sindirmekte başarılı olmadı denemez. Ama cezaevlerinde, zulmün zindanlarında bugünden yarına taşınacak bir direnme geleneği uç verdi. Gecede atılan tohumlar günde yeşerdi. Onlar, önlerinde darağacı, ellerinde bir bardak çay, sakince ülke tahlilleri yaptılar Mustafa Özenç gibi darağacının karşısında. Ve tüm 12 Eylül direnişini simgeleyen o güzelim şiirinde söylediği gibi Özenç'in "O büyük gün geldiğinde", nasırlı ellerle yaratılacak o görkemli bayramın içinde olacaklarını bilmenin rahatlığı içindeydiler. Yanlarında erken gitmenin hüznünü götürdüler. Oysa alaşafaklarda yıldız uçurmak vardı, çiçekleri kokmak, ırmakları akmak... Türkü tadında yaşadım diyebildiler yine de. Hozat'ın karayağız delikanlısı Hıdır Aslan: "Yaşamak bir türküyse bunu, bu türküyü en güzel biçimiyle söylemeye çalıştım. Zafer şarkısının söylediği günler de gelecek. Kısa da olsa onurlu yaşamanın yolunu seçtiğim için mutlu gidiyorum. İyi, güzel şeyler uğruna yaşanıyorsa her şey, katlanılmayacak şey yoktur. Ölüm bile basitleşiyor. Anlamlıysa ölüm yaşamak kadar güzeldir" diye yazdı, ağabeylerine sehpayı tekmelemeden önce. Yaşamın şiiriydi bu. Bir meydan okuma. O kopkoyu zulüm ortamından bize kalan, bu bilinç ve iradedir işte. Yükseklere çıkarılması gereken de bu gelenektir. Tüm 12 Eylül boyunca toplumsal belleği paralize etmek adına işlendi bu cinayetler. Başkaldırı ve inat, onu savunanlarla ayakta kaldı. Gelenek yaratmak, unutmamak ve unutturmamakla başlar. İnsanlık hafızasının unutmakla özürlü olduğunu söyler bir atasözü.

Bir kitap; "O Şafağın Atlıları", unutturmamak adına sarf edilen ciddi bir çabanın ürünü. Eğer, tarih bize aitse ona sahip çıkmalıyız. Uluslararası tekelci sermayenin insanlığa yaptığı saldırıyla, üniformalı faşizmin halklarımıza yaptığı saldırının örtüştüğü koşullarda devrimimizin yiğit direnişçilerinin faşizmin zindanlarında nasıl savaştığını ve ayakta kaldığını vurgulayan ve anımsatan belgelere başvurmak bir ihtiyaç ve bir görev. "Duvarlar çaresizliğin mi/ Ya umutlar/ Çöz dilini yüreğinin/dünden yarına/umutluyum de/ Umudu kuşatacak ordu yok" diyor şiir dilli Hıdır Aslan. Umudu gerçek yapmak, bugünün genç devrimcilerinin işidir. Şafağa asılan yıldızlar andına. Hayri Argav'ın kitabı tarihi yapmak kadar, yazmanın da vazgeçilmez bir görev olduğunu anımsatıyor bize. Karanfiller, mor menekşe, kardelenler, güller adına, türkü, şiir, sevda adına ve zafere inanmış yürekler adına...

Öldükleriyle Kalmadılar

1980'den bu yana 16 yıl geçti. 12 Eylül, toplumun ve devrimcilerin belleksizleştirilmesi üzerine inşa etmişti politikalarını. Başarılı da oldu. Her on yıl, birikimi, deneyimi ve yaşayanları yok edip gitti. Devrimciler küllerinden yeniden doğdular, her şeye rağmen. Hep yeniden ayağa kalktılar. Fakat yaşanan fiziksel ve entelektüel kırım, geçmiş ve gelecek kuşaklar arasındaki mesafeyi genişletti. Geçmişi öğrenmek, genç devrimcilerin önünde olmazsa olmaz bir görev olarak duruyor şimdi.

Herkes kendi tarihini yazar. Yaşananların doğru öğrenilmesi, nakledilenlerin eleştirel aklın süzgecinden geçirilmesiyle mümkün olacak. Devrimciler kendi tarihlerini yazmadılar henüz. Üstelik Türkiyeli devrimciler arasında anı yazma geleneği bile gelişmiş değil. Kuşkusuz tek başına anılardan tarih öğrenilemez. Ama anılar tarihin yalnızca kronik ve biraz da kuru tarzına hayatiyet kazandırır. Öne sürülen tezleri destekler ya da geçersiz kılar. Yaşanılan ortamın 'hava'sını teneffüs etmemize yardımcı olur.

Bugünün devrimci mücadele kuşağı 'dün'le ne kadar ilgili? Neyi biliyor, neyi kulaktan dolma öğrenmiş? Sorular çoğaltılabilir. "*Dört bir yana haber salsam/ Öldü desem inanır mı/ Dağlar bana geri verin/ Kadir'imi, Sinan'ımı* " diye bir marş söylemeye dururlar belki. Ama uçan kuşların yuva kurmadığı diyarlarda, düşen Sinan'ın ya da Kadir'in ya da Alpaslan'ın öyküsünü ne kadar merak ederler. Tekelci düzenin insanın merakını azalttığını düşünüyorum. Hele Türkiye gibi, toplumsal yapısı öğrenmeyi engelleyici öğelerle güçlendirilmişse. Bu bir kul zihniyeti ve hemen hemen yaşayan her bireyde içselleşmiş. Bu merak azlığının yenilmesi, insanımızı düzene bağlayan zincirlerin gerçek anlamda kırılması demek olacak.

Ceylan Yayıncılık Orhan İyiler'in "Öldükleriyle Kalmadılar" adlı kitabının 5. baskısını yapmış. Tüm bunları kitabın yeni baskısını gözden geçirirken düşündüm. '68'de yeni bir şey başlamıştı Türkiye'de. Birincisi devrimci düşünce kitleselleşmiş, dolayısıyla maddi güce dönüşmüştü. İkincisi 'mösyö burjuvazinin' ateş etmeden iktidarı vermeyeceğini görmüştü devrimciler. Biz her zaman Engels'in dediği gibi "Önce siz ateş edin Mösyö burjuvazi" önerisini yapsak da.. Türkiye'nin ihtilalciler kuşağı '68'lerde doğdu. Sinan Cemgil, onların en gelişmiş örneklerinden biriydi. Gerilla savaşını başlatmak için Nurhak dağlarına çıktı. Vuruştu ve öldü. İlklerdendi..

Orhan İyiler tutarlı bir antiemperyalist, bize kendi tanıklığını aktarmayı görev bilmiş. Dönemin havasını birkaç kalem darbesiyle bize aktarmış üstelik. Önsöz'de "Yalnızca yaşayanlar değil, ölüler de sorgular yaşayanları' diyor İyiler. Devrim için yola çıkanlar, sömürüsüz bir dünyanın kavgasını verenler örnek mücadeleleriyle yaparlar bu işi çoğu kez. Sinan da onlardan biri.

Kitabın girişinde kronolojik bir açıklama var. Zonguldak maden işçilerinin 1965 grevinde öldürülen iki emekçi; Mehmet Çavdar ve Satılmış Tepe'yi anımsatıyor yazar, onları "kaç kişinin hatırladığını" soruyor. Oysa onlar '68'lere doğru yükselen faşist saldırıların ve siyasal cinayetlerin ilk habercisivdi.

Yazılanları tekrar okuyunca Vedat Demircioğlu'nu anımsadım. İTÜ yurdunun penceresinden aşağı atılarak öldürulen genç devrimciyi. O zamanki adıyla Işık, Mühendislik'te faşistlerce öldürülen Mehmet Cantekin'i, *"Cantekin vuruldu/ Silahı kaldı/ Oy Battal Battal"* demeleri, Taylan Özgür'ü, işçi Şerif Aygün'ü (işte Şerif şehit oldu/ Bayram benim neyime/ Patronların gönlü oldu / Kan damlar yüreğime). Ve Ankara Emniyet sarayının 10. katından atılarak öldürülen, sonra da intihar ettiği söylenen Hıdır Altınay'ı..

ODTÜ'nün öğrencilerce işgal edildiği gün, askerler arasında bulunan genç bir teğmenin radyoda söylediklerini anımsıyorum şimdi, genç öğrencileri de desteklediklerini söylemişti. Ama sonra Erdal Şener öldü. Ağabeyi "Şener'imiz şehit oldu. Devrimciler sağolsun" demişti. Askerler ve polislerin arasında devrimci eğilimlerin geliştiği, bir taraftan da kontrgerillanın, faşistlerin boy verdiği, ilk yargısız infazların, ilk gözaltı ölümlerinin, ilk silahlı eylemlerin zamanı..

Orhan İyiler anılarını anlatmaya Türkiye Halk Kurtuluş Ordusu önderlerinden Sinan Cemgil ve arkadaşlarının öldürüldüğü gün başlıyor. 31 Mayıs 1971.. Mayıs, kiraz zamanı.. Sinan'ın babası Adnan Cemgil ve annesi Nazife hanımın yakın dostudur, Orhan İyiler'in. Haberi alır almaz, Adıyaman Gölbaşı İlçesi İnekli Köyü'ne doğru yola çıkarlar Cemgiller ve İyiler.

Yolda Hüseyin Cevahir'in öldüğünü, Mahir'in yakalandığını öğrenirler. Mahir ve Cevahir, Sibel Erkan adlı bir asker kızını rehin almışlardır. Sinan'ın ölüm haberini radyodan öğrenirler. Mahir balkona çıkıp bağırır: "*Yoksul halkımız için dövüşüyoruz. Sizin için, sizler ve çocuklarınız için. Bağımsız Türkiye için..*" O gece sabaha dek marşlar söylerler Cevahir'le birlikte.

Sonradan Sibel Erkan, ilk kez o gece korktuğunu söyleyecektir. Kızı korumak için kendilerini tehlikeye atacaklardır o çatışmada Mahir ve Cevahir.

Kitabı okuyunca Sinan ve arkadaşlarının Nurhaklar'da kitle tabanı için elverişli koşullar bulduğunu sezer insan. Dağlar dost dağlardır, insanlar onları ele vermez. Bir başçavuş şöyle der sonra İyiler'e: İhbar olmadı mı, biz nereye gideceğiz de onları arayacağız. (...) Zaten ihbar etmedi mi bilin ki saklıyordur.. Ama yine o başçavuşun dediği gibi ihbar eden de, saklayan da köylüdür. İyiler, köylülerce çağrılır ve olaylar yaşlı bir köylü tarafından anlatılır kendisine. Romantik devrimciler çağı..

Dağlardan düze inen Sinan ve arkadaşları bir çoban tarafından görülür. Çoban korkar ve kaçar, muhtara gider, muhtar jandarmaya.. Zaten koca bir alay aramaktadır onları.. Tuzak, muhtar ve uysal başgedikli tarafından kurulur. Şu marşı bilir misiniz: "*Ay ışığı jandarmanın süngüsünde parlıyor/ Mahpus yoldaş pencereden jandarmaya bakıyor/ Jandarma biz, sosyalistiz/dostuz yalnız biz sana/Kurtuluşun bizimledir elini uzatsana..*" Bir kuşak bu marşlarla büyümüştür. Sinan bir kayanın üstüne fırlar çatışma bölgesinde: "*Sakın ateş etmeyin, düşman değiliz biz. Jandarmalar dostuz biz. Kardeşiz. Mehmetlerle biz özbeöz bu yurdun kardeşleriyiz. Bizim sizinle bir davamız yok. Ardımızdaki köylülerle de. Bizi bırakın yolumuzu sürelim. Ne sizin ne bizim birbirimize kötülüğümüz dokunmasın. Beni duyuyor musunuz? Ben Sinan Cemgil, Halk Kurtuluş Ordusu'ndan sesleniyorum size, duyuyor musunuz beni?*"

Soru dağlarda yankılanmıştır. Sinan ve arkadaşları öldüresiye ateş etmezler. Neden yola çıktıklarını bir kez daha anlatır Sinan askerlere. Halk Kurtuluş Ordusu'nun bir neferi olduğunu yineler yeniden. Kumandanlara çağrı yapar sıkıysa ortaya çıksınlar, diye. "*Bizi birbirimize kırdırmak istiyorlar. Kendileriyle kanımızın son damlasına kadar çarpışmaya hazırız. Ortaya çıksınlar*" der inatla. Sinan ve Kadir iyi bir mevzidedir ve öldürücü ateş açmamaktadır. Deneyimli başgedikli bunu anlamakta gecikmez. İlk Alpaslan ölür, başka bir mevzide. Sonra Kadir vurulur, ardından Kadir'i bırakıp kendini kurtarmaya çalışmayan Sinan daha sonra. Tam alnından ve daha sonra karnından.

Yaşayanın efsanesi olmaz. Ölüsü dirisinden daha tehlikelidir savaşçının. Bu yüzden düşman hep teslim almak ister. Öldürüyorsa teslim alamayacağını bildiğindendir. Efsane yayılmacıdır, kavga bulaşıcı. Uzun söze ne gerek, kavga sürüyor. Hiçbir kavga damlası kaybolmaz. Damlalar hep birikir, bugün dağlardan ovalara yayılan bir kavga ateşi varsa, Nurhak dağlarında ölen yiğitlerin de payı var bunda.

Sinan'ın ölüsünü taşıyan bir yoksul köylüye para vermek ister Orhan İyiler. Yoksul köylü bağırır: Paranı al sen... Sen de kalsın. Sinan'ı gösterir "*Bizim için öldüler. Nah bizim gibi sersefil köylüler için. Biz her şeyi biliyoruz.*" Bu kadar yalın! Bir kere özsu yürümüştür toproğa.. Kimi kavganın hemen başında düşer, kim sürdürür sırası gelene dek. Adnan bey ve Nazife hanım, Nurhak dağlarının toprağından götürürler İstanbul'a ve Nurhak'ın kır çiçeklerinden. Toprak mezara serpilir, kır çiçekleriyle birlikte İstanbul'lu Sinan, Nurhak dağlarında düşer ve üstü Nurhak toprağıyla örtülür, sanki bu topraklarda özgürlüğün ve kardeşliğin boy vereceği günlerin de geleceğini müjdelermiş gibi.

Yeniden yeniden söylüyorum ya, geçmişten geleceğe bir uzun yürüyüşün insanlarıyız biz. Dünü bilmeyenin yarını olamaz. Orhan İyiler bir yurtseverin gözüyle anlatmış Sinan'ı, siz de bir devrimci tavrıyla okuyun. İnanç bilinçle birleşmeyince bir işe yaramaz. Bilince giden yol bilmeden geçer. Öğrenmek,

öğrenmek, öğrenmek.. İlkemiz bu olmalı.

Şiirlere gelince: Umut Yaşar arkadaşın şiiri güzel. İmgeler sözler yerli yerinde, insani bir duyarlık var her dizede, devam. Rojan arkadaş tekrarlardan kaçınmalı. Türkü demek yerine türküsünün nasıl bir şey olduğunu anlatmalı. Başarılar diliyorum, inat etmekle kazanılır her şey.

Koku ve Korku

"Kardeşler! O/ Onlara sokakta rastlarsanız eğer/ ölümü görmüş gibi çevirin başınızı / Kirpiksiz sarı gözler gözünüze bakarken / arkadan sırtına bir / bıcak girebilir.../ Onlar istiyorlar ki/ kara toprağın kalbi durana kadar / bir pazarda kelepir bir mal gibi satalım / kafamızın ışığını, gücünü kolumuzun."

Onlar medya devşirmeleri. Devrimciliğin, sol yolun tarihsel çöplüğünde toplanmışlar. Artık İkitelli'nin köşe başlarında onlar var. Ne çoklar! Zavallı ciğercinin kedileri... Gerçekten de zor iş öyle kuyruk sallamak allahın günü. Şöyle bir gözümün önüne gitiriyorum da, Sabah'tan, Hasan Cemal, Cengiz Çandar, Zafer Mutlu, Fatih Çekirge; Milliyet'ten; Altan Öymen, Şahin Alpay; Hürriyet'ten Yavuz Gökmen, Hadi Uluengin, Ertuğrul Özkök; Yeni Yüzyıl'dan Gülüy Göktürk, Kerem Çalışkan ve Okay Gönensin. Daha onlarcasını saymak mümkün.

Beyinlerini silahlı bürokrasinin ve istihbaratın emrine vermiş olduklarından, kullanılmaya kullanılmaya tükeniyor düşünme yetileri. Gittikçe beyinsizleşiyorlar. İçlerinden kimileri var, arasıra insan sayıldıkları zamanları anımsadıklarında korku sarıyor yüreklerini. Korkudan geçmişlerine saldırmanın yollarını arıyorlar. Bir geçmişleri olduğunu anımsamak onların işkenceleri oluyor ve gittikçe yüzsüzleşiyorlar. Geçenlerde dünyayı saran Ernesto hayaletinden korkan bir tanesi, çareyi Che'ye çamur atmakta bulmuştu. İnsanlığın büyük yürüyüşünün devam ettiğini gördükçe, yedikleri boğazında düğümleniyor olmalı.

Kuşkusuz dönmenin kitabını yazmış olan Ertuğrul Özkök'tür. 'Elveda'lı kitabı, edebiyat dünyasındaki yol arkadaşı Enis Batur'dan bir alıntı ile başlıyor: "Döndüm: Aramak için sonucu yolu/yankımı ve yansımı bir buluta gömdüm/ Döndüm: Yeni bir yangın kurarım diye/esik bir kıvılcımı tutup kökünden. /Döndüm ki, döndüğüm yerde değilim." Dönmeyi pek sevenlerin döndükleri yerde olmamaları, kuşkusuz kavgası, sevdası, hülyası ve isyanı olanlar açısından sevindiricidir. Dönenler, döndükleriyle kalsalar bizim diyeceğimiz bir şey olmaz. Ancak bu adamcağız, solculuğa küfrederek bir yerlere gelenlerden, bunu bildiği için hıncını dökmenin hiçbir fırsatını kaçırmıyor. Bir küfür etme tarzı var. Ve bunu hep yapıyor.

Bu tarzın ilk örneklerini "Elveda Başkaldırı"da görmüştük. Kitabın 43. sayfasında şöyle yazıyor: "Bir 29 ekim akşamı trenle Ankara'ya gelen insanı gardan çıkar çıkmaz saran ilk duygu, totaliter iklimin her köşesine sindiği bir sosyalist ülke başkentine geldiği duygusudur. Düz ve boş caddeler, binaların tepelerinden aşağıya sarkıtılan dev Atatürk pankartları. Düzgün ve küp şeklinde kesilmiş binaları... Türkiye adeta NATO'nun tek demirperde ülkesidir." Burada sözde Ankara eleştiriliyormuş gibi yapılıyor. Ve Ankara ile sosyalist ülke başkentleri arasında kurulan analoji ile, sosyalizm ile totaliterlik yanyana getirilerek sosyazime duyulan kin böylece dışa vuruluyor. Aynı üslubu, özelleştirme yasası çıkarken yazdığı "Ekonomide İkinci Cumhuriyet" adlı yazıda da görmek mümkün. Yine bayramlardan söz ediyor. Bilinçle Sovyetler Birliği, Suriye ve Irak'ı devlet yapısı olarak bir araya getiriyor. "Şimdi Türkiye bu sosyalist manzaradan kurtuluyor" diyor ardından. Maksat üzüm yemek değil, daima bağcıyı dövmek. Bu aşağılık tarzın son örneği Özkök'ün 26 Ekim 1997 tarihli pazar yazısı: "Mükremin Abi Mahir Çayan Olabilir mi." Yazı, delikanlı Mükremin Abi"nin 'gaddar' Mahir'i niye canlandıramayacağı üzerine kurulmuş. Burada karşılaştırma ise Deniz'le Mahir arasında yapılıyor.

Cumhurbaşkanlığı köşkünü ve Başbakanlık konutunu pek çok seven bu modern saray soytarısı, Mülkiye kantininde rastladığı "o sarışın mavi gözlü genç adamın" siluetine hiçbir zaman ısınamamış. "Mahir Çayan bana hep çok ak bir insan tipini temsil etmişti" diyor. Deniz Gezmiş'i daha sempatik buluyormuş. "Oysa Mahir Çayan daha Batılı, Deniz Gezmiş, daha Doğulu bir tipe sahipti". Malumunuz sayın Özkök "Beyaz" Türk hastasıdır. "Kara kafalar"dan hiç hazzetmez. Bu aşkla bıyıklarını bile kesmiştir. Çoğunluğu esmer olan insanların yaşadığı bir coğrafyada yaşayıp da, beyaz Türk ırkçılığı yapmak, insanları ak ve kara olarak ayırmak, ayırımın iğrençliği bir yana, ancak Özkök gibilere has bir avanaklıktır.

Yazıda yapılan ahlaksızlık ise bir kuşağın birbirleri uğruna ölümü göze alan iki öncüsünü karşılaştırarak ve sözde tavrını birinden yana koyarak isyancı bir kuşağı karalamak. Deniz Gezmiş sol romantikmiş. Mahir Çayan ise acımasız bir rasyonalist Biri 1968'in romantik yanını, öteki gaddar tarfını temsil ediyormuş! Mahir'i canlandırmayı bu yüzden Mükremin Abi'nin kenar mahalle raconuna sığdıramıyormuş!

Diyor ki, bu "cüce"likten söz eden sözde çağdaş, ırkçı fikir fukrası: "Kızıldere'de parçalanan o bedeni bir daha hiç canlandırmadım". Korku anlaşılıyor. Canlanmadan ödü kopuyor küçük adamın. Ve yeni bir bölüme "Dün gökyüzü kapkaranlıktı. Çirkin bir yağmır yağıyordu" diye başlıyor. Ardından Mahir'in cansız bedeni gündeme geliyor. Girişin nedenini de anlıyoruz böylece. Çirkinlikle Mahir arasında bir benzeştirme yapmış oluyor sözde. Deniz'i över gibi yaparken bir kuşaktan ve ölümsüzlerden hıncını alıyor. Sözde iki ayrı genç tipi, iki ayrı kimlik ve iki ayrı izlenim söz konusuymuş. İşte orda durmalı! Çünkü burada bir tek kimlik sözkonusudur. Avrup'dan çok farklı olan bizim '68'imizin yarattığı antiemperyalist ve sosyalist, ölüme giderken bile marksist-leninist olduğunu haykıran bir kimliktir bu.

Türk gençliği 1968 Mayıs'ında bir düşünce travması yaşadı, diyor. Özkök. Deniz Gezmiş delikanlılığı ile Mahir'in temsil ettiği "acımasız ve kesin bir inanç" arasında yapılan oylamayı romantizm kaybetmiş, Ve koskoca bir '70 kuşağı bu meşum oylamanın açtığı karadelikte kaybolup gitmiş. "Ve bu meşum oylama, '68 Mayıs'ını, kötülüklerin miladı haline çevirdi." "Otuz yıllık bu ağır tabular lahtinin kapağını kaldırdığınız zaman işte bu gerçekle karşı karşıya geliyorsunuz" diye bitiyor yazı.

Devletin asarak öldürdüğü Deniz Gezmiş'i değil de, bombalayarak öldürdüğü Mahir'i seçmiş gençlik. İşte bütün kötülüklerin miladı da böyle başlamış! Bu adam kesinlikle yazın dalında Gladio tetikçisi seçilebilir. Bu onuru ona bırakıyoruz.

68'in bir milad olduğu doğrudur. Emperyalizme ve kapitalizme karşı genel bir başkaldırı havasının doruk noktasıydı dünya çapında "68. Batı'da ezilmeye bu karşı çıkış gerçek bir başkaldırıya dönüşmedi ve düzene uyum sağlayan bir kuşağa bıraktı yerini. Oysa bizim 68'imiz gerçek bir kopuşa yol açtı. O güne dek protestosunu daima resmiyete göre biçimlendiren gençliğin resmi idelojiden ve devletin biçimlendirmesinden kopuşuydu '68. Rejimin bekçisi görevi yüklenen gençlik; bağımsızlık, demokrasi ve sosyalizm şiarını benimsiyordu artık. O dönemde ne olmuşsa sosyalizmin hanesine yazıldı. İnsanlar dağlara çıktılar, kentlerde savaştılar, hapislerde yattılar. Hâlâ da yatıyorlar. Kavga sürüyor. Nefret bundan, hıncın nedeni bu. Var olanı yıkmak ve yeni bir dünya kurmak özleminin devam etmesi karşılıksız kalmadı elbet. Topyekün bir saldırıyla cevap verdi buna düzen, dönenler döndü, tıpkı Özkök gibi. Kalanlar yollarına devam ettiler.

O militta devimci gençliğin payına düşen, sosayalizme doğru başlatılan büyük yürüyüşün en ön saflarında yürümek ve düşmek onurudur. Meşumluk ise bu yürüyüşü her ne pasına olursa olsun durdurmak isteyenlerin sıfatı. Denizi ipe çakenler, Sinan'ı Nurhak'larda kurşunlayanlar, İbrahim'i işkencede katledenler onlardır. Özkök o "ağır tabular lahtini" kaldırsın da, o lahtin altından çıkan zebanilerin kimler tarfından canlandırılacağını tespit etsin. Çünkü onları Deniz ve Mahir gibi yalnızca görmüşlüğü yok, çoğunu yakından tanıyor, yiyip içmişliği var.

Türkiye'deki bütün kötülüklerin miladı konusunda fikir sahibi olabilmek için, Komünizmle Mücadele Dernekleri'ni, Kanlı Pazar'ın düzenleyicilerini, Vedat Demercioğlu'nun, Battal Mehetoğlunun, Mehmet Büyük Sevinç'in, Taylan Özgür'ün katillerini, Erenköy işkencehanelerinin şeflerini bulup teşhir etmek gerekir. Yılmaz Erdoğan Mahir olur mu, olmaz mı bilemem. Kapasite meselesi. Ama bu oyunun 'gaddar'ları Özkök'ün cephesinde. Bu anlamda başrol oyuncusu onlar. Soytarı rolünü de Özkök'e verebilirler, bizce bir mahzuru yok. Yeter ki, haddini bilsin. sola saldırıdan nemalanmak adına, bizim değerlerimize dil uzatmayı kessin. Ve kalaylı kaptaki tayınını yesin, kuyruk sallayarak uslu uslu.

İnadına İNSAN İnadına İSYAN

Biz o alnı kızıl yıldızlı gerillanın fotoğraflarıyla odamızı süsleyerek büyüdük. Metin Demirtaş'ın "Che İçin" şiiri dillerimizden düşmedi hiç: "Ama Vietnam hepimizin Vietnam'ı/Kongo hepimizin Kongo'su/Bir kere özsu yürümüştür dağlara/Ağır sancılarla patlayacaktır karanlıklar/Varmak için o güzel yarınlara/Bizim de dağlarımız vardır Ernesto Che Guevara."

Küba ile ilgili savaş anılarını okuduğumda ortaokul birinci sınıfa gidiyordum henüz. Sonra bir gün radyodan Ernesto Che Guevara'nın Bolivya dağlarında vurulduğunu duyduk. İnanmadı babam: Gene söylentidir, aldırmayın. Kaç kez öldürdüler şimdiye kadar, dedi. Ardından haberin ayrıntıları geldi. Onun için ölen ajan sevgilisinden bile söz ettiler. Resmini görüp görmediğimi hatırlamıyorum. Devrim düşünün öldüğüne inandırmak için vurulmuş Che'nin fotoğrafını çekmişler. Şimdi önümde duruyor. Arkadaşı Ricardo Rojo: "Ölmüştü, gülümsüyordu" diye yazmıştı kitabında. Ona inanmıştım, öyle olmalıydı. Kendisini sorguya çekenlerle konuşmamıştı. Ama, ne düşündüğü konusunda alaylı konuşmalar yapıldığında: Devrimin ölümsüzlüğü, yanıtını vermişti cellatlarına. Resme baktınız mı? Gerçekten gülümsüyor! Gri-mavi gözlerinin içinde hüzün yok. Huzur dolu bir gülümseme... Yirminci yüzyılın bu adanmış savaşçısı: Devrimin dışında başka bir yaşam yoktur, diyen bir yiğit dünyalı, yeniden devrim düşleriyle dolduruyor odalarımızı.

Ernesto Che Guevara de la Serna'nın ölümünün üstünden otuz yıl geçti. Bolivyalı işbirlikçiler ve CIA'nın adamları 8 ekim günü yakalayıp, 9 ekim saat 13.30'da kurşuna dizdiler onu. Daha önce çatışmada öldüğü söylendiği için önce uzatmalı it Ternan'na tarattılar, ardından başka bir sarhoşa kurşunlattılar. Öldürüldüğü yer Higueras diye bir dağ köyüydü. Sonra Vallegrande'ye götürüldü ve otopsi yapıldı. Diktatör Barrientôs'un yamakları farklı farklı açıklamalarda bulundular ardından. İlkin yakıldığı söylendi cesedin, ardından yakılmadığı. Ölünün yalnızca birkaç askerin bildiği gizli bir yere gömüldüğü duyuldu bir zaman sonra. Hava kuvvetlerinden General George Delmonte Ardilles'in ifadesine göre; Che Guevara'nın mezarının Latin Amerikalı komünistler için kutsal bir ziyaret yeri olması engellenmişti.

Zavallı general! Düşüncelerin gömülmesi mümkün müdür? Yalnızca efsaneyi büyüttüler. İsyanın, inancın ve adanmışlığın efsanesini... Devrim düşünü öldürdüklerini sananlarla alay edercesine efsanevi Phoneix gibi küllerinden yeniden doğdu aziz Ernesto. Yaklaşık bir yıl önce başlayan arama çalışmaları yeni sonuçlandı. Saçının bir perçeminin nerede olduğunu hemşire Dora biliyordu. Hemşire Dora Carderas, Che'nin cansız bedeninden bir parça almak istemiş, hatıra olarak bir perçem kesmiş. Doktor Victor Zanier ise iki elini valize koyup, Paris, Roma, Moskova-Cezayir üzerinden Küba'ya götürmüş. Mario Vargas Salinas ise Vallegrande'de bir toplu mezarda olduğunu iddia etmişti. Şimdi Che'nin bedeni bir toplu mezarda bulundu. Üç yoldaşıyla Küba'ya götürüldü...

Tam da rahata ermiş saymaya başlamışlardı kendilerini. Bu pespaye seyirlik oyununun ve globalleşme denilen safsatanın ucuz piyonları sayıyorlardı kitleleri. Sanki hücre tipi bir cezaeviydi dünya.

Halkların mensupları ise gönüllü olarak hücrelerinde oturup kendilerine sunulanı büyük bir tevekkülle kabul etmekten mutluluk duymak zorundaydılar. Muhalif olmak, hayata itiraz etmek aptallıktı, suçtu. Karşı koymanın bile ehlileştirildiği, muhalifliğin çitlendiği bir dünyada, bize dikte ettirilenden başka bir hayat ve seçenek olmadığı önsel olarak kabul edilmeliydi vahşi, terörist, eskimiş, marjinal, dinazor sayılmamak için.

Satışa çıkmaya, tüketim toplumunun doymak bilmez iştahının paraya tahvil edilmesine hiçbir itirazları yoktu. Tüketim, uygar olmanın bir şartıydı. İmajlar dünyasında yaşıyorduk. Kâr, kazanç, köşeyi dönme kazanmışlar takımı içinde yer almanın zorunlu duraklarıydı. Treni kaçırmak ya da yakalamak üzerine çok nutuk dinledik onlardan. Şimdi dehşetli bir öfke içinde "Che adının pazarlanmasından" şikayet ediyorlar. Yeni Yüzyıl'dan Gülay Göktürk ve Hürriyet'ten Hadi Uluengin başı çekenler. Yanlarına Atilla Dorsay'ı da eklemek pekala mümkün. Yalçın Küçük "İtirafçı"yı tanımlarken, "itirafçı bir suçlayıcıdır" diyordu, "İtirafçıya dönüşünce eski kimliğini kusuyor." İtirafçılığın yalnızca çözülme hızıyla ilgili olmadığını düşünüyorum. Kişi, hayatın içinde de itirafçılaşıyor. Burada, hız değil kimlik kusmak belirleyicidir. Gülay Göktürk ve Hadi Uluengin iki medya itirafçısıdır. Eski kimliklerine ait ne varsa düşmanlık duyuyorlar. Kustukça rahatlamıyorlar, daha fazla kusmak istiyorlar.

Dertleri Che'nin pazarlanması değil elbet. Pazarlanmaya karşı değiller, pazarlanma biçimine karşılar. "Che adı gençliğe isyankar bir ruhun, bir ideale adanmış bir hayatın, romantik bir devrimciliğin sembolü olarak pazarlanıyor. Kemiklerinin Küba'ya getirilişi, gazetelerde 'Küba oğluna kavuştu' başlıklarıyla veriliyor. Henüz kasabasının az ötesindeki alçacık bir tepeye bile tırmanmamış 13 yaşındaki Amerikalı kızlar, 13 dolar verip üstünde, 'diz üstü yaşamaktansa başınız dik ölmek daha iyidir' yazılı tişörtler satın alıyor" diyor Gülay Götürk. Ve ekliyor "Ve kimse kalkıp onlara gerçeği söylemiyor." Garibimin tasası belli, dünyada gezen devrim hayaletinden korkuyor. Küllerinden doğmuş, mezarından çıkmış Che, ona en büyük kabusunu hatırlatıyor. O biliyor ki, devrim ne bir raslantıdır ne bir modadır, ne de gelip geçici bir akımdır. Devrim zorunluluktur. Ve korkuyor! Kitlelerin; tek seçenek yaşadığınız dünyadır, diyen anlayışı hiç de benimsemediğinin böyle ansızın ortaya çıkmasından korkuyor. Bir başka olasılık daha var, diye düşünüldüğünü sezdiği için korkuyor. Külün altındaki ateşi gördüğü için korkuyor. Bu yüzden ıslık çalmayı bırakmış en şirret sesiyle bağırıyor. Herkesin akıldanesi olduğu için de gerçeği söyleme görevini üstleniyor. Sormazlar mı ona, gerçek dediğin nedir? Hangi gerçek? Kimin gerçeği? Hangi cüretle, kendi söylediğinin gerçek olduğunu iddia ediyorsun, diye...

Dizinin üstünde yaşamaya öylesine alışmış ki, kuşatma altındaki Kübalıların yerlerde süründüğünü iddia edebiliyor. Teslim olmayanlar asla sürünmezler. Sürünmek sürüngenlerle, insan türünden hemcinslerine mahsus bir özelliktir. Bugün Küba halkı zorluk içindeyse, arka bahçesindeki halk ihtilaline tahammül edemeyen, onun oluşturduğu tehlikelerin farkında olduğu için bir kez daha tekrar etmemesinin yollarını arayan emperyalizmin rolünü, bitmez tükenmez sınıf kinini kim inkar edebilir? Küba, her şeye karşın, hala inadına ayaktaysa biraz durup düşünmek gerekir. Ernesto Che Guevara'yı Bolivya dağlarına gönderen düşünce, bir romantik macera arzusu değildi. Yeni devrimlerle emperyalizmi zayıflatma ve Küba'yı tecrit edilmekten kurtarma arzusuydu. Mayıs 1968'de "Bolivya Günlüğü"ne yazdığı Önsöz'de: Yarı kürenin bu ölümü, derin bir devrimci dönüşüm geçirmek zorunda. Bu yapılmazsa, bu yüzyıl başlarında çabucak sanayileşen, toplumsal ve ekonomik dinamiğiyle yüce doruklara erişen güçlü bir ulus ile kıtanın öteki ulusları arasındaki dev uçurum ve ayrılık büyüyecektir. Bu ayrılık ve uçurum, yalnızca aradaki ekonomik, bilimsel ve teknik oransızlıktan dolayı değil, ama önümüzdeki 20 yıl içinde emperyalizmin Latin Amerika halklarına gittikçe daha hızlı biçimde zorla kabul ettireceği korkunç dengesizlik, dolayısıyla soluk bir yansı gibi gerilere bırakılacaktır. Bu yolu izlersek her geçen gün daha yoksullaşmaya, biraz daha zayıflamaya, biraz daha bağımlı hale gelmeye ve bu emperyalizmin kölesi olmaya mahkumuz. Bu karanlık görünüm, Asya ve Afrika halkları için de aynı ölçüde geçerlidir" diyordu arkadaşı Fidel. Pek de "basiretsiz" sayılamayacağını öngörülerinin gerçekleşmesinden farketmek mümkün. Toplumsal mücadele ise düz bir çizgide yürümüyor. Gelişme, sıçramalar ve geri çekilmelerle mümkün oluyor. Ve mücadele küllendi denildiğinde yeniden yükseliyor. Zafere yenilgilerden geçerek varılıyor. Şimdi yapılan, geçicinin, kalıcı olduğuna kitleleri ikna etmek.

Göktürk'ün derdi sistemin yaramaz çocuklarını ehlileştirip pazarlaması değil. Bunu söylüyor da. Onun derdi "Che"nin temsil ettikleri. Bunun için hop oturup hop kalkıyor ya zaten. Yeniden red, yeniden isyan, yeniden enternasyonalizm, yeniden sosyalizm, yeniden insan ve yeniden inat... Nazik görünümünü bir yana bırakıp geçmişe hiç olmazsa özlem duyan arkadaşlarının "popo"larına el atmasının nedeni de isyanın ve devrim seçeneğinin sembolleşmesidir. Eğer Ernesto sıradan bir maceracı olsaydı, belki onaylardı bile Gülay hanım. Kendi adına karşı çıkana bir şey demez o. İnsan hakları ile ilgili bir yazısında: "Kötürüm birinin her ağzını açtığında 'seyahat özgürlüğü' diye tutturması anlaşılmaz bir tutumdur" demişti. Kendinle ilgili bir şeyleri isteyebilirsin, ama başkaları ile ilgili olanları asla! İşte bizi mahkum etmek istedikleri iğdiş edilmiş anlayış. Birlikte istemek, başkaları için istemek aptallıktır. Kendin için ve ihtiyacın kadar isteyeceksin. Verilene razı olacaksın.

Ölümünden tam 30 yıl sonra, emperyalizmin gönüllü uşaklarının karabasanı olmaya devam ediyor Ernesto. Bu yüzden bilgi eksiklisi Atilla Dorsay "Satışa çıkarılan devrimci" başlığını koyuyor yazısına. Dedik ya, satılmışların aklına satıştan başka şey gelmiyor nedense. Yazısı kendisi için yazılmış sanki. Che'yi Batista'nın öldürttüğünü söylüyor. Oysa Batista devrik Küba diktatörü. Özensiz. Bir iç konuşma, bir tür rahatlama peşinde. Satışa çıkarılan metaya talebin fazla olması gerekir ki, piyasaya bunca yeni meta sunulsun. Bunun farkında Dorsay. "Ama daha ötesi, galiba bunca kar, kazanç, çıkar, köşeyi dönme, kapitalistleşme ve tüketim macerasından yorgun düşmüş ruhlarımız, biraz dinlenmeye, biraz çıkar-ötesi soylu davranışlara gereksinme duyduğu için... Yeni dünya düzeni-öncesi o saf arı ve soylu yenilik arayışları, o çıkar duygusundan tümüyle yoksun bireysel devrim angajmanları, o yeni ve hakkaniyetli dünya kurma düşleri belki yeniden değer kazandığı için... Belki her türlü banka ve borsa hesapları öncesinde ve ötesinde daha asil ve güzel bir yaşam olabileceğinin ve kimilerinin vaktiyle öyle bir yaşam sürmüş olduklarının hatırlanması hepimizi rahatlattığı için..." diye yazıyor. "İşte tüm bu nedenlerden ötürü, Che geri dönüyor. Ona ve onun gibi marjinal maceracılara ne denli gereksinmemiz varmış meğer." Dönekle, itirafçı arasındaki fark! Ötekinin ar damarı çatlamış. Bu biraz daha utangaç. "Marjinal" diyor.

Ailesine yazdığı son mektupta: "Kendilerini kurtarmak isteyen tüm devrimciler için çıkar yolun devrimci mücadele olduğuna inanıyorum ve inançlarıma da sonuna dek bağlı kalırım bilirsiniz. Bana serüvenci diyenler olacak. Üstelik öyleyim de. Ama bir fark var arada. Ben, inancı uğruna kelleyi koltuğa alan bir serüvenciyim" diye yazmıştı Che. Ve marjinallik ondan uzaktı. Geriye dönüp bakıldığında daha iyi anlaşılıyor bu. Sovyet insanını "Tersine çevrilmiş Amerikalılar" olarak görüyordu. Küba krizi sırasında nasıl pazarlık konusu edildiklerini biliyor, Sovyet yönetimini, tüketim mallarının bilinci yönetmesine izin veren bir sistem geliştirdikleri için, ki maddi özendirme uygulaması bu sonucu doğurur, haklı olarak eleştiriyor, onların enternasyonalist olmadıklarını çeşitli konuşmalarında dile getiriyordu. Kafa yoran ve en doğrusunu yapmaya çalışan bir devrimciydi o; adanmış, idealist ve enternasyonalist, bir de emperyalizmin ancak silah zoruyla yenilebileceğine inanmış.

Onun; "Eylemlerimizin her biri emperyalizme karşı bir savaş çığlığı ve insan soyunun en büyük düşmanı Kuzey Amerika Birleşik Devletleri'ne karşı halkların birleşmesine çağrıdır. Savaş çığlığımız tek bir kişinin kulağına bile erişecekse, silahlarımızı yerden kaldırmaya başka bir el uzanacaksa daha başkaları mitralyöz sesleriyle ve yeni savaş ve zafer haykırışları arasında ölülerimize ağıt yakacaksa, ölüm nereden gelirse gelsin, hoş geldi, sefa geldi" deyişi dolaşıyor şimdi özgürleşmek isteyen gençlerin, ezilenlerin tümünün; zencilerin, emekçi kadınların, sömürge halkların kulaklarında. Korku düşüyor yüreklerine karanlık tellallarının.Tıpkı itirafçı Hadi gibi.

Hadi bey biraz telaşlı. Filmi görmüşlüğü var. "Şu 'Che' modası şimdilerde yeri göğü sardı ya, benim aklıma da Eugene O'Neil'in, 'Senin bahçende oynamak istemiyorum' diyen şiiri geldi", buyuruyor. Tüketim işi, moda falan tamam da tıpkı Gülay hanım gibi onun da derdi başka. "Biz bu haltın göbeğinden geliyoruz ve anamız fazlasıyla bellenmiş" diyor. Ve ekliyor: "Yüzyılın en büyük yalanının ne olduğunu çekirdekten öğrenmişiz." Yüzmilyonların da bu yalanı öğrendiği kanısında, yine de güveni sarsılmış, işte! "Piyasaya tekrar sürülen şu son 'Che' martavalı da bundan farklı değil" diye tekrar ediyor kendi kendine. Sonra "... ben almayayım" diyor, "karnım tok". Eminim öyledir. Eh ne de olsa siz ciğercinin kedisisiniz. Ama yerkürede 2,5 milyar aç var bayım. "Bendeniz, artık epey zaman var ki, Eugene O'Neil'in 'Senin Bahçende Oynamak İstemiyorum' diyen şiirini söylüyorum." Zavallı küçük böcek, sen bir kımıl zararlısısın. O bahçeye girmene kim izin verir ki zaten. "Müthiş gerçekçi"siniz, hakkınız var. Cezaevlerinde itirafçıların bir adı da "gerçekçi"ydi. Ne rastlantı!..

Devrim davası adına yaptıklarıyla tüm bir kuşağı esinlendiren ve enternasyonalizmin çağdaş temsilcilerinden biri olan Ernesto Che Guevara, görünen o ki, umut ve başkaldırıyı anımsatan, inanmış gülümseyişiyle, ölümünden onca yıl sonra tekelci sermayenin gönüllü sözcülerini korkutmaya devam ediyor. Sermaye sahipleri onu evcilleştirebilme düşü kurarken, ötekilerin rahatı huzuru kaçmış durumda. Nedenleri var. Hem de gerektiği kadar. Önce Meksika'da yükseldi "Ya Basta" sesi, EZLN'yi EPR izledi. Onu MRTA. Derken Arnavut halkı kalkıverdi ayağa. Devrim Türkiye'de yara alsa Kürt coğrafyasında doğruluyor. Guetamala'da mola verse Nikaragua'da ayağa alkıyor. Bolivya'da işçi ayaklanması şekline bürünse, Brezilya'da memurlar sokağa dökülüyor, Fransa'da işçi sınıfı, Endonezya'da köylüler, Kore'de işçi ve öğrenciler ayakta. Doğrusu bizim işimiz zor, biliyoruz bunu. Küçük emekçi karıncanın dediği gibi, dağın ardında sevdiğimiz var, umutlarımız var ve zaptedilecek koca bir dünya. Oraya birey olarak ulaşamazsak, bu uğurda ölmenin bir haz olduğunu biliyoruz. Tüm küllendirme çabalarına karşın kor ateş ışıl ışıl yanıyor. İnsanlık adanmışlıktan, eşitlik kavgasından ve isyan etmekten vazgeçecek gibi görünmüyor. Orhan Veli'nin dediği gibi, aynı rüyaları görmüyoruz, Hadi bey ve Gülay hanım gibilerle. Onların yiyeceği kalaylı kapta. Bizimkisi aslan ağzında. Ama aşk rüyasını biz görüyoruz. Kemik rüyasını onlar. Kalaylı kabın ellerinden alınması korkusu bir tarafa onların işi bizden daha zor, bu kesin. Öyle ya, kolay mı efendilerine böyle kuyruk sallamak allahın günü.

O "Che" idi, yani İnsan. Devrim olup dağlarda dolaştı. Şimdi yeniden alevden atının üstünde şahlanıyor. Onun simgelediği yürekleri titretiyor. Biri ıslık çalıyor, ikisi bağırıyor. Hiç faydası yok! Bir kere özsu yürümüştür dallara. Bu şiiri siz de bal gibi bilirsiniz anımsayın, anımsayın. Ve korkmaya devam edin. Haklısınız...

Söyleşi

Geçtiğimiz salı *Mehmet Ali Birand*'ın 32. Gün programında konuktu eski Dev-Genç'liler. Eğer seyretmeyeniniz olduysa daha sonrası haber bültenleri ve gazeteler ihtiyacınızı gidermiştir sanırım.

Nedir solculuk? Dünyayı değiştirme mücadelesinin içinde olmak. Sermayeye karşı emekten yana olmak. Sınıfsız, sınırsız, devletsiz bir dünyaya ulaşma mücadelesinin içinde yer almak.

Salı akşamı televizyona çıkan eski gençlik önderleri biz ne dersek diyelim kendilerini "solcu" olarak tanımlıyorlardı. Birand onları "solun solundakiler" diye tanıttı. Kitleler de onları öyle görüyordu zaten.

Peki ne oldu salı akşamı? Tüm dünyada yeniden "komünizm hayaleti" kol gezmeye başlamışken ve açıkçası bu tüm yeni dünyacıları korku dolu bir şaşkınlığa düşürmüşken neydi o sergilenen?

Bu programa katılanların tek tek kim oldukları da önemsiz değil elbet. Ama aslolan ortaya çıkan manzaradır. Çıkarılan dersler olduğunu düşünüyorum hepimiz, herkes ve böylesi bir mirası devralmak zorunda kalan genç arkadaşlarımız açısından.

Doğu Perinçek'i tanımayan yok. Solcu olduğunu iddia eden bir Kemalist. Sosyalizmin yeniden yükselişe geçtiği günümüzde devletin sol içindeki eli. 12 Eylül öncesini yaşayanlar onun provokasyon konusunda sahip olduğu kötü ünü bilirler. Aydınlık gazetesinde "sahte solcu" ilan ettiği devrimcilerin adlarını ve ev adreslerini yayınlardı çarşaf çarşaf. Tartışmacılardan *Bülent Uluer* de onu söyledi ya zaten. Televizyonda yaptığı da farklı değildi. Tüm gericiler ellerini oğuşturarak seyretti o görüntüleri. "Bitmeyen küfürleşme" başlığı atmıştı Yeni Sağ'ın sesi Yeni Yüzyıl gazetesi, "Yirmibeşyıl sonra aynı kafa" diyordu.

Tartışmayı seyrettiğim zaman utanç duyduğumu söylemeliyim. "Ne yapalım bunlar küçük burjuva, komünist değiller ki!", tarzı bir düşünce kendimi avutmaktan öte bir anlam taşımıyordu çünkü. Kitlelerin gözüyle bakmak gerekiyordu olaya. Doğu Perinçek, diğerlerinin de katkılarıyla solcuların kendi aralarında bile tartışmayı beceremeyen sığ, düzeysiz ve aciz kişiler olduğu izlenimini vermeyi çok iyi başardı doğrusunu söylemek gerekirse. "Yalnız ülkeyi değil, dünyayı değiştirmeye soyunan, eşitlikçi bir iktidara talip olan bu insanlar mı?" demiştir bir çok kişi. Kendi payıma böylesi sorulardan oldukça nasibimi aldığımı söyleyebilirim. Genç bir yakınım "Solcular birbirlerinden niye bu kadar nefret ediyorlar?" diye sordu biraz da şaşkınlıkla.

Ahmet Altan Yeni Yüzyıl'da kemalist Perinçek için "sahip çıkmaya çalıştığı bir değeri rezil etmeyi başardı, tek bir tartışmada bütün solcuları kamuoyunun gözünde fersude* insanlar haline getirdi, böylece görevini yerine getirip amacına da ulaştı" diyordu. "Solcular bu tür aşağılık oyunlara pabuç bırakmazlar, onlar kimin kim olduğunu, neyi niçin yaptığını zaten biliyorlar. "

Perinçek'in ne olduğunu biliyoruz ama, diğerlerinin de sınavdan başarıyla çıktığını söyleyemeyiz, öyle değil mi? "Üslup benim karakterimdir" diyor Marx, bunu yazma konusunda söylüyor kuşkusuz. Konuşma ve tartışma üslubu için de aynı şeyleri söylemek

---

* Fersude: Eskimiş, yıpranmış, aşınmış.

mümkündür, diye düşünüyorum. İçeriği olmayanın üslubu da olmaz.

Devrimcilerin söyleyecek sözleri çoktur. Ama söyleyeceklerini nasıl söyledikleri de çok önemlidir. Türkiye devrimci hareketi içinde sığlık üslupsuzluğa yol açmış ve bu da kavgacı, bir gelenek yaratmıştır. Solculuk, bırakın solculuğu "komünistlik" iddiasında olan insanlar ("Sen kemalistsin, ben komünistim var mı diyeceğin" dedi Kürkçü Perinçek'e) bir iletişim kanalından, elde ettikleri milyonlara söz söyleme fırsatını, böyle mi değerlendirmeliydi? Provokatör, provokasyonu ancak zemin uygunsa yapabilir. Değilse ne yapsa boştur.

Türkiye'nin genç devrimcileri her on yılda bir yapılan darbeler, önderlerin Osmanlı'dan bu yana sürekli topluca yok edilmeleri gibi nedenlerle mücadeleye hep yeniden yeniden başlamak zorunda kaldılar. Bu, dünkü ve bugünkü devrimci militanlar arasında iletişimsizliğe ve kopukluklara yol açtı. Ama mirasın kötü yanları da var. Tartışmasını bilmemek gibi. Şiddet ve öfke söylemek istediğimiz sözlerin niteliğine göre içerilmelidir. "Döneksin, ahlaksız, alçak, puşt, şimdi çakarım iki tane" diyen, adama, "dönek sensin" demenin bir kıymeti harbiyesi yoktur. Önemli olan muhatabına yaşamın ve gelişmenin iki tane çakacağını göstermek. Aynı düzeye inmeden hem de.

Genç arkadaşlarımın bu konuda daha olumlu bir mevzide olduklarına inanıyorum kuşkusuz. Tartışmacılardan Bülent Uluer 12 Eylül öncesi, Ertuğrul Kürkçü de 12 Mart öncesi öğrenci önderlerindendi. Kanımca tartışma onların ne denli çocuk kaldıklarını da gösterdi genç devrimcilere. İnsanın amaçlarıyla hep çocuk kalmasının, güzelliği tartışılmaz. Ama siyaseten çocuk kalmak kötü bir hastalıktır. Televizyonda yaşanan bu kötülüğün olumlu yanı, genç arkadaşlarımızın çıkaracağı dersler olması.

Tartışma kendi meşruiyet zemininde ve örgütleyerek yapılmalı ve üslup inancımızın onuruna uygun olmalıdır. Propagandada, ajitasyonda, sloganda ve tartışmada tarzımızın devrimci kişiliğimizi yansıttığını göz önünde tutmak zorundayız. Şiddet ve öfke, eylemin ve sözün içeriğindedir, araçların keskin seçilmesinde değil. Aydınlar arası bir tartışma bile, söylenen sözlerin kolektif onuru ve mücadeleyi nasıl zedeleyebileceğini gösterdi bize. Tüm tartışmalarımızda bunu aklımızda tutmalıyız.

Şimdi Mevsim Yaz

Şimdi mevsim yaz. Zambaklarla yaseminlerin açma zamanı. Yeşillerin ve güllerin solgun koktuğu mevsim. Konuşmaların sabah ışıltıları taşıdığı, denizin laciverde kestiği, seslerin kekik ve ıtır koktuğu gezinti zamanı hayatın.

Şimdi mevsim yaz. Aylardan Ağustos. *"Seni elinden tutmuşum-yaz geçiyordu/ Yaz geçiyordu, biz geçiyorduk/ Yazı elinden tutmuştuk"* dediği zamanlardayız şairin. İğde, ıhlamur ve hanımeli kokmaktan vazgeçmemiş sıcak ve ıslak günlerdeyiz. Gezinti zamanındayız hayatın. Ama gezintiye çıkmaz hayat. Açlık grevlerinde aseton kokan bedenler tutuşur. Salkım söğüt gölgelerine sığamıyan canlar düşer dağlarda toprağa. İşçiler grevdedir, yoksullar tarlada. Yenilgilerimizin mevsimidir yaz, zaferlerimizi al atlara koşarız bir yaz mevsiminde.

Şimdi mevsim yaz. Gezinti zamanı diye yazmıştı Ahmet Altan. Ama tarihin gelişiminin karşısına dikilenler bilmezler hayatın gezinti mevsiminde olduğumuzu. Lorca, sevginin ve hayatın ozanı kurşuna dizilir bir dağ başında. Güneş çok eski bir hüzündür bu yüzden İspanya'da. *"Ben ölünce/ gömün gitarımla beni/ kumlara. Ben ölünce,/ portakallarla/ naneler arasına Ben ölünce/ gö-*

mün isterseniz/ rüzgar gülüne. / Ölünce ben!" diyen ozan, portakal ve nane kokularını değil, Franco'nun kara gömleklilerinin sesini duyar Ağustos göğünün altında. Özgürlük ayağı sekili bir ceylandır oysa dağ başlarında.

Şimdi mevsim yaz. Hayat gezintide olmalı, tatile çıkmalı ölüm. Umutlar yeşermeli. Ağustosların Eylüllere aktığı unutulmalı. Ve Ağustos'ta gidenlerimizden biri olan Bertold Brecht'in dediği gibi: *"Bir kez olan oldu/ Elinde değil, ayırmak/ şaraba katılan suyu/ Ama değişmeyen şey yok./ Başla istersen yeniden, / istersen son nefesinde"* diyebilmeli insan. Sonra fethe çıkmalı mutluluğu. Yeniden başlayabilmenin hazzını duymalı yaz sabahlarında. Yenilerek yengiye koştuğumuzu anımsamalı.

Şimdi mevsim yaz. Belki de bir Şolohov okumalı. Aksinya gibi bir kadını düşünmeli. Gönüllü Bunçuk gibi Anna'ya tutulmalı. Belki de, bulutsuz gökyüzüne bakıp, yaşamanın ne kadar güzel olduğunu geçirmeli kurşuna dizilirken, akıldan.

Şimdi mevsim yaz. Sıcak ve aydınlıktır sabahlar. Ama karanlığın tellalığını yapanlar tatile çıkmıyor. Biz hayatın güzelliğini anlatmaya devam etmeliyiz bu yüzden. Hayatın güzelliğini yaşabilmek için dövüşmek gerektiğini anımsamalıyız hiç durmadan. Ama sevinçlerimizden vazgeçmemeliyiz. Zamana dokunabilmeliyiz bir sabah vakti. Bütün şiirlerini okumalıyız hayatın. Sesini kaybedenleri sesini yükseltmeye çağırmalıyız yeni baştan. Kırda ateş yakabilen elimiz, meydanları tutuşturabilmeli aynı coşkuyla.

Şimdi mevsim yaz. İsyan türküleri dolaşmalı dilimizde. Belki de Umut romanını okumalıyız Malraux'nun. Kırık kanatlı uçaklardan bomba yağdırmalıyız faşistlerin başına, "Salud" diye bağırmalıyız belki Cumhuriyetçi bir siper yoldaşına ve madem ki hayata ve kavgaya açılıyor ömrümüz, hayatın kıyısında yaşama kavgasına tutuşmuş Can Yücel'i okumalıyız bir yaz sabahında. *"Anılar ki önlerinden her geçişte/ Islanmış Mayıs böcekleri gibi üzerlerinde/*

Acem acem geziniyor gözlerim.../ Ama kader diye bir b.. varsa eğer,/ Keder değil elbet benim kaderim,/ Ne anılar ki madem anasıdır yaşanacak delikanlı anların, / Bugün bu: Kuburda yaşasam da yarın/ Çiçek Dağlarında seyirtecek seyrim,/ Değil mi ki burnumda tüten toprak kokusudur Devrim" diyebilmeliyiz onunla birlikte anılara bakıp.

Hayata, aşka ve kavgaya dair konuşabilmeliyiz yaz mevsiminde. Hayatı, kavgayı ve aşkı anlatan kitaplar okuyabilmeliyiz. Düşüncelerimiz gezintiye çıkmamalı hayatın gezinti mevsiminde. Balzac'ın Rastıngnac'ının, Stendhal'ın Julien Sorel'ini öğrenmeliyiz bu mevsimde. Napolyon'un Rusya seferini Tolstoy'dan okumalıyız bir de. Savaş ve Barış'ın Nataşa'sını tanımalıyız mutlaka. Turgenyev'in Ham Toprak'ı ve Babalar ve Oğullar'ı elimizde olmalı. Bazarov'un trajedisinden öğrenmeliyiz nihilistleri. Dosteyevski ve Gogol'e tutulmalı. Emile Zola ile itham edebilmeliyiz tutucuları.

Puşkin Pugaçev'i anlatmalı bize. Lermentov'un Peçorin'ini tanımalıyız mutlaka. Peçorin'in neden sevmekten korktuğu üstüne kafa yormalıyız. Ölümden söz eden şiirlerini okumalıyız Oscar Wilde'ın. Osip'in hüznünü paylaşmalıyız, Fırtına'sında Ehrenburg'un. Ve Stalingrad Steplenine gitmeliyiz Bordcan Momis-Uli'yle birlikte. Kafka'nın karamsarlığını anlamalıyız belki, Camus'nün yalnızlığını.

Madem ki yazdır. Kendi sesimizi tanımayı öğrenmeliyiz en çok. En az bildiğimizi yani. Ve dünyaya doğru yürümeliyiz hep. Hayatımızı değiştirmemizi engelleyen şeyin baskılar ve geri çekmeler değil, kendi korkularımız olduğunu bilerek. Açılmaz sanılan dar kapıları kırarak, kendimizi ateşe atmaktan çekinmeden hiç.

Okuduğum İsa'dan yaklaşık iki bin yıl öncesinin bir öyküsüydü belki. Tarih kitaplarında Romalılarla Kartacalıların büyük kapışmasını biliriz hepimiz. Romalıların en sonunda Kartaca'yı yerle bir ettiğini de. Anlatıldığına göre Roma İmparatoru Kartaca elçisini sorularıyla sıkıştırmaya başlamış. Kartaca ordusu hakkında bilgi istiyormuş İmparator. Ve söz arasında usulca, eğer istediği bilgi verilmezse işkence yaptırabileceğini hissettirmiş elçiye. Kartaca Elçisi anlamamazlıktan gelmiş imparatorun imasını ve elini ateşin içine sokup konuşma bitene kadar alevlerin arasında tutmuş elini.

Şimdi mevsim yaz. Ama bizim hayatımız sarı ayçiçeği tarlalarının arasında gezintiye çıkmıyor. Çünkü hiç başlamamış işlerimiz var. Bu yüzden Kartaca Elçisi gibi acı çekmeye hazır olmayı öğrenmemiz gerekiyor belki hayatın yaz mevsiminde. Ölümün yürüyüşünü durdurmak için gerekli bu. Vahşetin önüne geçmek için. Zırhlarımızın, korkularımızın, savunmalarımızın olmadığı umutlu yaz sabahlarına varabilmek için belki.

Şimdi mevsim yaz. Kardelen mevsimine hazırlanmalı. Bir Ağustos sabahında küllerini okyanusa savurtan Engels'i düşünmeli. Devrimin bilinçli "İkinci Kemanı"nı... Okyanusa karışan kül olabilmeli kavganın içinde. Paris Düşerken'in Leontine'i gibi faşist tankların önüne atılabilmeli saçlarını savurarak, "Birazdan sevinçli yarınları hazırlayacağım" diyen Gabriel Peri gibi gidebilmeli ölüme. Bedrettin olabilmeli, "ben huruç eylemeye mecburum" diyebilmeli, Sakarya Şeyhi gibi ya da...

Şimdi mevsim yaz. Acılarımızın düş mevsimindeyiz. Bir elimiz hayatı alabildiğine kucaklarken öbürü ölüme hazırlanabilmeli. Bir elimiz aydınlığa uzanırken öbürü karanlığı çağıranlara vurabilmeli. Karanfil kokularını tutabilmeli bir elimiz, sevinçleri çoğaltabilmeli. Öfkesini bilemeli hayatı kışa çevirenlere karşı. Yaşamdan korkmadıkları için ölümden de korkmayanlara uzanmalı bir elimiz, bir elimiz aşkı özgürleştirmeli. Bir elimiz sımsıkı sarılırken yaşamaya öbürü vazgeçebilmeli her şeyden.

Şimdi mevsim yaz. Acılarımızın düş mevsimindeyiz. Hazırlık zamanı umutların. Toplamalıyız yeryüzünün asi rüzgarlarını. İsyan türküleri dolaşmalı dilimizde. Deniz kokmalı, Mahir kokmalı, İbo kokmalı sesimiz, Ağustos'ta isyanı çağırmalıyız dağlardan meydanlara. Bütün dillerini öğrenmeliyiz bütün kavgaların ihtilalleri söylemeli gülüşümüz. Ve yarın kokmalı bütün dillerde söylediğimiz bütün ezgiler. Şimdi mevsim yaz. Hazırlanmalıyız kardelen mevsimine…

Alışmamalı

Cinayet işlememeli/ihanet etmemeliyim/Biliyorum./Bir üçüncü şey öğrenmeli:/Alışmamalıyım .... Eğer alışırsam/ele veririm/alışmayanları .... Alışırsam eğer/katlederim/ihanet etmeye/ve öldürmeye/ve alışmaya/alışmayanları ... Yalnızca başlangıca bile alışsam/Sonuca da alışmaya başlamış olurum" (Erich Fried)

"Demir kapı açıldı. Ahmet Soner, gür sesiyle gerilla marşını okuyarak kürsüye doğru yürüdü. Ağzını asker tuttuğu sırada askere bir kafa vurdu. Hiç kimse mani olamadı. Ağır, vakur adımlarla kürsüye yürüdü.. Geldi, marşını bitirdi... Savcı kendisine iddianameyi okudu. 'Bir diyeceğiniz var mı?' dedi. Ahmet 'Bizi asanlar şunu bilsinler, kendileri de bir gün asılacaklardır. Pardon asılmayacaklar, hepsi teker teker gebertileceklerdir' dedi."

"Ve sandalyeye çıktı. Nebi sehpaya yakın vaziyetteydi.

"Bir telaş başladı. İpi boynuna geçirdiler. Ahmet etrafa baktı. Fakat o sırada bir aksilik var. Cellat kendi kendine söyleniyordu. Cellat diyordu ki, 'burada ipin bağlanacağı yer yok.' Ahmet bunları duyunca gülerek 'Dikkat edin, bir yerinizi sakatlayacaksınız' dedi. Nebi, bunun üzerine büyük bir kahkaha kopardı. Herkes bembeyaz!.. Şaşkın vaziyetteler... El-ayak her şey çekildi... Ahmet etrafa bakıyor, bütün herkesi izliyor, en son Nebi'ye baktı. Sonra döndü, gözlerimin içine baktı.. Bir taraftan sandalyeyi tutuyorlar.. Ahmet gözlerimin içine bakıyor. O an; bir saniye meselesi. Gözlerimi 'evet' şeklinde salladım... Ve... bir tekme! Sandalye albayın suratında patladı. Ahmet sandalyeye kendisi tekmeyi vurdu ve celat sandalyeyi çekecek fırsat bile bulamadı!...

"Ahmet, bir salıncakta eğlenen güzel bir çocuk gibi sallanıyordu

"Sallandı

"Sallandı...

"Omuzunu silkelercesine üç kere kaldırdı. Ve 'oh' diye bir ses... 'oh' dedi.

"Bir dakika beklediler, sonra indirdiler. Nebi gitti, saçını okşadı. Etrafa baktım. Ağlıyorlardı. Şaşkındılar... Şaşırmışlardı.. İmam donakalmıştı.. O 'misafirler geliyor' diyenler, süngüleri düşmüş birer asker gibiydiler. Albay sırtını oğuşturuyordu. Savcı sapsarıydı. Kararı veren yargıç -Nafız ya da Nafiz, şimdi tam olarak hatırlamıyorum- 'Keşke portakal limon satsaydım da bu kararı vermeseydim' diyordu. 'Verme' dedim. Pişmanlık!... Şaşkınlık!... Üzüntü...."

Bugün 12 Eylül. Darbenin 19'uncu yılı. Tam 17 devrimci yiğidi, şafak üzre kurulan darağaçlarında ölümsüzlüğe sürdü cunta yönetimi. Ahmet Saner ve Kadir Tandoğan, CIA mensuplarına karşı girişilen bir eylemden dolayı 12 Eylül yönetimince idam edilen iki genç devrimciydi. '68'lerde Deniz ve arkadaşları tarafından ODTÜ'de arabası yakılan Vietnam kasabı Commer'in, 12 Eylülcüleri ziyareti şerefine asıldılar.

Kadir ve Ahmet sandalyeyi değil, düzeni tekmelediler. Ve taşların üzerine uzatıldıklarında gülümsüyorlardı. "Arkadaşlarımıza anlatacaksınız bunları. Anlatın bilsinler. Bilsinler, mücadelemizden ödün vermediğimizi bilsinler" dediler avukatları Ali Rıza Dizdar ve Nebi Barlas'a. Onlar anlattı. Biz öğrendik. Öğrendik ki, askerler boşalan hücrelerindeki yatakları üzerine iki gül bırakmışlar. Ve öfkeli öfkeli, hırçın hırçın gül kokuları gelir her anımsadığımızda bu yüzden onlardan bize!

Bugün 12 Eylül. 12 Eylül darbesi, yükselen devrimci hareketi durdurmak için yapıldı. CIA ofislerinde, Pentagon bürolarında tezgahlandı, "bizim oğlanlar" diye adlandırdıkları işbirlikçiler aracılığıyla uygulandı. En baştan itibaren sosyalistlere, devrimcilere ve halk kitlelerine yöneldi. Devrimciler yenildiler. Ancak, cezaevlerinde, işkencehanelerde ve darağaçlarının kurulduğu mapushane avlularında dışardaki suskunluğa inat yeni direniş gelenekleri yarattılar. "Duvarlar çaresizliğin mi/Ya umutlar!/Çöz dilini yüreğinin/dünden yarına/Umutluyum de/Umudu kuşatacak ordu yok" diyordu Munzur'un yiğit delikanlısı Hıdır Aslan ölüm hücresinde. Umudu kuşatamadılar. Ama kitleleri açlıkla, idamla, ölümle, işkenceyle, işsizlikle yıldırmaya ve zulme alıştırmaya çalıştılar. Bize alışmamanın, kabullenmemenin de bir direniş yöntemi olabileceğini öğrettiler.

Alışmak ve unutmak, ortak olmaktır suça. Geçmişe kapamamalıyız gözlerimizi. Anımsamalı ve biriktirmeliyiz. Geleceğe taşımalı ve geliştirmeliyiz. Bu 12 Eylül'de o karanlık yılların muhalif kadınlarını düşündüm. Üçüncü Yol davasından bir emekli subayın genç bir devrimci hakkında anlattıklarını anımsadım. Tam bir ay boyunca yapılan her türlü işkenceye gık demeden katlanmış çocuk. Sonra bitişik hücreye gencecik bir kız getirmişler. Kıza gözaltında tecavüz edilmiş, kanaması varmış. Pamuk istemişler. Onca işkenceye katlanan delikanlı bayılıvermiş kızı o halde görünce. İşkenceciler ısrarla, delikanlının neden bayıldığını sormuşlar çevreye. "O kadar direngen birinin zaafını anlamalarına izin vermedik" demişti olayı anlatan.

"Kendisini tutsak edenin ellerinde, kültürel olarak tanımlanmış kadınlığının planlı ve zor yoluyla parçalanmasına katılımcı bir gözlemci olduğu zaman, bir kadının özsaygısı, onur duygusu ve fiziksel bütünlüğü paramparça olur. Sözcüğün her anlamında, her var olma düzeyinde işkencecinin saldırısı köktenci bir yönsüzleştirme içerir" diye yazmış Ximena Bunster. Sorunun can alıcı noktası, işte bu "kültürel olarak tanımlanmış kadınlık" da. Özellikle 12 Eylül'ün ilk aylarında her politik görüşten muhalif kadına ve siyasal mücadele içindeki erkeklerin siyasal kimlik sahibi olmayan eşlerine, kızlarına, sevgililerine cinsel şiddeti içeren yoğun işkenceler uygulandı. Kendilerine yapılan fiziki işkenceye dayanan erkeklerin bir bölümü, yakınlarına yönelik cinsel taciz tehdidi karşısında çözüldüler. Kadınlar, daha sonra maruz kaldıkları cinsel taciz konusunda suç duyurusunda bulunmaktan ve hatta açıklama yapmaktan çekindiler. Siyasal kimlik taşımayan kadınları bir yana bırakacak olursak, 12 Eylül'ün siyasal muhalif kadınları, baskıcı düzen ve bedenlerine ve ruhlarına uygulanan bu akıl almaz saldırı karşısında suskun kalmanın ortak olmak demek olduğunu göremediler.

Onlar muhalifti. Yani kendi yaşamları hakkında söz sahibi olan, kendilerine dayatılan geleneksel rolleri reddeden kadınlar. Bu kadınlara yönelik cinsel şiddeti de içeren işkencenin kuşkusuz bilgi alma, işbirliğine zorlama ve boyun eğdirme biçiminde klasik bir anlamı vardır. Ama ondan da öte, bu kadınlara uygulanan zulüm, geleneksel kadın rolünün dışına çıkmalarından dolayıdır da. Zor kullanarak kadının ona biçilen role geri dönmesi sağlanmaya çalışılır. Ne yazık ki 12 Eylül'ün direnişçi kadınlarının pek çoğu, kültürel toplumsal olarak belirlenen rollerine geri döndüler.

Siyasal kimlik taşımayan kadınlara yapılan işkencenin amacı, hem kadını hem de toplumsal olarak onuru ve gururu ailesindeki kadının "ahlaklılığına"" bağlı görülen erkeği aşağılamaktır. Kadına, erkeğin mülkü ve onun kimliğinin bir parçası sayıldığı için işkence edilmektedir. Burada muhalif kadın ve erkeğin işkencenin kendilerine yüklenen mevcut kadın ve erkek rolüne dayanılarak yapıldığının bilincinde olmaları gerekir. Yaşananlardan muhalif kimliğe sahip kadın ve erkeklerin kendilerini kurulu düzenin model ve kavramlarına göre algıladıkları ortaya çıkmaktadır. Kadın kendini eş, ev kadını ve anne olarak tanımlamayı bir tarafa bıraktığında, erkek kadını böyle algılamayı reddettiğinde, onuru ve gururu cinsellikte aramaktan da vazgeçmiş olacaklardır. Bu vazgeçiş bir kopuştur. Kopuş, geleneksel rolleri reddi içselleştirmektir. Bu durumda düzenin saldırısı tersine çevrilmiş olur. Ve "gerçek" işkenceci tarafından değil, "kurban" tarafından belirlenebilir böylece. Dünyayı değiştirmek isteyenler, zihniyet dünyalarında aileye, kadına ve erkeğe yüklenen geleneksel rolleri değiştirmeyi başaramazlarsa kadın tutsaklara yönelik cinsel şiddet, onları denetleme, sorgulama ve cezalandırmada kilit unsur olmaya devam edecektir.

12 Eylül'ün kadın ve erkekleri bu konuyu tabu sayıp suskunluğa büründüklerinde yalnızca bedenlerinin bir bölümüne değil, beyinlerine yapılan saldırıyı da sineye çekmiş oldular. Asıl kirlenmenin, asıl ihanetin burada olduğunu kavrayamadılar. Yengilerimizden çok, yenilgilerimizden öğreniriz biz. 12 Eylül, devrimciler için idam sehpasında yaşamı tekmelemenin hiç de zor olmadığını göstermiştir bize. Zor olan, kültürel-sosyal ve siyasal ortamın insana yüklediği geleneksel rolleri ve tabuları tekmeleyebilmektir. İğneden ipliğe her şeyin meta olduğu bir toplumda sevgi, duygular ve cinsellik de meta karakteri taşır. Tabular meta dünyasının ikiyüzlü tabuları, ahlak mülkiyet dünyasının ikiyüzlü ahlakıdır. Birinin "namusu olma" birinin mülkü olmaktan öteye bir anlam taşımaz. Ya mülksündür ya da mülk edinmişsindir. Mülkiyet dünyasına ait ikiyüzlü değerler, her gün her dakika beynimizi iğfal etmektedir. Asıl temizlik, bizi asıl güzelleştirecek olan, cinsiyetçi bakış açısından ve buna yol açan mülkiyetçi ideolojiden arınmaktır. Devrimcilik, meydanlarda bağırarak, barikat başlarında durarak yapılmaz. Değişmesini istediğimiz değer yargılarından koparak, verili olarak sunulanı

sorgulayıp reddederek yapılır. İdam sehpasında sandalyeyi tekmeleme cüreti gösterenlerden mülkiyetçi ideolojiyi her gün tekmelemeleri beklenir.

"12 Eylül öncesini ve bugünü düşünüyorum da, her şey ne kadar farklı. Bizim kuşağımızın 'kendi zamanı' yoktu; geleceğe aittik sanki ya da başka bir ifadeyle gelecek bizim ellerimizdeydi. Toplumsal ideal diye bir şey vardı bizim için: Bütün bir günlük yaşam ona tabiydi ve bu tabilik gönüllüydü" diyor 12 Eylül'de işkenceyle öldürülen Ekrem Ekşi'nin bir arkadaşı onu anlatırken. 12 Eylül sabahı gözaltına alınmış Ekrem Ekşi. Gözaltına alındıktan sonra müthiş işkencelerden geçirilmiş. İç kanama nedeniyle Haydarpaşa Numune Hastanesi'ne götürüldüğünde ayakta duramayacak kadar kötüymüş. Ama gülümsüyormuş. Ve o muzaffer gülüşüyle: "Hiçbir şey söylemedim, onları yendim" demiş oradaki doktorlara. Gülümseyerek hayatı yenebilecek insanlar olmalı devrimciler. Utanç duymadan kendimize ve yoldaş yüzlere bakabilmek için gerekli olan işte bu, muzaffer gülücüklü dirençtir.

Bugün 12 Eylül. 12 Eylül'de cinsel tacize uğrayan bir sevgili dostum, yıllar sonra bir 12 Eylül gecesi sancısı tuttuğunda, "Hayır! Bu gece doğurmamalıyım!" diye haykırmıştı isyanla. Bence doğacağız, bence doğuracağız. Çünkü bu, bir zaferdir. Çünkü biz yaşamı temsil ediyoruz. Önemli olan, direnmeyi sürekli kılmaktır. Önemli olan, acılara ve zulme rağmen ama ona alışmayı reddederek ayakta kalmaktır. Düşmana yenildiğimiz zamanlar olsa da önemli olan hayata yenilmemektir. Aşkımızla, sevgimizle, sevincimizle, isyanımızla düzene meydan okumaya devam etmektir. Tıpkı Edip Cansever'in dediği gibi: "Ben doğduğum günkü kadarım/Sense bir ölüm sonrası güzelliğinde/Basaraktan geçeceğiz yeniden/Yeniden yeniden yeniden/Daha öfkeli/Yenikken bıraktığımız ayak izlerimize."

Sevgi Üstüne

Dalgaların, rüzgar gibi köpürdüğü bir sahilden gökyüzünün sonsuzluğunu seyrediyordum, dışarda fırtına yüklü havalar. Kuşlar üşüyordu besbelli, odam sıcaktı. Radyoda gündelik aşkları anlatan bir melodi, bildik kederlerden söz ediyordu. Deniz laciverde kesmişti, gökyüzü gri bulutlar savuruyordu. Kimbilir hangi istasyonda Amerikan aksanlı İngilizce'den çeeviri bir Türkçe'yle konuşan genç kız "yarın sevgililer günü" diyordu ağzını yaya yaya, "İlle de kırmızı bir gül, kalp şeklinde bir çikolata, ama sevgilinize hediye almayı unutmayın". Kuş dalda üşüyordu, benim yüreğim üşüyordu, sevgiyi pazara çıkaran yayvan ses melodileri yarım bırakıp durmadan alınacak hediyeleri anımsatıyordu, içim ürperiyordu. Ataol Behramoğlu'nun şiirini geçiriyordum aklımdan: "Bu aşk burada biter ve ben çekip giderim/ Yüreğimde bir çocuk ve cebimde bir revolver/ Bu aşk burada biter iyi günler sevgilim/ ve ben çekip giderim bir nehir akıp gider". Cebinde bir silahla çekip giden, bütün ölü şairler yiten bir aşkı anlatırlar, diyordu şiirde. Brecht'in şiiri ise kısacıktı, başlığı "zaaflar", "Senin hiç yoktu/ Benimse vardı bir tane/Seviyordum."

Önümde bir yazı duruyordu, Yeni Yüzyıl gazetesinin "Cafe-pazar" ekinden kesilmiş, Suat Taşpınar Moskova'dan yazıyordu. Moskova metrosunun önünde ellerindeki birkaç paket Amerikan sigarasını satmaya çalışan, gözlerinin feri kaçmış yaşlı kadınları anlatıyordu; "En genci 55"inde filan olmalıydı. Üzerlerinde hep aynı elbiseler, başlarında yünlü şallar, safları sık tutarak yan yana dizilirlerdi. Metronun önü, satış yapmak için en elverişli yerdi elbette. Günün her saatinde binlerce insan, kimisi telaşlı, kimisi umarsız, önlerinden geçip giderlerdi. Onlar sabırla beklerdi." Yeni Moskova'nın yaşlı kadınları.... Kalabalık onlara yöneldiğinde kimse öne atılmazmış, hiçbiri müşteri kapma telaşında olmazmış, öylece beklerlermiş. Suat Taşpınar ilk kez baharda görmüş onları. Yazında oradaymışlar, yalnızca şalları yokmuş omuzlarında, içlerinden kimileri, en yaşlıları, eksikmiş bir de. Kimilerinin yaşı '70'in üzerinde olan bu kadınlar kışın başka bir mekan bulurlar herhalde, diye düşünüyormuş gazeteci. Metroların içi zaten satıcı dolu olduğu için bunları kim içeri sokar ki? Derken kış gelmiş, kar bir daha kalkmamacasına düşmüş Moskova sokaklarına. Evine 10 dikakalık mesafe için bile taksiye binen gazetecinin aklına gelmiş Moskovalı yaşlı kadınlar, "Aklıma geldiklerinde, soğuğun kemiklerime işlediği rüzgarlı bir Moskova akşamında yine Prospekt Mira metrosuna yürüyordum. Yine oradaydılar. Yine tek sıra dizilmişlerdi. Yünlü şallarıyla başlarını sıkıca sarmış, bir elleriyle sigara kutusunu tutarken, diğerini ceplerine sokmuş bekleşiyorlardı. Metronun kapısını omuzlayıp içeri attım kendimi. Sıcak hava suratımı okşadı. Abartılı makyajı yüzünde donmuş birkaç genç fahişe, MC Donalds'a 100 metre mesafede olduğumuzu haber veren tabelanın dibinde bekleşiyordu." Bir 'Pazar' yazısıydı okuduğum. Ama dalgalarda ve üşüyen kuşlarda hep o Moskovalı yaşlı kadınları görüyordum ben, her gün en yaşlılıları birer birer eksilen. Bana öyle geliyordu ki o günden beri yaşlı kadınların Moskova metrosunun önünde titreyerek beklemesinde hepimizin, tüm sosyalistlerin payı var. Ve Moskova önlerinde kadınlar üşüdükçe, genç fahişeler Mc. Donalds önlerinde bekledikçe, sevgiler yarım olacak bizim için aşklar eksilmiş...

14 Şubat "St. Valantine Günü", aslında Romalı Hıristiyan egemenlerin eski pagan inanca verdikleri bir ödün. İlkbahar festivalinin Hıristiyanlığa uyarlanmış hali. Doğrusu bizim coğrafyamızda "Sevgililer Günü" filan bilinmezdi. Şu eski deyişle "kültür emperyalizminin" marifetleri bunlar, tüketimi körüklemenin binlerce yolundan biri. Bunu Yeni Yüzyıl ve Radikal'de çıkan bir ilan çok iyi anlatıyordu. "Sevgililer Gününüz kutlu olsun"la başlayıp, "bu dünyada sevgililerin yeri apayrı" diyen ilanda bütün o sevgi sözcüklerinin sebebi hikmeti arkadan geliyordu: "Yıllardır, her Sevgililer Günü'nde, eşi olmayan sevgilinize, en değerli hediyeyi aldığınız bir yer var: Dünya Gençlik Merkezi."

İğneden ipliğe her şeyin meta olduğu kapitalist toplumda sevginin de metalaşmaktan kurtulamadığını söylemek abartı olmaz. Bu meta karakterinin kirletemediği duygu, davranış düşünülemez. Ama sevgi ve aşk üstüne söylenecek sözümüz kuşkusuz olmalıdır. Diyorlar ki, insan beyni "seretonin" adlı bir hormon salgılıyormuş. Mutluluk hormonu. Yaşama sevinci ve yaratıcılık: Rosa ve Leo geliyor aklıma. Ama aynı zamanda fırtınalı bir ilişkiydi onlarınki. Lenin'in tarifinde "düşünsel, fiziksel ve tinsel birliktelik" deniyor aşka. İdeali bu olmalı. Ama benim aklıma sevgilerinde kavgayı büyüten Ethel ve Julius Rosenberg geliyor. Havalanan bir çift güvercin ve yanık kokan iki kızıl karanfil. Aşk budur işte.

Brecht ise şöyle diyor: "Tensel zevkler değil benim sözünü ettiğim, bu konuda söylenecek çok şey olsa da; aşık omaktan da söz etmiyordum, ki bu konuda söylenecek şey biraz daha azdır. Dünya bu iki görüntüyle yetinebilir, oysa sevgiyi özel olarak incelemek gerek. Çünkü o bir üretimdir ve seveni de sevileni de değiştirir, iyiye ya da kötüye doğru. Dıştan bir bakışla bile sevenler üretici gibi görünürler, hem de üst düzeydeki üreticiler gibi." Her şeyin yalnızca "imaj"lardan ibaret olduğu günümüz dünyasında bizim için sevgiyi yaratmak önemlidir. Kavga da, güzellikler de birlikte üretilen sevgiyle çoğalır çünkü. Sevmeyi bilenler için şunları ekliyor Brecht: "Bunların en iyileri, sevgilerini diğer üretimlerle tam bir uyum içine sokmayı başarırlar, o zaman dostlukları yaygınlaşır, yaratıcılıkları çok kişiye yararlı hale gelir ve üretici olan her şeye omuz verirler." Böyle sevgileri çoğaltırsak, aşklarımızı da büyütürüz.

St. Valantine günleri, meta dünyasının sevgilerini çağrıştırıyor. Parayla satın alınmış duyguları, kaçışları, mülkiyet dünyasına degin ilişikleri. Bizim savunduğumuz mülkiyet dünyasınca kirletilmemiş sevgiler. Böyle sevgiler her alanda daha üretken kılar kişiyi gelecek düşlerini yeşertenlere güç katar. Yaşamın her alanında üretici sevgiler yaratabilmek mülkiyet dünyasıyla ilişkimizi kesme düzeyimize bağlıdır. Yeni bir dünya kurmak için 'ya ezen ya ezilen olabilirsin' şeklindeki zihniyet kalıplarını kırmamız gerekir. Bu kalıplar içimizde yaşadıkça sevgi de; ezen-ezilen, hükmeden-hükmedilen ilişkisine dönüşür çoğu kez. Öylesine sevgiler paylaşmalıyız ki, Moskova metrosunda üşüyen yaşlı kadın için de ürpermeli yüreğimiz, sevdamızın gözlerine bakarken de, dünyanın memleketin, insanını kederini de kucaklamalıyız sevdamızı kucaklar gibi. İnanca giden yol sevgiden geçer. Gerçek aşklar kavgayla birlikte var olur ancak. Sevgisi olmayanın kavgası olmaz. Kavgada büyütülmüş sevgiler diliyorum, genç arkadaşlarıma.

Militan Devrimcilik ve Sevgi

"Tahir olmak da ayıp değil Zühre olmak da/ hatta sevda yüzünden ölmek de ayıp değil/ bütün iş Tahir ile Zühre olabilmekte/ yani yürekte/ Mesela bir barikatta dövüşürken/ mesela Kuzey Kutbu'nu keşfe giderken/ mesala denerken damarlarında bir serumu/ ölmek ayıp olur mu?/ Tahir olmak da ayıp değil zühre olmak da/ hatta sevda yüzünden ölmek de ayıp değil." (Nazım Hikmet-Tahir'le Zühre Meselesi)

Troçkist dergi "Son Kavga"nın dördüncü sayısında, "Meslekten Devrimci Kimdir, Kime Denir?" yazı dizisine rastladım. Yazının "Sevgiyi İfade Etmek Devrimcilere Yabancı mıdır?" başlıklı bölümünde şöyle deniliyordu: "İşçi sınıfının öncüsü olan devrimciler, herkesin kafasında kavga, savaş, dövüş, mücadele kavramlarını çağrıştırır. Devrimcilerin sevgi kavramını çağrıştırması, devrimci ile sevgi arasında ilişki kurulması için biraz düşünülmesi gerekir. Sokaktaki insan için düşünülse de bulunamayacak olan bu ilişki devrimci saflarda da kolayca yakalanamaz. Devrimci grupların militanları için ise, en iyi durumda sevgi ile devrimcilik kavramlarını yan yana getirdiklerinde bunu yumuşaklık, zayıflık, aşılması gereken bir hata olarak görülmesidir. Devrimciler sevgiyi kendilerine yakıştıramazlar ve devrimci hareketin reformist kesimleri ile özdeşleştirirler. Doğu toplumlarının ortak özelliklerini taşıyan toplumumuzda kadını ve erkeğiyle içine kapanıklık, duyguların ifade edilmesinde zorlanma, duyguların ifadesi güçlü olmanın önünde engel olduğu ruh hali hakim davranış biçimidir."

Militan devrimcilerin sevgiyi, yumuşaklık, zayıflık, aşılması gereken bir engel olarak gördüğü savı 12 Eylül sonrası çokça dile getirilmiştir. Böyle olunca yazarın "Devrimciler sevgiyi kendilerine yakıştıramazlar ve devrimci hareketin reformist kesimleri ile özdeşleştirirler" tespiti de yeni değildir ve o çok bilinen suçlamayı anımsatmaktadır. Nedir yazarın sözünü ettiği? Tensel zevkler mi? Değil gibi görünüyor. Peki aşk mı? Belki de... Doğu toplumlarındaki kadın ve erkek ruh hallerinden söz ettiğine göre. Bu durumda da sevgiyi ifade etmekte zorlanmakla, sevgiyi kendine yakıştırmamak arasında bir nitelik farkı olduğu gerçeği gözardı edilmiş olmuyor mu?

Yazıyı tam da MKM'nin yarışmaya katılan öykülerinin ardından okumamış olsaydım, üstünde fazla düşenemezdim sanıyorum. Yarışmaya katılan öyküler pek çok açıdan dikkate değer. Ve benim adıma oldukça öğretici. Öykülerde başkaldıran bir halkın acıları, öfkesi, kini, özgürlük ve bağımsızlık tutkusu var. Direnmek ve inadına ayakta kalmak iradesi var. İntikam arzusu, feda ruhu, ülke ve yoldaş sevgisi, gerillaya duyulan güven... Hepsi elle tutulur, gözle görülür gibi.. Nefret çok fazla, ölümün yüceltilmesi bir eğilim. Kardeşliğin yeşermesi onca vahşetin ortasında imkansız gibi. Ve bu çok anlaşılır birşey. Paylaşmanın, sahip çıkmanın ne denli gerekli olduğunu gösteriyor bize. Ama öykülerde olmayan birşey var ki, bunu yarışmaya katılanların bilinç düzeyi gelişmişlikleri açısından kabul etmek mümkün değil. Sevdasız öyküler bunlar. Onlarca öykünün içinde yalnızca dört öyküde sevdadan söz ediliyor. İkisi hariç öykülerde sevda yok. Kadınlarla erkeklerin ilişkilerinde "içimde bir kötülük yok" tavrı egemen. Konunun toplumsal tabular alanına girdiği bir gerçek. Ancak hayatın kendisi böylesine sentetik değil ki! Yanlış olan tabulara boyun eğilmesi. Sevdanın içteki kötülükle eşitlenmesi. Oysa sözkonusu olan, özgürleşen kadın ve erkekler. Barikatta dövüşmekle, Tahir ve Zühre olabilmek birbirini tamamlayan olgulardır. Sıcak mücadelenin içerisinde yaşanmışlıkları ertelemek mümkündür. Ancak duygular ertelenemez. Ve benim eleştirilerim de duygular dünyasına ilişkin yalnızca. Burada söz konusu olan "gözardı etmek" ve "yakıştıramamak" tavrı değil ama. Burada "kadın gerilla" demek yerine "bayan gerilla" nitelendirmesini tercih eden toplumsal duyarlılıkların devreye girmesinden söz edilebilir, geçmiş tüm kuşakların geleneğinden belki de...

Sevgiyi ifade etmenin devrimcilere yabancı olmadığını o duyarlılıkları dillendiren ozanlarımız anlatıyor en iyisinden: "Gelgelelim/ Beter bize kısmetmiş,/Ölüm, böyle altı okka koymaz adama/susmak ve beklemek müthiş./ Genciz namlu gibi,/ Ve çatal yürek, /Barışa bayrama hasret/ Uykulara, derin kaygısız, rahat,/ Otuziki dişimizle gülmeğe,/ Doyasıya sevişmeye, yemeğe.... /Kaç yol ağlamaklı olmuşum geceleri,/ Asıl bizim aramızda güzeldir hasret/Ve asıl biz biliriz kederi" diyen Ahmet Arif gibi.

Ama militan devrimciler açısından baktığımızda özel ve dar anlamları içinde ele almamak gerekir sevgiyi. Profesyonel ya da buradaki deyimiyle meslekten devrimcilikte esas olan gönüllüktür. Gönüllülük temelindeki tüm ilişkiler ise sevgiyle yürütülür. "Senin derdin benimdi/Benimki de senin/ Paylaşmazsam bir sevinci seninle/ Yoktu benim de sevincim" diyor ya Brecht, militan devrimciler böylesi bir sevgi ve paylaşma sevinciyle dolu olmak zorundadırlar. İnsan, inandığı şeyi sevmezse koruyamaz. Bir militanda olması gereken erdemler ve değerler; alçak gönüllülük, fedakarlık, koşulsuz bağlılık, adanmışlık, çalışkanlık ve sabır, direnme ruhu.. hep sevgiyle kazanılır, beslenir ve geliştirilir.

Devrimci ile sevgi kavramını yan yana getirmemek ne kelime, sevgi devrimci ahlakın temel taşlarından biridir. İnsana duyulan sevgi, emeğe duyulan sevgi, yaşama ve kavgaya duyulan sevgi. "Sosyalist ahlakın başlıca unsurlarından biri, emeğe duyulan sevgidir" diyor Kalinin. Kolektif, emeğin ürünüdür. Onlarca devrimcinin kavgasının ve sevdasının en somut halidir. Militan devrimci, devrimciliği meslek edinmiş kişidir. Militan devrimci ile kolektif arasında inançla, bilinçle, güvenle örülmüş, harcı sevgi olan; ödenen bedellerle, yeni bir yaşam ve yeni bir toplum anlayışıyla somutlanan sarsılmaz bir bağ vardır. Düşman bunun farkında olduğu için önce içimizde taşıdığımız, alınteri ve ortak çalışmayla büyüttüğümüz sevgi ve güven duygusunu yok etmeye çalışır. Devrimci kimliğimize yönelttikleri saldırıların ilk ayağında yoldaş devrimcilerin birbirine karşı beslediği güven ve sevgiyi hedef alır. Önderlerin ahlaki çürümüşlüğü, bencilliği, kendi rahatlarını düşünmesi ve daha pek çok şey üstüne onlarca yıpranmış, ama hâlâ kullanıma sürülebilen senaryo türetir.

Bu tür saldırılarla başa çıkmanın yolu sağlam bir inanç, yaratıcı bir bilinç, irade, yoldaşça bir dayanışma duygusu ve sevgidir. Companero, camarade, tevariş, heval... Dünyanın bütün dillerinde şiirsel bir ezgidir "yoldaş" sözcüğü. Yalnızca aynı yolda yürümeyi ifade etmez. Ortak paylaşma ve yaratıcılığa dayalı yeni bir yaşam anlayışının insan ilişkilerini geliştirme ve dönüştürme potansiyelinin de ifadesidir. Acıyı paylaşmanın, sevinci çoğaltmanın, sevgiyi inşa etmenin, yaşamı örgütlemenin, yaşamda çoğalmanın adıdır 'yoldaşlık'.

Komünist eğitimci Kalinin: "Gerçek partili olabilmek için yalnız ajitatör ve propagandacı olmak zorunlu değildir. Başka birşey de gereklidir ki, bu da siyasal, toplumsal ve hatta kişisel hayatta devrimci tutumdur" diyor bir yazısında. Kişisel hayatın devrimcileşmesi, en somut biçimde günlük yaşamın bire bir ilişkileri içinde gerçekleşir. Devrimcilik, dünyanın en onurlu işidir. Ama bu iş yalnızca 'profesyonellik' anlamında bir meslek olarak görülmelidir. Omuz başındakinin acısını duymadan, yanıbaşındaki ile aşını, aşkını, umudunu, hasretini, acısını, kederini bölüşmeden yoldaş olunamaz. Bu anlamda yoldaş devrimciler arasında seveni de sevileni de değiştirip dönüştüren üretici bir sevgi vardır. Bu sevgi güvenle beslenir, inançla yeşerir. İlişkileri sağlamlaştırmanın yolu, bu sevgi ve güven unsurunu geliştirmekten geçer. Birbirini gerçek anlamda tanıyan,anlayan ve seven insanlar arasında ortak mesai daima daha verimli olur. Sapmalar, yalpalamalar daha çabuk fark edilir, sorunun çözümü doğrultusunda adım atmak daha kolaydır.

Sevgi ve devrimcilik kavramlarının iç içe geçmiş olduğunu düşünüyorum. Bu ayakları yere basan beyin ve yürek işi olan, paylaşılarak çoğalan bir sevgidir. Kavgada büyütülmeyen, kavgayı büyütmeyen hiçbir sevgi kalıcı olamaz. Devrimci mücadelenin temel unsuru insandır. Ve gelecek insan, karşılıksız verebilmeyi erdem sayan yoldaşça paylaşım ve sevgi temelinde inşa edilecektir.

Hayran Gözlü Çocuklar

"İnsan dediğin bir buğday tarlası gibi olmalı / Esti mi rüzgar bir değil milyonlar için esmeli / Bir tek meyve veren dalı kesmeli / İnsan dediğin derya misali / Üstünde milyonlarca dalga / İçinde kıyametler kopmalı / insan dediğin derya misali / Uçsuz bucaksız olmalı" (Bedri Rahmi Eyüboğlu)

Havada kar kokusu var. Ve dışarda fırtına habercisi deli rüzgarlar. Kar birdenbire geldi. Fena bastırdı kış. "Yarı aç, yarı tok üşümek: /dünyada, memleketimizde ve şehrimizde / bu işte de çoğunluk bizde..." diyor şiirde. Daktilomun başına oturmuşum harflere bakıyorum. Sanki bir kalabalığın haklı ve muzaffer uğultusunu bekliyorum. Bu kış sabahında kelimelerle doluyum. Yapıcı türküleri söyleyenlerin kelimeleri geldi bana. Elimde uzak yolları taşıyan merhabaların sıcaklığı. "Yaşamak sevmektir" yazıyor kağıdın bir ucunda. İçimde gizli denizler kımıldanıyor usulca. Bir yaşamak düşlüyorum yoldaş sıcaklığında, ayıpsız ve yürekleri asla kirletmeyen. Yaşamak ve sevmek üstüne düşünüyorum, bana ulaşan sözlere dalıp. "Her birimiz yeryüzüne çıkmayı bekleyen nehirlerin coşkunluğunda yaşıyoruz, hazır kıta bekliyoruz, yeryüzüne çıkacağımız ve önümüze geleni alıp götüreceğimiz günlere olan inancımızla..." diye yazmış içlerinden biri. Bir sessiz yemin gibi ben de tekrarlıyorum onlarla birlikte: "Güneş bizden yana..."

Sevinçle, sevdayla, umutla, inançla yüklü sözlerle geldiler bana, gitmek isteyip de gidemediğim yollardan. Dilime şiirler takıldı: "Seni düşünmek güzel şey, / ümitli şey, / dünyanın en güzel sesinden/ en güzel şarkıyı dinlemek gibi bir şey.../ Fakat artık ümit yetmiyor bana, / ben artık şarkı dinlemek değil, şarkı söylemek istiyorum" diyen. Çiçekleri, kuşları, insanları, kavgayı ve yoldaşları sevdiğini haykıran yürekler şarkı söylemek istiyordu besbelli. Onlara şiirler okudum bu cam gibi berrak kış günü. İçimde mis kokulu kızıl bir karanfil gibi dururken zaman. Şiirler bazen uzak karanlıklara sürdü yıldızları. Kimi zaman yıldızlar geçti sözlerimin arasından. "Pervasız bir avcı gibi bazan / Bütün yolları tutabilir şiirler / O zaman onun menziline ancak / Sevdayı kuşanarak girilebilir" demiş ya ozan, söylenecek bütün sözler inancın ve sevdanın savunulmasına dairdir.

"Yaşamak sevmektir" demiş, sevgiyi ve inancı umuda akıtmasını bilen genç devrimciler. Yaşamak ne zaman sevmeye benzer, sevmek ne zaman bir yaşamaya? "Sevmek kimi zaman rezilce korkuludur / insan bir akşam üstü ansızın yorulur / tutsak bir ustura ağzında yaşamaktan / kimi zaman ellerini kırar tutkusu / birkaç hayat çıkarır yaşamasından / hangi kapıyı çalsa kimi zaman / arkasından yalnızlığın hınzır uğultusu" demiş Attilâ İlhan, ne vakit bir sevmek düşünsem bu kirli düzende, aklıma takılır Attilâ İlhan'ın dizeleri. İnsanlık ikinci bir binyıla girerken serbest pazarın nimetlerine övgüler düzülmekte. İğneden ipliğe her şey pazara sürülüyor. Mutluluğun, birey sayılmanın temel unsuru satın alabilmek. Satın alabilme gücü bir statü sembolü. Her şeyin bir değişim değeri var, duyguların da. "Tüm yönelimlerin merkezini pazarın oluşturduğu, maddi başarıların en önemli değer olduğu bir uygarlıkta, insanlar arasında sevgi ilişkilerinin de meta ve emek pazarını yöneten aynı değişim yolunu izlemesine şaşmak için pek az neden var" derken haklıdır From. Bu yüzden çoğu kez rezilce korkuludur sevmek. Ve ustura ağzı gibi keskindir yaşamak.

Seveni de sevileni de değiştiren bir üretim olması gereken sevgi, özel mülkiyet dünyasında mülk edinme biçimlerinden biridir. Kapitalizm koşullarında bir el koyma tarzına dönüşür. Çünkü egemen ideoloji düşünme biçimlerimizi olduğu kadar bireysel psikolojimizi de şekillendirmektedir. Kapitalist düzende ilişkiler gerçek anlamda "insanca" değildir. Sevginin sevgiyle, güvenin güvenle değiştirilmesi söz konusu olamaz bu yüzden. Sevgi, sevildiği iddia edilen varlığın benliğine zorla el koymak, diğerinin kişisel ilişkileri üzerinde hakkı olduğunu kabul ettirmek için bir gerekçedir. İnsan psikolojisinin dayanışma duyguları yönünden son derece sınırlı olduğu vahşi kapitalizm koşullarında iki insanın sıcak ve üretken bir ilişki kurmasının zorlukları ortadadır. Duygular kolay tüketilir ve kolayca harcanır. Kişilik özellikleri özel mülkiyet dünyası içinde şekillenen devrimciler de kendilerini bu olumsuzluklardan uzak tutamazlar.

"İnsanlarla ve doğayla her ilişkiniz, sizin iradenizin nesnesi olan gerçek bireysel yaşamınızın en net yansıması olmalıdır. Eğer sevginiz sevgi doğurmuyorsa bu, sevginizin, sevgi üretmediği anlamını taşır. Eğer seven kişi olarak yaşamınızı ortaya koyuyor ama sevilen bir kişi olamıyorsanız, sevginiz, güçsüzdür. Şanssızlıktır" diyor Marx. Sevgi üretemeyen sevgiden vazgeçilmelidir. Çünkü bir vermek ya da almak olayı değildir sevgi. Bir paylaşmak olayıdır. Paylaşamayanlar sevgide ortaklaşamazlar. Ortaklaşamamanın nedeni bilmemektir. Bilgiyle gelişir sevgi. Bilgiyle çoğalır. Karşısındakini öğrenemeyen manevi bir birliktelik oluşturamaz. Böyle bir durumda sevgi birlikte gelişme ve geliştirme, ortaklaşa çoğalma potansiyeli taşımaz. Taraflardan biri diğerinin ruhuna el koymaya ve istediği gibi kullanmaya çalışır. Sonuç yalnız duyguların değil, iki insanın da tükenmesidir. Sevgisi tükenenin kavgası da tükenir çoğu kez.

Sevgi eğer; "gerçek bireysel yaşamın en net yansıması" ise, kişinin devrimciliğinin de en net sınandığı alanlardan biridir. Bu yüzden sevgi ve Engels'in kullanımıyla söylersem "bireysel cinsel aşk" alanında yaşanan olumsuzluklar, bireysel ve kolektif kirlenmenin en açık göstergeleri olur daima. "...insanın kendi hemcinsi ile ilişkilerinin sırrı, çelişkisiz, kesin, açık ifadesini, kadın ve erkek ilişkisinde ve dolaysız ve doğal cinsi ilişkiyi anlayış tarzlarında bulur. Beşeri varlıkların, gerekli, doğal, dolaysız ilişkisi, kadın ve erkek arasındaki ilişkidir" Marx'a göre. Bu ilişkiye dayanarak insanın genel gelişim derecesi hakkında hüküm verilebilir, elbette en gelişmiş insan tipolojisi olarak gördüğümüz devrimcinin de.

Devrimci karşı çıktığı düzenin ürünüdür. Bireysel ve ruhsal dünyası değiştirmeye çalıştığı düzen içinde şekillenir. Bu gerçeklik yaşanan olumsuzlukların, sergilenen aczin, gözlerden saklanamayan kirliliğin gerekçesi yapılır hemen her zaman. Mükemmel ilişkiler, örnek sevgiler, hesapsız aşklar, gelmesi için savaşılan "o güzel günlere" ertelenir. Kadın erkek eşitliği sosyalizmde gerçekleşecektir, özgür aşk sosyalizmle var olacaktır vb. Bunların tümü sosyalizmi bir yaşama biçimi haline getirememiş devrimci bireyin arayıp bulduğu kaçış yollarıdır yalnızca. En zorunun insanın duygusal dünyasını değiştirmek olduğu doğrudur. "Zor", evet. Ama imkansız değil. Dış dünyayı örgütlemeye çalışan insan kendi iç dünyasını örgütlemenin yollarını da bulup çıkarabilecek yeteneğe sahiptir. Duygusal dünyanın verili haliyle kabulü kolaycılıktan başka bir şey değildir. Eğer doğruyu biliyorsak, eğer doğrunun uygulama alanı varsa onu ne vakit gerçekleşeceği henüz kesinleşmemiş bir beklenen geleceğe ertelemek kaçıştır, kirlenmenin önünü açmaktır.

Sevginin en bireysel, en özgün biçimidir aşk. Burada cinselliğin tartışılmaz bir rolü vardır elbet. Ancak yoldaş devrimci birey açısından, hareketi, düşünceyi, kavgayı sevmenin bir parçası olabilmelidir aşk. Eğer kavgada "sevgili yoldaş" olunamıyorsa "sevgili" de olunamaz. Bu durumda kişilerin birbirini birer "cinsel obje" olarak değerlendirmesi söz konusudur besbelli. Cinsiyetçi dünyanın zihnindeki hegemonyasını kıramamış erkekler ve tersine çevrilmiş erkek rolü oynamayı eşitlikçilik sayan kadınlar başka türlüsünü beceremezler. Aşkı bir paylaşım olarak görmek, özel mülkiyet dünyasının zihnimizdeki yansımalarından kurtulmanın yollarını açar. Kadının ve erkeğin birbirlerini karşılıklı tasarrufta bulunacakları mülk olarak görmeleri aşkı bir tutsaklık haline getirir. Aşkın özgürleşmesi mülkiyet dünyasına ait değer yargılarından arınmasıdır. Cinsel objelerin kendi vücutları üzerindeki tasarruf özgürlüğü kapitalizmin doğasında vardır zaten. Mülkiyetin kutsallığının bir gereğidir bu. İki ayaklıların erkek cinsinin bu tasarrufta daha özgür olması gerçeği değiştirmez. Devrimciler arasında "özgür aşkın" cinsel serbesti olarak algılanması, mülkiyet dünyasına bağlılığın bir ifadesidir. Ve ideolojik bulaşıklığın bir göstergesi olur genellikle. Kuşkusuz ayrı bir tartışma konusu yapılmalıdır "özgür aşk" konusu. Ama sevgiden söz edince aşka, aşktan söz edince özgürlüğe değinmemek olmuyor.

Ne zaman sevgiyle ilgili bir yazı yazsam Julius ve Ethel Rosenberg'i anmadan geçemediğimi söyledi bir arkadaşım. Nedenini sordu. Rosa ile Leo'dan, Marx'la Jenny'den değil de Ethel'le Julius'tan konuşmamın gerekçelerinin en başta geleni, ikisinin öncüler değil de "sıra neferi" devrimciler olmaları. Sıra neferi onlar, ancak asla sıradan değiller. Sevgilerini kavgada sınıyorlar, en zorlu sınav günlerinde büyütüyorlar. Her şeyden kuşkuya düştükleri anda bile sevgileri sapasağlam. İnançlarını kirlettikleri zaman sevgilerini de kirleteceklerini biliyorlar. Sevgileriyle güçlendiriyorlar inançlarını ve ölümün üstüne el ele yürüyorlar. Sevgisini cezaevi sınavından geçirmeyi bile başaramayan onca devrimci varken Julius ve Ethel'i anmak ferahlık veriyor sanırım bana.

Geçtiğimiz yıl konuyla ilgili bir tartışmada "teorik konuştuğumu" söyledi bir arkadaş. Bireysel sınamadan geçirilmemiş olduğunu düşünüyordu fikirlerimin sanırım. Doğru olabilir düşüncesi. Ama devrimci teori olmadan devrimci pratiğin olamayacağı malumumuz. Ve teoride çıtayı ne kadar yüksek tutarsak pratiğimiz de o denli temiz olur. Sevgi, ilişkilerimizin yumuşak karnıdır. Sevgimizi kirletirsek, kavgada kirlenmemiz kaçınılmaz olur. Sevgiye ve cinselliğe dair haller devrimciliğin turnusol kağıdıdır her zaman. Sevgide çoğalamayanlar yoldaşlıkta da çoğalamazlar. Arkadaşlıklarını üretemeyenler kavgayı büyütemezler. Sevgiyi tüketip de arkadaş kalanları anlayamamışımdır hep bu yüzden. Sevgi tükenirse arkadaşlıktan geriye ne kalır ki?

Yaşamak sevmekse, sevmenin devrimci yaşamak olduğu söylenebilir. Devrimci yaşamak için, eskiten sevgileri fırlatıp atmak gerekir. Tükeneni, karşısındakinde sevgi yaratamayanı dönüp bir kez bile arkasına bakmadan reddetmelidir devrimci. Kopan ipleri bağlamaya çalışmamalıdır. Çünkü kopmuştur bir kere. Beynine eş aramaktır sevmek. Ve sürekli yenilenen devrimci için yeni başlangıçlar yapabilme şansı hep vardır. "Şiirin ve aşkın ırmağı / Vaktinde akıtılırsa umuda / Ve onlarla sulanırsa eğer / Mutlaka çiçeklenecektir hayat" diyor ozan. Göze alamadığımız yakınlıklar varsa gerçek değildir sevgi. Çeşmenin başındaysa su içmelidir kişi. Eylemsiz sevgi olmaz. Sevgisiz devrimci.

Size "Buyruk" romanından ve iç savaşın Yunanlı komünisti Niko Beloyannis ve sevdalısı Anna'dan yani "Elli"den söz etmiştim. Yunanlı faşistler Elli'yi ve Beloyannis'i tutuklarlar. İdam aldıkları duruşmada ne yapar eder ve kızıl bir karanfil ulaştırır Elli sevdiceğine. Ve Beloyannis de yakasına iliştirir o kızıl karanfili. Ölüme yakasında kızıl karanfille gülümseyen o yiğit adamı şiiriyle ölümsüzleştirir Nazım. Buyruk'u okuduğumda ilk kez, bir devrimci kadına gıpta etmiştim. Mutluluğun Niko gibi biri tarafından sevilmek olduğunu düşünmüştüm. Tersi de söylenebilir. Bana öyle gelir ki; ölüme meydan okurken yakaya iliştirilen bir kızıl karanfildir sevda. Sevdasını yakasına takıp bakmıştır Beloyannis ölümün yüzüne. Yaşamayı sevmek sayan genç devrimcilerin böyle olmalı sevdaları diye düşünüyorum. Asla daha azına razı olmamalılar. Yaşamak gibi yakalarına iliştirmeliler sevdalarını; ölüme giderken, işkencede direnirken, meydanları özgürleştirirken... Ve ne vakit bir yaşamak düşünseler sevdayla sarılmalılar umuda, inanca, kavgaya. Kavga sevda olmalı yüreklerinde, sevdayla kavgaya yürümeliler. Umudumuzun "güneş bizden yana" diyen hayran gözlü çocuklarına yakışan da budur.

Sevgi ve Yoldaşlık

"Sevgili arkadaşım benim/ Sana "sevgili arkadaşım" diyorum/ Budur, bizim anladığımız sevdanın tanımı/ İşte sana bir aşk şiiri/ İçinde "sevgilim" sözcüğü geçmiyorsa/ Suçun yarısı senin/ Çünkü, ben de bize yaraşanların sözcüğünü değil/ Kendisini seviyorum senin gibi."

Tanıyanlar bilir, ben bu 'eski' devrimci sözünü pek hazzetmem. Olsa olsa 'eskimiş' devrimciden söz edilebilir diye düşünürüm. Kendini zaman içinde yenilemesini ve değiştirmesini bilen kişidir devrimci. Bu yüzden her daim yenidir. Bu arada her 'yeni'yi de 'yeni' saymak mümkün değildir. Yeni, her niyete yenilen muz türünden kullanılır oldu artık. Devrimciler arasında yenilik ve eskilik değil, deneyim zenginliğinin yarattığı bir farklılık vardır olsa olsa. Eskiyenler, bir biçimde yolda kalanlardır. Devrimcilik, uzun yol koşuculuğuna benzer. Nefesi iyi ayarlayabilmenin sırrı, eylemi hayatın tümü olarak görmek ve hayatın tümünde devrimci olabilmektir. Bunu başaramayan hayatı da, devrimciliğini de tüketir.

Bilindiği gibi yirmibirinci yüzyıla girerken tüketmek temel bir eğilim. Nesneler gibi duygular da bir kullanımlık. Kullan ve at sepete! Düzeni üretenleri olduğu kadar ona muhalif olanları da etkileyen bulaşıcı bir tarz bu! "Tüm uygarlığımız karşılıklı kâr sağlayan bir alışveriş düşüncesi, satın alma açlığı üzerine yükseliyor. Çağdaş insanın mutluluğunun temel unsurunu; mağaza vitrinlerine bakmak, peşin ya da taksitle dilediği bir şeyi almak oluşturmakta. Kadın ya da erkek insanlara aynı gözle bakıyorlar. Erkek için çekici bir kız -kız için çekici bir erkek- peşinde oldukları ganimetlerdir. "Çekicilik" kişilik pazarında genellikle aranan ve peşinde koşulan bir süslü nitelikler paketi anlamına gelir. Kişiyi çekici yapan şey, fiziksel olduğu kadar düşünsel olarak da günün modasına bağlıdır" diyor E. Fromm ve ekliyor; "Her ne olursa olsun, aşık olma duygusu, tümüyle meta insanlara bağlı olarak, kişinin kendi olanaklarıyla alış veriş etmesi biçiminde gelişti. Pazarlığa oturduğunda nesne toplumsal değer olarak çekici olmalı, ayrıca benim görünen ve saklı kalmış değerlerimi ve potansiyelimi göz önünde tutabilmelidir. İki insan ancak kendi değişim değerlerinin sınırlarını da hesaba katarak, piyasadaki en kullanışlı nesneyi bulduklarını hissettikleri an birbirlerine aşık olurlar. Sık sık sanki gerçek bir mülk alıyormuşçasına geliştirebilecekleri gizli potansiyeller de pazarlıkta rol oynar. Tüm yönelimlerin merkezini pazarın oluşturduğu, maddi başarıların en önemli değer olduğu bir uygarlıkta, insanlar arası sevgi ilişkilerinin de meta ve emek pazarını yöneten aynı değişim yolunu izlemesine şaşmak için pek az neden var."

Sevgi bir üretimdir. Ancak en iyi ifadesini "insan insanın kurdudur" sözünde bulan kapitalizm koşullarında bir "el koyma" biçimine dönüşür. Sevgi, sevilen varlığın en gizli ruhsal 'ben'i üzerinde zorla hak iddia ettiğimiz bir duygu olur çıkar. Sevginin öznelerinden her biri, diğerinin şimdiki ve daha önceki kişisel ilişkileri üzerinde hakkı olduğunu kabul ettirmeye, diğerinin ruhuna el koymaya, istediği gibi kullanmaya ve yerleşmeye çalışır. Böylece diğerini öğrenme, birlikte gelişme ve geliştirme yerini birbirini tüketmeye bırakır. Manevi birlikteliklerin denenmiş bir dostluk ve uzun bir ortak yaşama sürecinde oluşabileceği unutulur. İnsan ruhundaki sevgi potansiyeli ne kadar az; toplumsal ilişkiler ne kadar sınırlı ve insan psikolojisi dayanışma duyguları yönünden ne kadar sınırlı ise iki insan birbirinin duygularını o kadar kolay tüketir ve harcar.

Sevgi emektir deriz çoğu kez. Yanlış bir tespit değildir bu. Üretici sevgi, karşılıklı harcanan emek sonucu oluşur. Ancak sevgi, aynı zamanda toplumsal pratiğin ürünüdür, ideolojilerimizin bir yansımasıdır bu yönüyle. Kişinin ideolojisinin gelişmişliği oranında 'emek' kavramının içini doldurmak mümkün olur. Yoldaşlık ve sevgiyi işte bu pratik içinde düşünmek gerekir. Çevremde çok fazla 'yoldaş' sözü duyduğumu söyleyebilirim. Öyle ki, çoğu zaman bir yabancılaşma unsuruna dönüştüğü bile oluyor. Oysa yoldaş sözcüğü ağızlarda çiğnenmiyecek kadar değerlidir. Aynı yola baş koyanları, aynı yolda yürüyenleri, birbirine arka çıkanları anlattığı kadar, ortakçılık yolunda yürüyenleri anlatır. Ortakça, eşitlikçi, dayanışmacı ve özgür bir yaşam için kavga verenleri tanımlamak istediğimizde 'yoldaş' sözcüğünü kullanırız. Yoldaş olmak, hep birlikte üretmektir, hep birlikte yaratmaktır, güzellikleri çoğaltmaktır. Güzel yaşamdır. Sevgi, paylaşmanın ve yaratmanın güzelliğini birlikte duyumsamaktır. Sevinci çoğaltırken, acıyı bölüşmek, eksiğin, yanlışın, acısını birlikte duymak, boşluğu birlikte doldurmaktır. Bu da her sınıfın bir sevgi ideali olduğunu, her sınıfın kendi nitelikleriyle donattığı bir sevgi ahlâkı olduğunu söylemek demektir.

İnsanın birey olmaktan çıkarıldığı, sahici duyguların yerini imajların aldığı standartlaşma ve uzlaşmanın yaratıcılığın yerine geçtiği günümüz koşullarında, sevme eyleminin karşılığında bir şey alarak vermeye dönüştüğünü, sevginin meta karakterinin iyice belirginleştiğini söyleyebiliriz. Böyle bir düzende yoldaş sevgiler de alır kirlenmeden payını. Kolektif yaşam tarzının paylaşımın ve dayanışma anlayışının mülkiyet dünyasının şekillendirdiği psikolojiyle yozlaştığını görürüz. Böyle bir durumun kaçınılmaz olduğunu söyleyerek, yani doğruluk payı büyük bir önermeye sığınarak işin içinden sıyrılmak mümkün gibi görünür çoğu kez. Ama gerçek hiç de öyle değildir. Dünyayı, memleketini, insanı değiştirmek için 'verili' düşüncelerle yola çıkanlar, işe kendilerinden başlamak zorundadırlar. Başarısızlık, üretici güç yoksunluğundan başka bir şey değildir. Geleceğe omuz verebilmek için her biçimdeki yoldaş sevgiyi üretici kılmak gerekmektedir. İnsanın ruhsal dünyasını değiştirmenin plana programa zor geldiği bir gerçektir. Ancak insan, doğanın kendini bilinçle değiştirme yetisine sahip tek varlığıdır. Bilgisiz sevgi mümkün değildir. Bilinçle sevmeyi bilenlerin kariyerizmle, kıskançlıkla, art niyetle ilgileri olamaz.

"İnsanı insan olarak düşünün ve onun dünya ile ilişkileri de insanca olsun, o zaman sevgiyi sadece sevgiyle, güveni güvenle vs. değiştirebilirsiniz. Eğer sanattan tad almak istiyorsanız sanatkârca eğitilmiş olmanız gerekir, eğer başka insanları etkilemek istiyorsanız, onlar üzerinde gerçekten uyarıcı ve geliştirici etki yapan bir kişi olmalısınız. İnsanlarla ve doğayla olan her ilişkiniz, sizin iradenizin nesnesi olan, gerçek bireysel yaşamınızın en net yansıması olmalıdır diyor Marx. Dikkatinizi çekerim, sevginin tıpkı sanattan tad almak gibi öğrenilebilir bir üretim olduğunu söylüyor. Bu yoldaş sevgiler yaratırken en çok akılda tutmamız gereken noktadır. Bireyselliğin en uç noktaya kadar geliştirildiği koşullarda bencillikten uzak yoldaş sevgiler yaratıcı ve uyumlu bir çalışmanın en önemli unsurlarındandır. Yaşayanlarımızı ölümsüzlüğe uğurladıklarımızdan daha fazla sevmeyi öğrenmemiz gerektiğini düşünüyorum.

"Tahir olmak da ayıp değil Zühre olmak da/ hattâ sevda yüzünden ölmek de ayıp değil/ bütün iş Tahir'le Zühre olabilmekte/ yani yürekte" diyordu koca şair: "Meselâ bir barikatta dövüşerek/meselâ kuzey kutbunu keşfe giderken/ meselâ denerken damarlarında bir serumu/ ölmek ayıp olur mu?" Böylece dünyaya, memleketine, insana olan sevgisiyle sevdasını aynılaştırıyordu bir anlamda.

Yoldaş sevgiler böyle kolektifleşir. Böylece; "İnsanların içindeyim, seviyorum insanları./ Hareketi seviyorum./ Düşünceyi seviyorum/ Kavgamı seviyorum/ Sen kavgamın içinde bir insansın sevgilim,/ seni seviyorum" diyebiliriz yürek dolusu.

Nerkizler de Kirlendi

Teker teker değil/ İkişer ikişer varacağız oraya/ İkişer ikişer insanlarla tanış olacağız/ Dostluklar kuracağız dostluklar/ Beton gibi sımsıkı sapasağlam/ Gülecek bizim çocuklar gülecek/ Karanlık masallarda ağlayan/ Bir başına kalmış o insancığa/ Gülecek bizim çocuklar katıla katıla. (P. Eluard)

Şubat'ta Nerkizler inadına açmaya devam eder su kıyılarında. Kendi güzelliklerine vurgun, boynu eğik seyreder dururlar sudaki suretlerini. Derler ki, tanrılar soyundan yakışıklı bir oğlanmış Nerkiz. Bütün su perileri tutkunmuş ona, ama Hera'nın gazabına uğrayıp sesini yitiren Ekho bir başka. Kendinden önce kim konuştuysa onun son kelimesini tekrarlayabilmekteymiş yalnızca Ekho (Yankı). Hiç kimseye sevdalanmaktan yana değilmiş ya Nerkiz, sevenlerini reddetmiş, Ekho'yu da. Yüreğinden yaraladığı kızlardan biri, bir gün tanrılara yakarmış, cezalandırmalarını istemiş Nerkiz'i. Yüce tanrılar: Başkalarını sevmeyen kendini sevsin! diye buyurmuşlar. Haklı öfke tanrıçası Nemesis'i peşine salmışlar. Bir gün Narkissos duru bir pınara su içmek için eğilince kendi yüzünü görmüş suyun aynasında, o saat vurulmuş sudaki yüze. Yemeden içmeden kesilip yalnızca sudaki suretini seyretmekteymiş artık. Ekho, üzgün üzgün bakarmış ona uzaktan. Narkissos ise yavaş yavaş eriyip gidiyorken, ölümü dilemiş tanrılardan. Ölüler dünyasına giderken bile kendini seyretmekteymiş son kez. Su perileri, Ekho ve bacıları bir tören düzenlemişler Narkissos için. Sedyeyi, odun yığınlarını ve titreyen meşaleyi hazırlayıp cesedi almaya gitmişler sonra. Ama ortada bir ceset yokmuş, Narkissos'un öldüğü yerde sarı göbeğini beyaz yaprakların kucakladığı bir çiçek açıvermiş. Meğer boynu bükük bir çiçek yapmışlar tanrılar Narkissos'u. Ekho mu? Narkissos kendinden kaçalı beri mağaralara çekilmiştir, dağ başlarında yaşar. Hâlâ oralardadır. Kim yüksek sesle bir şey söylese hâlâ son kelimeyi tekrarlar durur.

Nicedir genç arkadaşlarıma söz verdiğim bir sevgi yazısı vardı. Nerkiz'le başlamak istemiştim. Kapitalizm çağının bireyleri Nerkiz'den farklı değil çünkü. Yalnız kendi suretlerini sevmeyi biliyorlar. Belki o bile değil. Kendine, bu senin suretin işte! diye sunulanı. Hayat bir görüntüye dönüşüyor neredeyse. Daha önce de yazmıştım, iğneden ipliğe her şeyin meta olduğu koşullarda duygular da alınıp satılıyor. Sevgi, meta karakteri dışında tanımlanamıyor ne yazık ki. Üstelik post kapitalizm çağında bütün metalar kullanılıyor ve atılıyor. Sevgi de öyle. Oysa ben de: "Herkesin içinde sabırlı bir tohum gibi kozasında saklı duran bir aşk yatar: Bir gün bir güneş parlar, bir yağmur düşer ve tohumun çatlayıp çiçekler açtığını, ruhunuzun rengarenk bir ağaç gibi rüzgarda dans ettiğini görürsünüz" diye başlayan bir yazı yazmak isterdim. Hayat, acının ve sevincin çiçeklerini taşısa da içinde, ağaçlar rengarenk dans etmiyor. Kirli yağıyor yağmurlar, bu yüzden her şey gibi Nerkizler de kirlendi. Sevginin kendisi gibi sevgi yazıları da yarım kalıyor artık.

Kapitalist düzen, doğayı olduğu gibi insanı da kirleterek sürdürüyor varlığını. Akıl kültürü yok olurken, akıl dışılık yaygınlaşıyor. Arkaik ideolojiler yeniden gündemleşiyor. Irkçılık, gelişmesi olası ideolojilerin has dokusunu oluşturmaya hazırlanıyor. Aklın en alt düzeyde olduğu koşullarda başka türlüsünü beklememek gerek. Türkler gibi yabancıya-ötekine düşmanlığı, savunmacı bir rövanşizmi kimliğine sindirmiş uluslarda akıl dışılığın yeşereceği uygun zemin katmerleniyor.

Türk faşistlerinin ideolojik babalarından Nihal Atsız, 4 Mayıs 1941'de 1,5 yaşındaki oğlu Yağmur'a bıraktığı vasiyet niteliğindeki mektubunda; "Komünizm bize düşman bir meslektir. Bunu iyi belle. Yahudiler bütün milletlerin gizli düşmanıdır. Ruslar, Çinliler, Acemler, Yunanlılar eski düşmanlarımızdırlar" diye giriyor söze. İlerleyen satırlardan anlıyoruz ki; "Türk'e Türk' ten başka dost yok! Ermeniler, Kürtler, Çerkezler, Abazalar, Boşnaklar, Arnavutlar, Pomaklar, Lazlar, Lezgiler, Gürcüler, Çeçenler içerdeki düşmanlarımızdır" diye bitiriyor düşmanları saymayı Atsız. "Bu kadar çok düşmanla çarpışmak için iyi hazırlanmalı", diye uyarıyor son olarak oğlunu. Yağmur'un Yunanlılar konusunda hazırlıklı olduğunu biliyorum da, diğer konularda ne kadar geçer not alır bilinmez. Ancak sürmekte olan kirli savaş, hazırlığın hiç de yetersiz olmadığını gösteriyor egemenler açısından. Böyle bir zihniyet ikliminin paranoid bölünmelere ve kişilik travmasına yol açması kaçınılmaz görünüyor.

Boyun eğdirmenin bir yolu olarak akıl dışılık gelişirken, kirli savaşın öncü müfrezesi medya, yirmidört saat devletin resmi görüşünü işimizin, aşımızın ve aşkımızın içine taşıyor. Ek olarak bize itaati aşılamak adına temiz kalmış ne varsa kirletiyorlar. Dün erdem sayılanlar bugün enayilik. İnsanı küçülten ne varsa yeni erdemler. Yarışmada ödül için yalvarmak, yani dilencilik, röntgencilik, ilkellik hiç de utanılmayacak kişilik özellikleri sanki. Türk toplumu alçalanlara çok düşkün oldu. Ne kadar uyuşturucu bağımlısı, çete artığı varsa sanatçı diye alkışlanıyor. Kendini satılığa çıkaran kadınlar, boynuzlu kocalar, jigololar, sübyancı, cinsiyetsizliği paraya çevirenler, tescilli pezevenkler daha çok sevgi ile ödüllendiriliyor. Böylece kitle, ahlâki düşkünlüğü ahlâka dönüştürmüş, show heyecanlarıyla kendinden geçerken tatminsizlikleri ırkçılıkla beslenen sadık bendeler haline geliyor. Aydın ise tümüyle teslim alınmış. Seksen iki yaşında televizyona çıkıp "Ben komünistim" diyen Mina Urgan'a bakıp "Helal olsun kadına!" diyoruz da, "İyi de hatun kişi, hadi bunun gereklerini yerine getir" demek gelmiyor, aklımıza. Tamam bir partiye üyesin, ama neden haksızlığa karşı olan sen, bu ülkedeki en büyük haksızlık karşısında tek somut laf etmiyorsun, demeyi unutuyoruz. Medyatik ve evcilleşmiş bir muhaliflik ihdas ediliyor. Orhan Pamuk en tipik örneklerden. Karşı çıkıyor, ama ısrarlı değil. Protesto ediyor, ama bu fani dünya beni ilgilendirmez havalarında. Reddediyor, ama öbür eli alkış tutuyor. Devlet sanatçılığını: "Bu ödülü kabul etmiyeceğim. İsmail Beşikçi'den Yalçın Küçük'e, Ragıp Duran'a kamuoyunun adını bile bilmediği pek çok gazeteci yazar devlet tarafından hapse atılmışken benim devletin verdiği bu sıfatı kabul etmem yakışıksız. Gene de bir ilerleme var. Devletin eleştirilmesi gerektiğini savunan biri olarak ve pek çok durumda da eleştiren bir yazar olarak bana bunu vermeye çalışmaları bir ilerlemedir" diyerek geri çeviriyor. Ama öbür eliyle övgüler düzüyor. Yumuşakça türünden bir muhalif aydın profili çıkıyor ortaya. Devleti ve düzeni onaylamak için varlar. En yaşamsal anlarda esameleri okunmuyor. Yıldırım Türker de bunlardan biri işte.

Türker, Radikal'deki köşesinde bu hafta "ırkçılığı anlatan" bir yazı yayınlatmayı planlamış. Ama aksiliğe bakın ki tam da o sırada Apo yakalanmış. "Onu sevdiğim zannedilmesin, başıma bir dert açılmasın diye kendimi son anda konusuz kalmış buluyorum. Aslında Türk olsak da, Kürt olsak da Kürtlerden ne kadar nefret ettiğimizi, bu yüzden hayatın hiç de insana yaraşır bir üslupla yaşanamadığını anlatmak istiyorum" diye yazmış. Çaresizliğini anlatmak mümkün, korkularını da. Ama "dertsiz" aydın olunmaz ki? Korkular, üstüne üstüne yürüyerek aşılır. Bütün yazdıklarına bakıyorum.

Hepsini çiğnedikten sonra elimizde kalan şu: "Apo'nun yakalanıp bir çırpıda nedamet diline yazılması bütün barışseverlere kutlu olsun. Evet, Apo etkisiz kılındı. Darısı diğer savaşseverlerin başına." Diğer savaşseverlerle ne murat edildiği muğlak. Doğru anladıysam onlar, şu anda zaferlerini kutluyorlar zaten. Ve barış için mücadele edilmediği sürece de savaşseverlerin nedameti olmayacak. Bir insan hakları savunusu yapabilmek için bile öyle alçalmanın ne gereği var ki, diye düşünüyor insan.

Nedamet, bir psikolojik savaş oyunudur. Hiçbir ideolojiye bağlı kalmayan bu aydın türü çok iyi bilir, şiddet kullanmadan yapılan "psikolojik" işkencenin uluslararası kurumlarca da en has işkence türü sayıldığını. Karşı çıkmamak onaylamaktır. Ama bir de resmi propagandanın unsuru olmak sözkonusu. Bu yüzden inanmamak, bir onur ve namus sorunu bugün, tıpkı onaylamamak gibi. 1974'lerde başrollerini Marlon Brando'nun oynadığı bir film seyretmiştim. Antillerde küçük bir adada geçiyordu film. Bir büyük ulusaşırı şeker şirketinin adayı ele geçirme macerasıydı anlatılan. Brando şirketin tuttuğu ele geçirme işlemini yöneten eski istihbaratçı Sör Willam'ı oynuyordu. Ve bir emperyalist talancılar grubunun sağduyusunu temsil ediyordu. Bir isyanı bastırmak için tüm adayı yaktı filmde. İsyan önderinin adı Jose Dolores'ti. Kendisine itiraz eden şirketin yerel temsilcisine yangının denizi aşamayacağını, ama düşüncelerin sınır tanımayacağını söylemişti Sör Willam. Birleşik şeker şirketinin öteki adalarda da yatırımları vardır. Şirketin kaybı kârdandı kısaca. "Yangın bu adayla sınırlıdır", diyordu. "Oysa Jose Dolores kazandığında Antillerdeki adaların her birinde yeni Doloresler ortaya çıkacaktır!" Bütün ikmal yolları tıkanan ve halkı pasifize edilen Dolores yakalanır, sonunda. Yakılan ateşin en sonunda sömürücüleri de yakacağına inancı tamdır Jose Dolores'in. Akıllı Sör Willam işbirlikçi generale "bir fikir uğruna çarpışan kişi kahramandır" der. "Öldürülen bir kahraman da şehit olur. Bir dava uğruna şehit olan bir kişi derhal efsaneleşir. Efsane ise kahramandan daha tehlikelidir; çünkü efsane öldürülemez." "Antillerde dolaşacak olan hayaleti, yayılacak söylentileri düşünün hele... Hakkında şarkılar yazılacak." Bu sözleri düşünen general "Teklifiniz ne" diye sorar. Sör William: "Davasına ihanet eden bir kahraman çok çabuk unutulur" diye yanıtlar onu. Bu kadar basit! Ama isyancı efsaneyi tercih etmiştir. Ölüme giderken William'a döner; "Uygarlığın beyazlara ait olduğunu söylemiştin İngiliz" der, "Ama hangi uygarlık İngiliz ve ne zamana kadar?" Bu soru, tüm beyazlar ve beyaz olma heveslileri için geçerlidir. Şimdi bir inat ve inanç kavgası var. "Uygar" insanlar "uygarca" davranıp seslerini kısmışlar, seslendirme kanalları ellerinden alınmış, düşmanlık psikolojisi genlerine işlemiş, koca bir kitle ise bekliyor. Gittikçe kirden oluşan bir hayata batıyoruz. Sevgiler, çiçekler, düşler kirleniyor. Ama efsanelerle dolu bir coğrafya bu. Oluşturulmak istenen teslim alma psikolojisinin başarı şansı olmadığını söylemek gerekiyor. Bir ozan "İnsan kendisi kurtarır sevdiği şeyi" diyor. Sevgilerimiz kurtuluşa açılıyor.

Sıkı Tutunun Düşlere

"Sıkı tutunun düşlere/ Eğer düşler ölürse/ kırık kanatlı bir kuş olur hayat/ Uçamaz düşer xxx Sıkı tutunun düşlere/ Çünkü biterse düşler/ Kıraç bir toprak olur hayat/ Karda buz keser." (Langston Hughes)

3 Haziran 1963'te öldü Nazım. Ölümünden 3 yıl önce bir şiir yazdı. Şiirin adı "Yamyamlar"dı. Şöyle diyordu: *"Masam kağıtlarım yazı makinam/ Üstüm başım kan içinde/ Kan içinde kaldırımları geçtiğim şehirlerin/ Duvarlarda ellerimin izleri kan içinde/ Yarmışım göğsümü/ Yüreğimi yiyiyoruz bir dişiyle beraber/ Mektup yaz, telgraf çek, telefon et./ Geliyorum, geliyorum, geliyorum de/ Ölüm uslandır beni."* Bir ülkenin en direngen, en namuslu aydınlarından birinin düşlerini tüketiyordu; sevgisizlik, ikiyüzlülük, ihanetler. Nazım ölümü istiyordu, revizyonizmin başkentinde. Ölüm nasıl uslandırır, nasıl gelir, kaç tür gelir, hangi yüzle görünür? Yüreği dalındayken nasıl ölümün gölgesi düşer insana? Biz ne zaman ölürüz, biz kaç kez ölürüz, biz nasıl ölürüz?...

Bir Haziran sabahı... Size erkenci yağmurları anlatmak isterim aslında. Leylak ve tomurcuk kokusundan söz etmek isterim. Belki Robert Burns'ten bir şiir okumak geçer içimden. *"Kırmızı bir güldür aşkım/ Haziran'da yeni açan" diye başlayan bir şiir. Belki de Emily Dickinson gibi: "Geçen gün bir dünya kaybettim/ Kimse buldu mu– acaba? /Alnının çevresine sarılan/ Yıldızlardan tanırsınız onu" derim. Size şiirler söylemek isterim, sevdalı ve umutlu, gizemli ve hüzünlü: "Seni saklıyacağım inan/ Yazdıklarımda, çizdiklerimde,/ Şarkılarımda, sözlerimde xxx Sen kalacaksın kimse bilmiyecek/ Ve kimseler görmiyecek seni,/ Yaşayacaksın gözlerimde. xxx Sen göreceksin, duyacaksın/ Parlayan Parıldayan bir sevi sıcaklığı, /Uyuyacak, uyanacaksın. xxx Bakacaksın, benzemiyor/ Gelen günler geçenlere,/ Dalacaksın. xxx Bir seviyi anlamak/ Bir yaşam harcamaktır/ Harcayacaksın. xxx Seni yaşayacağım gözlerimde; / Gözlerimde saklıyacağım. xxx Bir gün tam anlatmaya../ Bakacaksın/ Gözlerimi kapayacağım../ Anlayacaksın"* diyen şiirler.

Size söylenmemiş sözlerden, size yitik sevinçlerden, dizelerden, notalardan söz etmek isterim. Bir yazıda okumuştum. Latinler eskiden saatlerinin üstüne şöyle yazarlarmış: Vilnera omnez, ultima nekat- Hepsi yaralar, sonuncusu öldürür. Ben yaralamayan zamanları; kırlangıçları, ay ışığını, kır çiçeklerini anlatmak isterim. Ama yapamam. Öyle bir ülkede ve öyle bir çağda yaşıyoruz ki, sevgili bir hayal yasaktır bize. Namluya sürülmüş bir mermi sesi böler şiirimizi. Acıyı işportacı çığırtkanlığıyla haykıran çığlıklar keser şarkımızı. Umutları sürgün edilmiş yüzlerin gölgesi düşer üstümüze. Kan ve ölüm kokan seslerin içinde kopkoyu simsiyah kıpırtısız sessizliği duyarız. Korku ve ihanet bu sessizlikte büyür. Aydınlar bu sessizlik içinde satar kalemlerini. İnfazlar bu sessizlikte yapılır. İmralı'da cam bir kafes içindeki adamın sesini bu sessizlik yutar. Kırmızı güllere benziyen sevdaları, saksıdaki çiçeği, gözlerdeki umudu bu sessizlik kurutur. Kandır dört bir yanımız. Kan ve ölüm kirletir tüm duygularımızı. Düşler de solar.

Ve ölümlerden konuşuruz biz de. Şafak üzre kurulan darağaçlarından. Direnmeden, karşı koymadan kavgadan. Zulümler yağmur gibi yağarken, cinayetler üst üste yığılırken küçük sevinçlerimizi, usulca tutuşan hüzünlerimizi derinliklerimize doğru çekeriz. Bir çiçeği koklarken, bir çocuğu okşarken utanırız. Sevdalar utangaçtır, utanır ellerimiz.

Bir gazete sayfasında bize bakar yeni infaz edilmiş gencecik iki delikanlının fotoğrafı. Gizli servislerin tüm iletişim hatlarını dinlediğini yazar bir dış haberde. Aral Gölü'nün ortasındaki ölümü okuruz dünya çevre gününde. Biyolojik silahlar üreten Moskova, Aral'ın ortasındaki Rönesans Adası'na Anthrax adlı öldürücü bir bakteriyi gömmüştür. Bakteri Şarbon hastalığı yapmaktadır. Hastalık solunum yoluyla bulaştığında hızlı bir ölüme neden olmaktadır. İnsan kaç Rönesans Adası var yeryüzünde diye düşünmeden *"Nereden gelip nereye gidiyoruz?/ Kanlı ayak izlerimiz midir önümüzdeki yollarda duran?/ Bir cehennem çıkmazında mı sona erecek önümüzdeki yollar?/ Nereden gelip nereye gidiyoruz?"* diye sormadan edemez.

Ölüm bir şenliğe dönüşmüştür artık. Devlet tarafından örgütlenmiş kalabalıklar, ezilmişliklerinin, acılarının yarattığı tüm öfkeyi sahte hedeflere akıtmaktadır! Korkunun ve "razı" insanların oluşturduğu bir düzendir bu. Haksızlığa ve zulme uğramışlık duygusu, kör intikam kaygılarıyla yer değiştirmiştir sanki. Bir oğul yitirmiş ana, başka bir oğulun ipini çekmek peşindedir şimdi. *"Apo bir an önce asılmalı. Eğer korkuyorlarsa biz asalım. 10 milyarlık dairemi hibe edeceğim; bana astırsınlar. Çocuğumun mezarı başında söz verdim, intikamını alacağım diye"* demiştir Cumhuriyet muhabirine asker anası Vesile Yıldız. Bu kıyıcılık ve linç psikolojisi medya tarafından tırmandırılıp düzen tarafından örgütlenmektedir. Bu toplum çürümeyi seçmiştir. Her tercih bir kaybedi̇ştir. Her çürüme bir ölüm.

Kaç türlü ölüm vardır? Kaç türlü yaşamak? *"Yaşamak bir yürek işçiliği günümüzde/ Ölümün anlamı değişti birden/ Eskiden yatakta beklerdik/ Ders mi sınav mı görev mi belli değil/ Gelecekse ayakta bulsun dimdik/ Açılan bir sorumsuz yaylım ateş/ bir top karanfildir göğsümüzde"* diyor ya şair. Asla teslim olmamaktır yaşamak. Şimdi derstir, sınavdır, görevdir ölüm. Düşleri diriltmektir, yarına açılmak. Ve yeni bir dünya kurmaktır dimdik gidişlerle.

Sıkı tutunmalı şimdi düşlere. Şimdi düşlerimizdir sınavdan geçen. Düşlerinde yeni dünyalar kuranlar ütopyacılardır. Düşlerindeki dünyayı gerçekleştirmek için savaşanlara devrimci deniyor. Söz devrimcinin silahıdır. Düşünce sözlerle eyleme dönüşüyor. Devrimci sözlerle yürüyor. Tekeller düzeni sözü kesiyor, sesi kısıyor. Bilinci körleştiriyor. Bu sessiz karanlıkta, bize çığlık çığlığa bir öfke ve her biri kurşuna dönüşmüş sözler gerekiyor. Ölüp ölesiye göğsümüzün ortasında taşıyacağımız ve uğrunda öleceğimiz sözler... Daha yaralamayan zamanlara, kırmızı bir güle benzeyen sevdalara çok var. Şimdi direnmeden ve kavgadan söz etmeli yazılar.

Durmuşum Umudu Sürüyorum

"Onlar savaşçılardır/ sabah akşam/ İnançlar örerler umutlarından."

Mesleğim devrimcilik benim. Ve ondördümden beri devrim düşü görürüm. İşi gerçeğe yaslanmak ve düşü gerçek yapmaktır devrimcinin. Ve her şafak vakti yeniden doğmaktır umutlarla. Bu yüzden, devrimcinin eskisi olmaz diye düşünürüm. Devrimci her gün tazelenir. Her gün yeni birşeyler katar kendine, her gün yeni birşeyler öğrenir. Hüzünlerimiz umuda açılır bizim. Umutlarımız isyana! İsyanımızı büyütürüz umutlarda!

Haluk Gerger, Ö. Bakış'taki "Dava ve Öcalan" başlıklı yazısını İrlandalı ozan Yeats'n mezar taşında yazan dizelerle bitirmiş: "Bir umursamaz bakış fırlat hayata, ölüme/ Ey atlı yoluna devam et..." Bu umursamazlık bir kararlılığı anlatıyor aslında, bir inadı. Hayallerimizi çiğnetmemekte bütün mesele. Ama çiğnerlerse güzel kokmakta. Umursamaz bir duruşla gitmekte. Umursamaz bir duruşla yola devam etmekte. Yeats'in dizeleri bir süre önce karşılaştığım eski bir kavga arkadaşımın sözlerini getirdi aklıma: Artık yenilgilerden bıktık; diyordu; kazanan tarafta olmak istiyorum. Herkesin seçimi kendine. Ama yenik orduların savaşçıları olmadık hep. Onların tarihi, yenilgimizi her söylediğinde biz kazandık.

Spartaküs, Romalı askerlerce çarmıha gerilirken yenilmedik biz. Çünkü Spartaküs Romalı kölelerin zaferinin habercisiydi. Spartaküs'ün ölümü "Spartaküs benim" diyenleri çoğalttı. İnsanlık, Spartaküs'ü çarmıha geren zavallı Romalı generali bilmez. Ama Spartaküs, haksızlığa karşı açılan her isyanla çoğalarak yaşıyor.

Robespierre giyotine giderken, Babaeuf öldürülürken yenilen biz değildik. Komün savaşçıları duvar diplerinde kurşuna dizilirken zaferi hazırlıyorduk. I Mayıs'ta, Haymankett'te Amerikalı polisler, grevci işçilere ateş açarken yenilmedik biz. Parsons, Spies ve yiğit işgünü savaşçıları ölüme giderken dimdik ayaktaydık. "Bir yanım var ki öldüremezsiniz" diyordu onlar, öldüremediler! Yenilgileri gördük biz. Ama zaferlerimiz daha çok. Zaferlerimiz, tarihin tekerleğini döndürüyor.

Bir mücevher gibi yeryüzüne saçmışız ölülerimizi. Roza'yı vurup bir kanalizasyon çukuruna attıklarında; yenilmedik biz. Papaz Gapon, isyancı işçileri Çar'ın askerlerinin önüne attığında bizi yendiklerini sandılar. Ama 1905, Kızıl Ekim'in habercisiydi. Biz yenilmedik. Evet, biz öldük. Ve daha çok öleceğiz. Ve tarih, bizim ölülerimizle yürüdü bir duraktan diğerine

Gün oldu bir Kızıl Ordu olup Çan Kay Şek'in üstüne yürüdük. Ve sonra, sonra her şafak vakti kurşuna dizildik Yunanistan'da. Beloyannis elinde kızıl karanfili ve sımsıcak gülüşüyle ölüme giderken oradaydık. "Türküler ancak böylesine hilesizdir/Ve ancak komünistler /and içer böylesine hilesiz" demiş onun için Nazım.Ve sanki Süleyman'ı anlatmış. Kara kaşlarının altından, cesur çocuk gözleriyle "siz kazanamayacaksınız" der gibi bakan Süleyman Yeter'i.

Biz ölümden ölüme koşarız. Deniz olur asılırız, Mahir olur kurşunlanırız, İbrahim olur işkencelerde ölürüz. Biz ölmeye alışığız. Ve ne garip, zafer kazandıklarını sananlar tarihin sahnesinden silinip gider. İsyanlar hazırlar bizim ölülerimiz. Şimdi Haziran. İsyan, gül ve karanfil kokuyor zaman. Kim bilir bir Tanya daha asılacak şafakta, bir Beloyannis daha kurşuna dizilecek, bir Sacco ile Vanzetti daha gidecek, Franco'nun askerleri, Asturias madencilerini Bask işçilerini kurşuna dizecek mezarları başında, Nurhak dağlarında bir Sinan vurulacak Dersim dağlarında bir Ali Haydar'ı...Ve kaç Zilan, kaç Sabahat, kaç Ayçe idil'dir gidecek olan... Şimdi Haziran, isyan gül ve karanfil kokuyor zaman. Dünya bir kez daha yenilenir her Haziran. Ve halklar ölümlerle yeniden doğar her an. Ve biz inançlar öreriz umutlarımızdan.

Şimdi Haziran isyana ve vedalara açılıyor zaman. Acıyı ve sevinci umuda katık etmeli şimdi. Gökleri yeni baştan kurmalı. "Umutsuzluk suçunu işlemek bize yasak" diyen şiirler okumalı. Haritaların en güzel yerine en güzel kentleri çizmeli. En güzel günleri ve geceleri düşünmeli. Ve en yiğit kavgalara girmeli.

Biz devrimciyiz. Ucuz kazançların insanı değiliz. Bilinmeyen yolculuklar gibidir hayatımız. Kendimizi zavallı kaygılarla küçültmeyiz. Hiçbir yalanda hiçbir kandırmada payımız olmasın isteriz. Yüreğimizde sevincimiz, kafamızda düşüncemiz birbirine karışır. En direngen sevdaları böylece büyütürüz. Şimdi Haziran. "Yaşadım" diyeni korkutamaz ölüm ve zaman.

Şimdi Haziran. Vedalara ve inançlı savaşlara açılıyor zaman. Ölüm belki bir daha çalacak kapımızı. Bizi yendiklerini sanacaklar. Biz belki daha çok öleceğiz. Ama mutlaka yeneceğiz. Ölüme ve umutsuzluğa inat, savaşçı türküleri söyleyeceğiz: "Kendimi hiç akşam olayacak/Bir gün doğumu için saklıyorum/Kendime kendim olmamayı yasaklıyorum/Yasak artık bana çaresiz kalmak/Yasak bana bocalamak/ Olmayanda eriyip gitmek yasak bana/ Yasak bana geceysem gündüzmüşüm gibi/Bir gül pembeliğinde kendimi uyumak/Zor bir şeyi umduğumu biliyorum/Yasak bana tükenmişi korumak/Her çeşit umutsuzluk yasak bana/Durmuşum umudumu sürüyorum/ Bir ağaç altında göğü seyrediyorum/İçimde ne ölüm ne yaşam korkusu var/Korku bütün yasak bana yasak bana birmişlik/ Bütün yol kavşaklarında dönemeçlerde/Kendimi bir namlu gibi dosdoğru çiziyorum" diyen türküler... Biz devrimciyiz. Kendimizi tüm kavşaklarda, dönemeçlerde dosdoğru çizmeyi bilmeliyiz. Halkların rüzgarı olup esmeliyiz.

Bu Bizimki

"Yıkıcı bir aşk bu,/ Yıkıyor milletin ortasına/ Tutku yükünü. xxx Bölücü bir aşk,/ Ekmeği suyu bölüyor/ Günde üç öğün. xxx. Hain bir aşk bu,/ Sizin eve hırsız girer/ Onunkine polis. xxx Yasadışı bir aşk,/ Evlenmeyi/ Hiç mi hiç düşünmüyor. xxx Soyguncu bir aşk bu,/ En sıradan ezgilerden/ Sevinçler devşiriyor. xxx Kökü dışarda bir aşk,/ Dante ile Beatrice'inkine / Fena öykünüyor.xxx İşgalci bir aşk bu,/ Samanlık sevişenin diyor/ Başka şey demiyor." (Cemal Süreyya)

Amansız acımasız bir Ağustos'tu bu, üstümüzden geçti. Her şeyin üstünde ölüm vardı; saçların, ellerin, yüreklerin, alınların, evlerin, bulutların kentlerin. Anıların üstünden geçmişti ölüm, her bir yerindeydi yaşamanın. Titreyen kipriklerin üstünde ölüm vardı, kederlerin yasların sevinçlerin üstünde ölüm. Geceyi gündüzü yıldızları ölüm tutmuştu sanki...

Titrek ve hüzünlü bir Eylül'deyiz şimdi. Sabah serinlikleri telaşlı yağmurları, yeniden başlayanı, çırılçıplak yalnızlıkları, kanayan sevdaları, zorlu kavgaları getiriyor gibidir. Acıdan, kederden ve yaradan örülmüş bir ay bu. Ve havada isyanın tuzlu tadı var. Şiire ve isyana çağırıyor bizi öfkeli rüzgarlar. Erken döküyor ağaçlar yapraklarını. Kuşatmalardan vuruşa vuruşa çıkmaya çağırıyor bizi hayat. Yaralara tuz basmaya, kederleri bilince, korkuları umuda dönüştürmeye, ekmeği suyu üç öğün bölüşmeye, en sıradan ezgilerden sevinçler devşirmeye...

Radikal'de okudum. "Türkiye'ye yas gerekir" diye yazmış iletişim uzmanı Haluk Şahin. *"İyileşmeye başlamamız için ulusal yas ilan etmemiz gerekiyor. En azından bir günümüzü ulusça, hep birlikte her yerde onları düşünerek, onlar için ağlayarak, onlarla fısıldaşarak geçirelim. Karalar bağlıyalım. Cenaze törenleri, toplantılar, sohbetler düzenleyelim. Dua edelim. Gazeteler siyah çıksın. Radyolar kederli müzik çalsın..."* demiş; *"Gösterelim kederimizi. Gösterelim sevgimizi. Gösterelim ibret aldığımızı. Çekinmeden dökelim gözyaşlarımızı. Ağıtlar yakalım. Paylaşalım acımızı."*

"Uyanıp kaçamadılar/ Kuş olup uçamadılar, /Açıldı kuyular kimse inemez,/ Erzincan beygiri rahvandır amma/ Ölüler ata binemez, / Yan yana sırt üstü yatan ölüler..." diye yazmıştı 1939 Erzincan depreminden sonra Nazım. "Keşke kuş olup uçsaydık anne" diyen küçük bir kız çocuğunun resmini gördüm dün gazetede. Ve kulaklarımda: *"Abim ölüyor amca! Annem öldü amca! Keşke beni kurtaracağına annemle babamı kurtarsaydın!"* diye bağıran küçük kızın sesi yankılanıyor hiç durmadan. İşte bunun için Türkiye'ye yas gerekmiyor. O ölüm çukurlarından gelen sesler adına, dozerlerle toprağa itiliveren parçalanmış cesetler adına, çocuk olmadan bir gecede büyüyüveren bebeler adına Türkiye'ye yas değil, isyan gerekiyor.

Bu ülkenin Osman Durmuş gibi bir Sağlık Bakanı olması, yas değil öfke nedenidir. Varlık nedeni böyle felaketlerde hizmet vermek olan Kızılay'ın içler acısı durumu, yası değil itirazı hak ediyor. Kazara yakalanmış çetecileri ve işkencecileri salıveren ama tüm politik tutsakları içerde tutan bu af yasası yası değil öfkeyi örgütlemeyi gerektiriyor. Şimdi itirazı, isyana dönüştürme zamanı. Tam bir ideolojik saldırı altında insanlarımız. Bu ölüm çukuruna dönmüş ülkede öfkeyi balçık gibi bir itaate dönüştürmenin yolları aranıyor. Haluk Şahin'in halkın psikolojisini düzeltme telaşı bundandır.

"Halksa kal'am onu kal'a kılan benim" demiş yüzyıllar önce ozan. Halkı kale kılmak gerekiyor. Ve bu halk deneyleriyle öğreniyor. "Devlet nerede" diye soran halk, "Devlet büyüktür, yaralar sarılacaktır" yanıtını alıyor. Ama yaralar durmadan kanıyor. Sonra halk devletin nerede olduğunu görüyor. Devlet enkazın altında "bizi kurtarın" sesleri yükselirken getirilemeyen iş makinesindedir. Devlet bir şişe suyu 1 milyona satan karaborsacıda, ilaç ve doktor ihtiyacı yok diyen bakanda somutlaşmıştır. Geri çevrilen yardım ekiplerinde, gümrüklerde mevzuata takılan yardımlardadır.

Ama asıl devlet, deprem bahane edilerek bir çırpıda çıkarılan emeklilik ve çalışma yasalarındadır. Halkın sırtına bindirilmeye çalışılan vergilerdedir. Devlet, "buraya polisler yerleşecek" diyerek yağmur altında halka kamu arazisindeki çadırları söktüren eldir. Cuma günkü gazetelerde "Eleştiren gözaltına" başlıklı küçük bir haber vardı. "Devlet Kocaeli'nde devletin yetersiz kaldığını söyleyen yedi kişiyi" gözaltına alan güçtür. Devlet sansür edendir, kamu arazilerini talan ettirendir, işkence edendir, adam kaçıran ve kaybedendir. Şimdi bu halka devletin kimin devleti ve kimlerin hizmetinde olduğunu sorma zamanıdır. Şimdi umut ve değiştirme zamanıdır. Yas tutacak vaktimiz yok! Nerede baskı ve adaletsizlik varsa devlet oradadır. Devlet acılı ana-babaları ellerinde bir ilmuhaber, yağmur altında çadır peşinde ağlatan bürokrasidir.

Ölüler yan yana üst üste yatıyor. İnsanlar sırt sırta yan yana yaşıyor. Dayanışmayı ve paylaşmayı öğreniyor. Örgütlenme gereksinmesi doğallaşıyor. Teşhiri yaşam pratiği yapıyor. Gerçeği eyleme dönüştürmek devrimcilere düşüyor. İhanetin ve acıların içinden isyan çiçeklerini yeşertmek gerekiyor. *"Kara bahtım kem talihim/ Taşa bassam iz olur/ Ağustosta suya girsem balta kesmez buz olur"* diye yazan bir halk bu. Yazgı diye bilinenin bilimle, mücadeleyle değişeceğini anlatmanın zamanı şimdi. Başkaldırının, yeniden yaratmanın, gerçeği ortaya çıkarmanın, gerçeği değiştirmenin ve savaşmanın kalabalıkların zamanı.

Dışarda akşam oluyor. Havada yağmur sesi var. Orada uzaklarda hayat, bu yağmurlu karanlığın içine saklanmış duruyor. Belki de yalnızca mezar soyguncuları, üniformalılar ve yağmacılar işbaşında. Ölüm gecenin koynunda çoğalıyor. Kim bilir yüzünü hiç görmediğim, sesini hiç duymadığım üzüm gözlü bir küçüğün çıplak ayakları üşüyor, yaslı bir ana ölümden kurtarmaya gücümüzün yetmediği bebelerine ağıt yakıyor, umutlar kanıyor, acılar gecenin içinden geçiyor. Evler yıkılmış, yollar tutulmuş, açlık kapıda bekliyor. Sabahı çoktan tükettik, sırılsıklam bir akşam çöküyor ortalığa. Orada yıkıntıların arasında yağmur yağıyor. Ben yıkıntıların kadınlarını ve çocuklarını düşünüyorum. Bir de dağlardan dağlara geri çekilenleri. *Aklımda Nazım'ın dizeleri "Beraber yaşanır/ Dövüşülür beraber/ Ama herkes kendi payına ölür."* Böyle zamanlarda herkesin kendi payına ölmiyeceği aydınlık bir sabah kurarım kelimelerle. Sözcükler düşürürüm inadına geleceğe. Herkesin geçmişini, anılarını hafızasını altüst eden bir sarsıntıdır yaşanan. Yenilenme umudu da burada işte. Ne kadar büyük, ne kadar güzel şey varsa, ne kadar büyük ne kadar güzel şey yaratacaksak, onları yazarım bu yüzden.

Anılarımız, duygularımız, sevinçlerimiz, özlemlerimiz, sevgilerimiz ağır bir sınavdan geçiyor şimdi. Ama ortak bir acı değil yaşadığımız. Bodrum'un mavi karanlığında eğlenenler var. Bir de ekmeğini gözyaşına katık edenler. Kapkara bir çığlık sarmış ortalığı. Bu çığlığın içinde kaybolmamaya çalışmak önemli olan. Aşkları, umutları, "biz"leri çoğaltmak, ayrışmayı hızlandırıp yarına yürümek düşlerimizin peşinde.

"Kendimi hiç akşam olmayacak / Bir gün doğumu için saklıyorum" dedirten bir aşk bizimkisi. Biz umudu sürenleriz. Bütün yol kavşaklarında dönemeçlerde kendisini bir namlu gibi dosdoğru çizenleriz. Yastan söz edenlerin karşısına geleceği örgütleme inadımızla dikileceğiz. Acıya boyun eğmeye çağıranlara isyan türkülerimizle yanıt vereceğiz.

Şimdi akşam. Orada tek tük ışıklar yanıyor. Islak çadırlarda çocuklar üşüyor. Hiç unutulmayacak çığlıkların hayaleti dolduruyor yavaşça artık var olmayan eski sokakları. Ve antenler yalan yaymaya hazırlanıyor, rotatifler yalan. Bizse umut dolu bir türkü söylüyoruz "halkı kal'a kılan" düşüncelerimize yaslanıp her akşamın bir sabahı olduğunu bilerek. *"Umutsuzluk kaçar türkülerimizden/ Ölüm orada yer bulamaz kendine. / Orada umut, direniş ve güç/ Ateş inat ve öfke. xxx. –Nasıl başardın bunu, şu günlerde/ Acı kapı kapı dolaşmadayken?/– Gelecek düşüncesidir koruyan beni/ Emekçi halktır bana güç veren"* Ve yaslara değil, isyanlara çağırıyoruz bize güç vereni.

Öyleyse

"Öyleyse dostlar bırakın bu yalnızlıkları/ Bu mutsuzlukları bırakın kardeşler/ Göreceksiniz nasıl/ Güller güller dolusu/ Nasıl gül kokacağız birlikte/ Amansız acımasız kokacağız/ Dayanılmaz kokacağız, nefes nefese"

Özdemir Asaf o güzelim Lavinia şiirinin girişinde "Her insanın bir öyküsü vardır/ Ama her insanın bir şiiri yoktur" diye yazmıştı. Şimdi bir şiirim var. Deneyimini saçlarına düşmüş yıldızlarla taçlandırmış devrimcinin yazdığı. Edip Cansever: "Ve odur ki büyüklük/ Şiir insanın içinden dopdolu bir hayat gibi geçerse/ O zaman ölünce de şiirler yazar insan/ Ölünce de yazdıklarını okutur elbet/ Ve senin böyle amansız/ Gül koktuğun gibi/ Yaşamanın her bir yerinde" der bir şiirinde. Dopdolu bir hayat geçmiş şiirinde yoldaş devrimcinin. Amansız, acımasız gül kokulu dopdolu bir hayat onunkisi.

Dört kişiydik, zamanın kıyısında durmuştuk. Ayın kızıllığı düşmüştü suya, dalgalar ıslaktı. Sonsuza uzanan bir gümüş yol vardı önümüzde. Uzak ülkeler gibi çekiyordu beni, belki hepimizi... Bütün kitapları okumak, bütün hayatları tanımak, ne kadar sevinç varsa yaşamak özlemiyle doluyorduk belki. Belki herkes kendine bakıyordu suyun aynasında. Gözlerim gökyüzündeydi. Uzaklarda bir mavi yıldız... "Hüzün ki en çok yakışandır bize/ Belki de en çok anladığımız" demişti şair. Bütün hüzünler o an bizden uzaktı. Yıldızlı suların türküsünü dinliyorduk o gece hepimiz.

Dört kişiydik. Bir kıyıdan zaman bakıyorduk. Kederi de, acıları da namusluca yaşamış yılların yürek işçisi; sulara, ışıklara karışırcasına duruyordu bir başına. Kaç sevdadan kurşun yemiş kim bilir? Aklıma dizeler takılıverdi. "Yalnızlık/ çakmak taşı gibi sert/ elmas gibi keskin/ ne yana dönsen bir yerin kesilir/ fena kan kaybedersin/ kapını bir çalan olmadı mı hele/ elini bir tutan..." Yalnızca bir andı bu. Belki de kovdukça kovalayan. Oysa elinde oltası yıldız tutuyordu adam. Dalmış gitmişti işine. Işıklı bir bakış gözlerinde...

"Gözlerimizi uzaklıklar değil ki yalnız/ göze alamadığımız yakınlıklar da acıtır" yazmış H. Ergülen. Ama o uzaklara bakıyordu. Ölüm yanıbaşındaydı. Yine de hayatı düşünüyordu inadına. Acı, öfke ve keder onu kuşatmıştı. Sevinci aramasını biliyordu. Anıları gözden geçirirken hayaller kuruyordu. Sevdiklerini düşünüyordu, özlediklerini düşünüyordu. "Acılarıma yük etme sevdanı yoldaşım" diyordu. Ve hayatı bir sevda gibi kucaklıyordu sımsıkı.

Esrarlı bir yaz gecesi dolaşıyordu ortalıkta. Bazen serseri bir bulut uçuşuyordu dolunayın önünde. Dört kişiydik. Hepimiz kendimizdik. Hayatı yaşamakla hayatı anlamak üstüne düşünüyorduk belki tek tek. Hayatı anlamak düşmüş değil miydi payımıza. Gül, iğne ve ıhlamur kokuları karışıyordu denize. Fransız edebiyatının aykırı ozanı Villon "Çeşmenin yanında susuzluktan ölüyorum" diye yazmış. Yanıbaşımızdaydı serin sular. Yaşanabilecekken ve yaşanmamış mutlulukları anlatıyordu Villon. Gül mevsimindeydik. Gece deniz ve gül kokuyordu. Amansız kokuyordu. Hayatı anlamak ve hayatı anlatmak arasındaki çizgide duruyorduk. Kıyıya isyanın tuzlu tadı vuruyordu. Biz isyanlara açılıyorduk. Bizim çeşmemiz kavgaya akıyordu. İçimizdeki şiir şöyle diyordu: "Ben şairim/ Halkların emrinde yolunda, safında/ Satırlarım vardır kahraman,/ Satırlarım vardır cılız, cesur ve sıtmalı./ Ahdım var:/ Terli atlet fanilalı göğüslerden/ Püfür püfür geçeceğim/ Bir de aşıkım kanlı bıçaklı/ Yar için serden geçeceğim./ İnanki ciğerparem, inan ki sevgilim/ Bu hususta: "üçten, beşten senden geride kalan değilim".

Bilim ve Ütopya dergisinin son sayısında Profesör doktor Ahmet İnam'ın "Mutsuzluk ahlaksızlıktır" başlıklı yazısını okudum. Ahmet İnam, geleneksel bakışın dışına çıkıyor. Araştıran, eleştiren, karşı çıkan insanın mutsuz olduğu şeklindeki görüşü doğru bulmuyor. "Mutsuzluklar, dünyaya isyan edip, dünyayı değiştirmeye, dönüştürmeye çabalayacaklardır. Mutsuzluk uyumamanın, uyanıklığın, isyanın, eleştirinin bir itici gücüdür. Mutsuz, bilinçlidir, bilgilidir, asidir" diye özetlediği görüşü reddediyor. "Mutsuzdan araştırmacı olmaz. Mutsuzdan devrimci olmaz. Mutsuzdan başkaldırı, umut, düş bekleyemezsiniz" diyor ve ekliyor: "Mutluluk bir bilinç işidir. Acı çeken, acı çekmiş duyarlı insanların. Mutluluk bir haz hali değildir. Yalnız bilinçli olmakla kazanılmaz mutluluk, yürek işidir aynı zamanda,. Mutluluk, uyuşukluk, tembellik atalet hali değildir, hamarat ruhların işidir. Acı yokluğu hiç değil! A. İnam'a göre mutluluk kendimizi ve dünyayı değiştirebilme gücüdür. Bizi bilgiye, ütopyamıza, düşlerimize, amaçlarımıza ulaştırabilme gücüdür. "Bu gücü anlayamamak, bu güce bigane kalmak elbette sorumsuzluktur. Güzel hakça bir dünya için çalışmamak demektir. Elbette ahlaksızlıktır" diyor İnam ve şöyle devam ediyor: "Mutlu, kendini gerçekliği yaşamaya hazırdır. Elbette öteki insanlarla birlikte. Mutlu birlikte yaşamaya ve paylaşmaya açar kendini. Mutluluk yaşamaya hazır olmadır: Geçmişi üstlenip, eleştirip, eleyip, yorumlayıp, geleceğe doğru yürüyebilme durumudur. Tek başına mutlu olunmaz: birlikte olunur. Paylaşmayla olunur. Ortalık güllük gülistanlık olduğu için değil, savaşta, kavgada, zulüm görmede de mutlu olunur.

Mutluluğu bir haz hali olarak görmeyen bir anlayış bu. Mutluluğu "sonlara tıkılmış bir yaşam biçimi" olarak görenlerimiz karşı çıkacaktır söylenenlere. Küçük sevinçleri, özel anları mutluluk saymaya yatkınız çoğumuz. Ama mutsuzluğun bir yaşama beceriksizliği olduğunu da kabul ederiz çoğu kez. Ama kendini gerçekleştirmesini bilen, düşlerine sahip çıkmış, görüşlerinin ardında durmuş, yaşamaktan, kavgadan, üretmekten kaçmamış bir insan mutsuz olabilir mi?

Dört kişiydik, gecenin kıyısında ışıklı bir anın önünde duruyorduk. Önümde uzanan gümüşi yola, tam üstümde duran mavi yıldıza ve yanıbaşımızda bir sigara kağıdının üstüne bir şeyler yazmakta olan yoldaş devrimciye baktım. Kavgaya adanmış bir ömürdü onunkisi. Acısı bol, sevinci az olmuştu belki. Belki hâlâ kanayan yanları vardı, bilmiyorum. Ama kolektif bir paylaşımın ürünüydü. Paylaşmakla çoğalıyor, yoldaşlıkla soluk alıp veriyordu. Kucakladı mı sımsıkı sarılıyordu arkadaşına, kavgaya bütün kaslarıyla, gövdesiyle, tutkusuyla giriyordu. Mutluluk gerçekten bir kişiliğe dönüşmüştü onda. Mutluydu, biliyordum. Gözleri bunu söylüyordu. "Ben" demeyi öyleyce ardından bırakmış birinin mutluluğuydu bu. Onu mutsuz edecek tek şeyin yoldaşlarının, eylemin ve kavganın uzağında durmak olduğunu düşündüm. Bir eli sevdaya diğeri kavgaya, bir eli bir çiçeğe diğeri nazlı bir filintaya uzanmasını bilen biriydi yanımda duran. Zaferlerimiz kadar yenilgilerimizi de yaşamış, zaferlerimiz kadar yenilgilerimizi de yaşayacak olan... Mutluluk, önümde bir direnç ışığı gibi duran o deneyimlerden geçmiş yoldaşın yanıbaşında durmaktı. Mutluluk bu dimdik duruşları yaratmasını bilen geleneğin parçası olduğunu duymaktı. Mutluluk paylaşmayı ve çoğalmayı bilmekti. Mutluluk "yoldaş" diyebilmekti. Gayrisi nedir ki? Günlük acılar bedelidir umudun ve gerçekleşmeyi bekleyen hülyalı tasavvurların. Umutlu bir hücum müfrezesi gibi çıkagelen sözlere vurur ve gider. Gül mevsimlerinde sürdürülen inatçı bir kavganın ortakça paylaşılan sevinci kalır geriye. Umudu bir kepenek gibi çekeriz üstümüze. Yürürüz geleceğe, el ele, sevdadan nefes nefese...

Devrimler ve İnsanlar

"Ağzımı tıkayın, çığlıklarımı boğun/Canım daha çok bağırmak isteyecek/ Vurun yumruklarımı zincire/ Canım zinciri daha çok kırmak isteyecek/ Etimi parçalayın!/Kemiklerimi dağıtın!/Bayrağım olacak kanım!/ Kemiklerimin üzerinden başka bir insanlık/yükselecek/Çünkü burada yok olmaz hiçbir şey/Burada kural ya ölmek, ya yenmek/ yitip giden bu hayat/ Daha çok yaşamak isteyecek".

(Prometheus-Joaquim Namarado)

İnsan devrim yaparak insanlaşıyor. İnsan devrimle büyüyor. Her karşıdevrim bir tükeniştir. İnsanlaşmaktan çıkmak anlamına geliyor. Ekim Devrimi'nin 82'inci yıldönümünde insanı yeniden tanımlayacak yolları bulmak, yeni Ekim'lere yürümekten geçiyor.

Devrim bir yıkım işidir. Ama devrim, bir ayrıştırma ve değiştirme sürecidir de. Değiştirmenin yolu değişmekten geçiyor. Devrim dönemlerinden insan soyu kendi sınırlarını zorluyor ve aşıyor. Cüretkar olamayanlar ve kendi sınırlarını genişletemeyenler devrimcileşemiyor. Devrimcileşenin kendi gücüne inancı artıyor. Kendi gücüne inanan insan güvenli insandır. İnsan güvenle gelişiyor. İnanç ve umutla çoğalıyor.

Ekim Devrimi büyük bir reddir. İnsan ve insanlık için yeni ufuklar açıyor. İnsanın geleceğe ilerleyen yürüyüşüdür. Eski dünya için korku ve öfke kaynağı oluyor. "İnsanlığın tarih öncesinin sonu" deniyor. Bir ilktir. Yürüyüşün önü faşizmle kesiliyor. Faşizm, insanlığın burjuva devrimleriyle elde ettiği kazanımların gaspı oluyor. Sosyalist yürüyüş, faşizmle savaşarak sürüyor. Soğuk savaş bir kuşatma harekatıdır. Eski dünyayla bir arada yaşamaya çalışan yeni dünya, giderek eskiyle uzlaşmanın yollarını arıyor. Bu dönemde Sovyetler Birliği'ni ziyaret eden Ernesto Che Guevara, Sovyet insanını "tersine çevrilmiş Amerikalılar" olarak tanımlıyor. Sovyet insanının hayatındaki tüketim tutkusunun rolünü vurguluyor. "Barış içinde bir arada yaşama" politikası, giderek eski dünyaya uyumun adı oluyor. Durmak çürümektir. Yeni düzen usulca ölüyor. Eskinin egemenliğini ilan edişi ise çok büyük bir gürültüyle gerçekleşiyor.

İnsanlık yeni bin yıla tarihsel bir yenilgi ile giriyor. Tarihte ilk kez aklın egemenliğinin, gelişmenin, birey olmanın yolunu açan kapitalizm; bireyi tebaya, insanlığı sürüye dönüştürüyor. Sosyalizm, insanlığın en büyük kurtuluş düşüdür. Kurtuluş hülyasını yitiren insan, kendini insan olarak tanımlayan çizgileri reddettikçe küçülüyor.

Yaşadığımız çağ; kargaşa, belirsizlikler, korkular ve akıl dışılıkla tanımlanıyor. Sosyalizmin çözülmesi akıl dışılığa geri dönüşün koşullarını yaratıyor. Aydınlanma Çağı'ndan bu yana insanlığın aklın egemenliğine inandığı, aydınlanmanın mirasçısı sosyalistlerin aklın egemenliğine inancı pekiştirdikleri bir gerçektir. Toplumun daima daha güzele ve daha iyiye yürüyeceği inancının zedelenmesi akla olan inancı da sarsıyor. Aklın en alt düzeyde görünmesi, akıl dışılığın gelişmesi; korkuların, boş inanların yayılması, arkaik ideolojilerin güçlenmesi biçiminde tezahür ediyor. Hayallerinin menzili küçülen insanlık sahte cennetler arıyor. Gelişen teknoloji insanı yalnızlaştırıyor. Fal, büyü, yeni tarikatlar, yeniden doğuş inancı bilgisayarlar ve elektronik aletlerle donanarak yeniden yükseliyor. Belirsizliğin ve devrimsizliğin doğurduğu sonuçlar bunlar.

Süreklilige inancını yitirmiş, korkak, güvensiz, meraksız, özgür düşünce üretmekten uzak insanların çoğunlukta olduğu bir dünya, insansız bir dünyadır. İnsanın yazgısının kendi elinde olmadığı inancının yaygınlaşması insanın edilgenliğini artırmaktadır. Eylemsiz insan ise sürüleşmeye yakın insandır. Kapitalizmin gelinen aşamasında insanlaşma sürecinin sekteye uğradığı açık. İnsanın gelişmesi, düşüncede ve pratikte eylemli olmasıyla mümkün. Bu devrimciliktir. Devrimcileşme, günümüzde bir varoluş sorunudur. Devrimci insan umutlu, korkusuz, güvenli ve sevdalıdır. Paylaşıma açık ve egoizme uzaktır. Öyle olmak zorundadır.

Bir toplumun içinden geçtiği dönemden onun tüm mensupları etkilenir. Devrimsizlik dönemleri insansızlık dönemleridir. Çünkü eylem arındırır ve güçlendirir. Durgunluğun çürütücü etkisi, düşüncedeki eylemlilikle ve ideolojik şiddetle giderilebilir ancak. Böyle zamanlarda devrimciler sorularını çoğaltmalı, meraklarını artırmalı, inançlarını güçlendirmelidir. İnatlarını ve ısrarlarını dirençleriyle sınamalıdırlar. Paylaşımı ve dayanışmayı güçlendirmelidirler. Egoizm, en temel düzen hastalığıdır. Her biçimdeki tezahürü, devrimci saflardaki çürümeyi hızlandırır. Düzene teslim olmanın kanallarını açar.

Bir zamanlar şöyle yazmıştı Ahmet Arif: "Bir ufka vardık ki artık/ Yalnız değiliz sevgilim/ Gerçi gece uzun, /Gece karanlık, /Ama bütün korkulardan uzak. /Bir sevdadır böylesine yaşamak/Tek başına/Ölüme bir soluk kala/Tek başına/Zindanda yatarken bile/Asla yalnız kalmamak". Devrimcilerin ayrıcalığıdır bu. İşkencede direnirken, "burada yalnız inancım ve ben varım" derken, barikat başında beklerken, zindanda yatarken, ölümün üstüne yürürken biliriz yalnız olmadığımızı. Ardımızda kolektif bir aklın, kolektif bir umudun, kolektif bir sevincin, kolektif bir sevginin varlığını duyumsarız. Her kavgada, her eylemde, her direnmede; aynı ekmek, aynı hürriyet ve aynı hasret içinde ölebileceğimiz; ama yüzünü görmediğimiz, elini tutmadığımız, bir kere bile selamlaşmadığımız dostlarlayızdır. Nazım bu nedenle: "Benim kuvvetim, /bu dünyada yalnız olmayışımdır./ Dünya ve insanları, yüreğimde sır, /ilmimde muamma değildirler" diye yazar. Devrimciler kendilerine "yalnız mıyız" diye sormaya başlamışlarsa tehlike büyüktür. Çürüme ve düzene teslim olmanın boyutları tartışılmalıdır böyle zamanlarda.

Devrimcilik, gönüllü katılım işidir. Bir meslektir. Ancak bir yaşama alışkanlığı değildir. Bir kast mensubu olmak hiç değildir. Devrimcilik bir ruh, bir heyecan işidir. Yeni ve ayrı bir dünya isteği, karşı bir yaşam anlayışıdır. Düzene uyumsuzların sığındığı bir liman, bir kaçış yolu olarak görülmemelidir. Devrimcilik katılımcı bir yaşam, paylaşmaya dayalı bir ahlak, bir ortak duyma özlemidir. Değişme ve karşısındaki ile birlikte gelişme isteğidir. İnsanlık bir yol ayrımındadır. Devrimciler de öyle. "İnsanlığın bir alçalan bir de yükselen soy dalı vardır" diyordu Engels. Ya sosyalizm ya barbarlık kazanacaktır. Sosyalizmin kazanması mücadelenin şiddetine bağlıdır. İnancımızda şiddetli olmadan mücadelede şiddetli olmamız mümkün değildir. Düzenin çürütücü etkisini gidermek arınmayı gerektiriyor. Ayıklamadan arınmak, arınmadan devrimcileşmek mümkün görünmüyor.

Devrimcilik özgürleşmektir. Dünyanın aydınlığını, kavgasını, ekmeğini sevmektir. Bölüşmeyi bilmek, büyük hülyalara sahip olmaktır. Yükseliş dönemlerinde insan olmak da devrimci olmak da kolaydır. Bir zoru başarmak durumundayız. Küçük işler küçük insanlara göredir. Biz büyük sıçramaları gerçekleştirmekle yükümlüyüz. Güvenimiz tam, ufkumuz sonsuz olmalıdır. Dayanıksızlıktan, tembellikten, sevgisizlikten geçmez yolumuz. Sevmeyi bir yaşama sevincine, inadı bir yaşam biçimine dönüştürmeliyiz. Çığlıklarımızı boğmak istediklerinde daha çok bağırmalıyız. Zincire vurduklarında zinciri daha çok parçalamak istemeliyiz, yok etmeye çalıştıklarında daha çok yaşamak istemeliyiz, yalnızlaştırmak istediklerinde daha çok çoğalmalıyız. Asla elimizdeki ile yetinmemeliyiz. Biz tümünü istemeliyiz! Unutmamalı ve unutturmamalıyız. Bilime ve geleceğe sarılmalıyız. Sosyalist olmak insan olmaktır. Biz insan olmalıyız. Biz insan kalmak için direnmeliyiz. Biz zafere yürümeliyiz. Başka seçeneğimiz yoktur.

Yıldızlara Dokunmak

"Varsın, hüznü damıtsın yıldızlar/ Bu gece gerçeği anlat bekleyişe/ Anlat bilsin,/ Takvimsizdir kavuşmalar/ Erkenci vedalar coğrafyasında" (Ş. Tamer)

Bir aşk kadar güzel, bir hasret kadar hüzünlü, bir ayrılık kadar yakıcı bir Kasım ayından geçiyor ömrüm. Kanayan ve gülümseten, öfkelendiren ve isyan ettiren geç kalmış bir sevdaya benziyor Kasım. Ben bitmemiş baharlarımı içimde taşıyarak, tutkulu bir inançla ve umutlu bir öfkeyle kuşatılmış çırılçıplak bir Kasım'dan geçiyorum. Çocuklarla ve gençlerle sevinip, ihanetlerle yaralanıyorum. Kavuşmanın sevinciyle çalkalanıyor asi yüreğim. Ben isyana yürümesini bilen bütün Kasımları seviyorum.

13-14 Kasım günleri İstanbul'da kitap fuarındaydım. İçimde sevinmeye, şaşırmaya, herhangi bir şeye gülümseyerek bakmaya dair ne kadar duygu varsa ortaya döküldü birden. Aşkla, neşeyle, sevgiyle, gördüğüm herşeyi başkalarıyla paylaşma heyecanıyla dolup taştım bu iki günde. Hayallerimizi büyütebileceğimize dair inancım bütün duygularımı önüne katıp götürdü. Aydınlık ve mutlu bir hayat elle tutacak kadar yakınımızdaymış gibi göründü bana. Ölümü ve hüznü unutup, neşeyi ve heyecanla paylaşmayı, sevinçle şaşmayı duydum yalnızca. Vefasızlık ve içtensizlikle örselenen ruhum, gülümseme ve kahkahayla tutuştu birden. Çünkü tutkuyla, merakla, sevgiyle, öğrenme ateşiyle ışıldayan genç devrimcilerin gözlerini gördüm. Şiirle ve isyanla baktılar bana. Şiirle ve isyanla yürüdüm onlara doğru.

Genç devrimcilerin merakları ve öğrenme açlıkları sevindirdi beni. Alabilecekleri ne varsa alma tutkusuyla dinliyorlardı. Soruları sakınımsızdı. Ve zihinleri açık. Gençlikleriyle devrimi gençleştirdiklerinin, geleceği taşıdıklarının bilincindeydiler. Özgüvenleri kusursuzdu. Devrimciliğin inatla geleceğe yürümek olduğunu içselleştirdiklerinde; inatla inanca sarılmayı, bilinçle çoğalmayı, çoğalarak paylaşmayı bir yaşam biçimi haline getirdiklerinde; hayatı devrimcileştirmeyi başardıklarında yenilmez olacağımız kesin. Ama önce eleştiride şiddetli, ideolojide net olmayı bilmek gerekiyor. Bu tüm düzen eleştirilerinden önce kendi payımıza düşeni almak demek. "Bütün renkler hızla kirleniyordu" diyor ya şiir, önceliğin beyaza düştüğünü unutmamak gerekiyor. Önce beyaz kirleniyor. Kapitalizm insanları egoistleştiriyor; öğrenme sevincini köreltiyorsa; insanı yalnızlaştırıp korkularını büyütüyorsa; paylaşma ve katılma yetisini dumura uğratıyorsa; tüm bunlar düzene karşı olduğunu söyleyenler için de geçerlidir.

Düzene karşı olanlar kendilerini eleştirdikleri düzenin pisliklerinden, kirinden, pasından azade saymamalıdırlar. "Karşı" olduğunu söylemek yetmiyor. Pratikte "karşı" olmak gerekiyor. Düşündüğü gibi yaşamayı beceremeyenler devrimcilikten uzaklaşıyor. Paylaşmayı bilmek, bölüşerek çoğalmak günümüzde sosyalist olmanın mihenk taşı oluyor. Zaaflarımız tam da gündelik hayatı paylaşma noktasında ortaya çıkıyor. Aşkın küçük kayığının hayat ırmağına kafa tutmayı öğrenmesi gerekiyor. Kafa tutamayanlar dayanamayıp parçalanıyor. Hayatını değiştirmeyi beceremeyenler, hayatı değiştirme ve yeni bir dünya kurma mücadelesinde başarılı olamıyor. Yürüyemeyen yerinde sayıyor. Yerinde sayan geriliyor. Kavgayı geriletmek isteyen savruluyor ve kırılıyor. Değişmeyi beceremeyenin kırılması kaçınılmazdır. Kavganın kirlenmesine izin vermemek gerekiyor.

Bu topraklarda devrimci kuşaklar kırılarak yenileniyor. Bir kuşaktan diğerine gelenek aktarımı kesintilerle sürüyor. Geleneklerini geliştiremeyenler devrimcilikte eksik kalıyor. Çoğalmanın önündeki engeller büyüyor. Genç devrimcilere çoğalmanın önündeki engelleri kaldırmak düşüyor. Paylaşarak çoğalmayı yaşam tarzı haline getirmek gerekiyor. İnançta ısrarlı, paylaşımda inatçı olmayı bilmek gerekiyor. Bu başarıldığında gençlerle büyümek bir sevinç oluyor. Ama unutmayalım bu düzende ihanet hep bir adım arkamızda duruyor. İsyan ve öfke devrimcileşmeye yetmiyor. Bu yalnızca tepkidir. Tepkiyi örgütlemek gerekiyor. Örgütlülüğün yolu disiplinli ve ortakça çalışmayı gerekli kılıyor. Biz "yol" insanlarıyız. El ele, yürek yüreğe, omuz omuza yürümek işimiz! İşimizde çoğalmak en tutkulu sevdamızdır. Gençlerle sevdamız tazeleniyor, büyüyor.

Bu imza gününde bizi çoğaltmaya hazır genç devrimciler tanıdım. Umutla, merakla, akılla bakıyordu gözleri. Güzel bir haber bekler gibiydiler, gözbebekleri ışıklar içinde. Ben de onları kattım yanıma, yaşadığım ve yaşabileceğim tüm güzellikleri içimde taşıyarak Gebze'nin yolunu tuttum.

Hiç yıldızlara dokunmak istediniz mi? Ben hep istedim. Hele Akdeniz'in yıldız ışıltılı gecelerinde, ellerimi uzatıp bir mavi yıldız tutmak geçti her gökyüzüne bakışımda içimden. "Umudun öyküsünü yazmak bize düştü/Bize düştü/Sunmak hayata ömrün baharını" diyor ya şair, Gebze'de umudun öyküsünü yazanları gördüm.

Bir de hayata ömrünün baharını sunanları... Öfkeyle parçalandı içim, isyanın, mutluluğun, acının, sevincin buruk tadıyla doldu yüreğim. Bir yanım kanıyordu usulca, diğer yanım çıldırıyordu sevinçten. Parmaklıkların ardında karanlıkta parlayan gizemli yıldızlar gibiydi onlar, gecenin içinde yürüyen ışıklar gibi... Kızgınlığım kahkahalarıma karışıyordu orada. Düşüncelerim hayallerime. Ömrümüzün en güzel parçaları oradaydı, ekmeğe, güle, özgürlüğe inandıkları için. Ekmek, gül ve özgürlük için dövüşmeyi bildiklerinden. Hep şunu düşünmüşümdür, biz gül de istemeyi, güller için de mücadele etmeyi ihmal ettiğimiz için, ekmek ve özgürlük mücadelemiz eksik kalıyor. Ama orada, Gebze'de ekmekle birlikte gül de isteyen gözler gördüm. Biz yakınlıkları göze alıyorduk, ama aramızda aşılmaz görünen uzaklıklar vardı. Gözlerimiz acıyordu bu yüzden ve öfkem bütün duygularımı kavurup geçiyordu, ellerim yalnızca soğuk demire dokunduğunda. "Sözün bittiği anlar vardır" diye yazmıştım ya bir zamanlar. Öyle anlardan biriydi işte. Masum bir hınzırlıkla ışıldayan gözler vardı karşımda; hüzünlü ve bilge gözler, sırlar saklayan gözler vardı; neşeyi ve sevinci barındıran gözler, ölüme ve kavgaya dair konuşan gözler vardı; geçmişten geleceğe bir gülümseyiş gibi uzanan gözler. Ve denize, çiçeğe bulutlara bakarcasına ışıldayan gözler vardı. Ben kendi gözlerime bakamadım. Ama yıldızlara ulaşmak isteyen bir çocuk gibi baktığıma eminim. Çünkü karşımda geceyi delip geçen yıldızlar parlıyordu. Çelik ışıltılı yıldızlar.

Hep bir yıldıza değmek istemişimdir, bir ışığı tutmak. Gebze'de işte bunu yaptım. Parmaklıkların arasından bir an yıldızlara değdi ellerim. Kimse farkına varmadı ama, ben o ışık sızdırmayan kapılardan yakama yıldızlar takıp da çıktım. Bir yanım güller kokuyordu bir yanım çelik ışıyordu. Bir yanım aşkı taşıyordu, bir yanım kavgayı. Bizim hayatlarımızı zindan etmeyi başaramayacaklarını bir kez daha anladım. Derin bir yara gibi kanadı bir yanım, hayatın güzelliğini söyledi öbür yanım.

Bir Kasım sabahında sevinçlerimden asla vazgeçmemem gerektiğini anladım yeniden. Bütün türküleri söylemeliydim, bütün şiirleri okumalı, bütün şairleri dolaşmalıydım, bütün çiçekleri koklamalı, zamanı elimde tutmalıydım, şafağı yakalamalı ve hayatın güzelliğini anlatmalıydım hiç durmadan. Çünkü hayata benzer arkadaşlarım vardı benim ve yıldızlar taşıyordum yakamda geceyi güzelleştiren.

Öfkemle beslemeliydim kendimi. Bir yanım orada bıraktığım dostlarım gibi her şeyden vazgeçmeye hazır olmalıydı, diğer yanım onlar gibi hiç vazgeçmemeliydi. Bir yanım sevgiyle evet demeliydi, diğer yanım öfkeyle "hayır" diye haykırmalıydı. Bir Kasım gününde koynuma onları doldurup çıktım Gebze'nin kapısından. Bir yanım sevinçti bir yanım hüzün. Hayatın güzelliğini anladım bir kere daha ve hayatı yaşayabilmek için dövüşmenin zorunlu olduğunu. Kilit üstüne kilit de vursalar hayata ve sevdaya açılıyordu tüm kapılarımız.

Ben inatçı yıldızlara dokundum Gebze'de. Sevdiklerimi düşündüm ve beni sevenleri. Bütün sözleri bıraktım orada ve yüreğimin asi yarısını. Bir armağan gibi yüklendim sevgilerimi. Öfkeye, isyana, acıya ve aşka yürüdüm. Dar kapıları olmayan bir dünya kurmalıydık mutlaka. Sokakları tutmalıydık, meydanları doldurmalı. Korkunun sessizliğini parçalamalıydık, çığlıklarımız geceyi aydınlatmalıydı. Sesimiz umut olmalıydı. 15 Kasım günü yaşama sevinçleri bıraktım Gebze'de. Ve onlar ardımda onlarca gözdü ömrümce taşıyacağım. Söz onurdur. Yaşartmamaya yemin ettim, o aydınlık gözleri. Çünkü yıldızlara dokundu ellerim benim.

Yağmur ve Şiirler

Yağmur yağıyor, ürkek, gürültüsüz ve usulca. Aklıma Rilke'nin o güzelim dizeleri takılıyor birden: "Yalnızlık bir yağmura benzer/ İner ovalara/ akşamlardan" diyen. Neden yağmura benzer yalnızlık, neden akşamlardan iner? Bugün şiirler okumalıyım diyorum kendi kendime. Hani söylüyor ya Nazım: "Bugün pazar,/ bugün beni ilk defa güneşe çıkardılar/ Ve ben ömrümde ilk defa/gökyüzünün bu kadar benden uzak/ bu kadar mavi/ bu kadar geniş olduğuna şaşarak/ kımıldamadan durdum/ Sonra saygıyla toprağa oturdum/ dayadım sırtımı duvara/ bu anda ne düşmek dalgalara/ bu anda, kavga, ne hürriyet, ne karım,/ Toprak, güneş ve ben... /Bahtiyarım." Öylece bakıyorum yağmura, rüzgarına tutulmuş gibi ve bahtiyar. Üşüyorum. Elimde Nazım şiirleri. "Üşüyorum/ fakat kederli değilim,/Yalnız bize mahsus bir imtiyazdır,/kış günleri hapishanede/sade hapishanede değil,/bu kocaman/bu ısınası/bu ısınacak dünyada/üşüyüp kederli olmamak....." diye yazmış 1949 yılında Çankırı Hapishanesi'nde koca şair. Bize mahsus ayrıcalıklar üstüne düşünüyorum şiirine dalıp. Üşüyüp kederli olmamak, tek başına zindanda yatarken bile asla yalnız kalmamak, içerde dışarıyla birlikte yaşamak, ölüme bir adım kala hayatı bir sevda gibi kucaklamak, dünyayı dolu dizgin sevmek...

Yağmur yağıyor. Kafamın içinde Attilâ İlhan dizeleri: "Elimden tut yoksa düşeceğim/yoksa birbir yıldızlar düşecek/eğer şairsem beni tanırsan/yağmurdan korktuğumu bilirsen/gözlerim aklına gelirse/elimden tut yoksa düşeceğim/yağmur beni götürecek yoksa beni". Yıldızlar yerinde duruyor besbelli. Karşı çatıda bir çift ıslak güvercin. Aldırmaz bir tutkudalar. Yağmur beni 27 yıl önceki bir Aralık sabahına götürüyor. Elimde bir kırmızı gül, üstümde incecik bir örgü pardösü, ıslanmasın diye koltuğumun altına soktuğum bildirilerle yürüyorum. Eylem zamanı... Yanımda dudaklarında yarım bir gülümsemeyle bir can yoldaşım. Ölüm henüz ondan uzak. Adı: Zeki. Hınzır kahkalar gizli bakışlarında. Arkadaşlığı güzelleştiren birlikte eyleme yürümektir. Gürültü çıkarmayan işe eylem demeyen arkadaşım planlar kuruyor sesli düşünerek. Sesi yağmura karışıyor. Onu ve yağmuru dinliyorum. İçimde illegal sevinçler, yanımda yoldaş sıcaklığı eyleme yürüyorum. Ben hep o yağmurlu havada yürüdüm aslında; elimde bir kırmızı gül, yanımda yoldaş sıcaklığı. Yaşamak bu olmalı...

Yağmur yağıyor. Yavaş sesle, ama ihanet konuşması gibi değil. Yalnızlık gibi de değil. Hayatın parçalarını birbirine iliştiren görünmez iplikler gibi sanki. Gökyüzünde bulutlar paramparça. Sokaklarda uslanmaz bir yağmur kokusu. Milyonlarca yıldır yağmasına rağmen hiç eskimiyor yağmur. Her defasında yeni ve tar-ü taze. Gelecekten bir şeyler ummamızı sağlayan el değmemiş bir sesi var yağmurun. Bugün şiirler okumalıyım, diyorum yeniden. "Bu sessizliği kim bıraktıysa, göremiyorum/konuşkan gözlerinde tek sözcük bile/gözlerimiz birbirine değmiyor gecenin iki şehrinde" yazmış Haydar Ergülen. Yaşarken tenhalaşanların çoğaldığını görmek hüzün vermiyor mu size? Gözleri birbirine değmeyen arkadaşlıklara bakıp acımıyor mu içiniz? "Biz"li sevinçleri çoğaltması gerekenlerde bu sessizlik neden diye sormuyor musunuz? Ben soruyorum.

Bir yanım hep bahtiyarken bile susmuyor sorularım! Hep iki şehri var gecenin bu iletişimsizlik çağında. Ve göze alınamamış yakınlıklar acıtıyor gözleri. "Yalnızlık yaşamda bir an,/Hep yeniden başlayan.../Dışından anlaşılmaz. xxx Ya da kocaman bir yalan,/Kovdukça kovalayan... /Paylaşılmaz.xxx Bir düşün'de beni sana ayıran/Yalnızlık/Paylaşılsa yalnızlık olmaz" demiş Özdemir Asaf. Özel mülkiyet dünyası üretir yalnızlığı. Paylaşım sosyalistlere ait imtiyazlardan biridir. Eğer sosyalist devrimciler arasında bireysel iletişim sorunu varsa paylaşmada eksilme söz konusudur. Bu durum kapitalizmin dışsal tahakküm mekanizmalarının belleklere ve davranış biçimlerine içkinleşmesinin tek tek bireylerdeki tezahürlerinin bize yansımasıdır. Beynimize yerleşmiş bu iktidar mekanizmalarının tasfiyesi sosyalist düşüncenin içselleştirilmesiyle mümkün olabilir. Yalnız davranış biçimlerimizi değil, söylem tarzlarımızı da değiştirmeden bu tasfiye işini başaramayız!

Nazım'ın, "Hapiste yatana öğütler" adlı şiirinde: "İçerde bir tarafınla yapayalnız kalabilirsin/kuyunun dibindeki taş gibi/Fakat öbür tarafın/ dünyanın kalabalığına öylesine karışmalı ki,/sen ürpermelisin içerde/dışarda kırk günlük yerde yaprak kımıldasa" diye yazar. Hep düşünmüşümdür. İçerde insanı kuyunun dibindeki taş gibi yapayalnız yapan ne olabilir, diye. Ve acaba bir tarafı kuyunun dibindeki taş gibi yapayalnız olan kişi, dışarda kırk günlük yerde kımıldayan yaprağın sesini duyabilir mi? İnsan kendine taş kadar ağırsa, yüreği ve beyni o yaprağın sesini duymaz gibi gelir bana. Dünyanın kalabalığına gerçekten karışan kişi ise; "kuyunun dibindeki taş gibi" amansız bir yalnızlığın içinde olmaz. Nazım'ın bunu bildiğinden kuşku duymuyorum aslında. Bir hastane revirinde, kalbinin yarısı bir şafak vakti Yunanistan'da kurşuna dizilen ve Kızıl ordu ile Sarı Nehre doğru akan adamdan başka türlüsü beklenemez.

Kanımca tek başınalık başka şeydir yapayalnızlık başka. Kendime yalnızlıkla ilgili ilk gerçek sorumu sorduğumda bir duvar dibinde vurulmuş yatıyordum. Götürmeye geldiklerinde aklım daha sonra vermem gereken sınavdaydı. "İşte şimdi yalnızsın arkadaş" dedim, "bir inancın bir de sen. Hadi bakalım". Ama daha sonra orada yalnız değil, tek başıma olduğumu düşündüm. Anladım ki türküsü tükenmeyen insan, asla yalnız değildir. İşkencede, hücrede, hastane odasında inanca sarıldığı sürece yoldaşları, sevdikleri, kavgada birlikte yürüdükleri daima yanıbaşındadır. Ve orada savunduğu yalnızca kendi onuru değil, tüm bir kolektif hayatın onurudur. Yaptığı her yanlış, kirlettiği her değer yalnızca kendi adına değildir. Bir kolektif iradenin insanı olmak hiçbir vakit tek başına kalındığı andaki kadar onur ve sorumluluk yüklemez insana. Ve yaşamın tüm aşamalarında asla yalnız olmadığını bilmek, yeterli direnme gücünü verir devrimciye. Tüm bu süreçler boyunca temsil ettiği değerlerin bilincinde olan kişi alt edilemez.

Paylaşmada eksik kalmaya başlamak inançta eksilmenin tipik bir belirtisidir. Ve çoğu zaman göz ardı edilir. Eğer kalabalıklaşılıyor ama paylaşılamıyorsa, eğer bir aradayken tek başınalaşılıyorsa düşünmek gerekir. Kavgasını büyüten devrimci; değerleriyle, umutlarıyla, gelecek sevinciyle, sorumluluk bilinciyle ve ortakça bir paylaşımın insanı olma sevdasıyla çoğalır. Yalnız olmayışının ayrıcalığını duyar her an. Aynı yola baş koymuş olduğu düşünülen insanlar, yoldaşlarının bir sorunu ile yüz yüze geldiklerinde; "bu sorun biraz dert açıcı bulaşmıyayım"; "benim sorumluluk alanıma girmiyor", dememelidir. Bu neme lazımcılıktır. Ve devrimci için en tehlikeli hastalıktır. Ama öte yandan "beni anlamıyorlar" diye yakınan her birey de "peki ama neden?" diye sormalıdır, gerekçelere sığınmamalıdır. Hazır çözümler beklememelidir. Pek çok insanın beyninin bir lobunda devrimcilik, bir lobunda burjuva yaşam tarzına, burjuva ahlakına ilişkin düşünceler yerleşmiştir sanki. Genel işlerde devrimci fikirleri, özel ilişkilerde de burjuva fikirleri taşıyan lob devreye girmektedir. Bu şizofrenik bir bölünmedir. Bir kişilik parçalanmasının farklı tezahürlerine denk düşen haller yaşanmaktadır. Bu haller inatla, sabırla, ısrarla aşılmalıdır. Yalnızlaşma tek başına kolektif bir eksiklik gibi görülürse bu kolaycılıktır. Birey açısından yalnızlaşma; benleşmenin, kolektif yaşam tarzından yorulmanın ve kaçışın da gerekçesi olabilir çoğu kez. Ardında dünyanın her kilometre karesindeki dostlarının soluğunu duyan insan kendini yalnız hisseder mi hiç? Seattle'dakiyle güler, Timor'dakiyle ağlar, Kürt illerindekiyle acı çeker, Fransa'dakilerle eyleme yürür. "Emekçiyim, sevdayım baştan ayağa" diye düşünür geleceğe doğru yürürken.

Nazım "İçerde yatana öğütler"de o "içkin tahakkümcü tarz"ın etkisinde görünür. Seçilmiş bir davranış değildir bu. Ama öğüt verdiği yalnızca erkek devrimcilerdir. "Tıraştan tıraşa yüzüne bak/unut yaşını" der onlara; "Bir de kimbilir/sevdiği kadın seni sevmez olur,/ufak bir iş deme/yemyeşil bir dal kırılmış gibi gelir,/içerdeki adama". Taş gibi yapayalnızlığın nedeni acaba bu yeşil dalın kırılması mı, diye sorası gelir insanın. Yeşil bir dalın kırılmasının ufak iş olmadığı malum. Ama bu yapayalnızlığa yol açmamalıdır. Devrimci için büyük kavganın bir parçası olabilmelidir sevda. Ve devrimci için yaşamının nirengi noktası hep "paylaşmak" olmalıdır. Sevda paylaşımların en özeli kuşkusuz, belki de en bireyseli. Ama paylaşmak bittiyse, eğer sevgi sevgi doğurmuyorsa acı çekmekte ısrar etmek anlamsızdır. Devrimci, yaşamında kararlı değişiklikleri şaşmaz bir kesinlikle yapabilen kişidir. Ve yeniden başlamanın olanaklarını en iyi bilendir. Üretmeyen ve paylaşılmayan insanı tüketir. Duygusal tükenişle düşünsel tükeniş arasında kopmaz bir bağ vardır daima. Yeşil bir dal kırıldığında bir yanı acır insanın bir yanı sızlar ama taş gibi yapayalnız olunmaz. Belki biraz daha sarılınır kavganın sevdasına, bir yoldaş yitiminde nasıl biraz da onun yerine kavgaya yürümek gerekiyorsa işte öyle yapılır. Kolektif umutlara sarılınıp da yürünür, acılar yürüyüşe katık edilir. Ortak sevgilerle çoğalınır. Kavgaya denk düşmeyen sevgilere açılan bütün yollarsa kapatılır, kapatılmalıdır.

Dün bir okur, iradeye çok fazla vurgu yaptığımı söyledi. Sonra sözü sevgi tartışmalarına getirip; Nazım'ın "Tahir ile Zühre Meselesi"nden bir dize okudu; "Yani sen elmayı seviyorsun diye/elmanın da seni sevmesi şart mı" dedi konuşmanın bir yerinde. Ben de ona; bütün işin Tahir ile Zühre olabilmekte, yani yürekte olduğu doğru ama, beni sevmeyen elmayı niye seveyim ki? dedim. Sevmek eyleminin kendisi bilfiil önemli elbet. Karşılık gözetmeksizin vermesini bilmek de. Ama burada almak ve vermek değil "paylaşmak" devreye giriyor. Paylaşım bittiğinde kendini üretmekten çıkıyor kişi. Ya çürüyor, ya kirleniyor ya da kuruyor. Buna izin vermemek bir gelişme sorunu. Elmayı dönüştüremiyorsan elmayı sevmekten vazgeçeceksin. Eylemler söylemleri doğurur. Ama söylem ve de söz bir kez doğduktan sonra eylemin üstünde belirleyici etkiler yapabilir. Bu yüzden söylemlerin de değiştirilmesi gerektiğini düşünüyorum. İmgelemde değişiklikler yaratmanın yollarını bulmak da devrimciliktir. Hem de en âlâsından. Ve evet, sosyalistin hayatında iradenin önemi büyüktür. Sistemin kendisi bile yukardan aşağıya inşa edilmek durumundan ötürü iradi bir süreçtir. Şimdi yeniden şiire dönersek tüm bu işlerde önemli olan "sol memenin altındaki cevahir"in kararmamasıdır. Dil yürekten söz ediyorsa da, sol memenin altındaki cevahirin kararmamasının nedeni duruştaki sağlamlıktır. Bundan gayrısı ise laf-ı güzaftır.

Yağmur sustu. Şiirlerin de susma zamanı. Bir mapustan bir mapusa yolladığımız Nazım için: "biz, ey sürgünlerin nazım'ı derken/tutkulu sevecen ve yalnız/gerek acının teleğinden ve gerek lacivert gergefinde gecelerin/şiiri bir kuş gibi örerek/halkımız, gülün sesini savurup/bir türkünün kekiğinden tüterken/ der ki, böyle yazılır sevdamız xxx hüzün ki en çok yakışandır bize/belki de en çok anladığımız" yazmış Hilmi Yavuz. Hayata yüklediğimiz anlamları değiştirme, kavramlara yüklediğimiz anlamları yenileme zamanı.

Sevginin, aşkın, yalnızlığın, güzelliğin ve zorluğun içeriklerini yeni anlamlarla doldurmalıyız. Yalnızlık bir uçurumdur, bu düzende, sessizlik bir kuşatma. Biz bütün kuşatmalardan inancı ve umudu kuşanıp da geçeceğiz. Ve hüzünleri fırlatıp eski zamanlara, "umut ki en çok yakışandır bize/belki de en çok anladığımız" diyeceğiz. Bir mapustan bir mapusa, bir kavgadan bir kavgaya, bir sevgiden bir sevgiye hep yenilenerek yürüyeceğiz.

Ütopya ve Şafağa Uzanmak

"Henüz doğmamış ama/ onurlu bir yüzle doğacakları/ şimdiden belli olanlar/ hesap sorduklarında yarın/ bizim gibi çok yanmışlar/ kazanmış olmanın onuruyla/ oradan uzaklaşacaklar xxx Zamanından önde gitmenin bedelidir/ bir insanın kendinden çok şey vermesi xxx Ama güzel şey/ yaşamı sevmek/ henüz doğmamışların gözleriyle görmek xxx Ve eşsiz bir şey zaferi içinde duymak/ soğuk ve karanlıkken bile/ yaşamak" (Otto Rene Castillo).

Yeni bir binyıla girdik. Kazanmış olmanın onuruna özlemimiz sürüyor. Yüzyıl bitti, hâlâ şafak çığlıklarla yüklü gecenin içindeyiz. Ama ben zaferi içimde duyuyorum. Yaşıyorum ve direniyorum. Ve direniyorsam şafağa uzanıyorum. Hayallerimin ateşinde cennete dönüşmüş bir yeryüzü düşü büyütüyorum. "Hayal kurma zayıfların alın yazısıdır" demişti, Lenin Rusya'daki politik ütopyaları eleştirdiği bir yazısında. Ama biz ütopyayı bilime katık eden bir geleneğin temsilcileriyiz. Düşlerimizin zincire vurulduğu, hayal kurma yetimizin köreltildiği, gelecek inancımızın karartıldığı koşullarda ütopyalara sarılmanın zayıflık değil tersine güçlülük olduğunu düşünüyorum.

Ütopikleri anlatırken: *"Ekonomik açıdan biçimsel olarak yanlış olan şey, dünya tarihi açısından yine de doğru olabilir"* demişti Engels. "Özgür" kapitalist toplumunun yarattığı hayal kırıklığının, burjuvazinin yol açtığı baskının ve ona karşı yükselen protestoların bir ürünüydü ütopik sosyalizm. Kapitalist toplumu, radikal bir biçimde eleştiriyor, lanetliyor onu ortadan kaldırmayı düşlüyordu. *"Ancak ütopik sosyalizm bir çıkar yol olamazdı. Ne kapitalist rejimde ücret köleliğinin açıklamasını, ne gelişmenin yasalarını keşfetmesini, ne de yeni toplumun yaratıcısı olacak sosyal gücü bulmasını biliyordu"*. Artıdeğerin değişim yasaları açısından bir 'haksızlık' olduğunu söylüyordu. Oysa biçimsel ekonomik açıdan artıdeğer, değişim yasalarının bir sonucuydu.Sınıf savaşımının evrimin, gelişmenin itici gücü olduğunu bilmiyen ütopyacılık, tarihsel olarak savunduğu eşitlik ve ortakça paylaşma idealiyle haklıyken, ekonomik açıdan haksız sayılıyordu bu yüzden.

"Marx'ın dehası şuradadır ki, evrensel tarihin içerdiği öğretiyi ilk kez tutarlı bir biçimde ortaya koymasını ve uygulamasını bilmiştir. Bu öğreti sınıf savaşımı doktrinidir" diyordu Lenin. Marx sınıf savaşımı ile birlikte düşünerek ütopyayı bilime katık etmişti. Bizim bugün savunduğumuz ütopya da gerçeğin ta kendisidir bu nedenle. Bizim ütopyamız ne şimdi ne daha sonra gerçekleşmeyecek bir istek, sosyal güçlere dayanmayan ve politik sınıfsal güçlerin gelişmesiyle desteklenmeyen bir hayal bir fantezi değil, bilime dayalı bir gerçektir. Denemiştir. Ve önünün kesilmesi için kanlı kavgalar verilmiş ve verilmektedir. Tam tersine gücünü sınıf mücadelesinden almaktadır.

Bugün emperyalist-kapitalist düzenin önyargılarından kurtulmak, yeni bir mücadele ve dayanışma ortamını geliştirmek için varlığını gerçeklikten alan ütopyamıza ihtiyacımız var. Neo-liberalizmin düşünce ve eyleme dayattığı sınırlamaları göz önüne aldığımızda düşleri büyütmenin önemi bir kez daha anlaşılacaktır.

Dil; ifade etme, gösterme, iletileri, öğrenileri değiş tokuş etme, temsil etme gibi birçok aracı kullanan son derece yetkin bir biçimde örgütlenmiş bir dizgedir. Düşünceler dil aracılığıyla aktarılır. Her çağda egemen düşünceler, egemen sınıfın düşünceleri olduğu için, dil de egemen söylemi güçlendirmek için kullanılır. Belleklerdeki ve yerleşik devranışlardaki tahakkümcü tarz dil ile beslenir. Dil, bilgi ve iktidar bağlantısını gözden kaçırırız çoğu kez. Günümüzde medyalar aracılığıyla bilgi giderek tektipleşirken, dil kalıplara girmeye zorlanıyor. Ütopya damarının gelişmesi egemenliğin dilsel ve yazınsal işleyiş biçimine bir itirazdır. Bizde gelişmiş olmadığı biliniyor, geliştirmek gerekiyor.

Sözgelimi ütopik devrimci geleneğin en yetkinlerinden biri olan Çernişevski'nin Ne Yapmalı adlı kitabı Rusya'nın tüm Marksist devrimci kuşağını etkilemiştir. Plehanov: *"Hangimiz hem de defalarca okumadık bu kitabı" diye yazmıştır, "Hangimiz hayran olmadık? Çoğumuzun pisliklerinden arınıp daha güzel, daha temiz, daha canlı, daha atılgan, daha yürekli olması hep onun sayesinde değil midir?"* Çernişevski'nin kitabının önemi yeni bir dünyanın habercisi olması, yeni bir düzeni anlatmasıdır. Her yeni düzen aynı zamanda yeni insan demektir. Çernişevski'nin "yeni insanları" tüm bir Rus devrimciler kuşağını etkilemiştir. Lenin'in ağabeyi Aleksandr'ın en sevdiği kitaptır "Ne Yapmalı". Onun ölümünden sonra Lenin bir kez daha ve kendi deyişiyle bu kez "derinlemesine" okur bu kitabı. Aleksandr Çar'a suikasttan yargılanmış ve idam edilmiştir. Anlatılanlara göre poliste çözülmemiş, mahkemede arkadaşları adına eylemi üstlenmiştir. Lenin'i Çernişevski'yi yeniden okumaya iten Aleksandr'ı anlama arzusudur büyük olasılıkla. Çünkü Aleksandr'ın Çernişevski'nin "yeni insanı", yetkin militan devrimcisi "Rahmetov"u örnek aldığına kuşku yoktur.

Rahmetov'dan size daha önce söz etmiştim. *"Bir fikrin gerçek değerini kazanabilmesi için, idealine kendi hayatını adayanların, bu fikri gerçekleştirmeye yetecek maddi ve manevi güce sahip olması gerekir"* diye düşünür Çernişevski. İşte Rahmetov karakteri bu düşüncenin ürünüdür. Ve Rahmetov romanda kişiliğine içerilmiş nitelikleriyle bugün bile her devrim tutkununun örnek alması gereken bir profesyonel devrimcidir. Rahmetov, hem fiziksel hem de tinsel ve düşünsel yönüyle hazırlar kendini devrime. Kaba güce dayalı işlerde çalışarak emekçileştirir kendini ve jimnastik yaparak vücudunu geliştirir. Öte yandan her konuda bilgisi vardır. Entelektüel açıdan yetkin ve teorik olarak gelişmiştir. Hayatına ilişkin kesin ilkeleri vardır. Ve bu ilkeleri yaşam boyu hiç şaşmadan uygulayacağı eksiksiz bir sisteme dönüştürmüştür. Bir derviş gibi yaşamaktadır. Kendini yaşamın nimetlerinden uzak tutmaktadır. Yemek yemekten cinselliğe sıkı bir denetim uygular kendine. Tam bir "Ispartalı asker" gibidir. Şiltede yatmaz, keyif çatmaya, eğlenmeye vakit ayırmaz, zaman konusunda eli açık değildir. Bir işten diğerine geçerken dinlenmektedir. Çalışmayı, devrimci yaşamayı bir ahlak ve zevk haline getirmiştir o. Tanıyanlar "Kişisel duyguları olmayan bir insan gibi" bilirler Rahmetov'u. Ama yakınları kavgası için sevdasından vazgeçmiş biri olduğunun farkındadır. Yanar ama tüttüğünü kimse görmemiştir. Kişisel mutlulukları bilinçle bir yana bırakmış, reddetmiştir.

Rahmetov, profesyonel devrimciler için bir nefsi terbiye etme örneğidir. Kitapta Rahmetov'un işkenceye dayanıp dayanamıyacağını anlamak için kendisini nasıl denediğini anlatan bir bölüm vardır ki, çok tartışıldığını biliyorum. Rahmetov yatağına uçları 2 santimden fazla dışarı çıkmış çiviler yerleştirir ve tüm bir geceyi onların üstünde yatarak geçirir, denemiş ve başarmıştır. Acıdan haz duyan biri değildir Rahmetov. Kendini eğitmenin ve dirergen kılmanın gereğini yerine getirir sadece. O, *"yüreğini dağlayan derin acıyı unutup konuşkan olabilen, şakalar yapabilen, başkalarının sorunlarını dert edinebilen, bütün gün gülmek, dans etmek, şarkı söylemek isterken yalnız görevini düşünen ve bunun gereklerini yerine getiren bir devrimci prototiptir."* Kuşkusuz katı bir yaşam biçimi seçmiştir Rahmetov. "Bu kadarı da fazla olmuyor mu?" sorusuna kendisi yanıt verir: *"-Hayır, böyle olması gerekiyor. Biz insanlar için tadına doyulmayacak bir hayat istiyoruz, öyleyse bunu kişisel tutkularımızı tatmin için değil, genel olarak insanlar için istediğimizi; boş bir hevesle değil, inandığımız ilkelerden dolayı böyle konuştuğumuzu, kişisel olarak bir şeyler edinmek istediğimizden değil, inançlarımızdan dolayı böyle konuştuğumuzu insanlara kendi yaşayışımızla kanıtlamamız gerek".*

Alışkanlık devrimciliğinin neredeyse güncelleştiği koşullarda Rahmetov sık sık aklıma geliyor. Bir derviş gibi çilekeş, bir Ispartalı asker gibi katı ve disiplinli yaşamasını bilen yoldaş devrimciler olmalıyız, hayat bunu dayatıyor. Gelişmeyi bir ahlak, devrimci yaşamayı bir haz haline getirmek, yani çağdaş Rahmetovlar olmak gerekiyor. Bir gönül adamı Mevlana: *"Öyle bir aşktı ki bu, can evimden vuruldum sandım/ Ateşiyle son hücreme dek kavruldum yandım/ Ama külüm bile tutuşmak istedi bu ateşte/ Budur onda yanıp sönen binlerce kıvılcım"* diyor yüzyıllar öncesinde. Böyle bir aşk, böyle bir yol insanı olmaktır devrimcilik. Ortakça yaşayıp ortakça gelişmenin ve yeni bir yaşama açılmanın güzelliğinin neredeyse unutulmakta olduğu koşullarda, başarının yolu "Rahmetovvari devrimciliği sıradanlaştırmaktan" geçiyor.

Temizlik Zamanı

"Dönülmez şafağın/ ufkundayız/ vakit çok er,/ Geliyor, gelecek, gelecek,/ o güzel günler" (Can Yücel- Beyatlı'dan Bir taze)

Dışarıda yağmur sıcaklığı, hava yağmur telaşında. "Yağmur yalnızca sudur/ derlerse... /sakın inanma/Doğanın öpücüğüdür yağmur/ insanların dünyasına kondurduğu" demiş bir Angolalı ozan. Elimde bir avuç şiir, yağmura bakıyorum. Adı konmamış şiirler bunlar. Bir avuç maviliğe, üşüyen sözlere, yıldız esintilerine, saklı güzelliklere dair. Yırt at bu acemi şiirleri a be ozan diyorum kendi kendime. Yenilerinde ayrı bir hava olsun. Bırak küçük sevinçleri, aykırı hüzünleri. Yılgınlığa karşı direnci söyle sen.Sana ne bu ıvır zıvır şeylerden.Dudaklarında fırtınayla borayla denenmiş türküler, bir kavganın güzelliğini yaz. Yaz sevdasını dönülmez şafağın. Yaz dağların öfkesini, yağmurun güzelliğini. Ve özgürlük rengi sevgileri çağrıştırsın dizelerin. Her gün yeniden yeniden çoğalmanın inancıyla fırlat gitsin bir avuç maviliği anlatan dizeleri.Yalnızca kavgayı söylesin bütün denizlerin.

Can Yücel diyordu ki yıllar evvel şiire dair: "Devrimcilik gibi şairlik de/ İnan darbeyi duyabilmektir./ Kaslarının liflerinde/ İster copların darbesi olsun,/İster bilincin... /Gelerek, binbir işkenceden/...

İnsanlık gibi tıpkı.../ Çığlıklarla büyüyen devrimci şiir/ Giderek sömürüye ve zulme/Karşı akımıdır sevincin... /Hani Gayrettepe'den/Verilip verilip de/Dala bedenlerimize elektrik/ Tam bedenlerimize elektrik,/ Tam tükendiğini sandığımız yerde direncin/En çelimsiz kızımızda bile baş veren/ O silkiniş var ya,/O türkü, o öfke, o erkeklik/Kıvılcımlarla üreyip güçlenecek,/Güçlenecek/ Güççlenecek/ Güçççlenecek, /Ve de birden teptimiydi geriye./ Tepti miydi o yüklü yürek/ Gözüne, yuvasına, kaynağına zulmün, /Bir gökgürültüsüdür bir şimşek,/ Bir sevinçtir akıp gidecek/ Şebekelerin sigortası atıncaya dek!... /İşte böyle bir şiir bizim yazmak istediğimiz..." Can Yücel'i okudum bir kez daha. İçimde geleceği söyleyen yangın gibi bir sevinç yırttım bütün şiirlerimi, yağmura savurdum. Aklımda yalnızca kavgayla kazanılacak bir kışın baharı. Yağmur yağıyor. Her seçim bir kaybediştir dense de, şimdi temizlik zamanı... İnsan bütün eski şiirlerden kurtulmalı. Gelecekle dolmalı şiir, dilde silah olup, umutsuzluğa vurmalı, amansız bir kıştan dolu dizgin geçmeli, bütün acıların örsünde dövülüp de gürültüsüz türküler söylemeyi bilmeli. İnsanlık gibi tıpkı...

Şehre yağmur yağıyor. Acıyla yandığında gülümsemeyi bilen insanların coğrafyasındayız. Erken bir kış sabahında yağmuru gördüğünde; "yüreğime yağmur yağıyor" diye düşünmemeli bu yüzden şair kişi. Yalnız olmamayı sevmeli, bir volkan gibi patlamalı içinde hayat. Ve kavgaya yürümeli. Elinde bir kırmızı karanfil ve cebinde gizli bir şiirle geçmeli isyanın çizgisini. Ve sabırlı bir tohum gibi içinde büyütmeli sevinci. Hiç ıssızlaşmamalı, kalabalıklarla birlikte yapıp inatla doğru bildiğini anlatmalı. Tüm gücüyle bağırmaktan, dövüşmekten, birlikte çoğalmaktan ve insandan vazgeçmemeli. Hayatın şiirini yakalamalı. İsyana ve şiire sarılmalı ve hep yenilerek yürümeli sınıfsız bir topluma dair düşlerini büyüterek.

Tarihin tekerleğini döndüren sınıf mücadelesiydi hep. Marksizm sınıf mücadelesinin yasalarını ve insanlık adına bir sınıfın; proletaryanın egemen sınıf olarak örgütlenmesinin gereğini ortaya çıkardı. Ve "komünizm hayaletini" önüne katmış işçi sınıfı hareketi yaklaşık bir buçuk yüzyıl boyunca yeryüzünün dört bir yanında; insanlaşmanın, ahlâkın, bilimin, kültürün, kökten dönüşümlerin ve insanlığın vazgeçilmez kazanımlarının itici gücü oldu.

Direnişin, isyanın, adanmışlığın, zalime başkaldırının, geleceği istemenin manivelası ve güvencesiydi sınıf hareketi. Bütün bir yüzyıl boyunca insanlığın ortak belleğine köklü değişimler ve vazgeçilmez kazanımlar olarak yerleşti sınıfın idealleri. Bugün ileriye doğru o büyük yürüyüş durmuş görünüyor. Yaşanan bir geri sıçrayıştır. İlerlemenin düz bir çizgi izlemediğini, helezonik olduğunu, geriye ve ileriye doğru sıçrayışların olabileceğini söyler Marksizm. Ancak dünyanın bugünkü hali bahane edilerek Marksizme yöneltilen eleştiriler yoğunlaştı. Marksizmin saygınlığını yok etmek hedeflendi. Sınıf hareketinin en önemli mirasının ideoloji olduğunu bilen gericilik, ideolojilerin öldüğünü ilan etti, tarihin sonunun geldiğini söyledi el çabukluğuyla. Yeni Dünya Düzeni ideologlarının özgürlükle pazarı özdeş gösteren propagandası, muhalif olanın bir biçimde düzene entegrasyonunun yollarının bulunması, sistemi sorgulayan ve karşı çıkanların marjinalleştirilmeye çalışılması, farklılığın mahkum edilmesi, ama uzlaşma ve konsensüs isteminin çağdaşlık diye sunulması, "ideolojiler öldü" diyerek tek tip bir ideolojiyi üstümüze yağdıranların, tümüyle "ideolojik" saldırılarının pratik görünümleridir.

Global düzenin bu muazzam ideolojik propagandası karşısında sınıfın ideolojisine sarınarak arınmak hem ahlâki, hem insani hem de politik bir zorunluluktur. Bugün insanlığın ortak belleğine ve vicdanına karşı amansız bir savaş açılmıştır. İnsana ve insan olmaya dair ne kadar değer varsa gereksizleştirilmekte ve yok edilmektededir. Geçmişi ve geçmişin içimizde yaşayan olumlu mirasını silip atmak ve unutturmak içindir bütün mücadele. Atılan her parçanın içimizde bir boşluk yarattığı bilinmekte; bu boşluk bencillikle, bireysel kazanım hırsıyla, pazarın moda olan bilcümle değerleriyle doldurulmaktadır. Biliniyor ki bu farksızlaştırma ve benzeştirme çağında karşı çıkma potansiyelini ve yarının umutlarını besleyen temel faktör işçi sınıfı ideolojisidir. İnsanlık bu vahşi yürüyüşten, bu dibe vuruştan ancak ideolojiye tutunarak çıkabilir. İnsanlaşmanın ve insan kalmanın tek yolu budur. Bizi ideolojisizleştirebilirlerse insana ve dünyaya ilişkin sorusu ve sorunu olmayan bir sürüyü yönetmek çok kolay olacak kuşkusuz. Belleksizleştirme çabasının esas hedefi ideolojimizdir bu nedenle.

Biz yenilgilerimizle yürüyoruz bir menzilden bir menzile. Ama tarihin tekerleği hep dönüyor. Her şeye rağmen ileriye doğru. Acılarımız sevinçlerimizden, yenilgilerimiz zaferlerimizden daha fazla görünse de böyle bu. Biz yenilgilerden çıkarırız yengiyi ve egemenler teker teker silinirken tarih sahnesinden, biz tarihle yürümeye devam ederiz. Buna inanmalıyız. Bu inançla sıyrılmalıyız düzenin kirinden pasından. Ve ideolojiye sarılmalıyız. İdeolojinin ateşiyle yanmalı, eylemin ateşiyle arınmalıyız. Şimdi temizlenme zamanı. Gerekçelere sığınmak bize göre değil. Buna ihtiyacımız da yok zaten. Gerçeğe yaslanmalıyız. Dönüp kendi gerçeğimize bakmalıyız. Gerçeğimizi görmeliyiz, ama; "Bizim gerçeğimiz işte bu!" dememeliyiz. Bize dayatılan gerçeği kabul etmemeliyiz. Gerçeği tespit etmek işimizin bir parçasıdır, evet! Ancak devrimcilik gerçeği değiştirme ve dönüştürme işidir her zaman! Gerçek devrimcidir derken de sözünü ettiğimiz budur! Düzenin insanı kirlettiği doğru, durgunluk zamanlarından geçtiğimiz de. Fakat düzene karşı olmak karşı yaşamlar üretebilmektir. Bu düzenin devrimciliğinin biraz düzene benzeyeceğini düşünmek kadercilik tir bu nedenle. Tarihin yasalarını bilmediğimiz dönemler geride kaldı. Tarihin ve insanın yasalarını biliyoruz artık. Bu yüzden bize ve irademize çok iş düşüyor. Kendimize ve geleceğimize müdahale edebilecek güçteyiz çoktan.

Teoriye sarılmalıyız, tartışma ve sorgulamayla derinleşmeliyiz. Arınmanın, temizlenmenin önündeki engelleri böyle kaldırabiliriz. İdeolojik olarak netleşmeden eleştiride şiddetli olamayız. Ve eleştiride şiddetli olmadan her biçimde temizlenmek mümkün değildir.

Nicelik niteliğe dönüşür, bunun diyalektiğin bir yasası olduğunu biliriz hepimiz. Ama niceliğin niteliğe dönüşmesi için daima eylem gerekir. Su yüz derecede kaynar, buhara dönüşür. Diyalektiğin bu yasası anlatılırken hep verilir bu örnek. Ancak ateşsiz olmaz. Ateş olmadan kazan kaynamaz. Birikimdeki sır ateştedir. Ateşse eylemden başkası değil. Ateşi söndürmenin bedeli büyük ödenir daima. Şimdi bedeller zamanındayız. Gelişmenin önünün tıkanması hareketsizliğe neden olur. Hareketsizlik çirkinleştirir. Çirkinleşmenin nedeni durgunluğun çürütücü etkisidir. Doğadan biliyoruz. Durgun su çürüyor. Tıpkı onun gibi, birlikte yaşayan, ama içinde yaşadıkları toplumla birlikte çoğalmayan, gelişemeyen ve değişerek değiştirmeyen topluluklar da çürüyor. Her türlü dedikodu, ikiyüzlülük, kokuşma bu koşullarda gündemleşiyor. Kapanmak, havasız ve hareketsiz kalmak; çalışma yerine tembellik, sevgi yerine nefret, sevda yerine ihanet üretmeye yetiyor. Havasızlık ve hareketsizlik öldürüyor, çürüterek ve dönüştürerek... İnsanlıktan çıkılıyor. İnsan ve devrimci olmanın tanımları ortadan kalkıyor.

Çürümeyi önlemenin yolu eylemden geçiyor. Bu gelişmedir. Gelişme için yalnızca yeni bir dünyayı istemek yetmiyor. Eldekiyle yetinmemek, eylemde güzelleşmeyi öğrenmek gerekiyor. Eylemde güzelleşmek gelişmenin önündeki engelleri yıkmak demek oluyor. Eylem harekettir. Yalnızca meydanlara çıkmak anlamına gelmiyor. Hayatın her alanında inatla çalışmak ve kitlenin içine girmek, kitleleşmek, emekçileşmek, sınıfa gitmek devrimciliğimize yeni hareket alanları açmak anlamına geliyor. Suyun çürümesini önlemenin yolu yeni akış kanalları yaratmaktan, yeni kapılar açmaktan geçiyor. Kısırlığın, hareketsizliğin yaydığı hastalıklardan kurtulmak için, gelişme istiğiyle yüklü ve değişmenin zorunluluğunun bilincinde insanlar gerekiyor. Şimdi temizlik zamanı. Eylem ve ideolojik netlik, bireysel ve kolektif temizlenmenin vazgeçilmezleri oluyor. Temizlenmek için arınmak, arınmak için ayıklamak lazımdır. Kapıları açmak, durgunluk dönemlerinin yaydığı hastalıkları önlemenin imkanlarını hazırlıyor. Gelişmenin önündeki engelleri temizlemek için eylemde ahlâklılık şarttır. Ahlâklılık yeni bir dünyayı sevdayla istemenin dışa vurumu oluyor. Toplumsal ve bireysel pratik, kendini ve ilişkilerini yenilemeyi bilmeyenin başkaldırının insanı olamayacağını gösteriyor. Gelişmek için değişmek ve değiştirmenin gerekliliğini duyanlar, eskiten ve kirlenmelerine yol açan ne varsa tereddütsüz bir yana atmalıdır. Durgunluk dönemlerinin tek faydası, müzmin hastalık taşıyanları bilinçle burjuvazinin saflarına bırakmak oluyor. Bundan korkulmamalıdır. Ağaçlar sararan yapraklarını dökerek bahara hazırlanıyor. Sosyalist olmak soyutlamalar yaparak yürümektir. Soyut olarak "sosyalist" dendiği zaman; iradesi güçlü, çalışkan, inancını inat yapmış, sözüne sadık, güven telkin eden, düşüncede, eylemde, sevgide, cinsellikte dürüst ve namuslu insanlar akla geliyor. Sosyalist insanın sözü onurdur. Sosyalist insan dendiğinde soyut olarak tertemiz bir üst-insan düşünülüyor. Başarılı olmak, sözünde durmak, güvenle sevmek, inandırıcı olmak, karşı çıkmak, haksızlığı kabul etmemek, tek tipleşmeyi, uzlaşmayı reddetmek söz konusu olduğunda hep sosyalistler akla geliyor.

Gelmiyorsa sorun büyük demektir. Gelmiyorsa kolektif eylem zamanıdır. Değişmemekte, eskiyi taşımakta, geçmişe sarılmakta direnen, bu ikiyüzlü düzene dair ne varsa içimize taşımakta inat eden kim varsa burjuva saflara iade edilmelidir. Kim kimden yana tanınmalıdır. Sözlere değil eyleme bakılmalıdır. Yüreğin sevgisi ve omuza vuran bir el, arkadan hançerlenmeyi ve ihaneti değil, kavganın sıcaklığını anımsatmalıdır. Kavrulurken en yamanı çiçeklerimizin, sarılmışken dört bir yandan, aldatıcıyken yağmur sıcakları bizim de kendimize ve başkalarına karşı amansız ve acımasız olmaktan başka çıkar yolumuz yoktur. Global düzenin olumsuz dayatmaları karşısında, ideolojik değerlerimiz, gelenek ve kazanımlarımızdır ana dayanağımız. Bunları ne kirletmeye ne de kirletilmesine müsaade etmeye tahammülümüz yoktur. Çünkü yeni bir binyıla girerken yara almış bir büyük umudun türküsüdür söylediğimiz. Sağaltmak ve öne atılmaktır görevimiz. Büyük insanlık adına yok başka seçeneğimiz. Tertemiz sımsıkı ve dimdik yürüyeceğiz bu yüzden. Ve asla arkamıza bakmayacağız. Eve, henüz vakit çok er, fakat gelecek o güzel günler. Mutlaka, mutlaka, mutlaka!....

Düşler

"Düş olmayınca, iş olmaz" der eski bir halk deyişi. Düşlerimiz ve hülyalarımızla çoğalıyoruz belki de. Özgür, eşit, kardeş ve çok renkli bir gelecek adına büyütüyoruz umutlarımızı. Direnmeleri mutluluk kılıyoruz ışıklı bir gelecek tasavvuru andına..

Yalnız bu günümüzü karartmıyor sermaye dünyası. Geleceği de bizim adımıza üretip, tüketime sunuyorlar. Sözde "fütürologlar" bunun için var. Sermayenin ebedi egemenliğinin öyküsünü anlatıyorlar bize. Ama yalnız onlar değil, felsefecileri de, sanatçıları da, kuramcıları da aynı türküyü söylüyor. Fukuyama "tarihin sonu" tezini savunurken, Lyotard "Büyük anlatıların ortadan kalktığını" söylüyor. Filmlerinde bu var, romanlarında bu.

Dikkat edin Holywood'un geleceğe ilişkin filmlerine. Yüksek bir teknolojinin egemen olduğu dünya, büyük şirketlerin ya da klanların egemenliğindedir. Bilgisayarlar ya da 'android' robotlar dünyayı işgal etmek üzeredir. "Site" yaşamı egemendir. Küçük bir azınlık, sitelerde renkli bir yaşam sürerken, çoğunluk işsizdir, açtır, sefildir. Yüksek teknoloji yıkım getirmiştir, sefalet getirmiştir. Kaynakları tümüyle tükenmiş bir dünyada yalnızca güçlünün yaşadığı bir kör dövüşü sürmektedir. İktidar birkaç büyük şirketin ve küçük bir oligarşik grubun elindedir en iyisinde.

Teknolojinin insanlığın hizmetinde basit bir araç olduğu, doğayı egemenliği altına almış mutlu insanlardan oluşan kardeş bir dünya özlemi göremezsiniz hiç birinde. Sınırların ve sınıfların ortadan kalktığı gerekli emek zamanı en aza indiği için, tam tembellik hakkına sahip insanların yaşadığı, çalışmanın zorunlu olmaktan çıktığı bir dünya düşünün: Savaşların olmadığı, yıldızların kapı komşu olduğu çevre sorunlarının radyoaktif sızıntının arkaik zamanlarda kaldığı bir hayat... Artık doğayla insanın uyum içinde varolduğu cennete dönüşmüş bir yer yüzü. Özgür, eşit ve onurlu bireylerden oluşan bir kolektivite.

Tersine; özgürlük, eşitlik söylevleri küçük bir azınlık adına tasarlanmış bir dünyadır gördüğümüz. Üstelik her iyi şeyin 'beyaz' her iyi ve güzel olanın 'Batılı' olduğu bir dünyadır bize anlatılan. "Globalleşme"den söz edildiğinde Batılı bir dünyadır gözönüne alınan. Batılı/Avrupalı (Bu Kuzey Amerika'yı da içerir daima) denildiğinde akla kültür, demokrasi, özgürlük, hoşgörü gibi değerler gelmelidir hemen. Bu önsel kabulün tersi ise Doğulu/Güneyli için geçerlidir. Batılı olmayanın tanımı bu değerlerin tersi gözeterek yapılır. Giderek netleşen bu ayırım yeni bir ırkçılıktır. Tüm gelecek tasavvurlarının ana temasıdır. Yoksul Güney/Zengin Kuzey ayrılığında, bilgi çağı safsatasında, bu "farklı" ve "ayrı" yani "bizden olmayan" ayrımı tıpkı bir leit motiv gibi sezilir durur.

Bizim düşümüz umutlu ve mutlu bir yol anlatır. 'Ben ve öteki'nin olmadığı bir dünyanın sesidir duyduğumuz. Adanmış bilinçlerimiz bu düşün gerçekleşeceğine olan bilim üzre inancımızdan kaynaklanır.

27 nisan tarihli 'Atılım'ı elime aldığımda Adil Can'ın, Ali Karahan'ın, Sabahat Karataş'ın, Şengül Boran'ın dosdoğru bakan gözlerini gördüm. Anıları kadar yalın, anıları kadar tar-ü taze idi bakışları. "Baharın türkülerine karıştırdılar türkülerini" diyordu yazıda. On-

lara baktım, tanıdığım yüzlerine, hiç dokunmadığım tenlerine takılıp kaldı gözlerim! Düşlerimizi bu yüzden anımsadım. Çok sevdiğim bir yakınımın anlattığı öykü bu yüzden geldi aklıma. Öykünün çok farklı anlatımlarını dinledim sonra, ama ben size o bilge yüzlü teyzenin anlattığı biçimiyle aktarayım:

Bir küçücük karınca bir dağın eteğinde tünel kazıyormuş. Yoldan geçen insanoğlu durmuş, bir dağa bir de karıncaya bakmış. Dağın kocamanlığına karıncanın küçücüklüğüne şaşarak sormuş: Karınca kardeş, hayrola ne yapıyorsun?

Karınca gururla başını kaldırmış: Dağın ardında sevdiğim var, özgürlük var, mutluluk var ona ulaşmak için tünel kazıyorum, demiş insanoğluna.

İnsanoğlu: Karınca kardeş buna bir ömür yetmez ki! demiş karıncaya. Karınca bir gözünde mutlu bir gözyaşı, diğerinde mutsuz bir gözyaşı: "Olsun, ömür yetmezse de, bu uğurda ölürüm ya!" diye yanıtlamış onu.

Karıncanın gözündeki mutsuz gözyaşı yarım kalmış bir türkünün acısıdır mutlaka. Bizim yoldaşlarımız tıpkı tünel kazan o onurlu karıncaya benziyorlar. Ama bir değil, bin değil, onbinlerceler. Düşenin yerine başkası alıyor nöbeti hemen. Bir gün ellerinde mumlar kayıplar için karanlığı tutuşturmaya giderken görüyoruz onları, bir gün barikat başındalar. Bir gün habere çıkmışlar, bir gün zindanlardan yükseliyor sesleri. Umutsuzluğu yanlarına yaklaştırmıyorlar. Çekilen acılar umudu çelikleştiriyor daha fazla. Kavgayı mutluluk kılmışlar, yüklenmişler düşlerini omuzlarına tünel kazıyorlar hiç durmadan. Şöyle yazmış içlerinden biri: Evet, her umut, bizim için taze bir mutluluğun başlangıcıdır aynı zamanda. Öfkesini acılarından yaratıp özlemini kolektifleştirebilenler, mutsuzluğu yüreklerinden kovabilenlerdir. Acılar arttıkça, öfkeler çoğaldıkça ve özlemler sabırsız bir çocuk gibi huysuzlaştıkça umudun sevincin, kararlılığın duygusu da ortaklaşıyor. Gönül ve bilinç güzel olanı yaratma çabasını paylaşmaya adıyor kendini. Umutlarını tüketenler ise, mutluluklarını sevinçlerini çoğaltamıyorlar."

Umutlarını ellerine almış olanlar mutluluklarını çoğaltıyorlar. Yol belki uzun, ama binlerce inatçı öncü karınca var. Erken gitmenin acısı bir gözünde, başkası alıyor nöbeti. Hiç birisi "Nerede kalmıştık?" demiyor. Çünkü hiç dur durak bilmiyor yürüyüş. Bazen yavaşlıyor belki. Tırnakla kazmak gerekiyor toprağı. Ama hem yapı sürüyor hem yapıcıların türküleri. Gücümüzü, düşümüzü gerçekliğinden alıyoruz. İnadımızı mutluluğa dönüştürüp yürüyoruz geleceğe doğru. Biliyoruz ki, yalnız değiliz, biliyoruz ki kavga sürecek. Bir nefer eksilecek bazen, bir türkü yarım kalacak. Ve baharı karşılayacak umutlarımız. Gelecek düşlerimizi büyüteceğiz. Onlarla, hep birlikte..

Birbirimize Verecek Ellerimiz Var

"Birbirimize verecek ellerimiz var/ Daha güzel değil hiçbir şey/ Birbirimize bir orman gibi bağlanmaktan/ Yerleri göklere kavuşturmaktan gökleri geceye/ O bitmez tükenmez günü doğuracak geceye" (Paul Eluard)

Geçtiğimiz Salı günü dergi için "Özgür Genç"lerden biriyle söyleştik. Tam da genç beyinlere yaraşır sorular sordu. Kapitalizmden, insandan, yabancılaşmadan, yalnızlıktan, aşktan ve gelecekten konuştuk. Kapitalizmin insanda yarattığı yabancılaşma ve yalnızlaştırma konusunda hemfikirdik sanırım. Karşımdaki pırıl pırıl genç devrimci "insanı" ve "bireyi" temsil ettiğinin farkındaydı sanırım. İsyanı ve kavgayı yüklenip de gelmişti sorularıyla.

"Birey" burjuvazinin yükseliş döneminin ürünüdür. Kapitalizm ilk dönemlerinde bireysel ataklığı teşvik eden bir değerler sisteminin maddi koşulları vardı. "Özel girişimciliğe" olan gereksinim "birey"in gelişiminin itici gücü oldu. Kapitalizmin gelişmesinin doğayı ve toplumu dönüştürme olanakları bağlamında gerçekleştirdiği sıçrama "birey"in kendi kaderini kendi eline aldığı yönünde bir belirti olarak değerlendirildi. Yaşamın her aşamasında insana ve insan aklının yaratıcılığına güvenilen bir dönemdi. Tarihin "öncü bireyler" tarafından yapıldığı söylemi bu süreçte ortaya çıktı.

Kapitalizme geçiş kişisel bağımlılığa dayalı toplumdan iş ilişkilerine dayalı topluma geçiş demekti. Birinin "adamı olma" devri kapanmıştı. Sonsuz hareketsizlik içindeki ilişkilerin yerini insan kişiliğinin görece serbestçe gelişebileceği ilişkiler aldı. İşgücünün emek pazarında özgürce değiştirilebilmesi olanağı, toplumdaki her üyenin bireysel başarılar elde etmeye yönelik faaliyetler için eşit hak ve olanaklara sahip olduğu biçimindeki görüşü şekillendirdi.

"Adamı olmadan", "birey olma"ya geçiş kuşkusuz çok önemli bir toplumsal ilerlemeyi temsil ediyordu. Ama kapitalizmin bireye sağladığı bu olanak; rekabetle maluldü. Birey toplumun öteki üyeleriyle ilişkilerinde onları gizli düşmanlar ve rakipler olarak görmek zorundaydı. Pazara bağlı özgürlük başka türlüsüne izin vermiyordu. Cromwell çağında yaşayan ünlü İngiliz düşünür Thomas Hobbes'un "Homo homini lupus"; insan insanın kurdudur sözü aslında kapitalist toplumun insani, ekonomik ve politik ilişkilerinin tümünün en özgün ifadesidir. Kapitalist toplumun insanda yarattığı yabancılaşmayı ve yalnızlaşmayı bundan daha özlü ifade etmek mümkün değildir.

Yabancılaşma kapitalizmin ürünü değildir. Özel mülkiyetten kaynaklanır. Özel mülkiyetin ortaya çıkışıyla birlikte, insanlar yarattıkları toplumsal ilişkilere egemen olmaktan çıkarlar, aksine bu ilişkiler tarafından egemenlik altına alınırlar. Emekçinin yarattığı ürüne el konulması, üretim etkinliğini başkalarına teslim etmesi onu kendi öz doğasına yabancılaştırır. Emek, yaşamın temel gereksinmesi değil, yalnızca bir araçtır artık. Marks emekçinin öz doğasının asıl insanca olan yönünün kendisinin olmaktan çıktığı bu durumu: "Hayvansı özellikleri insanca, insanca özellikleri de hayvansı olur" diye açıklar. İnsan mülkiyet ilişkileriyle yalnız kendisine değil doğaya da yabancılaşır. Kapitalist çağda ise insan ilişkilerinin meta karakterine bürünmesi yabancılaşmayı en üst boyuta çıkarır. Toplumsal zenginlik para biçimini alınca insan ilişkileri yoksullaşır. Hiçbir insani değer tanımaz olur. Toplumun aldığı bu karmaşık yapı, insan ilişkilerinin de bölünmesi demektir. İnsan çalıştıkça parçalanır, bütünle olan bağı kopar. Bir araç, büyük bir makinenin küçük bir parçası olur, görüş açısı daralır. Böylece kapitalizmin geliştirdiği çarklar bireyin öğütülmesinde kullanılmaya başlanır.

Engels, İngiltere'de İşçi Sınıfının Durumu adlı kitabında, Sanayi Devrimi öncesi İngiliz işçi sınıfı için: "gerçekte insan değillerdi", "hiçbir zihin işlemi göstermeden ve yaşamında büyük dalgalar olmadan yaşadı ve düşündü", tespitini yapıyor, "entelektüel açıdan ölü idiler" diye yazıyor. Hiçbir zihin işlemi göstermeyeni, düşünmeyeni "insan"dan saymıyor. Ancak insanın birey olarak gelişiminin, 'insan'laşmanın önünü açan kapitalizm, gelişiminin hızı kesildiğinde yani tekeller çağında insanın da önünü kesiyor. Kafka 'Değişim; Metamerphosis' ve Camus L'etranger; Yabancı adlı romanlarında bu gelişimi durmuş insanı anlatıyor. Tekeller dönemi insanı cahilleştiriyor. Yeniden "entelektüel açıdan ölü" hale getiriyor.

İçinde yaşadığımız serbest pazar-global dünya koşullarında ise, birey ekonomik zorun yanında, ekonomi dışı kurumlaşmış ve bu açıdan burjuvazi öncesi dönemi anımsatan bir kıskacın altında eziliyor. "Bilgi" ya da "iletişim çağı" olarak adlandırılan yaşadığımız çağda; insanlık, bilim ve teknolojide sarsıcı bir hızla gelişiyor. Ancak, doğanın üzerinde gittikçe daha fazla denetim sağlayan insan, bizzat kendi yarattığı ürünlerin tutsağı haline geliyor. Teknoloji sayesinde insanın düzene, düzenin toplumsal ilişkilerine uyumunu sağlamanın yeni biçimleri bulunuyor. Medyalar aracılığıyla idealler bile onlar adına üretiliyor ve tüketimine sunuluyor. Böylece bireyin düşünce üretmedeki bağımsızlığı elinden alınıyor. Birey düzene uyumu ölçüsünde "özgür" sayılıyor, kendi bireyselliğinden kendi rızası ile vazgeçer konuma düşürülüyor. Enformasyon akışındaki hızlanma ve yeni bilgi teknolojileri kitlelere global ölçekte bir tüketim ideolojisini pompalıyor. Medya sayesinde emekçiler ideolojik düzleme egemen sınıf ve kesimlerin ideolojik dünyalarıyla ortaklaşırken; ün, zenginlik, başarı yönlendirici güdüler halini alıyor. Yaratılan boğucu, sersemletici ve kültürsüzleştirici ideolojik atmosfer insanları nesneleştiriyor. Basit tüketim kalıplarının tutsağı haline gelen, insanal sorunlar karşısında duyarsızlaşan, kişiliksizleşen, apolitikleşen ve asosyalleşen insan giderek sürüye yaklaşıyor. İnsanlıktan çıkıyor. Tektipleşiyor.

George Orwell 1984 romanında bize "Büyük Birader"i anlatıyordu. Orwell dışardan dayatılan bir baskının insana boyun eğdireceğini söylüyordu. "Cesur Yeni Dünya" adlı kitabın yazarı Huxley ise; insanların süreç içinde üzerlerindeki baskıdan hoşlanmaya, düşünme yetilerini dumura uğratan teknolojileri yüceltmeye başlayacaklarını. Huxley gösterinin önemini vurguluyor, insanların hazza boğularak denetleneceğini söylüyordu. Orwell insanların enformasyonsuz bırakılacağından korkuyor, Huxley enformasyon bombardımanın pasifizme ve egoizme sürükleyeceğini savlıyordu. Gelişmeler her ikisinin de haklı çıkacağını gösteriyor. Büyük Birader medyalar aracılığıyla iş görüyor. Denetim medyalar aracılığıyla gerçekleşiyor. Acı ile haz, zorla rıza iç içe geçiyor.

İnsanlar iş dışı zamanlarını kitle iletişim araçları karşısında geçiriyorlar. Görüntü ve benzeşimden sağlanan tatmin duygusu kitleleri hiç farkında olmadan medyanın doğal müttefikleri haline getiriyor. İletişim araçlarından yayılan kültür ürünleri tüketim ideolojisini körüklerken sisteme rıza gösteren emekçi sınıflar sahiplenme ve tüketim isteğiyle koşullanıyor. Gösteri sayesinde gerçeğin yerini imajlar alıyor. Acının, sevincin, kederin tüm duyguların "görüntüsü" insanlardaki temel duyguları ortadan kaldırıyor. İyilikle kötülük sevinçle keder arasındaki fark ortadan kalkıyor. Gerçek ruhsal ve duygusal deneyimler yerine yapay deneyimlerin ve kederlenme pratiklerinin geçirilmesi tatminsizlik ve memnuniyetsizlik gibi, insanları karşı çıkmaya, isyan etmeye yönelten duyguları köreltiyor. Giderek isyan duygusu yerini uzlaşma isteğine bırakıyor. Medyanın kullandığı "dil" davranış manipülasyonlarına yol açıyor. Bu sayede isyan duygusunun sınıfsal değil de yalnızca bireysel düzeyde algılanması sağlanıyor. Dünyanın değiştirilmesi gereği yerini sahiplenme ve tüketim isteğine bırakıyor. Gerçeğin yerine görüntünün ikame edilmesi, duyguların gösteri dünyasına eklemlenmesi zihinsel berraklığı azaltıyor. Beklenti ufku kişisel refah ve güvenlik duygusuyla sınırlanıyor. "Aykırı" olanın yerini "farklı" olan alıyor. Çünkü "farklı" normalleştirilebilir, düzenin sınırları içine çekilebilir olanı, tehlikesizi temsil ediyor. Böylece boyun eğmeyi haz sayan, günlük kazanımları biricik amaç olarak gören, geçmişten ve geleceğinden kurtulmak isteyen bir insan tipolojisi gelişiyor. Çökmüş, sürüleşmiş, iradesi kırılmış, tüketimin tutsağı olmuş, düşünemeyen, sorgulayamayan, öğrenme talebi olmayan insan, düzene tabi olması ölçüsünde 'birey' sayılıyor. Bu olup bitenleri, temel dürtüleri ve ahlaki normları kâr olan kapitalistlerin insanı yok etme eylemi olarak görmek gerekiyor.

Marx; "Hiçbir alanda bir kişi önceki varlık biçimini reddetmeden ilerleme kaydedemez" diyor. Bu artık yalnızca "red" etmesini bilen insanın "birey" olabileceği anlamına geliyor. Her yeni düzen yeni insan demektir. Bugün düzene teslim olmaya karşı direnemeyenlerin birey sayılması mümkün görünmüyor. Birey olabilmek için bu düzeni inkar edebilmek gerekiyor. Artık birey olabilmenin yolu sosyalist olmaktan geçiyor. Kapitalist yükseliş dönemi insanın kendine ve yeteneklerine güveni üstüne kurulmuştu. Oysa adına "yeni" denilen düzen, insanın yazgısını eline alma yeteneğini hiçe sayıyor. İlerlemeye güveni olmayan insan kendini bir sistem olarak ortaya koyma gücünü yitiriyor. Yaşam biçimleri bir refleksler ve alışkanlıklar toplamına dönüşüyor.

Teknoloji gelişir, iletişim ve bilgi akışı sıradanlaşırken, sıradan hayatlar basitleşiyor ve benzeşiyor. Kişisel iletişimin olanakları daralıyor. Giderek daha çok "insan insanın kurdu" haline geliyor. Yalnızlıkları sona erdirecek, belirsizlikler karşısında huzur verecek, sevginin ve paylaşımın olanaklarını ortaya çıkaracak yol arayan insan; mistisizme, ruhçuluğa, gizemciliğe, tarikatlara, uzaylılara, fala ve büyüye sığınıyor. Bu her şeye karşın sıradanlığa, belirsizliğe karşı insanın çıkış arayışıdır. Sosyalizm, insanın yeryüzü cenneti istemine en yakın mekandır. Yenilgi ve geri dönüşün insanlığın ütopya kanallarının en önemlisine olan inancı sarsması, insanları şimdiki zamanı tanımayan umut kapıları aramaya itiyor. Böylece geçmiş ve yarın temelinde bir kültür geliştiriliyor. Ufolar, tarikatlar, gurular, kayıp uygarlıklar, evrende bir yerlerde cennet arayışları, kahinler ve kehanetlerle zenginleşen ve üstelik basbayağı bir sanayiye dönüşen bu anlayışa ve yaşam tarzına newage-yeni çağ kültürü deniliyor şimdilerde. Bu kültür kuşkusuz umutsuzluğun ve insan aklının etkisizleşmesinin ürünü. Ama her şeye rağmen insanın bir çıkış yolu arama isteğini de gösteriyor. Sosyolog Can Kozanoğlu Newage-Yeni çağ kültürünün ortak paydasının 'beklemek' olduğunu söylüyor. İnsanlar bekliyorlar: Kehanetlerin gerçekleşmesini, uzaylıların ziyaretini, kayıp kıtanın bulunacağı günü, sevgi devrimini, mutlak özgürlük köprüsünden geçmeyi. Anlamı geçmişte ya da gelecekte arayan, bugünü görmezden gelen bir trajik bakış söz konusu. Ancak, insanlık her şeye rağmen: bekliyor. Bu trajik görünüm insanın kötülük karşısında iyiliği, çirkin karşısında güzeli aramaktan vazgeçmeyişinin ipuçlarını da bağrında taşıyor. Olup bitenler bilinçsiz bir gelecek arama, köklü bir yenileşme isteminin dışa vurumu aslında. Ama tepkilerin düzene uymuş halini temsil ediyor.

Birey olabilmek, yalnızlıktan kurtulabilmek için verili düzenin karşısına geçmek, ortakça bir düzen arayışının insanı olmak gerekiyor.Kolektif iradeyle davranan, ancak tek ve hür de olabilen 'insan' kendini sosyalist olarak tanımlıyor. Bu adı "yeni" olan düzende yalnız mücadele, direniş ve başkaldırı yeni bir ahlakın, yeni bir dünyanın habercisi oluyor. İnsan artık gelecek adına yürütülen eylemde gerçekleşiyor. Düşüncede ve eylemde gelişemeyen insanlaşamıyor. Mücadele içinde bilim ve ütopya kanallarının yolları kesişiyor. Sınıfa karşı sınıfın dünya görüşüne karşı dünya görüşünün kavgası geleceğe doğru büyük yürüyüşün önünü açıyor.

Ne mutlu bize ki, uğruna baş koyduğu inancı olan bir gençliğe sahibiz. Soruları, merakları ve öğrenme sevinçleriyle, kavgada fütursuz yürüyüşleriyle büyüyorlar. Eğer yaşamımızın derinliklerine ve her hücremize sinmiş olan egemen iktidarın beyinlerde yarattığı tortularla, yansımalarla mücadele etmede başarılı olurlarsa yenilmezleşecekler. Tek tek hepimizde, her bireyde içselleşmiş iktidalara karşı mücadeledeki başarı gelecek zaferin garantisi sayılmalıdır. Sınıfsız ve mülkiyetsiz bir dünya yaratmanın onurunun bu gençlere ait olacağına inancımız tamdır. Geleceği onlarla zaptedeceğiz. Onlarla gençleşeceğiz, birlikte insan olmanın yeni ufuklarına yürüyeceğiz. İşte bir söyleşinin düşündürdükleri bunlar.

Her Şey Ellerimizde

"Başlayalım işe bir kez/Var gücümüzle savaşalım/ Mutluluk fethedilir/Kendi kendine gelmez" (B.Brecht)

Yeni bir binyıla giriyoruz. Yeni bir yüzyıl başlamak üzere. İnsanlık yirminci yüzyılın ilk çeyreğine ortakça bir dünya kurma mücadelesinde kazanılan bir zaferle girmişti. Yüzyıl bir yenilgiyle bitiyor. Ama insanlığın yolları yenilgilerden doğan zaferlerle döşeniyor. Yirmibirinci yüzyılda siyasal ve toplumsal alt üst oluşlar kaçınılmaz görünüyor. İnsanlık yeniden reddi öğreniyor.

1989'da Berlin Duvarı yıkıldı. Soğuk savaşın bittiğinin sembolik bir göstergesi oldu bu. Yeni Dünya Düzeni denilen globalizmin politik saldırısı bu koşullarda gündeme geldi. Amerika'da State Devolopment'da analist olarak çalışan Francis Fukuyama'nın 'Tarihin Sonu' adlı makalesi bu yeni düzenin ideolojisinin en yankı uyandıran ifadesi oldu. Fukuyama 1989 yılında The National İnterest dergisine yazdığı makalede özetle yaşadığımız dünyanın olası dünyaların en iyisi ve sonuncusu olduğunu söylemeye çalışıyordu. Fukumaya'ya göre; liberal demokrasi ideolojik evrimin sonudur ve en son yönetme biçimidir. Liberal demokrasi tarihin sonunu oluşturmaktadır. Büyük idealler (eşitlik, sosyalizm gibi) sona erdiği için insanlığı istikrar ve can sıkıntısı beklemektedir. Tarihin sonunu böylece ilan eden Yeni Dünya Düzeni'nin ideolojik söylemi, serbest piyasa, demokrasi ve insan hakları kavramları etrafında görüntülendi. Karşılıklı bağımlı bir dünyada yaşandığı, bu yüzden sınıf mücadelesinin gereksiz ve hatta zararlı olduğu fikri etkinlik kazandı. Piyasayı düzenleyen etkin elin en sonunda demokrasi idealinde gerçekleştireceği paranın ve bilginin serbestçe dolaşımının sınırları ortadan kaldırarak insanları da özgürleştireceği gibi savlar neo-liberal cephaneliğin en önemli silahları sayıldı. Sömürünün yön değiştirdiği, emekçi sınıfın etkinliğini yitirdiği söyleniyordu.

Yaşanan olaylar kısa zamanda Yeni Dünya Düzeni ütopyasını yerle bir etti. Globalleşenin yalnızca finans ve rant sermayesi olduğu, bunun emekçiler açısından daha fazla sömürü dışında hiçbir anlam ifade etmediği ortaya çıktı. Globalleşme gerçekte sermaye dolaşımının serbestleşmesi, hızlanması ve giderek üretimden özerkleşmesi anlamına geliyordu. Globalleşmenin bir bileşeni sayılan bilgisayar kullanımının yaygınlaşması, haberleşme ve bilgi işlemlerinin hızlanması ve ucuzlaması türünden "bilimsel-teknolojik gelişmelerin" sonuçta finansal piyasaların uluslararası ölçekte yayılmasına hizmet ettiği açıklık kazandı. Giderek tüm ideolojilerin yok olduğu bir dünyanın ifadesi olarak sunulan globalleşme söylemi uluslararası kapitalizmin içine düştüğü barbarlığı örten bir tül oldu. Çünkü emperyalizmin tersine karşımıza kendiliğinden bir süreç gibi çıkarılan globalleşme, sınıfsal özden yoksun gibi görünmektedir. Ve bu haliyle hiçbir direniş olanağı içermemektedir.

Altta kalanın canı çıksın tezinin savunucu neo-liberallerin pek bir sorunu yok globalleşme süreciyle. Yaşanan bolluk görüntüleri ise sıradan insanı yanıltıyor. Oysa globalleşme tüm dünyada emekçi halka gelir adaletsizliği, işsizlik, açlık, kaynak tüketimi gibi faturalar yüklüyor. Dünya nüfusunun yüzde 45'i tam yoksullaşırken, yüzde 20'lik bir dilim "küresel tüketici" sıfatını kazanıyor. Tüketici olmayanın bir kıymeti harbiyesi yok. Yoksullar marjinalleştirilip hayatın dışına sürülmeye çalışılıyor. Dünyadaki 140 yoksul ülkeyi felakete sürükleyen bu marjinalleştirme süreci New York'un dış mahallelerinden Rio'nun favellarına kadar yayılıyor.

Dünyadaki 358 dolar milyarderinin 762 milyarlık serveti 2,5 milyarlık bir nüfusun toplam varlıklarını aşıyor. Son 30 yılda dünyanın en zengin yüzde 20'lik nüfus diliminin geliri yüzde 70'lerden yüzde 85'e yükselirken en yoksul yüzde 20'nin payı yüzde 2,3'ten 1,4'e geriliyor. Asya'da 1 milyar insan günde 1 doların altında bir parayla geçinmek zorunda kalıyor. Dünyadaki işsizlerin sayısının 800 milyon olduğu tahmin ediliyor.

Birleşmiş Milletler Tarım ve Gıda Örgütü-FAO'nun rakamlarına göre 800 milyon insan aç. Bunların 200 milyonunu 5 yaşın altındaki çocuklar oluşturuyor. Açlığın sebebi ise söylenildiği gibi hızlı nüfus artışı ve kuraklık değil, emperyalizmin dayattığı ekonomik reçeteler. Özellikle Afrika'nın sorunu olan kuraklık ise emperyalist barbarlığın halklara yüklediği ağır fatura. On yıllar boyunca zor kullanılarak sürdürülen tek tip üretim ve doğanın yağması koca koca kıtaların tüm ekolojik dengesini bozmuş durumda. Aynı emperyalizm bugün IMF reçeteleriyle ekonomik zor uygulayarak ürün çeşitliliğini yok ediyor ve açlığı körüklüyor.

1990'da 5,2 milyar olan, bugün 6 milyarı geçen dünya nüfusunun 2010 yılında 8 milyar olması bekleniyor. Nüfus artışı ise kuraklık, doğal çevrenin tahrip edilmesi ve salgın hastalıklarla at başı gidiyor. Dünya içme suyu stokları 1970'deki düzeyinin yüzde 30 daha gerisinde bulunuyor bugün. Dünya nüfusunun yüzde 40'ı sürekli su sıkıntısı çekiyor. Teknolojinin getirdiği olağanüstü üretim artışı ve zenginleşme, dünyanın yoksul halklarını daha da yoksullaştırıp çevre tahribatını artırmaktan başka işe yaramıyor.

Kaynakların dağılımındaki adaletsizlik açlık ve yoksulluğun temel nedeni. Örnek vermek gerekirse 26 savaş uçağının fiatına

140-150 milyon insanın içme suyu problemi çözülebiliyor. Tüm gelişmekte olan ülkelerin savunma harcamalarından yapılacak yüzde 3'lük bir kesinti ile dünyanın yaşamakta olduğu açlık ve susuzluğa büyük ölçüde çözüm bulmak mümkün görünüyor. Bir tane akıllı mayının fiatına ishalden ölen 3 milyon insanı tedavi etmek mümkün oluyor. Ama serbest piyasa işlemeye ve yoksullaştırmaya devam ediyor. 8 milyara ulaşan bir dünya nüfusunun 3 milyarının mutlak yoksulluk içinde olacağı, 2 milyarının evsiz, 2 milyarının da susuz kalacağı tahmin ediliyor.

Bugün dünya nüfusunun yüzde 10'u beslenme eksikliği sorunu ile karşı karşıya. Her yıl 25 milyon kişi yoksullar ordusu saflarına katılıyor. 1,3 milyar kişi 1 dolardan düşük gelir ile yaşamaya çalışıyor. 2000 yılında bu rakamın 1,5 milyar olacağı tahmin ediliyor. Bolluk ve açlık yan yana. Engin Yıldızoğlu'nun dediği gibi metropol ülkeler kendi tarım üreticilerine topraklarının bir bölümünü ekmemeleri için prim ödüyor. "Bu da bizi tekrar tekrar serbest piyasa konusuna geri getirir. Serbest piyasa ekonomisinde mallar arz ve talep arasındaki ilişkiye göre dağılırlar. Talep ise gereksinimden farklı bir kategoridir ve sadece alım gücü ile ifade edilebilir. Dünyanın açlık çeken bölgelerinde ana sorun dünyada besin maddelerinin yokluğu sorunu değil, bunları alacak paranın yokluğu sorunudur" diyor haklı olarak Yıldızoğlu.

Serbest piyasa sadece açlık ve yoksulluk yaratmıyor. Ekolojik dengeler de hızla bozuluyor. Kapitalizmin başı boş bir şekilde yaygınlaşması, çevre kirliliğine, iklim değişikliklerine ve doğal hayatın yok olmasına neden oluyor. Atmosferdeki oksijen oranının giderek azaldığı bilim adamlarınca ifade ediliyor. Atmosferdeki ozon oranının ise 2000 yılına kadar üçte bir oranında azalması söz konusu. Çevre koşullarının bozulmasının en tehlikeli etkilerinden biri öldürücü virüslerin ortaya çıkması. Önlenemeyen öldürücü virüs salgınları hızla yayılıyor: Sin nombre, Sabia, Muchapo, Junin ve en son da Zaire'deki Ebola. AİDS'in ise bir laboratuvar virüsü olduğu tahmin ediliyor. Dünyada 23 milyona yakın insan AİDS'in pençesinde. 1 milyar 900 bin kişi verem mikrobu taşıyor. Geçmişin tüm salgın hastalıkları hortlamış durumda. 500 bin çocuk yeterli beslenemiyor. Yetersiz beslenme ise başlıbaşına bir hastalık nedenidir.

İşin bir de ahlaki boyutu var. Yoksulluk ve ahlaki çürüme at başı gidiyor. Tüm dünyada şiddet ve suç eğilimi hızla artıyor. Liyakatın yerini tıpkı Ortaçağ'da olduğu gibi birinin adamı olma aldığından insan onurunun anlamı değişiyor. Dünya fuhuş pazarında 2 milyon çocuk var. Medyalar sayesinde cinayet neredeyse bir eğlenceye dönüşmüş durumda. İlkokul çocukları toplu katliamlar gerçekleştiriyor. Toplumsal histeri ve cinnet sürekli artıyor. İnsanın toplumsallaşma imkanları kısıtlandığı, kamusal alana ilgi dumura uğradığı için bireyin yalnızlığı artıyor. İnsanı metalaştıran bu düzenin onun sorgulama, tartma ve ayırma yeteneğini yok ederek nasıl bir akıl tutulmasına yol açtığını ise söylemeye gerek yok. Korkular ve yolunu kaybetmişlik duygusu içindeki reddetme yetisini yitirmiş tedirgin birey giderek sürüleşiyor.

Bu tespitlerse bize dünyanın tüm ezilenlerinin sisteme radikal bir müdahalede bulunmalarının ne kadar yaşamsal olduğunu gösteriyor. Proletarya şimdi çıplak gözle bakıldığında bile, tüm insanlığın kurtarıcısı olmaya aday görünüyor. Toplumsal ve ekolojik yıkım ve felaketlerin kaynağı piyasanın dizginsiz işlediği emperyalist kapitalizmdir. İnsanlık ve uygarlık yeni bir binyıla girerken yok olmanın eşiğine gelmiştir. Tüm bu gelişmeler karşısında çıkış yolu dünyayı, kaynakları ve zenginlikleri ortakça paylaştıracak olan sosyalizmdedir. İnsanlığın ve gezegenimizin başka kurtuluş şansı yoktur. Dünyanın bir parçası olan Türkiye ve coğrafyamızda da durum farklı değildir. Globalleşmenin faturası en çok geri kalmış ülkelere ve onların emekçilerine çıkmaktadır.

Kapitalizmin krize bulduğu bu yeni çözüme göre; dünyanın her yerinde sermaye hareketinin önündeki engeller kaldırılacak,böylece kapitalistler en ucuz yerde üretip en pahalı yerde satacaklardır. Bu yüzden kamu işletmeleri özelleştirilecek, her türlü korumacılığa ve müdahaleye son verilecek, devlet 'sosyal' niteliğinden sıyrılacak, yani emekçilerin yüzlerce yıllık mücadeleler sonucu elde ettikleri tüm kamusal haklar gasp edilecek, sözde küçülen devlet yalnızca sermayenin bekçiliği rolünü oynamaya devam edecektir. Bu az gelişmiş ülkeler halkın zenginliklerin gasp edilmesinin hızla yoksullaşmanın global yoludur.

Bugün yalnızca sanal dünyada günde 1 trilyon dolar dolaşıyor. Bu paranın üretimle ilgisi yok. Yaklaşık 850 kadar finans baronu tarafından kontrol ediliyor. Ülkeden ülkeye girip çıkıyor, büyük bir hızla dolaşıyor. Böylece çalışmakla, üretmek ve kazanç elde etmek arasındaki bağ giderek koptuğu gibi, geri kalmış ülkelerde hükümetler de bu yeni finans gücünün etkisiyle davranmak zorunda kalıyor. Hükümetler devletin baskıcı yanını güçlendirirken, daha çok uluslararası sermayenin kontrolüne giriyor. Devlet yalnızca; işgücünün fiatını ve iş disiplinini kontrol altına alacak ve uluslararası şirketlere yeni yatırım alanları sağlayacak düzenlemeleri yapıyor. Bu durumda seçmenin görece gücü azalırken, siyasi partiler arasındaki farklılıklar siliniyor. Hükümetler çok uluslu şirketlerin ve uluslararası sermaye örgütlerinin, Dünya Bankası ve IMF gibi, Yapısal Uyum Programları dayatan kurumların basit bir uygulayıcısına dönüşüyor. Global düzenle bütünleşmesi öngörülen ülkeler arasında sayılan Türkiye'de de olup biten budur. Kısaca dünyanın hali gibidir halimiz. 8 milyon insan açlık sınırında yaşamaktadır. Nüfusun en zengin yüzde 20'sinin milli gelirden aldığı pay yüzde 55'ken en yoksulun payı yüzde 5'tir. En yoksulun kişi başına geliri ile en zenginin geliri arasındaki fark 11 kattır. Bu büyük bir uçurum demek. Yoksullaşmanın derecesini gösteriyor. 12 milyondan fazla insan tam yoksulluk içinde yaşıyor.

Pekala sermaye dolu dizgin giderken, emek gücünün etkisinin azaldığına inanmak mı gerekiyor? Tüm serbest piyasa girişimleri emeğin fiatını düşürmek ve azalan kâr oranlarını yükseltmek amacını güttüğüne göre böyle bir yeni 'söylenceye' inanmamak gerekiyor. Global düzende işçi sınıfının çözüldüğünü iddia etmek tam da ideolojik bir saldırıdır. Bilgi ile iktidar arasındaki ilişki hiçbir düzende bu kadar net görünmüyor. Bilgi iktidarı, iktidar bilgiyi yeniden üretiyor. Ama tüm bu manipülasyonlara ve ideolojik kuşatmaya rağmen tarihin sonu söylencesi yükselen isyan dalgalarıyla yıkılıyor. IMF uyum programlarının sadık uygulayıcısı Meksika'da Zapatistaların başlattığı isyan bir anda tüm piyasaları alt üst ediyor. Sermaye Meksika'dan kaçıyor. Borsalar düşüyor. Meksika krizi uluslararası sermayeye 50 milyar dolara mal oluyor. Tüm bunlar kapitalizmin benzersizliğinin ve seçeneksizliğinin ilan edildiği bir zaman diliminde gerçekleşiyor.

Ayaklanmalar ve direnişler Filipinler'den Peru'ya, Arjantin'den Kore'ye, oradan küçük Arnavutluk'a kadar yayılıyor. Fransız işçileri, Kore'li öğrenciler, Tayland'lı köylüler sokağa dökülüyor. Endonezya toplu bir halk hareketine sahne oluyor. Umut en son Seattle'da, globalizmin öncü örgütü WTO karşısında büyüyor. Seattle'daki hareket dünyanın tüm ezilenlerinin neo–liberal düzenin başıboş gidişi karşısında sessiz kalmayacağını,uluslararası bir dayanışmanın olanaklarının gelişmekte olduğunu gösteriyor.

"Fukaralığın derecesi artık sömürünün derecesini göstermiyor. En yüksek ücret alan kesim en çok sömürülüyor" diyen Türkiye'li cangıl ekonomisi savunucularının durup düşünmesi gerekiyor. Bunlara göre zenginlik bir liyakat ve IQ meselesi gibi görünüyor. Bu vahşi savunucular yoksulluğun tembellik, aklı yetmezlik ve yeteneksizlik olarak algılanmasının propagandasını yapa dursun, yoksullar da boş durmuyor. Tüm soyanlara her şeyi rahatça cepleyemeyeceklerini egemenliklerinden emin olmamaları gerektiğini bir kere daha hatırlatıyor. Kurutuluşun yolu isyana açılıyor. Emekçiler ve tüm ezilen insanlık "uyumu" reddediyor.

Yeni bir yıla girerken manzara hiç de iç açıcı değil gibi görünüyor. Ama William Shakespeare: "Koca bir ateş yakmak isteyenler cılız saman yığınlarını tutuşturmakla işe başlarlar" diyor. Birikimi güçlendirmek için ateşi harlandırmak gerekiyor. Yüzyılın ortalarında "Yirminci Asra Dair" şiirinde şöyle yazmıştı Nazım: " –Uyumak şimdi,/ Uyanmak yüzyıl sonra sevgilim .../ –Hayır kendi asrım beni korkutmuyor,/ben kaçak değilim./ Asrım, sefil/ Asrım yüz kızartıcı/ Asrım cesur/ büyük/ve kahraman/ Dünyaya erken gelmişim diye/ kahretmedim hiçbir zaman/ Ben yirminci asırlıyım/ ve bununla övünüyorum/ Bana yeter/ yirminci asırda olduğum safta olmak/ bizim tarafta olmak,/ ve dövüşmek yepyeni bir alem için .../ –Yüzyıl sonra sevgilim../ –Hayır, her şeye rağmen daha evvel./ Ve ölen, ve doğan/ ve son gülenleri güzel gülecek olan yirminci asır/ (Benim şafak çığlıklarıyla sabaha eren müthiş gecem)/ Senin gözlerin gibi Hatçem/ güneşli olacaktır". Gece şafak çığlıklarıyla sabaha eremedi. Ve güneşli de değil ortalık. Kendi payıma şafak çığlıklarıyla sabaha eren müthiş bir gece için dövüşmenin ve 'bizim' taraf olmanın yettiğini düşünüyorum.Tarihi insanların yaptığına inanarak isyanın izini sürüyorum. Yarınlardan mutluluğun koparılıp alınacağını, mutluluğun fethedileceğini biliyorum. Her şey elimizde.

Yirmibirinci yüzyıla girerken genel manzara böyle. Yeni yüzyılın bir sosyalizm yüzyılı olabilmesi verilecek kavganın gücüne bağlı. "Gemide güverte yolcusu, şosede yayan" büyük insanlık dışlanmayı kabul etmeyecek kadar kalabalık. Havada kuş, suda balık, toprakta karınca misali. Toprağı, suyu, havayı kirletenler onları da kirletiyor. "Ve açsak, yorgunsak, al kan içindeysek/ ve hâlâ şarabımızı vermek için üzüm gibi eziliyorsak/ kabahat senin/ demeğe dilim varmıyor ama/ kabahatin çoğu senin canım kardeşim" diyor ya şair, başaramazsak kabahatin tümü hepimizin olacak.

Aslında herbirinize birer yılbaşı kartı yollayacak gücüm olmasını isterdim. Tüm gelecek kavgasının savaşçılarına... Kartımın bir yüzünün yarısında koca Marx'ın yüzyılları aşıp gelen gülümseyişi olurdu. Bize Marksizmin inadımız olduğunu anımsatırdı her bakışımızda. Eylem kılavuzumuza daha sıkı sarılmayı düşünürdük o insan yüzü her gördüğümüzde. Sonra kartımın diğer yarısında Süleyman ve Abuzer olurdu. Son kavganın onurlu ölüleri... Kavganın sürdüğünü somutlarlardı bize her an. Kavgada düşenlerin boşluğunu doldurmak için biraz daha kararlı olurduk, biraz daha onurlu, biraz daha savaşkan. Ve biraz daha umutlu olmak gereksinmemiz artardı o gözlere bakarken. Varın siz bu kartı yolladım sayın, yüreğimin tüm gülleriyle birlikte... Umutsuzluktan umut düşü yaratacak gücü inancımızdan alıyoruz ve yarına yürüyoruz biz. Tam da ozanın dediği gibi:Tüm yaşamını/ inandığı uğraşa veren için/ en mutlu sondur bir gün/ "Biz insana inandık/ biz yaşama inandık/ insanla yaşam/ terketmedi bizi"/ demek. Hele kazanan halk ise... Birlikte kutlamayı kurduğumuz en mutlu yeni yıla dek, kutlu olsun girdiğimiz yüzyıl. Ben, insana, geleceğe ve size inanıyorum. Girdiğimiz yüzyılı bizim kılacağız. Başka seçeneğimiz de yok zaten.

— Son—

[illegible] Manastır [illegible]

[illegible]

—Son—